D0707110

P. D. James (1920-2014), estudió en Cambridge y trabajó durante treinta años en la Administración Pública, incluyendo departamentos legales y policiales. Es autora de veinte libros. Publicó su primera novela en 1963, dando inicio a la exitosa serie protagonizada por Adam Dalgliesh. Como reconocimiento a su trayectoria profesional, en 1991 le fue concedido un título nobiliario. Además, entre otros premios, ha recibido el Grand Master Award, el Diamond Dagger y el Carvalho concedido por el festival BCNegra. Además, forma parte del Salón de la Fama de la International Crime Writing junto a Arthur Conan Doyle y Agatha Christie.

En Ediciones B ha publicado *Un impulso criminal*, *Muertes poco naturales*, *La octava víctima*, *No apto para mujeres*, *La torre negra*, *La muerte de un forense*, *Sangre inocente*, *La calavera bajo la piel*, *Sabor a muerte*, *Intrigas y deseos*, *Hijos de hombres*, *El pecado original*, *Una cierta justicia*, *Muerte en el seminario*, *La sala del crimen*, *El faro*, *Mortaja para un ruiseñor*, *Cubridle el rostro* y el libro de memorias, *La hora de la verdad: un año de mi vida*. *La muerte llega a Pemberley* es un magistral homenaje a Jane Austen, su autora preferida desde la infancia.

Papel certificado por el Forest Stewardship Council®

Título original: *The Children of Men*

Primera edición: febrero de 2018
Primera reimpresión: marzo de 2018

© 1992, P. D. James
© 1992, 2018, Penguin Random House Grupo Editorial, S. A. U.
Travessera de Gràcia, 47-49. 08021 Barcelona
© Jordi Mustieles, por la traducción

Penguin Random House Grupo Editorial apoya la protección del *copyright*.
El *copyright* estimula la creatividad, defie de la diversidad en el ámbito de las ideas
y el conocimiento, promueve la libre expresión y favorece una cultura viva.
Gracias por comprar una edición autorizada de este libro y por respetar las leyes del *copyright*
al no reproducir, escanear ni distribuir ninguna parte de esta obra por ningún medio sin permiso.
Al hacerlo está respaldando a los autores y permitiendo que PRHGE continúe publicando libros
para todos los lectores. Diríjase a CEDRO (Centro Español de Derechos Reprográficos
http://www.cedro.org) si necesita fotocopiar o escanear algún fragmento de esta obra.

Printed in Spain – Impreso en España

ISBN: 978-84-9070-438-7
Depósito legal: B-26.480-2017

Impreso en Novoprint
Sant Andreu de la Barca (Barcelona)

BB 0 4 3 8 7

Penguin
Random House
Grupo Editorial

Hijos de hombres

P. D. JAMES

WITHDRAWN

De nuevo, a mis hijas Clare y Jane,
que me ayudaron

LIBRO I

OMEGA

DE ENERO A MARZO DE 2021

1

Viernes, 1 de enero de 2021

Recién empezado el día de hoy, 1 de enero de 2021, tres minutos después de la medianoche, el último ser humano nacido en la Tierra murió en una pelea de bar en un suburbio de Buenos Aires, a la edad de veinticinco años, dos meses y doce días. Si hemos de dar crédito a los primeros informes, Joseph Ricardo murió como había vivido. La distinción, si se la puede llamar así, de ser el último humano cuyo nacimiento fue registrado oficialmente, desprovista como lo estaba de toda relación con cualquier virtud o talento personal, siempre le resultó difícil de manejar. Y ahora está muerto. La noticia nos llegó, aquí en Inglaterra, en el noticiario de las nueve del Servicio Estatal de Radio, y yo la oí de casualidad. Me disponía a empezar este diario de la segunda mitad de mi vida cuando me di cuenta de la hora que era, y pensé que podía escuchar los titulares del boletín de las nueve. La muerte de Ricardo fue lo último que mencionaron, y sólo de pasada, un par de frases pronunciadas sin énfasis en la voz cuidadosamente neutra del locutor. Pero me pareció, al oírlo, que el hecho constituía una pequeña justificación adicional para empezar el diario hoy; el primer día de un nuevo año y mi quincuagésimo aniversario. De niño siempre me había complacido esta distinción, pese al inconveniente de que mi cumpleaños siguiera a la Navidad demasiado de cerca, con lo que un solo regalo —que nunca parecía superior al que en todo caso hubiera recibido— tenía que servir para ambas celebraciones.

Según empiezo a escribir, estos tres acontecimientos, el Año Nuevo, mi quincuagésimo cumpleaños y la muerte de Ricardo, apenas justifican que emborrone las primeras páginas de este nuevo cuaderno de hojas sueltas. Pero continuaré, como pequeña defensa complementaria contra la apatía personal. Si no hay nada que registrar, registraré la nada, y si llego a la vejez, cuando llegue —como la mayoría podemos esperar, pues nos hemos convertido en expertos en prolongar la vida—, abriré una de mis latas de cerillas acaparadas y encenderé mi personal hoguera de las vanidades. No tengo el propósito de dejar el diario como crónica de los últimos años de un hombre. Ni siquiera en mis momentos más egocéntricos me engaño hasta ese extremo. ¿Qué interés puede haber en el diario de Theodore Faron, doctor en filosofía, miembro del Merton College de la Universidad de Oxford, historiador de la era victoriana, divorciado, sin hijos, solitario, sin otra pretensión de notoriedad que el hecho de ser primo de Xan Lyppiatt, dictador y Guardián de Inglaterra? En todo caso, no hay necesidad de crónicas personales. En todo el mundo, los estados nacionales se preparan para legar sus testimonios en vista de una posteridad que ocasionalmente aún logramos convencernos de que puede existir, esos seres de otro planeta que algún día pueden aterrizar en esta estrella moribunda y preguntarse qué clase de vida consciente la habitaba. Almacenamos nuestros libros y manuscritos, las grandes pinturas, las partituras e instrumentos musicales, los artefactos. Dentro de cuarenta años como máximo, las mayores bibliotecas del mundo quedarán oscurecidas y condenadas. Los edificios, los que aún queden en pie, hablarán por sí mismos. No es probable que la piedra blanda de Oxford sobreviva más de un par de siglos. En la Universidad ya se discute si vale la pena restaurar el ruinoso teatro Sheldonian… Pero a mí me gusta imaginar a esos seres míticos aterrizando en la plaza de San Pedro y entrando en la gran basílica, silenciosa y llena de ecos bajo los siglos de polvo. ¿Se darán cuenta de que éste fue en otro tiempo el mayor templo dedicado por los hombres a uno de sus muchos dioses? ¿Sentirán curiosidad por la naturaleza de esta deidad que con tal pompa y esplendor era adorada, les intrigará el misterio de su símbolo, tan sencillo (los dos palos cruzados), de naturaleza ubicua, pero al mismo tiempo cargado de oro, esplendorosamente enjoyado y adornado? ¿O tal vez sus valores y sus procesos mentales serán tan ajenos a los nuestros que ninguna admiración ni maravilla podrá tocarlos? Pero pese al descubrimiento —¿no fue en 1997?— de un planeta que, según nos dijeron los astrónomos, podía albergar la vida, pocos de nosotros creemos verdaderamente que llegarán. Tienen que existir. No es razonable suponer que en toda la inmensidad del universo sólo esta pequeña estrella sea capaz de producir y sostener vida inteligente. Pero no llegaremos a ellos, y ellos no vendrán a nosotros.

Hace veinte años, cuando el mundo ya estaba medio convencido de que nuestra especie había perdido para siempre la capacidad de reproducirse, el intento de determinar el último nacimiento humano conocido se convirtió en una obsesión universal, elevada a cuestión de orgullo patrio; una competencia internacional tan carente de sentido, en definitiva, como acerba y feroz. Para que el nacimiento fuera tenido en cuenta debía ser notificado oficialmente, haciendo constar la fecha y la hora exacta. Esto en la práctica excluyó a una elevada proporción de la raza humana que conocía la fecha pero no la hora, y se admitía, aunque no se recalcaba, que el resultado nunca podría ser concluyente. Casi con toda certeza, en alguna choza primitiva de alguna selva remota el último ser humano había llegado en gran medida inadvertido a un mundo que no miraba hacia allí. Pero tras meses de contrastes y revisiones, Joseph Ricardo, de raza mezclada, nacido ilegítimamente en un hospital de Buenos Aires a las tres y dos minutos, hora occidental, del diecinueve de octubre de 1995, fue oficialmente reconocido como tal. Salvo por la proclamación del resultado, se le dejó que explotara su celebridad como mejor pudiera, mientras el mundo, como si hubiera comprendido de pronto la futilidad de este ejercicio, volvía su atención hacia otros asuntos. Y ahora está muerto, y dudo de que algún país se apresure a sacar del olvido a los demás candidatos.

Nos sentimos menos ofendidos y desmoralizados por el inminente fin de nuestra especie, menos incluso por nuestra incapacidad para evitarlo que por nuestro fracaso en descubrir la causa. La ciencia y la medicina occidentales no nos han preparado para la magnitud y la humillación de este fracaso final. Han existido numerosas enfermedades difíciles de diagnosticar o de curar, y una que casi despobló dos continentes antes de agotarse por sí misma. Pero al fin siempre hemos podido explicar por qué hemos dado nombre a los virus y gérmenes que aún hoy hacen presa en nosotros, para nuestra gran mortificación, puesto que parece una afrenta personal que deban seguir atacándonos, como viejos enemigos que mantienen las escaramuzas y siguen causando ocasionales víctimas cuando su victoria ya es segura. La ciencia occidental ha sido nuestro dios. En la variedad de su poder, nos ha preservado, confortado, curado, calentado, alimentado y entretenido, y nos hemos sentido en libertad de criticarla y a veces rechazarla como los hombres siempre han rechazado a sus dioses, pero en el conocimiento de que, a pesar de nuestra apostasía, esta deidad, criatura y esclava nuestra, seguiría velando por nosotros; el anestésico para el dolor, el corazón de recambio, el nuevo pulmón, el antibiótico, las ruedas en movimiento y las imágenes en movimiento. Siempre habrá luz cuando accionemos el interruptor, y si no la hay podemos averiguar por qué. La ciencia no fue nunca un tema en el que ya me sintiera a mis anchas. La entendía muy poco en la escuela y aún la entiendo menos ahora que ya tengo cincuenta años. Sin embargo, también ha sido mi dios, aunque sus logros me resultan incomprensibles y comparto la decepción universal de aquellos cuyo dios ha muerto. Recuerdo con claridad las confiadas palabras que pronunció un biólogo cuando por fin se hizo evidente que no existía ninguna mujer embarazada en ningún lugar del mundo: «Puede que tardemos algún tiempo en descubrir las causas de esta aparente esterilidad universal.» Hemos tenido veinticinco años para ello, y ya ni siquiera esperamos conseguirlo. Como un donjuán lujurioso repentinamente afectado de impotencia, hemos sido humillados en el propio corazón de nuestra fe en nosotros mismos. Pese a todos nuestros conocimientos, nuestra inteligencia, nuestro poder, ya no podemos hacer lo que los animales hacen sin pensar. No es extraño que los tengamos como objeto de reverencia al tiempo que de agravio.

El año 1995 llegó a conocerse como el Año Omega, y este término es ahora universal. El gran debate público a finales de los años noventa fue el de si el país que descubriese una cura para la esterilidad universal estaría dispuesto a compartirla con el mundo, y en qué términos. Todos aceptaban que se trataba de un desastre global y que debía afrontarse con la energía de un mundo unido. Entonces, a finales de los años noventa, todavía nos referíamos a Omega como una enfermedad, un trastorno que con el tiempo sería diagnosticado y corregido, del mismo modo en que la humanidad había encontrado una cura para la tuberculosis, la difteria, la polio e incluso al final, aunque demasiado tarde, para el sida. A medida que fueron pasando los años y los esfuerzos internacionales bajo los auspicios de las Naciones Unidas quedaron en nada, esta resolución de franqueza total se vino abajo. Las investigaciones se volvieron secretas, y los esfuerzos de cada país objeto de suspicaz y fascinada atención. La Comunidad Europea actuó al unísono, invirtiendo grandes sumas en personal e instalaciones dedicadas a la investigación. El Centro Europeo para la Fertilidad Humana, en las afueras de París, se contaba entre los más prestigiosos del mundo. Éste a su vez cooperaba, al menos en apariencia, con los Estados Unidos, cuyos esfuerzos eran si acaso aún mayores. Pero no había cooperación interracial; el premio era demasiado grande. Los términos en que podría compartirse el secreto eran causa de apasionados debates y especulaciones. Se aceptaba que la cura, una vez descubierta, tendría que compartirse; era un conocimiento científico que ninguna raza debía ni podía reservarse para sí indefinidamente. Pero a través de continentes, fronteras nacionales y raciales, nos vigilábamos con suspicacia, obsesivamente, alimentándonos de rumores y especulaciones. Resurgió la antigua profesión de espía: viejos agentes abandonaron su cómodo retiro en Weybridge y Cheltenham y se dedicaron a transmitir las técnicas de su oficio. El espionaje en realidad no había cesado nunca, ni siquiera tras el fin oficial de la guerra fría, en 1991. El hombre es demasiado adicto a esta mezcla embriagadora de filibusterismo adolescente y perfidia adulta para prescindir de ella por completo. A finales de los años noventa, la burocracia del espionaje florecía como no lo había hecho desde el fin de la guerra fría, produciendo nuevos héroes, nuevos malvados, nuevas mitologías. Vigilábamos en particular a Japón, a medias temiendo que este pueblo técnicamente brillante pudiera hallarse ya sobre la pista del remedio.

Han pasado diez años y aún seguimos vigilando, pero ahora vigilamos con menos afán y sin esperanza. Todavía se mantiene el espionaje, pero ya hace veinticinco años que no nace un ser humano, y en lo profundo del corazón son pocos los que creen que volverá a oírse jamás el vagido de un recién nacido en el planeta. Nuestro interés por el sexo declina. El amor romántico e idealizado ha sucedido a la cruda satisfacción carnal, pese a los esfuerzos del Guardián de Inglaterra y las tiendas nacionales de pornografía, que tratan de estimular nuestros languidecientes apetitos. Pero tenemos nuestros sustitutos sensuales, que la Seguridad Social pone a disposición de todos. Nuestros cuerpos son golpeados, estirados, palmeados, acariciados, ungidos, perfumados. Nos hacen la manicura y la pedicura, nos miden y nos pesan. Lady Margaret Hall se ha convertido en el centro de masajes de Oxford, y es aquí donde cada martes por la tarde me tiendo sobre la camilla y contemplo los jardines aún cuidados, disfrutando de mi hora de mimo sensual proporcionada por el Estado y cuidadosamente medida. Y con qué asiduidad, con qué obsesiva preocupación pretendemos retener la ilusión, si no de juventud, de una madurez vigorosa. El golf es ahora el juego nacional. Si no hubiera existido Omega, los conservacionistas habrían protestado por las hectáreas de campiña —algunas de la más bella que tenemos— que han sido transformadas y adaptadas para proporcionar campos de golf cada vez mejores. Todos son gratuitos; forma parte del placer prometido por el Guardián. Algunos se han vuelto exclusivos, pues se impide el ingreso a los indeseables sin que haga falta vedarles el acceso, cosa que sería ilegal, sino mediante esas sutiles señales discriminatorias que en Inglaterra hasta a las personas más insensibles saben interpretar desde la infancia. Necesitamos nuestros esnobismos; la igualdad es una teoría política y no un sistema práctico, incluso en la Inglaterra igualitaria de Xan. Intenté una vez jugar al golf pero el juego me resultó inmediata y totalmente insípido, quizá por mi capacidad para golpear los terrones pero nunca la pelota. Ahora, corro. Casi a diario pateo la tierra blanda de Port Meadow o los senderos desiertos de Wytham Wood, contando los kilómetros, midiendo a continuación las pulsaciones, la pérdida de peso, la vitalidad. Estoy tan interesado en conservar la vida como cualquier otro, siempre obsesionado por el funcionamiento de mi cuerpo.

El origen de buena parte de todo esto puede rastrearse en los principios de los años noventa: la búsqueda de medicinas alternativas, los aceites perfumados, el masaje, las caricias y las unciones, la terapia mediante cristales de colores, el sexo sin penetración. La pornografía y la violencia sexual en el cine, en la televisión, en los libros, en la vida, habían aumentado, y eran cada vez más explícitas, pero en Occidente cada vez hacíamos menos el amor y engendrábamos menos niños. En su momento, ésta pareció una tendencia deseable en un mundo gravemente contaminado por la superpoblación; en tanto que historiador, yo lo veo como el principio del fin.

Hubiéramos debido darnos por advertidos a comienzos de los años noventa. Ya en 1991, un informe de la Comunidad Europea señalaba un notable descenso en el número de niños nacidos en Europa: 8,2 millones en 1990, con disminuciones particularmente pronunciadas en los países católicos.

Creíamos saber las razones, que el descenso era deliberado, consecuencia de actitudes más liberales respecto al control de natalidad y el aborto, el aplazamiento del embarazo por parte de las profesionales dedicadas a sus carreras, el deseo de un nivel de vida superior por parte de las familias. El descenso de la natalidad se complicó con la propagación del sida, particularmente en África. Algunos países europeos empezaron a realizar una vigorosa campaña para alentar el nacimiento de niños, pero la mayoría juzgábamos este descenso deseable, necesario incluso. Estábamos contaminando el planeta con nuestros cuerpos; si nos reproducíamos menos, tanto mejor. Casi toda la preocupación se centraba menos en el descenso de la población que en el deseo de las naciones de conservar su propia gente, su propia cultura, su propia raza, de engendrar suficientes jóvenes para mantener sus estructuras económicas. Pero, según recuerdo, a nadie se le ocurrió que la fertilidad de la raza humana pudiera estar reduciéndose drásticamente. Cuándo llegó Omega, llegó con espectacular brusquedad, y fue recibida con estupefacción. De la noche a la mañana, en apariencia, la raza humana había perdido su capacidad de procrear. El descubrimiento, en julio de 1994, de que incluso el semen congelado que se conservaba para experimentos e inseminación artificial había perdido su potencia, suscitó un horror que arrojó sobre Omega el manto del temor supersticioso, la hechicería, la intervención divina. Reaparecieron los antiguos dioses, terribles en su poder.

El mundo no abandonó las esperanzas hasta que la generación nacida en 1995 llegó a la madurez sexual. Pero una vez completadas las pruebas sin que uno solo de ellos pudiera producir esperma fértil, supimos que en verdad se trataba del fin del *homo sapiens*. Fue en ese año, 2008, cuando aumentaron los suicidios. No principalmente entre los viejos, sino entre los de mi generación, los de mediana edad, la generación que debería llevar el peso de las humillantes pero insistentes necesidades de una sociedad envejecida y decadente. Xan, que por entonces ya había asumido el poder como Guardián de Inglaterra, intentó acabar con lo que estaba convirtiéndose en una epidemia mediante la imposición de multas a los parientes más próximos del suicida, del mismo modo que ahora el Consejo concede generosas pensiones a los parientes de los ancianos incapacitados y dependientes que deciden poner fin a su vida. La medida surtió efecto; la tasa de suicidios se redujo comparada ésta con las enormes cifras de otros lugares del mundo, particularmente los países cuya religión se basaba en el culto a los antepasados, en la continuidad de la familia. Pero los que vivían se entregaron a ese negativismo casi universal que los franceses denominaron *ennui universel*. Se infiltró entre nosotros como una enfermedad insidiosa; y en verdad se trataba de una enfermedad, con sus síntomas, pronto familiares, de lasitud, depresión, malestar difuso, cierta propensión a ceder ante pequeñas infecciones, una jaqueca perpetua e incapacitante. Yo luché contra él, como muchos otros. Algunos, entre ellos Xan, nunca se han visto afectados, protegidos quizá por la falta de imaginación o, en su caso, por un egotismo tan poderoso que ninguna catástrofe externa puede prevalecer sobre él. Yo todavía tengo que luchar de vez en cuando, pero ahora lo temo menos. Las armas con que lo combato me sirven también de consuelo: libros, música, comida, vino, naturaleza.

Estas blandas satisfacciones son también agridulces recordatorios de la transitoriedad de las alegrías humanas; pero ¿cuándo fueron perdurables? Todavía puedo hallar placer, más intelectual que sensual, en el esplendor de una primavera de Oxford, en las flores de Belbroughton Road que cada año parecen más encantadoras, en la luz del sol moviéndose sobre muros de piedra, los castaños florecidos agitándose al viento, el olor de un campo de alubias en flor, las primeras amarilis, la frágil compacidad de un tulipán. No ha de ser menos intenso el placer porque haya siglos de primaveras por venir, porque sus flores no sean nunca vistas por ojos humanos, porque los muros se derrumben, los árboles mueran y se pudran, los jardines se cubran de hierbas y maleza, porque la belleza sobreviva a la inteligencia humana que la percibe, la disfruta y la celebra. Todo esto me digo; pero ¿llego a creerlo, ahora que el placer tan rara vez viene y, cuando viene, es tan indistinguible del dolor? Puedo comprender por qué los aristócratas y grandes terratenientes sin esperanzas de posteridad dejan sus fincas desatendidas. No podemos experimentar más que el momento presente ni vivir en ningún otro instante de tiempo, y comprender esto es lo más cerca que podemos llegar de la vida eterna. Pero nuestras mentes se remontan a través de los siglos por la seguridad que nos da nuestra estirpe, y sin una esperanza de posteridad, para nuestra raza aunque no para nosotros, sin la seguridad de que aun estando muertos vivimos, todos los placeres de la mente y los sentidos a veces se me antojan meras defensas desmoronadizas y patéticas, apuntaladas contra nuestra propia ruina.

En nuestro duelo universal, como padres afligidos, hemos retirado los dolorosos recordatorios de nuestra pérdida. Los parques de juegos infantiles de nuestros jardines públicos han sido desmontados. Durante los doce años que siguieron a Omega, los columpios permanecieron atados y enrollados, el tobogán y las estructuras para trepar pasaron sin pintura. Ahora han desaparecido definitivamente, y las extensiones de asfalto han sido cubiertas de césped o sembradas de flores como pequeñas fosas comunes. Los juguetes se han quemado, salvo las muñecas que para algunas mujeres medio dementes se han convertido en sucedáneo de los niños. Las escuelas, largo tiempo cerradas, han sido clausuradas o utilizadas como centros de educación para adultos. Los libros infantiles fueron sistemáticamente eliminados de las bibliotecas. Sólo en cinta y en discos oímos ahora las voces de los niños, sólo en el cine o en programas de televisión vemos las brillantes imágenes de los jóvenes en movimiento. A algunos les resulta insoportable mirarlas, pero la mayoría se alimenta de ellas como si fueran una droga.

Los niños nacidos en el año 1995 reciben el nombre de omegas. Ninguna generación ha sido más estudiada, más examinada, más valorada, más consentida. Eran nuestra esperanza, nuestra promesa de salvación, y eran —todavía lo son— excepcionalmente hermosos. A veces se diría que la naturaleza, en su crueldad final, deseaba resaltar lo que hemos perdido. Los chicos, ahora hombres de veinticinco años, son fuertes, individualistas, inteligentes y bellos como jóvenes dioses. Muchos son también crueles, arrogantes y violentos, y esto se ha comprobado en los omegas de todo el mundo. Las temidas bandas de los Caras Pintadas que de noche recorren las carreteras rurales para asaltar y aterrorizar a los viajeros incautos están compuestas, se rumorea, por omegas. Se dice que cuando atrapan a uno de estos omegas le ofrecen inmunidad si está dispuesto a ingresar en la Policía de Seguridad del Estado, mientras que el resto de la banda, no más culpable, es condenada a la Colonia Penal de la isla de Man, adonde se envía ahora a todos los convictos de delitos de violencia, ratería o reincidencia en el robo. Pero si es imprudente viajar desprotegidos por nuestras deterioradas carreteras secundarias, nuestros pueblos y ciudades son seguros, y el crimen ha sido eficazmente reprimido mediante el regreso a la política de deportación del siglo XIX.

Las mujeres omega poseen una belleza distinta, clásica, remota, apática, sin animación ni energía. Llevan un peinado característico que las demás mujeres nunca copian, o quizá temen copiar el cabello largo y suelto, la frente ceñida con trenza o cinta, sencilla o entretejida. Es un peinado que sólo conviene a un rostro de belleza clásica, de frente alta, y ojos grandes y bien separados. Como sus equivalentes masculinos, parecen incapaces de simpatía humana. Hombres y mujeres, los omegas son una raza aparte, consentida, propiciada, temida, contemplada con un pasmo semisupersticioso. Hay países, así nos lo han dicho, donde se los sacrifica ceremonialmente en ritos de fertilidad resucitados tras siglos de civilización superficial. Alguna vez me he preguntado qué haremos en Europa si nos llega la noticia de que estas ofrendas quemadas han sido aceptadas por los antiguos dioses y ha nacido un niño vivo.

Quizás hemos convertido a nuestros omegas en lo que son por nuestra propia locura; un régimen que combina la vigilancia perpetua con la absoluta complacencia difícilmente puede conducir a un desarrollo saludable. Si desde la infancia tratamos a los niños como dioses, nos exponemos a que en la edad adulta se comporten como diablos. Conservo un vívido recuerdo de ellos que constituye el icono viviente de cómo los veo yo, de cómo se ven ellos mismos. Fue en junio pasado, un caluroso pero no sofocante día de clara luz, con nubes que se movían lentamente por un elevado cielo de azur como hilachas de muselina, el aire dulce y fresco para el rostro, un día carente de esa languidez húmeda que suelo asociar con los veranos de Oxford. Había ido a visitar a un colega académico de Christ Church, y acababa de entrar bajo el amplio arco de Wolsey para cruzar Tom Quad cuando los vi. Era un grupo de cuatro omegas femeninos y cuatro masculinos exhibiéndose elegantemente en el plinto de piedra. Las mujeres, con sus rizadas aureolas de brillante cabello, las frentes despejadas, los estudiados pliegues y lazos de sus vestidos diáfanos, parecían recién salidas de las vidrieras prerrafaelitas de la catedral. Los cuatro varones estaban de pie tras ellas, con las piernas firmemente separadas y los brazos cruzados, mirando no hacia las mujeres sino por encima de sus cabezas, como si estuviesen afirmando una arrogante soberanía sobre el patio cuadrangular. Cuando pasé junto a ellos las mujeres me dirigieron una mirada vacua y desprovista de curiosidad, que aun así reflejaba una inconfundible chispa de desdén. Los varones torcieron brevemente el gesto y al momento apartaron sus ojos de mí como si fuese un objeto indigno de mayor atención, y los volvieron de nuevo hacia el patio. Pensé entonces, como lo pienso ahora, cuánto me alegraba no tener que seguir impartiendo más enseñanzas. La mayoría de los omegas cursó la enseñanza primaria, pero nada más; no les interesa seguir educándose. Los alumnos omega a los que di clase eran inteligentes pero perturbadores, indisciplinados y aburridos. Y me alegraba que no se me exigiera responder a su pregunta no formulada: «¿Qué sentido tiene todo esto?» La historia, que interpreta el pasado para entender el presente y afrontar el futuro, es la disciplina menos gratificadora para una especie moribunda.

El colega universitario que se toma Omega con perfecta calma es Daniel Hurtsfield; pero naturalmente, como profesor de paleontología estadística, su mente se mueve en una escala de tiempo distinta. Como el Dios del antiguo himno, un millar de eras a sus ojos son como un atardecer ya pasado. Sentado a mi lado en una fiesta del *college*, el año en que fui el encargado de seleccionar los vinos, comentó:

—¿Qué vas a servirnos con la perdiz, Faron? Creo que eso puede quedar muy bien. Temo que a veces te muestras un poco inclinado a ser demasiado audaz. Y espero que hayas establecido un programa de consumo racional… Me disgustaría contemplar desde mi lecho de muerte a los bárbaros omegas disponer a su antojo de la bodega de la facultad.

Respondí:

—Estamos pensando en ello. Aún seguimos reservando, por supuesto, pero en menor escala. Algunos de mis colegas consideran que somos demasiado pesimistas.

—Oh, no creo que se pueda ser demasiado pesimista. No comprendo por qué Omega parece haberos sorprendido tanto a todos. A fin de cuentas, de los cuatro mil millones de formas de vida que han existido en este planeta, tres mil novecientos sesenta millones están extinguidas. No sabemos por qué. Algunas por injustificable extinción, otras por catástrofes naturales, o tal vez destruidas por meteoritos y asteroides. A la luz de tales extinciones en masa, realmente parece irrazonable suponer que el *homo sapiens* hubiera de verse librado de tal posibilidad. Nuestra especie habrá sido una de las más fugaces de todas, un mero parpadeo, podríamos decir, en el ojo del tiempo. Omega aparte, en este mismo instante muy bien puede haber un asteroide de tamaño suficiente para destruir el planeta viajando hacia nosotros.

Empezó a masticar su perdiz ruidosamente, como si esta perspectiva le proporcionara la más jovial satisfacción.

2

Martes, 5 de enero de 2021

Durante aquellos dos años en que, por invitación de Xan, fui una especie de observador-consejero en las reuniones del Consejo, era frecuente que los periodistas escribieran que habíamos crecido juntos, que éramos como hermanos. No es verdad. A partir de los doce años pasamos juntos las vacaciones de verano, pero nada más. El error, sin embargo, no era sorprendente. Yo mismo lo creía a medias. Incluso ahora el trimestre de verano parece en retrospectiva una aburrida concatenación de días predecibles dominados por horarios, ni dolorosos ni temidos sino soportados y, ocasional, brevemente, disfrutados, puesto que yo era al mismo tiempo inteligente y razonablemente popular, hasta el bendito momento de la liberación. Tras un par de días en casa me enviaban a Woolcombe.

Aun ahora, mientras escribo, intento comprender qué sentía entonces por Xan. Por qué se creó un lazo tan fuerte y duradero. No era sexual, aunque en casi todas las amistades íntimas hay un hormigueo subcutáneo de atracción sexual. Nunca nos tocábamos, ni siquiera durante el juego alborotado. No había juego alborotado; Xan aborrecía que lo tocaran, y pronto aprendí a reconocer y respetar su invisible tierra de nadie como él respetaba la mía. Tampoco se trataba del frecuente caso de compañero dominante, en el que el mayor, aunque sólo sea por cuatro meses, dirige al menor, su discípulo admirado. Nunca me hizo sentir inferior; ése no era su estilo. Me daba la bienvenida sin especial cordialidad, pero como si estuviera recibiendo a su gemelo, a una parte de sí mismo. Tenía encanto, por supuesto, todavía lo tiene. El encanto suele subestimarse, pero yo nunca entiendo por qué. Quien lo posee es capaz de apreciar genuinamente al otro, al menos en el momento efectivo de encontrarse y hablar. El encanto siempre es auténtico; puede ser superficial, pero no es falso. Cuando Xan está con otra persona crea sensación de intimidad, de interés, de no desear ninguna otra compañía. Al día siguiente podría enterarse con absoluta indiferencia de la muerte de esa persona, probablemente incluso podría matarla él sin escrúpulos. Cuando le veo ahora por televisión presentando su informe trimestral a la nación, descubro el mismo encanto.

Nuestras madres han muerto ya las dos. Fueron atendidas hasta el final en el mismo Woolcombe, que ahora es un hospital particular para los pacientes propuestos por el Consejo. El padre de Xan se mató en un accidente de coche en Francia, un año después de que Xan se convirtiese en Guardián de Inglaterra. La cosa tuvo algo de misterioso; nunca se divulgaron los detalles. El accidente me intrigó en su momento, y todavía me intriga, lo cual dice mucho sobre mi relación con Xan. Una parte de mi mente aún lo cree capaz de cualquier cosa, y casi necesita creerlo inexorable, invencible, ajeno a las limitaciones de la conducta ordinaria, tal como parecía ser cuando éramos muchachos.

Las vidas de las dos hermanas siguieron sendas muy distintas. Mi tía, por una afortunada combinación de belleza, ambición y buena suerte, se casó con un baronet de mediana edad. Mi madre con un funcionario civil de mediana categoría. Xan nació en Woolcombe, una de las más bellas casas solariegas de Dorset. Yo nací en Kingston, Surrey, en el pabellón de maternidad del hospital local, y fui trasladado a una casa pareada de la época victoriana en una larga e insípida calle de casas idénticas que conducía a Richmond Park.

Me crié en una atmósfera que olía a resentimiento. Recuerdo cómo preparaba mi madre la maleta para mi visita estival a Woolcombe, seleccionando nerviosamente camisas limpias, alzando mi chaqueta de tweed, sacudiéndola y escrutándola con lo que parecía una animosidad personal, como si le irritara al mismo tiempo lo que había costado y el hecho de que, comprada demasiado grande en previsión de mi futuro crecimiento y demasiado pequeña para llevarla ahora con comodidad, no hubiera habido ningún periodo intermedio en el que realmente me viniera a la medida. Su actitud hacia la buena suerte de su hermana se expresaba en una serie de frases repetidas con frecuencia: «Menos mal que no se visten para cenar; no estoy dispuesta a pagarte un esmoquin, no a tu edad. ¡Ridículo!» Y la pregunta inevitable, formulada con la mirada baja porque no carecía de vergüenza: «Supongo que se llevan bien, ¿verdad? Naturalmente, las personas de su clase siempre duermen en habitaciones separadas.» Y al final: «Pues claro que a Serena le va todo bien.» Ya a la edad de doce años, yo me daba cuenta de que a Serena no todo le iba bien.

Sospecho que mi madre pensaba en su hermana y su cuñado mucho más a menudo de lo que ellos pensaban en ella. Incluso mi infrecuente nombre de pila se lo debo a Xan: el suyo procedía de un abuelo y un bisabuelo; entre los Lyppiatt, Xan había sido un nombre de familia desde hacía generaciones. Así que también a mí me impusieron el nombre de mi abuelo paterno. Mi madre no encontró ningún motivo para dejarse superar en excentricidad a la hora de elegir un nombre para su hijo. Pero sir George la confundía... Todavía puedo oír el quisquilloso lamento de mi madre: «A mí no me parece un baronet.» Era el único baronet que cualquiera de los dos habíamos visto, y yo me preguntaba qué imagen particular conjuraba mi madre, si un pálido y romántico retrato de Van Dyck escapado del lienzo, o la arrogancia malhumorada de un Byron, un terrateniente bravucón de rostro enrojecido y recia voz, buen jinete tras poco me parecía un baronet. Ciertamente, no parecía el propietario de Woolcombe. Tenía una cara en forma de azadón, moteada de rojo, una boca pequeña y húmeda bajo un bigote que parecía tan ridículo como artificial, el cabello rojizo que Xan había heredado pero desteñido hasta el tono deslustrado de la paja seca, y ojos que contemplaban sus hectáreas de terreno con una expresión de triste perplejidad. Pero era uní buen tirador; eso mi madre lo habría aprobado. Y Xan también lo era. No le estaba permitido manejar las Purdey de su padre, pero tenía su propio par de escopetas, con las que tirábamos a los conejos, y había dos pistolas que podíamos utilizar para tirar al blanco. Poníamos dianas en los árboles y nos pasábamos horas perfeccionando la puntería. Tras unos días de práctica, acabé superando a Xan tanto con la escopeta como con la pistola. Mi habilidad nos sorprendió a los dos, pero sobre todo a mí. No esperaba que me gustara ni se me diera bien tirar; casi me desconcertó descubrir cuánto disfrutaba, con un placer medio culpable, casi sensual, el contacto del metal con la mano, el satisfactorio equilibrio de las armas.

Xan no tenía otros compañeros durante las vacaciones, y no parecía necesitarlos. Ningún amigo de Sherborne acudía a Woolcombe. Cuando le preguntaba por la escuela, se mostraba evasivo.

—Está bien. Mejor de lo que hubiera estado Harrow.

—¿Mejor que Eton?

—Ya no vamos allí. Mi bisabuelo tuvo una pelea tremenda, acusaciones públicas, cartas airadas, y se despidió para siempre. He olvidado a qué vino todo.

—¿No te molesta volver a la escuela?

—¿Por qué habría de molestarme? ¿Y a ti?

—No, más bien me gusta. Si no puedo estar aquí, prefiero la escuela a las vacaciones.

Permaneció unos instantes en silencio y después añadió:

—La cosa es que los maestros quieren comprenderte, tienen la idea de que les pagan para eso. Yo los tengo desconcertados. Gran trabajador, magníficas notas, el favorito del director, candidato seguro a una beca para Oxford… y al trimestre siguiente, todo son problemas.

—¿Qué clase de problemas?

—No tan graves como para ser expulsado. Y, naturalmente, al trimestre siguiente vuelvo a ser un buen chico. Eso los confunde, los tiene preocupados.

Yo tampoco lo comprendía, pero no me preocupaba. No me comprendía ni a mí mismo...

Ahora sé, desde luego, por qué le gustaba que yo fuese a Woolcombe. Creo que lo adiviné casi desde el primer momento. No tenía absolutamente ningún compromiso conmigo, ninguna responsabilidad hacia mí, ni siquiera el compromiso de la amistad o la responsabilidad de la elección personal. No me había elegido. Yo era su primo, le había sido impuesto, estaba allí. Conmigo en Woolcombe no necesitaba enfrentarse a la pregunta inevitable: «¿Por qué no invitas a algún amigo a pasar aquí las vacaciones?» ¿Por qué habría de hacerlo? Ya tenía que ocuparse de su primo huérfano de padre. Hijo único como lo era, yo le libraba del peso de la excesiva preocupación paternal. Nunca fui particularmente consciente de esa preocupación, pero, sin mí, quizá sus padres se hubieran sentido obligados a demostrarla. Desde la adolescencia, Xan nunca pudo soportar preguntas, curiosidad, interferencias en su vida. Lo comprendía muy bien; yo también era así. Si tuviera tiempo suficiente o algún motivo para hacerlo, sería interesante estudiar nuestra común ascendencia para descubrir las raíces de esta autosuficiencia obsesiva. Ahora me doy cuenta de que fue una de las razones de mi fracaso matrimonial, probablemente es la razón de que Xan no se haya casado nunca. Haría falta una fuerza más poderosa que el amor sexual para forzar la poterna que defiende ese corazón y esa mente tan almenados.

Durante aquellas largas semanas estivales rara vez veíamos a sus padres. Como la mayoría de los adolescentes, nos levantábamos tarde, y cuando bajábamos ellos ya habían desayunado. Luego recogíamos en la cocina un almuerzo para llevar, un termo de sopa casera, pan, queso y paté, grandes porciones de pastel de frutas hecho en casa, todo ello preparado por una cocinera lúgubre que conseguía rezongar al mismo tiempo por el pequeño esfuerzo adicional que le obligábamos a hacer y por la falta de cenas prestigiosas que le dieran ocasión de demostrar su habilidad. Volvíamos a tiempo de cambiarnos para cenar. Mis tíos nunca recibían invitados, no al menos mientras yo estaba allí, y el peso de la conversación recaía casi por completo en ellos dos mientras Xan y yo comíamos, dirigiéndonos ocasionalmente esas miradas furtivas y confabuladas propias de la juventud juzgadora. Su charla espasmódica versaba invariablemente sobre proyectos para nosotros, y se desarrollaba como si no estuviéramos presentes.

Mi tía, mondando delicadamente la piel de un melocotón, sin levantar la vista:

—A los chicos quizá les gustaría visitar Maiden Castle.

—No hay mucho que ver en Maiden Castle. Jack Manning podría llevárselos en la barca cuando vaya a recoger las langostas.

—Me parece que no confío en Manning. Mañana hay un concierto en Poole que quizá les interese.

—¿Qué clase de concierto?

—No recuerdo, te di a ti el programa.

—Quizá les gustaría pasar un día en Londres.

—No con este tiempo tan delicioso. Están mucho mejor al aire libre.

Cuando Xan llegó a los diecisiete años y pudo disponer del coche de su padre, a veces íbamos a Poole en busca de chicas. Estas excursiones me resultaban terroríficas, y sólo lo acompañé en dos ocasiones. Era como entrar en un mundo ajeno: las risitas de las chicas que cazaban en pareja, las miradas atrevidas y desafiantes, la charla en apariencia insustancial pero obligatoria. Después de la segunda vez, le pregunté:

—No fingimos sentir afecto. Ni siquiera nos gustan, y desde luego no les gustamos a ellas. Así que, si las dos partes sólo desean sexo, ¿por qué no lo decimos abiertamente y eliminamos esos prolegómenos tan embarazosos?

—Bueno, parece que ellas los necesitan. Además, las únicas mujeres que puedes abordar de esa manera exigen dinero por adelantado. Con algo de suerte, en Poole podemos conseguirlo mismo con una película y un par de horas en el bar.

—Creo que no volveré.

—Seguramente haces bien. Por lo general, a la mañana siguiente suelo quedarme con la sensación de que no valía la pena.

Era típico de él presentarlo como si mi desgana no se debiera, como él debía sospechar, a una mezcla de azoramiento, vergüenza y miedo al fracaso. Difícilmente podría culpar a Xan por el hecho de haber perdido mi virginidad en condiciones de suma incomodidad en un aparcamiento de Poole, con una pelirroja que dejó bien claro, tanto durante mis torpes avances preliminares como después, que había conocido mejores maneras de pasar la tarde de un sábado. Y difícilmente puedo afirmar que esta experiencia afectara adversamente a mi vida sexual. Después de todo, si nuestra vida sexual viniera determinada por nuestros primeros experimentos juveniles, la mayoría de la gente quedaría condenada al celibato. En ningún otro campo de la experiencia humana están los seres humanos más convencidos de que pueden conseguir algo mejor con un poco de perseverancia.

Aparte de la cocinera recuerdo a pocos criados. Había un jardinero, Hobhouse, con una aversión patológica hacia las rosas, especialmente cuando estaban plantadas con otras flores. Se meten por todas partes, rezongaba, como si las enredaderas y arbustos que tan hábil y rencorosamente podaba se hubieran sembrado misteriosamente por sí solos. Y estaba Scovell, de cara agradable y vivaz, cuya función exacta no llegué a comprender jamás: ¿chófer, ayudante del jardinero, criado para todo? Xan o no le prestaba ninguna atención o se mostraba deliberadamente ofensivo. Nunca vi que tratara con descortesía a ningún otro miembro de la servidumbre, y le habría preguntado por qué lo hacía si no hubiera percibido, alerta como siempre a cualquier matiz de emoción en mi primo, que la pregunta era imprudente.

No me molestaba que Xan fuese el favorito de nuestro abuelo. Esta preferencia me parecía perfectamente natural.

Recuerdo un fragmento de conversación que llegó a mis oídos una Navidad en la que, desastrosamente, nos reunimos todos en Woolcombe.

—A veces me pregunto si, al final, Theo no va a llegar más lejos que Xan.

—Oh, no. Theo es un chico apuesto e inteligente, pero Xan es brillante.

Xan y yo coincidíamos en esta apreciación. Cuando conseguí ingresar en Oxford, quedaron satisfechos pero sorprendidos. Cuando Xan fue admitido en Balliol, se lo tomaron como si fuera su derecho. Cuando obtuve mi matrícula de honor, dijeron que había tenido suerte. Cuando Xan sólo consiguió un sobresaliente, le reprocharon, con indulgencia, que no se hubiera molestado en estudiar.

Nunca planteaba exigencias, nunca me trató como a un primo pobre al que anualmente se proporcionaba comida, bebida y unas vacaciones gratuitas a cambio de compañía o servilismo. Si quería estar a solas, podía permitírmelo sin suscitar quejas ni comentarios. En tales ocasiones solía encerrarme en la biblioteca, una sala que me deleitaba con sus anaqueles repletos de volúmenes encuadernados en piel, sus pilastras y capiteles tallados, la enorme chimenea de piedra con su escudo de armas en relieve, los bustos de mármol en sus hornacinas, la gran mesa de los mapas donde podía extender mis libros y tareas de vacaciones, la vista desde las altas ventanas sobre el césped del jardín y; más allá, el río y el puente. Fue allí, hojeando los libros de historia local, donde descubrí que en aquel mismo puente se había librado una escaramuza durante la guerra civil, cuando cinco jóvenes Caballeros lo defendieron contra los Cabezas Redondas* hasta sucumbir los cinco. Incluso se citaban sus nombres, como una nómina de valor romántico: Ormerod, Freemantle, Cole, Bydder, Fairfax. Fui a buscar a Xan, muy excitado, y lo arrastré a la biblioteca.

* Caballeros y Cabezas Redondas, partidarios respectivamente de Carlos I y del Parlamento (Cromwell) durante la guerra civil inglesa del siglo XVII. (N. del T.)

—Mira, el miércoles próximo será el aniversario del combate, el dieciséis de agosto. Deberíamos celebrarlo.

—¿Cómo? ¿Arrojando flores al agua?

Pero su tono no era desdeñoso ni de rechazo, sino sólo ligeramente divertido por mi entusiasmo.

—¿Por qué no beber por ellos, en todo caso? Podríamos convertirlo en una ceremonia.

Lo hicimos, los dos. A la caída de la tarde fuimos al puente con una botella del clarete de su padre, las dos pistolas y mis brazos cargados de flores del jardín amurallado. Nos bebimos la botella entre los dos, y luego Xan se encaramó al parapeto y disparó las dos pistolas al aire mientras yo iba gritando los nombres. Es uno de los momentos de mi adolescencia que ha permanecido conmigo. Un atardecer de puro gozo, sin mácula, no contaminado por la culpa, la saciedad ni el remordimiento, inmortalizado para mí en esa imagen de Xan erguido ante el crepúsculo, su cabellera llameante, los pálidos pétalos de rosa flotando bajo el puente arrastrados por la corriente hasta perderse de vista.

3

Lunes, 18 de enero de 2021

Recuerdo mis primeras vacaciones en Woolcombe. Seguí a Xan por un segundo tramo de escaleras al final del pasillo hasta una habitación en lo más alto de la casa, en la parte de atrás, con vistas a la terraza y el jardín, el río y el puente. Al principio, sensibilizado y contaminado por el resentimiento de mi madre, pensé si no me habrían enviado a los aposentos de los criados.

Entonces Xan dijo:

—Yo estoy en el dormitorio de al lado. Tenemos nuestro propio cuarto de baño, al final del pasillo.

Recuerdo hasta el último detalle de aquella habitación. Fue en ella donde me alojé todas las vacaciones de verano a lo largo de mis tiempos de escolar, y hasta que abandoné Oxford. Yo cambiaba, pero la habitación no cambiaba nunca, y veo en la imaginación una serie de escolares y estudiantes universitarios, todos asombrosamente parecidos a mí, abriendo aquella puerta verano tras verano y accediendo por derecho propio a aquella herencia. No he vuelto a Woolcombe desde la muerte de mi madre, hace ocho años, y ya no volveré nunca. A veces sueño que de viejo he de regresar a Woolcombe para morir en aquella habitación, que he de abrir por última vez la puerta, ver de nuevo la cama de baldaquino con sus cuatro postes tallados y el centón de seda desteñida; la mecedora de madera moldeada con su cojín bordado por alguna Lyppiatt largo tiempo ya fallecida; la pátina del escritorio georgiano, un poco maltrecho pero firme, estable, utilizable; la estantería llena de libros juveniles de los siglos XIX y XX: Henty, Fenimore Cooper, Rider Haggard, Conan Doyle, Sapper, John Buchan; la cómoda de frente convexo situada bajo el espejo cubierto de manchas de mosca, y los antiguos grabados con escenas de batallas, caballos despavoridos encabritándose ante los cañones, oficiales de caballería de mirada fogosa, Nelson moribundo. Y mejor que nada, recuerdo el día en que entré en ella por primera vez, me acerqué a la ventana, contemplé la terraza, el jardín en suave pendiente, los robles, el centelleo del río y el puentecito jorobado.

Xan permaneció en el umbral.

—Mañana podemos ir a algún sitio en bicicleta, si quieres —sugirió—. El baronet te ha comprado una.

Más tarde habría de saber que rara vez se refería a su padre de otro modo. Respondí:

—Muy amable por su parte.

—No tanto. Tenía que comprártela, ¿no?, si quería que estuviéramos juntos.

—Tengo una bicicleta. Siempre voy en bicicleta a la escuela. Hubiera podido traerla.

—El baronet creyó que sería más cómodo tener una aquí. No hace falta que la utilices. Me gustaría pasar el día por ahí, pero no hace falta que vengas si no quieres. Ir en bicicleta no es obligatorio. En Woolcombe, nada es obligatorio salvo la desdicha.

Como más tarde pude comprobar, era el tipo de comentario sardónico, casi adulto, que a Xan le gustaba hacer. Pretendía impresionarme, y lo consiguió. Pero no le creí. En aquella primera visita, inocentemente encantada, resultaba imposible imaginar que nadie pudiera padecer desdicha en una casa como aquélla. Y sin duda no podía referirse a sí mismo.

—Me gustaría ver la casa algún día —dije, y al instante me ruboricé, temiendo haber hablado como un turista o un posible comprador.

—Se puede hacer, naturalmente. Si puedes esperar hasta el sábado, la señorita Maskell, de la vicaría, te hará los honores. Tendrás que pagarle una libra, pero el jardín va incluido en el precio. Se abre al público en sábados alternos para contribuir a los fondos de la parroquia. Y lo que a Molly Maskell le falta en conocimiento artístico e histórico, lo compensa con imaginación.

—Preferiría que me la enseñaras tú.

No respondió a eso, pero se quedó mirándome mientras yo depositaba la maleta sobre la cama y empezaba a vaciarla. Para esta primera visita mi madre me había comprado una maleta nueva. Desgraciadamente consciente de que era demasiado grande, demasiado elegante, demasiado pesada, deseé haber traído mi vieja bolsa de lona. Había llevado demasiada ropa, por supuesto, y la menos adecuada, pero él no hizo ningún comentario, no sé si por tacto o delicadeza o porque sencillamente no se había fijado. Tras meter las prendas apresuradamente en uno de los cajones, pregunté:

—¿No es extraño vivir aquí?

—Es inconveniente y a veces aburrido, pero extraño no. Mis antepasados han vivido aquí desde hace 300 años. —Y añadió—: Es una casa bastante pequeña.

Me dio la impresión de que menospreciaba su herencia para hacerme sentir más cómodo, pero cuando lo miré vi por primera vez aquella expresión que con el tiempo se me haría familiar, de un secreto regocijo interior que alcanzaba ojos y boca pero nunca se manifestaba en una sonrisa franca. Entonces no sabía, ni lo sé ahora, hasta qué punto le importaba Woolcombe. La mansión todavía se utiliza como hospital y residencia de retiro para unos pocos privilegiados, parientes y amigos del Consejo, miembros de los consejos regionales, de distrito y locales, gente que se considera ha prestado algún servicio al Estado. Hasta que murió mi madre, Helena y yo la visitábamos con regularidad. Todavía conservo la imagen de las dos hermanas sentadas la una junto a la otra en la terraza, bien pertrechadas contra el frío, la una con su cáncer terminal, la otra con su artritis y su asma cardíaca, toda envidia y resentimiento olvidados ante la gran igualadora que es la muerte. Cuando me imagino el mundo sin un ser humano con vida, puedo representarme —¿y quién no lo hace?— los grandes templos y catedrales, los palacios y los castillos perdurando a través de los siglos, deshabitados, y la Biblioteca Británica, inaugurada justo antes de Omega, con sus libros cuidadosamente preservados y con manuscritos que ya nadie volverá a abrir ni a leer. Pero en mi corazón, sólo me siento conmovido por la imagen de Woolcombe, el olor de sus habitaciones húmedas y vacías, los paneles pudriéndose en la biblioteca, la hiedra cubriendo los muros, la maleza oscureciendo la gravilla, la pista de tenis y el jardín formal; por el recuerdo de aquella pequeña habitación en la parte de atrás, sin cambios ni visitantes, hasta que el centón finalmente se pudra, los libros se conviertan en polvo y el último cuadro se desprenda de la pared.

4

Martes, 21 de enero de 2021

Mi madre tenía pretensiones artísticas. No; eso es arrogante y ni tan siquiera cierto. No tenía pretensiones de nada, excepto de una respetabilidad desesperada. Pero tenía cierto talento artístico, aunque nunca le vi producir un dibujo original. Su afición consistía en pintar grabados antiguos, por lo general escenas victorianas sacadas de recopilaciones encuadernadas y ya estropeadas del *Girl's Own Paper* o el *Illustrated London News.* No imagino que fuese difícil, pero lo hacía con habilidad, cuidando, según me dijo, de utilizar los colores históricamente correctos, aunque no veo cómo podía estar segura de eso. Creo que nunca llegó a estar tan cerca de la felicidad como cuando se sentaba ante la mesa de la cocina con su caja de pinturas y dos botes de mermelada, la lámpara de dibujo enfocada con precisión hacia el grabado extendido sobre un periódico que colocaba ante ella. Yo solía contemplar, mientras trabajaba, la delicadeza con que sumergía el pincel más fino en el agua, y el remolino de coalescentes azules, amarillos y blancos cuando los mezclaba en la paleta. La mesa de la cocina era bastante grande, si no para que yo pudiera extender todos mis deberes, sí al menos para leer o escribir mi ensayo semanal. Me gustaba alzar la vista, en un breve escrutinio que pasaba inadvertido, y contemplar los vivos colores que se esparcían por el grabado, la transformación de los insulsos micropuntos grises en una escena viva;

una abarrotada estación término llena de mujeres tocadas con bonetes que despedían a sus hombres, rumbo a la guerra de Crimea; una familia victoriana, las mujeres con pieles y polisones, decorando la iglesia por Navidad; la reina Victoria, escoltada por su consorte y rodeada de niños vestidos de crinolina, inaugurando la Gran Exposición; escenas fluviales en el Isis sobre un fondo de botes de recreo hoy desaparecidos, hombres bigotudos enfundados en sus blazers, chicas de pecho opulento y cintura breve con chaquetas y sombreros de paja; iglesias de pueblo con una dispersa procesión de fieles, con el castellano y su dama en primer plano, disponiéndose a asistir al servicio de Pascua, sobre un fondo de tumbas festivamente adornadas con flores de primavera. Tal vez fuese mi temprana fascinación por estas escenas lo que acabó dirigiendo mi interés de historiador hacia el siglo XIX, esa época que ahora, como cuando empecé a estudiarla, se me antoja un mundo visto a través de un telescopio, al mismo tiempo cercano pero infinitamente remoto, fascinante en su energía, su seriedad moral, su esplendor y su miseria.

La afición de mi madre no dejaba de ser lucrativa. Cuando terminaba de colorear los grabados, los enmarcaba con ayuda del señor Greenstreet —el ayudante del vicario de la iglesia local, a la que asistían ambos regularmente y yo de mala gana— y los vendía a las tiendas de antigüedades. Nunca sabré qué papel desempeñó el señor Greenstreet en su vida, aparte de aportar su pulcra habilidad con la madera y la cola, o cuál hubiera podido desempeñar de no ser por mi ubicua presencia; del mismo modo en que ignoro cuánto percibía mi madre por los grabados y si, como ahora sospecho, eran estos ingresos extra los que pagaban las excursiones de la escuela, los bates de críquet, los libros adicionales que nunca me fueron escatimados. Yo también contribuía, en mi medida: era yo quien encontraba los grabados. Cuando volvía de la escuela, o los sábados, me dedicaba a revolver cajones en las traperías de Kingston y aun más lejos, recorriendo a veces veinticinco o treinta kilómetros en bicicleta hasta la tienda que ofrecía el mejor botín. Casi todos eran baratos, y los compraba con el dinero de mi asignación. Los mejores los robaba; me volví experto en desprender las hojas centrales de los volúmenes encuadernados sin dañarlos, en extraer grabados de sus monturas y ocultarlos en mi atlas escolar. Necesitaba estos actos de vandalismo como la mayoría de los jóvenes necesitaban sus pequeños delitos, supongo. Nunca sospecharon de mí, el uniformado y respetuoso colegial que llevaba sus hallazgos menores a la caja y los pagaba sin muestras de prisa ni inquietud, y que ocasionalmente compraba libros de segunda mano seleccionados entre los más baratos de las cajas de artículos variados situadas a la entrada de la tienda. Disfrutaba con estas expediciones solitarias, con el riesgo, la emoción de descubrir un tesoro, el triunfo de regresar con mi botín. Mi madre hablaba poco, excepto para preguntarme cuánto había gastado y devolverme el dinero. Si llegaba a sospechar que algunos grabados valían más de lo que yo reconocía haber pagado, nunca me formulaba preguntas, pero yo notaba que se sentía complacida. No la quería, pero robaba para ella. Aprendí muy temprano, ante aquella mesa de la cocina, que existen maneras de evitar, sin culpa, los compromisos del amor.

Sé, o creo saber, cuándo empezó mi terror a hacerme responsable de las vidas o la felicidad de los demás. Aunque puede que me engañe; siempre he sido hábil a la hora de inventar excusas para mis deficiencias personales. Pero me gusta rastrear sus raíces hasta 1983, el año en que mi padre perdió en su lucha contra el cáncer de estómago. Es así cómo, escuchando a los adultos, lo oí describir: «Ha perdido en la lucha», dijeron. Y ahora veo que verdaderamente fue una lucha, y librada con cierto coraje aunque no le quedara mucha opción. Mis padres trataron de ahorrarme los peores detalles. «Procuramos que el chico no se entere de según qué cosas» era otra frase escuchada con frecuencia. Pero procurar que el chico no se enterase de según qué cosas equivalía a no decirme nada, salvo que mi padre estaba enfermo, que tendría que ir a ver a un especialista, que ingresaría en el hospital para ser operado, que pronto volvería a casa, que tendría que volver al hospital. A veces, ni siquiera eso me decían; regresaba de la escuela y me encontraba con que él no estaba en casa y mi madre hacía febrilmente la limpieza, con una expresión fija como la piedra. Que el chico no se enterase de según qué cosas significaba que yo viviese sin hermanos ni hermanas en una atmósfera de amenaza incomprendida, en la que los tres nos movíamos inexorablemente hacia un desastre inevitable que, cuando llegara, sería culpa mía. Los niños siempre son propensos a creer que las catástrofes adultas son por su culpa. Mi madre nunca pronunció la palabra «cáncer» delante de mí, nunca se refirió a la enfermedad más que indirectamente. «Tu padre está un poco cansado esta mañana.» «Tu padre ha tenido que volver al hospital hoy.» «Saca esos libros de la sala y sube a tu cuarto antes de que llegue el doctor, porque querrá hablar conmigo.»

Solía hablar con los ojos bajos, como si la enfermedad tuviera algo de embarazoso, indecente incluso, que la convertía en tema inapropiado para un niño. ¿O se trataba acaso de una reserva más profunda, de un sufrimiento compartido que se había convertido en parte esencial de su matrimonio y del que yo estaba tan legítimamente excluido como de su lecho conyugal? Ahora me gustaría saber si el silencio de mi padre, que en su momento me parecía un rechazo, no sería deliberado. ¿Nos alejaban menos el dolor y la fatiga, el lento agotamiento de la esperanza, que su deseo de no incrementar la angustia de la separación? Pero no podía tenerme tanto afecto. Yo no era un chico fácil de querer… ¿Y cómo hubiéramos podido comunicarnos? El mundo de los enfermos terminales no es el mundo ni de los vivos ni de los muertos. He observado a otros después de haber observado a mi padre, y siempre he percibido su desafección. Se sientan y hablan, y se les habla, y escuchan e incluso sonríen, pero en espíritu ya se han alejado de nosotros y no existe ningún modo de que podamos penetrar en su sombría tierra de nadie.

Ahora no puedo recordar el día en que murió, salvo por un incidente: mi madre sentada ante la mesa de la cocina, derramando al fin lágrimas de rabia y frustración, y, cuando torpe y azorado quise rodearla con mis brazos, lamentándose: «¿Por qué he de tener siempre tan mala suerte?» Le pareció entonces al chico de doce años lo que me sigue pareciendo ahora: una respuesta inadecuada ante la tragedia personal. Su banalidad influyó en mi actitud hacia mi madre durante el resto de mi infancia. Fui injusto e innecesariamente severo, pero los niños son injustos y severos con sus padres.

Aunque he olvidado, o tal vez borrado deliberadamente de mi mente, todos los recuerdos del día en que murió mi padre, salvo uno, soy capaz de recordar hora por hora el día en que fue incinerado. La fina llovizna, que hacía que los jardines del crematorio pareciesen un cuadro puntillista; la espera en un simulacro de claustro hasta que concluyó la cremación anterior y pudimos pasar dentro y ocupar nuestros lugares en los austeros bancos de pino; el olor de mi traje nuevo, las coronas amontonadas contra la pared de la capilla, la estrechez del ataúd que parecía imposible pudiera contener realmente el cuerpo de mi padre. El nerviosismo de mi madre por que todo saliera bien se agravaba ante el temor de que asistiera su cuñado baronet. No asistió, y tampoco Xan, que se encontraba en su escuela preparatoria. Pero sí vino mi tía, ataviada de un modo demasiado elegante, la única mujer que no vestía predominantemente de negro, cosa que proporcionó a mi madre un no del todo indeseado motivo de queja. Fue tras el asado del banquete funerario cuando las dos hermanas acordaron que pasara las próximas vacaciones en Woolcombe, sentando así la pauta para todas las siguientes vacaciones de verano.

Pero mi principal recuerdo de ese día es su atmósfera de excitación reprimida y la poderosa desaprobación que yo sentía concentrada en mí. Fue entonces cuando oí por primera vez la frase luego reiterada por amigos y vecinos a los que, con sus desacostumbradas vestiduras negras, apenas reconocía: «Ahora eres tú el hombre de la casa, Theo. Tu madre dependerá de ti.» No pude decir entonces lo que durante casi cuarenta años he sabido, que era cierto: no quiero que nadie dependa de mí, ni por protección, ni por felicidad, ni por amor, ni por nada.

Desearía que el recuerdo de mi padre fuese más feliz, que tuviera una imagen clara, o al menos cierta imagen, del hombre esencial a la que pudiera aferrarme, convertir en parte de mí; desearía poder citar siquiera tres cualidades que lo caracterizaran. Pero ahora que pienso en él por primera vez desde hace años, no existen adjetivos que pueda conjurar honradamente. Ni tan sólo que fuera afectuoso, amable, inteligente, cariñoso. Puede que fuera todas estas cosas, pero yo no lo sé. Lo único que sé de él es que se moría. Su cáncer no fue rápido ni piadoso —¿cuándo es piadoso un cáncer?—, tardó casi tres años en morir. Al parecer, la mayor parte de mi primera infancia quedó subsumida en aquellos años por la imagen y el sonido y el olor de su muerte. Él era su cáncer. Entonces yo no podía ver otra cosa, y sigo sin poder verla ahora. Durante años, mi memoria de él, menos memoria que reencarnación, fue una memoria de horror. Unas semanas antes de morir se cortó el índice izquierdo abriendo una lata, y la herida se le infectó. A través del voluminoso vendaje de algodón y gasa aplicado por mi madre rezumaban sangre y pus. La cosa no parecía inquietarle; comía con la mano derecha, dejando la izquierda apoyada sobre la mesa y contemplándola suavemente, con un aire de leve sorpresa, como si fuera independiente de su cuerpo y no tuviera nada que ver con él. Pero yo no podía apartar los ojos de ella, en un conflicto entre el hambre y la náusea. Para mí era un obsceno objeto de horror. Acaso proyectaba sobre su dedo vendado todo el miedo no reconocido a su enfermedad mortal. Durante varios meses después de su muerte fui visitado por una pesadilla recurrente en la que lo veía al pie de mi cama, apuntando hacia mí con un muñón sangrante y amarillento, no del dedo, sino de toda la mano; nunca hablaba, sino que permanecía allí mudo en su pijama a rayas. Su mirada era a veces una solicitud de algo que yo no podía conceder, pero más a menudo resultaba gravemente acusadora, como el mismo además de señalar. Ahora me parece injusto que durante tanto tiempo sólo fuera recordado con horror, con un goteo de sangre y pus. La forma de la pesadilla, asimismo, me intriga ahora que, con mi superficial conocimiento adulto de psicología, intento analizarla. Sería más explicable si yo hubiera sido una niña. El intento de analizar era, naturalmente, un intento de exorcizar. Y en parte debió de tener éxito. Después de que yo matara a Natalie, él me visitaba semanalmente; ahora no viene nunca. Me alegro de que por fin se haya ido, llevándose consigo su dolor, su sangre, su pus. Pero me gustaría que me hubiera dejado un recuerdo distinto.

5

Viernes, 22 de enero de 2021

Hoy es el cumpleaños de mi hija. Habría sido el cumpleaños de mi hija si yo no la hubiese atropellado y matado. Eso fue en 1993, cuando ella tenía quince meses. Por entonces, Helena y yo vivíamos en una casa pareada de estilo eduardiano en Lathbury Road, demasiado grande y demasiado cara para nosotros; pero Helena, en cuanto se enteró de que estaba embarazada, insistió en una casa con jardín y un cuarto infantil orientado hacia el sur. Ahora no recuerdo las circunstancias exactas del accidente, si era yo quien debía estar vigilando a Natalie o si creía que estaba con su madre. Todo esto debió de mencionarse en la declaración; pero esa adjudicación oficial de responsabilidades se ha borrado de mi memoria. Sí recuerdo que salía de casa para ir al *college*, conduciendo el coche que Helena había aparcado de cualquier manera el día anterior, marcha atrás para facilitar la maniobra de cruzar el estrecho portón del jardín. No había garaje en Lathbury Road, pero disponíamos de lugar para dos automóviles delante de la casa. Debí dejar abierta la puerta de la calle, y Natalie, que caminaba desde los trece meses, salió detrás de mí. También esta culpabilidad menor debió de quedar registrada en la declaración. Pero algunos detalles sí los recuerdo; el suave topetón bajo la rueda posterior izquierda, como un bordillo, pero más blando, más elástico, más tierno que ningún bordillo. El inmediato conocimiento, seguro, absoluto, terrorífico, de lo que era. Y los cinco segundos de silencio total hasta que empezaron los chillidos. Sabía que era Helena quien chillaba, pero aun así una parte de mi mente no podía creer que lo que estaba oyendo fuese un sonido humano. Y recuerdo la humillación. No podía moverme, no podía salir del coche, ni siquiera podía extender la mano hacia la portezuela. Y entonces George Hawkins, nuestro vecino, empezó a golpear el cristal y a gritar: «¡Sal de ahí, cabrón, salde ahí!» Y puedo recordar la incongruencia de lo que pensé al ver aquel rostro distorsionado por la ira apretado contra el cristal. «Nunca le he caído bien.» Y no puedo fingir que no sucedió. No puedo fingir que fue otra persona. No puedo fingir que no fui responsable.

El horror y la culpa anegaron el pesar. Quizá si Helena hubiera podido decir «aún es peor para ti, cariño», o «es igual de malo para ti, cariño», habríamos podido rescatar algo del naufragio de un matrimonio que ya desde un principio no había sido demasiado estable. Pero, naturalmente, no podía; no era eso lo que ella pensaba. Ella creía que a mí me importaba menos, y estaba en lo cierto. Creía que a mí me importaba menos porque amaba menos, y también ahí estaba en lo cierto. Me alegró ser padre. Cuando Helena me anunció que estaba embarazada, experimenté las que presumo ser habituales emociones de orgullo irracional: ternura y estupefacción. Sentía afecto por mi hija, aunque habría sentido más si hubiera sido más bonita —era una caricatura en miniatura del padre de Helena—, más cariñosa, más simpática, menos inclinada a gimotear. Me alegro de que estas palabras no vayan a ser leídas por otros ojos… Lleva veintiséis años muerta y todavía pienso en ella con reproches. Pero Helena estaba obsesionada con ella, absolutamente encantada, esclavizada, y sé que lo que estropeó a Natalie para mí fueron los celos. Los habría superado con el tiempo, o al menos habría llegado a desenvolverme con ellos. Pero no tuve ese tiempo. No me parece que Helena creyera jamás que había atropellado a Natalie deliberadamente, no al menos cuando estaba cuerda; incluso en sus momentos de mayor amargura se las arreglaba para no pronunciar las palabras imperdonables, como una mujer agobiada por un esposo enfermo y avinagrado que, ya sea por superstición o por un resto de amabilidad, se tragará las palabras: «Ojalá estuvieras muerto.» Pero de poder elegir, habría preferido que viviera Natalie y no yo. Y no pretendo culparla por ello. En su momento parecía perfectamente razonable, y así me lo parece ahora. Por la noche yacía distanciado en la gran cama esperando a que ella se durmiera, sabiendo que podían pasar horas antes de que lo hiciera, preocupándome por la sobrecargada agenda del día siguiente, por cómo podría afrontar la vida con aquella perspectiva de interminables noches rotas, reiterando en la oscuridad mi letanía de autojustificaciones: «Por el amor de Dios, fue un accidente. No quería hacerlo. No soy el único padre que ha atropellado a un hijo. Se supone que ella tenía que cuidar a Natalie, la niña era responsabilidad suya, desde el primer momento dejó bien claro que era cosa suya. Lo mínimo que hubiera podido hacer era cuidarla adecuadamente.» Pero estas justificaciones airadas eran tan banales e irrelevantes como las excusas de un niño por haber roto un jarrón.

Los dos sabíamos que tendríamos que dejar la casa de Lathbury Road. Helena dijo:

—No podemos seguir aquí. Deberíamos buscar una casa cerca del centro. Después de todo, es lo que siempre habías deseado. En realidad, este lugar nunca te ha gustado.

La alegación estaba ahí, tácita: te alegra que nos mudemos, te alegra que su muerte lo haya hecho posible.

Seis meses después del funeral nos mudamos a la calle St. John, a una casa alta de estilo georgiano cuya puerta delantera da a una calle donde es difícil aparcar. La de Lathbury Road era una casa familiar; ésta es una casa para gente sin cargas, ágil, y para solitarios. El traslado me convino porque me gustaba vivir cerca del centro de la ciudad, y la arquitectura de estilo georgiano, incluso un georgiano especulativo que exige constante mantenimiento, tiene más carácter que el eduardiano. No habíamos hecho el amor desde la muerte de Natalie, y Helena se instaló en una habitación aparte. Nunca lo discutimos abiertamente, pero yo sabía que era su forma de decirme que no habría una segunda oportunidad; que no sólo había matado a su hija muy querida, sino toda esperanza de tener otro hijo, el niño que, así lo sospechaba ella, yo siempre había deseado. Eso fue en octubre de 1994, y ya no había posibilidad de elección. No vivimos permanentemente separados, por supuesto. El sexo y el matrimonio son más complejos que eso. De vez en cuando, yo cruzaba los escasos metros de suelo alfombrado que separaban su habitación de la mía. Ella ni me recibía con agrado ni me rechazaba. Pero había una distancia más amplia y permanente entre los dos, y no hice ningún esfuerzo por salvarla.

Esta estrecha casa de cinco pisos es demasiado grande para mí, naturalmente, pero con el actual descenso de la población no es muy probable que me critiquen por no compartir lo que me sobra. No hay estudiantes que reclamen a gritos una habitación de alquiler, ni jóvenes familias sin hogar que remuerdan la conciencia social de los más privilegiados. La utilizo toda, subiendo de piso en piso según las exigencias de mi rutina diaria, como si estampara metódicamente mi propiedad sobre el vinilo, sobre alfombras y moquetas y madera pulida. El comedor y la cocina están en la planta baja, y la cocina comunica con un amplio arco de escalones de piedra que conduce al jardín. Arriba, dos salas de estar pequeñas fueron convertidas en una que me sirve de estudio y como sala de música y televisión. En el segundo piso hay una gran sala de estar en forma de L. También ésta resultó de unir dos cuartos más pequeños, y las dos chimeneas discordantes proclaman su anterior disposición. Desde la ventana de atrás puedo contemplar el pequeño jardín vallado con su único abedul plateado. En la parte delantera, dos elegantes ventanas que llegan hasta el techo, con un balcón detrás, dan a la calle St. John.

Cualquiera que se pasee ante las dos ventanas tendrá escasa dificultad para describir al propietario de la sala. Obviamente, un académico; tres de las paredes están cubiertas de estantes del techo al suelo. Un historiador: los propios libros lo hacen patente. Un hombre interesado principalmente por el siglo XIX; no sólo los libros, sino también los cuadros y adornos proclaman esta obsesión. Las figuritas conmemorativas de Staffordshire, los óleos de género de la época victoriana, el empapelado William Morris. Es, además, la habitación de alguien que cuida de su comodidad y vive solo o con otra persona como máximo. No hay fotografías de familia, ni juegos de mesa, ni desaliño, ni polvo, ni desorden femenino; escasa evidencia, en realidad, de que la sala se utilice alguna vez. Y un visitante podría adivinar también que nada de lo que hay aquí es heredado, que todo es adquirido. No hay ninguno de esos objetos únicos o excéntricos, valorados o expuestos con tolerancia por ser bienes legados, ni retratos de familia, óleos de escaso mérito a los que se concede lugar porque proclaman un linaje. Es el cuarto de un hombre que ha ido a más en el mundo, rodeándose de los símbolos de sus logros y de sus pequeñas obsesiones. La señora Kavanagh, la esposa de uno de los bedeles del *college*, viene tres veces por semana para hacer la limpieza, y la hace bastante bien. No siento ningún deseo de emplear a los temporeros que, como ex consejero del Guardián de Inglaterra, tengo derecho a reclamar.

La habitación que más me gusta está en lo alto de la casa, un cuartito en el ático con una encantadora chimenea de hierro forjado y baldosines decorados, amueblado únicamente con un escritorio y un asiento, y provisto de lo necesario para hacer café. Una ventana sin cortinas permite contemplar el campanario de la iglesia de St. Barnabas y, más allá, la lejana ladera verde de Wytham Wood. Es aquí donde escribo mi diario, preparo mis conferencias y seminarios, y redacto mis artículos sobre historia. La puerta de la calle queda cuatro plantas más abajo, lo que resulta incómodo cuando llaman al timbre, pero he logrado asegurar que no haya visitas inesperadas en mi vida autosuficiente.

El año pasado, en febrero, Helena me dejó por Rupert Clavering, trece años más joven que ella, que aúna la apariencia de un jugador de rugby exageradamente entusiasta con, es preciso creerlo, la sensibilidad de un artista. Diseña carteles y cubiertas de libros, y lo hace muy bien. Recuerdo algo que ella dijo en una de nuestras conversaciones previas al divorcio —yo me esforzaba porque no fueran ni ásperas ni emotivas—: que si me acostaba con ella a intervalos cuidadosamente regulados era sólo porque quería que mis aventuras con mis alumnas se rigieran por necesidades más selectas que el mero alivio de la cruda privación sexual. No fueron éstas las palabras exactas, desde luego, pero sí su sentido. Creo que su perspicacia nos sorprendió a los dos.

6

El trabajo de escribir su diario —y Theo lo concebía como un trabajo, no como un placer— había pasado a formar parte de su muy organizada vida, una adición cotidiana a una rutina semanal medio impuesta por las circunstancias, medio ideada deliberadamente en un intento de imponer orden y propósito a la informidad de la existencia. El Consejo de Inglaterra había decretado que todos los ciudadanos debían realizar, además de sus tareas ordinarias, dos sesiones semanales de aprendizaje de actividades que les ayudaran a sobrevivir cuando llegaran a convertirse, si llegaban, en el último remanente de la civilización. La elección era voluntaria. Xan siempre había juzgado sabio dejar elegir a la gente en aquellos asuntos donde la elección carecía de importancia. Theo había decidido realizar un turno en el hospital John Radcliffe, no porque se sintiera a gusto en su antiséptica jerarquía ni porque imaginara que los servicios que dedicaba a aquella carne envejecida y enferma, que le aterrorizaba tanto como le repelía, resultaran en absoluto más gratificantes para los receptores de lo que lo eran para él, sino porque conjeturaba que los conocimientos así adquiridos podían ser los que mayor utilidad personal le reportarían; y no era mala idea saber, si la necesidad se presentaba, dónde podía acceder a una reserva de medicamentos con un poco de astucia. La segunda sesión de dos horas la pasaba más agradablemente en un curso de mantenimiento de la vivienda, pues el buen humor y los crudos comentarios críticos de los artesanos que allí impartían sus enseñanzas constituían un grato alivio frente a los más refinados desaires del mundo académico. Su trabajo pagado consistía en enseñar a los estudiantes ya maduros que, junto con los escasos ex alumnos que realizaban investigaciones o se preparaban para títulos superiores, representaban la única justificación para la existencia de la universidad. Dos noches por semana, los martes y los viernes, cenaba en el Hall. Los miércoles acudía invariablemente a la capilla de Magdalen para asistir al servicio de las tres en canto llano. Un reducido número de *colleges* con superiores más excéntricos de lo habitual o con la obstinada determinación de hacer caso omiso de la realidad seguían utilizando sus capillas para el culto, y algunos incluso habían recuperado el antiguo Libro del rezo de la Iglesia Anglicana. Pero el coro de Magdalen se contaba entre los mejor considerados, y Theo iba a escuchar el canto, no a participar en un ritual arcaico.

Sucedió el cuarto miércoles de enero. Caminando hacia Magdalen, como era su costumbre, había dejado la calle St. John para internarse por la de Beaumont y se acercaba a la entrada del museo Ashmolean cuando se cruzó con una mujer que llevaba un cochecito de bebé. La fina llovizna acababa de cesar y, al llegar a su lado, la mujer se detuvo para retirar la cubierta impermeable y plegar la capota del cochecito. La muñeca quedó al descubierto, apoyada sobre los cojines con los brazos y las manos enguantadas reposando sobre el cobertor acolchado, como una parodia de la niñez a un tiempo patética y siniestra. Escandalizado y asqueado, Theo se descubrió incapaz de quitarle la vista de encima. Los iris relucientes, más grandes quedos naturales, más azules que los de ningún ojo humano, de un azul resplandeciente, parecían clavar en él una fija mirada sin visión que, de algún modo, sugería una inteligencia dormida, ajena y monstruosa. Las pestañas, de un marrón oscuro, yacían como arañas sobre las mejillas de porcelana delicadamente teñida, y bajo el ajustado gorrito de encaje surgía una abundancia adulta de rizados cabellos amarillos.

Hacía años que no veía a nadie pasear una muñeca así,

pero veinte años antes habían sido muy corrientes y, de hecho, habían llegado a hacer furor. La fabricación de muñecas era el único sector de la industria juguetera que, junto con la producción de coches cuna, había florecido durante un decenio, produciendo muñecas para toda la gama de deseos maternales frustrados; algunas toscas y baratas, pero otras de notable artesanía y belleza, que, de no haberlas originado Omega, habrían podido convertirse en preciadas posesiones de familia. Las más caras —algunas costaban bastante más de dos mil libras— podían adquirirse en diversos tamaños: el recién nacido, el bebé de seis meses, el de un año, el niño de dieciocho meses capaz de sostenerse en pie y andar gracias a un intrincado mecanismo. Los llamaban «seismesinos». Hubo una época en que no era posible andar por la calle mayor sin verse estorbado por los cochecitos y los grupos de cuasi madres que expresaban su admiración. A Theo le parecía recordar que incluso habían existido seudopartos y que las muñecas rotas eran sepultadas con toda ceremonia en tierra consagrada. ¿No fue uno de los pequeños debates eclesiásticos de principios de siglo el de si era legítimo utilizar las iglesias para estas charadas, e incluso si los sacerdotes ordenados podían tomar parte en ellas?

Al percibir su mirada, la mujer sonrió, con una sonrisa idiota que invitaba a la connivencia y las felicitaciones. Luego, cuando sus ojos se encontraron y él desvió los suyos para que ella no viera su escasa compasión y su mayor desprecio, la mujer apartó bruscamente el cochecito y extendió un brazo protector como para tener a raya sus importunidades masculinas. Otra transeúnte más fácil de conmover se detuvo y le dirigió la palabra. Una mujer de mediana edad vestida de bien cortado tweed, con el cabello cuidadosamente peinado, se acercó al cochecito, sonrió a la dueña de la muñeca y dio comienzo a una elogiosa plática. La primera, radiante de placer, se inclinó hacia delante, alisó la colcha de satén, enderezó el gorrito y recogió un mechón rebelde. La segunda acarició la barbilla de la muñeca como si fuera un gato, sin interrumpir sus balbuceos infantiles.

Theo, más deprimido y ofendido por esta farsa de lo que tan inofensiva comedia justificaba, empezaba a alejarse cuando sucedió. La segunda mujer cogió de pronto la muñeca, la arrancó de entre los cobertores y, sin decir palabra, la hizo girar dos veces sujetándola por las piernas y le aplastó la cabeza contra el muro de piedra con una fuerza tremenda. El rostro destrozado y los fragmentos de porcelana cayeron tintineando a la acera. La dueña quedó absolutamente muda durante un par de segundos, y luego gritó: fue un sonido horripilante, el grito de los torturados, de los afligidos, un alarido agudo y aterrorizado, inhumano pero demasiado humano, incontenible. Permaneció donde estaba, el sombrero torcido, los brazos extendidos, la cara vuelta hacia el cielo, la boca dilatada en una mueca de la que brotaba su angustia, su pesar, su cólera. Al principio pareció no darse cuenta de que la atacante aún seguía ante ella, contemplándola con silencioso desdén. Luego la mujer se volvió y echó a andar con paso vivo, cruzando el abierto portón y el patio exterior para desaparecer en el museo. Repentinamente consciente de que la atacante había huido, la dueña de la muñeca salió gesticulando en pos de ella, sin cesar de gritar; luego, comprendiendo sin duda lo irremediable del caso, regresó hacia el cochecito. Se había sosegado ya un tanto e, hincándose de rodillas, comenzó a recoger los pedazos rotos, tratando de hacerlos encajar como si se tratara de un rompecabezas. Dos ojos relucientes, horriblemente reales, rodaron hacia Theo unidos por un muelle. Por un instante sintió el impulso de recogerlos, de ayudar, de pronunciar al menos unas palabras de consuelo. Hubiera podido hacerle notar que siempre podía comprarse otro bebé. Era un consuelo que no había estado en su mano ofrecer a su esposa. Pero su vacilación fue sólo momentánea: reanudó su camino con paso enérgico. Nadie más se acercó a ella. Las mujeres de mediana edad, las que habían llegado a la madurez en el año de Omega, eran notoriamente inestables.

Llegó a la capilla justo cuando iba a empezar el servicio. Los ocho hombres y las ocho mujeres que componían el coro desfilaron trayendo consigo el recuerdo de otros coros, de muchachos que entraban con rostro grave y un balanceo infantil casi imperceptible, los brazos cruzados estrechando los papeles del servicio sobre sus menguados pechos, las caras suaves iluminadas como por una lamparilla interior, el cabello cepillado hasta parecer un resplandeciente casquete, los rostros preternaturalmente solemnes sobre sus cuellos almidonados. Theo desterró la imagen, preguntándose por qué había de ser tan persistente si a él nunca le habían importado los chiquillos. Fijó la vista en el capellán, recordando un incidente de algunos meses atrás, un día que llegó temprano al servicio. De alguna manera, un ciervo joven del prado de Magdalen había conseguido introducirse en la capilla y se erguía pacíficamente junto al altar como si aquél fuese su hábitat natural. El capellán, gritando ásperamente, se precipitó hacia él, le arrojó libros de oraciones, aporreó sus sedosos flancos. El animal, desconcertado, dócil, soportó el asalto por unos instantes y luego, con movimientos gráciles, abandonó la capilla.

El capellán se volvió hacia Theo con lágrimas en los ojos.

—¡Dios mío! ¿Por qué no pueden esperar? Malditos animales… Muy pronto será todo para ellos. ¿Por qué no pueden esperar?

Ahora, al contemplar el rostro serio y pomposo del capellán en aquella quietud iluminada por los cirios, el recuerdo no parecía más que una escena extravagante de una pesadilla medio olvidada.

La congregación, como de costumbre, no llegaba a las treinta personas, y muchos de los presentes, habituales como él mismo, eran conocidos de Theo. Pero había una cara nueva, una joven sentada en el sitial situado justo enfrente del suyo y cuya mirada, de vez en cuando, era difícil evitar, si bien no daba ninguna muestra de reconocerle. La capilla estaba escasamente iluminada, y entre el parpadeo de las velas el rostro de la mujer resplandecía con una luz suave, casi transparente, clara y visible en un momento, tan difusa e insustancial como una aparición al siguiente. Pero no le era desconocida a Theo; tenía la impresión de haberla visto antes, y haberla visto no con una ojeada fugaz, sino cara a cara y durante un buen lapso. Le parecía haberla visto, además, como ahora, la cabeza recortada sobre un fondo de paneles de madera. Intentó obligarse a recordar, fijando los ojos en su cabeza inclinada durante el credo, simulando mirar a la lejanía con piadosa concentración durante la lectura de la primera lección litúrgica, pero teniéndola constantemente presente, arrojando sobre su imagen la red espinosa de la memoria. Hacia el final de la segunda lección comenzó a irritarle el fracaso; luego, mientras el coro, compuesto en su mayoría por personas de mediana edad, preparaba las partituras y se volvía hacia el director, esperando que empezara a sonar el órgano y que su pequeña figura enfundada en una sobrepelliz alzara sus manos semejantes a zarpas e iniciara sus delicados gestos en el aire, Theo recordó. La joven había asistido brevemente a las clases de Colín Seabrook sobre «La vida en la época victoriana», con el subtítulo «La mujer en la novela victoriana», que él había dado en sustitución de Colin dieciocho meses antes. La esposa de Seabrook había sido operada de cáncer; se les presentó la posibilidad de tomarse unas vacaciones juntos si Colin podía encontrar un sustituto que diera este cursillo de cuatro clases. Theo recordaba la conversación, su poco enérgica protesta.

—¿No sería mejor que te sustituyera un miembro del departamento de inglés?

—No, amigo mío, ya lo he intentado. Todos tienen excusas. No les gusta trabajar por las tardes. Están demasiado ocupados. No es su época... no creas que esta excusa es monopolio de los historiadores. Pueden dar una clase, pero no las cuatro. Sólo es una hora, los jueves de seis a siete. Y no tienes que preocuparte por la preparación, sólo he escogido cuatro libros y seguramente los conoces de memoria: *Middlemarch*, *El retrato de una dama*, *La feria de las vanidades*, *Cranford*. Sólo hay catorce alumnos, la mayoría mujeres de unos cincuenta y tantos años. A esta edad deberían estar cuidando a sus nietos, así que tienen tiempo de sobra, ya sabes cómo están las cosas. Unas señoras encantadoras, aunque con un gusto más bien convencional. Te gustarán. Y a ellas les emocionará tenerte como profesor. Los consuelos de la cultura, eso es lo que buscan. Tu primo, nuestro estimado Guardián, concede gran importancia a los consuelos de la cultura. Lo único que pretenden es refugiarse temporalmente en un mundo más agradable y permanente. Todos lo hacemos, querido amigo, sólo que tú y yo lo llamamos erudición.

Pero fueron quince alumnos, no catorce. La joven llegó con dos minutos de retraso y ocupó silenciosamente un asiento al fondo de la clase. Entonces, como ahora, Theo vio su cabeza recortada sobre paneles de madera e iluminada por velas. Cuando la última remesa de alumnos hubo completado sus cursos, el sagrado recinto del *college* se abrió a estudiantes de edad madura y sus clases se celebraban en la agradable sala común del Queen's College. La joven escuchó con aparente interés su discurso preliminar sobre Henry James y al principio se abstuvo de participar en la subsiguiente discusión general, hasta que una mujer corpulenta sentada en la primera fila empezó a ensalzar de un modo exagerado las cualidades morales de Isabel Archer y a lamentarse sentidamente por su inmerecido destino. Eso provocó la intervención de la joven.

—No veo por qué ha de compadecerse de alguien a quien tanto le fue dado y que tan mal lo utilizó. Hubiera podido casarse con lord Warburton y hacer mucho bien a sus arrendatarios, a los pobres. No lo quería, de acuerdo; o sea, que tenía una excusa. Y ella ambicionaba cosas más elevadas que casarse con lord Warburton. Pero, ¿y qué? No tenía ningún talento creativo, ningún empleo, ninguna preparación. Cuando su primo la hizo rica, ¿a qué se dedicó? A deambular por el mundo con madame Merle. Y luego se casa con ese hipócrita vanidoso y empieza a frecuentar los salones de los jueves vestida espléndidamente. ¿Qué fue de todo su idealismo? Me interesa más Henrietta Stackpole.

—¡Pero si es tan vulgar! —protestó la mujer.

—Eso opina la señora Touchett, y también el autor. Pero al menos tiene talento, al contrario que Isabel, y lo utiliza para ganarse la vida y mantener a su hermana viuda. —Tras una pausa, añadió—: Tanto Isabel Archer como Dorothea rechazan a pretendientes aceptables y se casan con bobos engreídos, pero Dorothea resulta más simpática. Quizá sea porque George Eliot respeta a su heroína, mientras que, en el fondo, Henry James desprecia a la suya.

Tal vez pretendía aliviar el aburrimiento mediante una provocación deliberada, sospechó Theo. Pero fuera cual fuese su motivo, el debate que se produjo a continuación fue ruidoso y animado, y por una vez los treinta minutos restantes pasaron de un modo rápido y agradable. Se había sentido disgustado y un poco dolido al comprobar que el jueves siguiente, un día esperado, ella no hacía acto de presencia.

Una vez establecida la relación y satisfecha su curiosidad, pudo recostarse tranquilamente en el asiento y escuchar el segundo himno. Desde hacía diez años venía siendo costumbre en Magdalen interpretar durante el servicio de canto llano un himno grabado. Theo leyó en la hoja impresa que aquella tarde iban a escuchar el primero de una serie de himnos ingleses del siglo xv, empezando con dos de William Byrd: «Enséñame, oh Señor» y «Regocíjate, oh Dios». Hubo un breve silencio de anticipación mientras el *informator choristarum* se agachaba para accionar la cinta. Las voces de los muchachos, dulces, claras, asexuadas, que no habían sido oídas desde que al último chico de coro le había cambiado la voz, se elevaron y llenaron la capilla. Theo miró de soslayo a la joven, pero estaba sentada inmóvil, la cabeza echada hacia atrás, los ojos fijos en las aristas de la bóveda de manera que sólo alcanzó a verle la curva del cuello iluminada por las velas. Al final de la fila había una figura que reconoció de pronto: el viejo Martindale, que había sido un catedrático del departamento de inglés a punto de retirarse cuando él cursaba el primer año. Estaba perfectamente quieto, el rostro avejentado alzado hacia el techo, y la luz de las velas se reflejaba en las lágrimas que corrían por sus mejillas, de tal manera que los profundos surcos parecían incrustados de perlas. El viejo Marty, célibe, había amado toda su vida la belleza de los muchachos. ¿Por qué, se preguntó Theo, acudía semana tras semana, él y los que eran como él, en busca de ese placer masoquista? Podían escuchar grabaciones de voces infantiles en su propia casa, conque ¿por qué habían de hacerlo allí, donde el pasado y el presente se fundían en la belleza y la luz de las velas, para reforzar la pesadumbre? Y él mismo, ¿por qué iba? Pero conocía la respuesta a esta pregunta. Para sentir, se dijo; sentir, sentir, sentir. Aunque lo que sientas sea dolor, no dejes de sentir.

La mujer abandonó la capilla antes que él, moviéndose de un modo veloz, casi subrepticio. Cuando Theo salió al aire fresco del anochecer, le sorprendió encontrarla evidentemente esperándolo.

Al verle salir, se acercó y le dijo:

—¿Podría hablar con usted, por favor? Es importante.

Desde la entrada de la capilla un chorro de viva luz bañaba la penumbra crepuscular, y por primera vez Theo pudo verla con claridad. Su cabellera es pesa y oscura, de un marrón intenso moteado de oro, estaba peinada hacia atrás y disciplinada en un corto y grueso repliegue. El flequillo caía sobre la ancha y pecosa frente. Era de tez muy clara para una persona de cabello tan oscuro; una mujer color miel, de cuello largo y pómulos elevados, ojos muy separados de un color que él no alcanzó a distinguir bajo unas cejas rectas y vigorosas, una nariz larga y estrecha, ligeramente curva, y una boca amplia hermosamente dibujada. Era un rostro prerrafaelita. A Rosetti le hubiera gustado pintarla. Iba vestida según la moda del momento para todos menos para los omegas, con una chaqueta corta ajustada y una falda de lana que le llegaba a la mitad de la pantorrilla. Debajo, Theo pudo ver los calcetines de colores chillones que se habían impuesto ese año. Los de ella eran de un amarillo brillante. Del hombro izquierdo le colgaba un bolso de cuero. Iba sin guantes, y él advirtió que su mano izquierda tenía una deformidad. Los dedos índice y medio se fundían en un muñón desprovisto de uña, y el dorso de la mano estaba visiblemente hinchado. Ella la mantenía recogida dentro de la derecha como para solazarla o sostenerla. No hacía ningún esfuerzo por ocultarla. Quizás incluso estuviera proclamando su deformidad a un mundo que se había vuelto cada vez más intolerante con los defectos físicos. Pero al menos, pensó Theo, le quedaba una compensación. Ninguna mujer que presentara la menor deformidad física, o que no estuviera física y mentalmente sana, era incluida en la lista de las que engendrarían la nueva raza si alguna vez llegaba a encontrarse un varón fértil. Eso, por lo menos, la salvaba de los humillantes y minuciosos exámenes semestrales a que eran sometidas todas las mujeres sanas de menos de cuarenta y cinco años.

La joven insistió, con voz más queda:

—No será mucho tiempo. Pero tengo que hablar con usted, por favor, doctor Faron.

—Como usted quiera. —Estaba intrigado, pero no consiguió dar un tono receptivo a su voz.

—Quizá podríamos dar un paseo por los nuevos claustros —propuso ella. Se volvieron los dos en silencio. Al cabo de unos instantes, añadió—: Usted no me conoce.

—No, pero la recuerdo. Estuvo en la segunda de las clases que di en sustitución del doctor Seabrook. No cabe duda de que animó usted la discusión.

—Me temo que fui demasiado vehemente. —Y, como si fuera importante explicárselo, prosiguió—: En realidad, admiro mucho *El retrato de una dama*.

—Pero es de suponer que no ha solicitado esta entrevista para informarme de sus gustos literarios.

Nada más pronunciar estas palabras, lamentó haberlas dicho. La joven se ruborizó, y él percibió un retroceso instintivo, una pérdida de confianza en sí misma, y quizás en él. La ingenuidad de su comentario le había desconcertado, pero no tenía por qué responder con tan hiriente ironía. La inquietud de la joven era contagiosa. Esperaba que no se propusiera turbarlo con revelaciones personales o exigencias emocionales. Resultaba difícil reconciliar aquella mujer segura y confiada en el debate con su actual torpeza casi adolescente. Carecía de sentido intentar enmendar el efecto de su observación, y durante medio minuto caminaron en silencio.

Finalmente, Theo comentó:

—Lamenté que no volviera. La clase me pareció muy tediosa la semana siguiente.

—Habría vuelto, pero me cambiaron al turno de la mañana. Tenía que trabajar. —No explicó en qué ni dónde, pero añadió—: Me llamo Julian. Su nombre ya lo conozco, naturalmente.

—Julian. Un nombre insólito para una mujer. ¿La llamaron así por Julian de Norwich?

—No, no creo que mis padres hubieran oído hablar de ella. Mi padre fue a registrar el nacimiento y dio el nombre de Julie Ann. Éste era el que mis padres habían elegido. El funcionario debió entender mal, o tal vez mi padre no lo pronunció con mucha claridad. Cuando mi madre se dio cuenta habían pasado ya tres semanas, y creyó que era demasiado tarde para cambiarlo. De todas formas, creo que Julian le gustaba, así que me quedé con el nombre.

—Pero supongo que la gente la llamará Julie.

—¿Qué gente?

—Sus amigos, su familia.

—No tengo familia. A mis padres los mataron en los disturbios raciales del año 2002. Pero ¿por qué habrían de llamarme Julie? Ése no es mi nombre.

Habló con perfecta cortesía, sin agresividad. Theo hubiera podido suponer que estaba perpleja por su comentario, pero la perplejidad era sin duda injustificada. Su observación había sido necia, irreflexiva, presuntuosa tal vez, pero no absurda. Y si este encuentro iba a desembocar en una solicitud para que diera una charla sobre la historia social del siglo XIX, era bastante desacostumbrado.

—¿Por qué quiere hablar conmigo? —le preguntó.

Ahora que había llegado el momento, Theo percibió su renuencia a empezar. No por empacho, le pareció, ni porque se arrepintiera de haber provocado la situación, sino porque lo que tenía que decir era importante y necesitaba encontrar las palabras adecuadas.

Tras una pausa, la joven volvió la vista hacia él.

—En Inglaterra, en Gran Bretaña, están ocurriendo cosas que no están bien. Pertenezco a un pequeño grupo de amigos que consideramos que hemos de intentar impedirlas. Usted ha sido miembro del Consejo de Inglaterra. Es primo del Guardián. Nos pareció que, antes de empezar a actuar, debíamos intentar que usted hablase con él. No estamos muy seguros de que pueda hacer algo, pero dos de nosotros, Luke, que es sacerdote, y yo, creímos que quizá podría ayudar. El jefe del grupo es mi marido, Rolf, y estuvo de acuerdo en que viniera a hablarle.

—¿Por qué usted? ¿Por qué no ha venido él mismo?

—Supongo que pensó, o que ellos pensaron, que yo sería capaz de persuadirlo.

—¿Persuadirme de qué?

—De que se reuniera con nosotros para que pudiéramos explicarle qué hemos de hacer.

—¿Por qué no me lo explica ahora, y así podré decidir si estoy dispuesto a reunirme con ustedes? ¿De qué grupo se trata?

—Es sólo un grupo de cinco. En realidad, todavía no hemos empezado. Quizá no tengamos que hacerlo, si existe la esperanza de convencer al Guardián para que actúe.

Theo respondió cuidadosamente:

—Nunca pertenecí al Consejo como miembro de pleno derecho; sólo era consejero personal del Guardián de Inglaterra. Hace más de tres años que no asisto a sus reuniones ni veo al Guardián. Nuestra relación no significa nada para ninguno de los dos. Seguramente mi influencia no es mayor que la suya.

—Pero puede usted verlo. Nosotros no.

—Pueden intentarlo. No es totalmente inaccesible. La gente puede telefonearle, y a veces hablar con él. Aunque, naturalmente, tiene que protegerse.

—¿De la gente? Pero si fuéramos a verlo, incluso si habláramos con él, el Guardián y la Policía de Seguridad del Estado sabrían que existimos, quizá incluso sabrían quiénes somos. No sería prudente intentarlo.

—¿De veras cree eso?

—Oh, sí —contestó—. ¿Usted no?

—No, me parece que no. Pero si tiene usted razón, entonces están corriendo un riesgo extraordinario. ¿Por qué suponen que pueden fiarse de mí?

No se habrán propuesto poner su seguridad en mis manos en base únicamente a un seminario sobre literatura victoriana, ¿verdad? ¿Hay algún miembro del grupo que me conozca personalmente?

—No. Pero dos de nosotros, Luke y yo, hemos leído algunos de sus libros.

—No es atinado juzgar la probidad personal de un académico a partir de su obra escrita —replicó Theo con sequedad.

—Era el único modo que teníamos de hacerlo. Sabemos que es un riesgo, pero hemos de correrlo. Venga a hablar con nosotros, por favor. Escuche al menos lo que tenemos que decirle.

La nota de súplica era inconfundible, sencilla y directa, y de pronto Theo creyó comprender por qué. La idea de abordarlo había partido de ella: había ido a verle sólo con el consentimiento renuente del resto del grupo, quizás incluso contra los deseos de su jefe.

La responsabilidad que había asumido era sólo de ella. Si él se negaba, tendría que regresar con las manos vacías, y humillada. Theo descubrió que no podía hacerlo. Aun sabiendo de antemano que era un error, respondió:

—De acuerdo, hablaré con ustedes. ¿Dónde y cuándo celebran su próxima reunión?

—El domingo a las diez en Binsey, en la iglesia de Santa Margarita. ¿Sabe dónde está?

—Sí, conozco Binsey.

—A las diez. En la iglesia.

La joven había conseguido su propósito, y no se entretuvo más. Theo apenas llegó a captar su murmullo de «gracias, gracias». Al instante se apartó de su lado tan rápida y sigilosamente como si fuera una sombra más entre las muchas sombras movedizas del claustro.

Theo se demoró un minuto para darle tiempo a alejarse, y luego regresó a su casa en silencio y soledad.

7

Sábado, 30 de enero de 2021

A las siete de esta mañana telefoneó Jasper Palmer-Smith para pedirme que fuera a verle. El asunto era urgente. No me dio explicaciones, pero no es hombre que acostumbre darlas. Le dije que podría estar con él inmediatamente después del almuerzo. Estas convocatorias, cada vez más perentorias, se están volviendo también más frecuentes. Antes solía requerir mi presencia una vez por trimestre, aproximadamente; ahora es una vez por mes. Fue mi profesor de historia, y era un magnífico profesor, al menos para los alumnos inteligentes. Como estudiante nunca reconocí que me gustara, pero en más de una ocasión había dicho con aire de despreocupada tolerancia: «Jasper no es demasiado malo. Me llevo bastante bien con él.» Y lo decía por un motivo no especialmente loable, pero comprensible: yo era su alumno favorito. La relación era casi por completo académica. No es que fuera homosexual ni que le gustaran especialmente los jóvenes; de hecho, su antipatía hacia los niños era legendaria, y en las raras ocasiones en que se dignaba aceptar una invitación particular para cenar había que mantenerlos siempre fuera de su vista y de su oído. Pero cada año elegía a un estudiante, invariablemente varón, al que concedía su aprobación y su patrocinio. Los alumnos suponíamos que los criterios que tomaba en cuenta eran, primero, la inteligencia, luego el buen aspecto y en tercer lugar el ingenio. Tardaba en decidirse, pero, una vez había elegido, era irrevocable. La relación no provocaba ninguna inquietud al favorito, ya que, una vez aprobado, todo lo que hiciera estaba bien. Tampoco provocaba la envidia ni el resentimiento de los demás alumnos, que lo admitían puesto que el favorito no intervenía en su decisión. Ciertamente, era de esperar que obtuviera una matrícula; todos los favoritos la obtenían. En la época en que fui elegido, yo era lo bastante presuntuoso y confiado como para considerar esta calificación como una probabilidad, pero como una probabilidad que no debía preocuparme hasta pasados al menos otros dos años. Aun así, me esforzaba por él y deseaba complacerlo, justificar su elección. Ser elegido de entre la multitud aumenta siempre la propia estima; se experimenta la necesidad de dar algo a cambio, cosa que permite explicar un buen número de matrimonios por lo demás sorprendentes. Quizá fuera éste el fundamento de su propio matrimonio con una profesora de matemáticas del New College cinco años mayor que él. Parecían llevarse bastante bien, al menos en público, pero en general las mujeres lo detestaban sin remisión. A principios de los años noventa, cuando se produjo un repentino incremento de las denuncias por acoso sexual, emprendió una infructuosa campaña para imponer la presencia de una carabina en todas las reuniones de un tutor con una alumna alegando que de otro modo tanto él como sus colegas varones se exponían a ser objeto de acusaciones infundadas. Nadie era tan experto como él en demoler la confianza de una mujer en sí misma al tiempo que la trataba con meticulosa —de hecho, casi insultante— consideración y cortesía.

Era la caricatura de la idea popular de un catedrático de Oxford: frente despejada, calvicie incipiente, nariz fina y ligeramente ganchuda, de aire taciturno y labios apretados. Andaba sacando la barbilla hacia afuera como si se enfrentase a un poderoso vendaval, haciendo ondear su gastada bata, con los hombros encorvados. Uno se lo figuraba con cuello alto, como una creación de *Vanity Fair*, sosteniendo uno de sus propios libros con dedos finos y remilgados.

Ocasionalmente me hacía confidencias y me trataba como si estuviera preparándome para ser su sucesor. Esto, naturalmente, era absurdo; me dio mucho, pero algunas cosas no estaba en su poder darlas. Sin embargo, la sensación que experimentaba el favorito del momento de ser en cierto sentido un príncipe de la corona ha hecho luego que me preguntara si no sería ésta su manera de afrontar la edad, el tiempo, el embotamiento inevitable del aguzado filo de la mente, su personal ilusión de inmortalidad.

Solía proclamar con frecuencia su opinión sobre Omega, una tranquilizadora letanía de consuelo compartida por un buen número de sus colegas, particularmente aquellos que habían almacenado una buena reserva de vino o tenían acceso a la bodega de su *college*. «No me preocupa en demasía. No diré que no tuviera un momento de pesar cuando me enteré de que Hilda era estéril; supongo que los genes hicieron valer sus imperativos atávicos. Pero en conjunto me alegro; no se puede llorar por los nietos que no nacerán si jamás hubo esperanza de tenerlos. El planeta está condenado, de todos modos. A la larga el sol estallará o se enfriará, y una minúscula e insignificante partícula del universo desaparecerá con apenas un temblor. Si el hombre está condenado a perecer, la esterilidad universal es probablemente el medio más indoloro. Y, a fin de cuentas, existen compensaciones personales. En los últimos sesenta años hemos estado adulando servilmente al segmento más ignorante, más criminal y más egoísta de la sociedad. Ahora, y durante el resto de nuestras vidas, nos veremos libres de la barbarie arrolladora de los jóvenes, de su estrépito, de ese ruido machacón y repetitivo que llaman música, de su violencia, de su egotismo disfrazado de idealismo. Dios mío, si hasta cabe la posibilidad de que nos libremos de la Navidad, esa celebración de culpabilidad paternal y codicia juvenil. Tengo el propósito de llevar una vida confortable, y cuando deje de serlo, engulliré mi última pastilla con una botella de clarete.»

Su proyecto para sobrevivir cómodamente hasta el último momento natural era el mismo que el que millones de personas se habían forjado en aquellos primeros años antes de que Xan tomara el poder, cuando el mayor temor era el de un quebrantamiento total del orden: irse de la ciudad —en su caso, de Clarendon Square— a una casita de campo en alguna región boscosa, con un huerto para la producción de alimentos y un arroyo cercano —cuya agua fuese lo bastante potable para poder beberla una vez hervida—, una chimenea y una reserva de leña, latas de conservas cuidadosamente seleccionadas, las suficientes cerillas para un par de años, un botiquín con medicamentos y jeringuillas y, sobre todo, buenas puertas y cerrojos por si algún día los que habían sido menos prudentes volvían sus ojos envidiosos hacia sus posesiones. Pero en los últimos años, Jasper se ha vuelto obsesivo. Ha sustituido la leñera del jardín por una estructura de ladrillo con una puerta metálica activada por control remoto. Su huerto está rodeado por una elevada pared, y la puerta de la bodega tiene cadena y candado.

Por lo general, cuando voy a visitarlo deja abiertas las puertas de hierro forjado en previsión de mi llegada y puedo abrirlas y dejar el coche en el corto camino de acceso. Esta tarde estaban cerradas y he tenido que llamar. Cuando Jasper ha venido a franquearme la entrada, me ha asombrado descubrir el cambio que un mes ha obrado en su apariencia. Sigue erguido, y su paso aún es firme, pero al acercarse he visto que la piel tirante sobre los fuertes huesos de la cara es más gris y que hay una ansiedad más feroz en sus ojos hundidos, casi un brillo de paranoia que no había advertido antes. El envejecimiento es inevitable, pero no es uniforme. Hay mesetas de tiempo que se extienden a lo largo de años, durante los cuales las caras de amigos y conocidos permanecen virtualmente inalteradas. Luego el tiempo parece zambullirse de pronto y en cuestión de una semana se produce la metamorfosis. Me ha dado la impresión de que Jasper ha envejecido diez años en poco más de seis semanas.

Le he seguido hasta la espaciosa sala de estar situada al fondo de la casa, con puertas y ventanas que se abren a la terraza y el jardín. Allí, como en su estudio, las paredes permanecen completamente cubiertas de estanterías. La sala estaba, como siempre, obsesivamente ordenada, con los muebles, libros y adornos en su lugar preciso. Pero por vez primera detecté los pequeños signos delatores de un incipiente descuido: huellas de dedos en las ventanas, unas migas de pan en la alfombra, una fina capa de polvo sobre la repisa de la chimenea. En el hogar había una estufa eléctrica, pero la habitación estaba helada. Jasper me ofreció una copa y, aunque la tarde no es mi momento favorito para beber vino, la acepté. Vi que la mesilla lateral estaba más generosamente provista de botellas que en mi última visita. Jasper es una de los pocas personas que conozco que utiliza su mejor clarete como trago adecuado para todas las horas y todas las ocasiones.

Hilda estaba sentada junto al hogar con una chaqueta de punto sobre los hombros y la vista fija al frente. No me dio la bienvenida ni me miró siquiera, y cuando la saludé se limitó a responder con una breve inclinación de cabeza. El cambio aún era más pronunciado en ella que en Jasper. Durante años, o así me lo parecía, se había mantenido siempre igual; la silueta angulosa pero erguida, la falda de tweed bien cortada con sus tres pliegues simétricos en la delantera, la blusa de seda de cuello alto y la chaqueta de casimir, la tupida cabellera gris intrincada y pulcramente recogida en un moño alto. Ahora la pechera de la chaqueta, que medio se le había deslizado de los hombros, exhibía manchas de comida. Las medias, que caían flojamente sobre los zapatos sin limpiar, estaban mugrientas, y el cabello colgaba en mechas sobre un rostro rígidamente fijado en líneas de repelente desaprobación. Me pregunté, como en visitas anteriores, qué era exactamente lo que le pasaba. Difícilmente podía ser la enfermedad de Alzheimer, controlada en gran medida desde finales de los años noventa. Pero hay otras clases de achaques seniles que ni siquiera nuestra obsesiva preocupación científica por los problemas del envejecimiento ha conseguido todavía aliviar. Quizá está simplemente vieja, simplemente cansada, simplemente harta de mí. Supongo que en la vejez puede ser ventajoso retirarse a un mundo propio, pero no si el lugar que uno encuentra es el infierno.

Tenía curiosidad por saber por qué me había pedido que fuera a verlo, pero no quería preguntárselo directamente. Al fin, Jasper dijo:

—Hay una cosa que quería comentar contigo. Estoy pensando en regresar a Oxford. Fue la última aparición del Guardián por televisión lo que me hizo decidirme. Al parecer, la idea es que a la larga todo el mundo se traslade a las ciudades, para poder concentrar los servicios y suministros. Dijo que la gente que deseara permanecer en distritos remotos era libre de hacerlo, pero que él no podría garantizarles el suministro de energía ni de gasolina para el transporte. Aquí estamos bastante aislados…

—¿Qué opina Hilda? —pregunté.

Jasper ni siquiera se molestó en mirarla.

—Hilda no está en condiciones de oponerse. Soy yo quien se ocupa de todo. Si eso me facilita las cosas, es lo que hemos de hacer. Había pensado que podría ser conveniente para los dos, me refiero a ti y a mí, que fuera a vivir contigo en la calle St. John. Tú en realidad no necesitas una casa tan grande. Arriba hay sitio de sobra para hacer un piso independiente. Las reformas las pagaría yo, por descontado.

La idea me abrumó. Espero haber disimulado mi repugnancia. Hice una pausa como si sopesara la idea, y respondí:

—A decir verdad, no creo que te convenga. Echarías de menos el jardín. Y las escaleras serían un problema para Hilda.

Hubo un silencio, y luego Jasper dijo:

—Has oído hablar del Quietus, supongo, el suicidio en masa de los viejos.

—Sólo lo que leo por encima en los periódicos, o veo en la televisión. —Recordé unas imágenes, creo que las únicas aparecidas en pantalla: ancianos vestidos de blanco eran conducidos en silla de ruedas o ayudados a subir a una nave en forma de barcaza. Sus voces agudas y chillonas entonaban cánticos, y la nave se alejaba lentamente hacia el crepúsculo, en una escena seductora y pacífica, astutamente iluminada y filmada—. No me atrae la muerte gregaria —proseguí—. El suicidio debería ser como el sexo, una actividad privada. Si deseamos matarnos, los medios siempre están a mano, conque ¿por qué no hacerlo cómodamente, en nuestro propio lecho? Yo preferiría hacer mi Quietus con una daga desenvainada.

—Oh, no lo sé —replicó Jasper—. Hay gente a quien le gusta dar relevancia a estos ritos de transición. Está ocurriendo en todo el mundo bajo una forma u otra. Supongo que hay consuelo en el número, en la ceremonia. Y los parientes reciben una pensión del Estado. Según tengo entendido, no es precisamente poca cosa, ¿verdad? No, comprendo que les atraiga. La misma Hilda hablaba de ello el otro día.

Lo juzgué improbable. No me costaba imaginar qué habría pensado la Hilda que yo conocía de semejante exhibición pública de sacrificio y emoción. En sus tiempos había sido una formidable académica, más inteligente, se decía, que su marido, y su punzante lengua era venenosa cuando hablaba en defensa de él. Después de casarse había enseñado y publicado menos, su talento y personalidad disminuidos por la abrumadora servidumbre del amor.

Antes de irme comenté:

—Me parece que te vendría bien un poco de ayuda. ¿Por qué no solicitas un par de temporeros? Estoy seguro de que tendrías derecho a ellos.

Jasper rechazó la idea.

—No quiero desconocidos en casa, y menos temporeros. No me fío de esa gente. Es pedir que me asesinen bajo mi propio techo. Y la mayoría de ellos no sabe qué significa una jornada de trabajo. Es mejor utilizarlos para reparar las carreteras, limpiar las alcantarillas y recoger la basura, empleos donde sea posible tenerlos bajo supervisión.

—Los empleados domésticos son cuidadosamente seleccionados —aduje.

—Quizá, pero no los quiero.

Por fin, conseguí marcharme sin prometer nada. Mientras regresaba a Oxford reflexioné sobre cómo podría frustrar la determinación de Jasper. Después de todo, está acostumbrado a salirse con la suya. Al parecer, ha decidido presentarme finalmente la factura por treinta años de beneficios, la enseñanza individual, las cenas caras, las entradas para la ópera y el teatro. Pero la idea de compartir mi vivienda de la calle St. John, de la intimidad violada, de mi creciente responsabilidad hacia un anciano difícil, me resulta repelente. Le debo mucho a Jasper, pero no le debo eso.

Mientras conducía hacia la ciudad vi una cola de unos cien metros ante las *Examinations Schools*. Era una muchedumbre ordenada y bien vestida, personas ancianas y de mediana edad, pero con más mujeres que hombres. Esperaban silenciosa y pacientemente, con ese aire de complicidad, de expectación controlada y ausencia de nerviosismo que caracteriza las colas en las que todo el mundo tiene su entrada, el acceso está asegurado y reina la confiada esperanza de que el espectáculo compensará la espera. Quedé intrigado por unos instantes, hasta que de pronto me acordé: Rosie McClure, la evangelista, está en la ciudad. Hubiera debido comprenderlo de inmediato; los anuncios han sido lo bastante llamativos. Rosie es la última y la más próspera de esos intérpretes de televisión que venden la salvación y se ganan muy bien la vida con un producto del que siempre hay demanda y que a ellos no les cuesta nada suministrar. Durante los dos primeros años después de Omega tuvimos al Rugiente Roger y su ayudante, Sam el Camelista,* y Roger aún cuenta con seguidores para su programa semanal de televisión. Era, y sigue siendo, un poderoso orador natural, un hombretón de barba blanca que se moldea conscientemente según la idea popular de un profeta del Antiguo Testamento y derrama copiosas conminaciones con una potente voz a la que, curiosamente, un ligero acento norirlandés presta aun mayor autoridad. Su

---

* En el original, *Soapy Sam*, apodo que también recibía Samuel Wilberforce, un estudioso de Oxford célebre por su oposición a las teorías de Darwin. *(N. del T.)*

mensaje es sencillo, ya que no original: la esterilidad del hombre es un castigo de Dios por su desobediencia y sus pecados. Sólo con el arrepentimiento logrará apaciguar el justificado enojo del Todopoderoso, y para demostrar este arrepentimiento nada mejor que contribuir generosamente a los gastos de campaña del Rugiente Roger. Él nunca pide dinero; de eso se encarga Sam el Camelista. Al principio eran una pareja extraordinariamente eficaz, y su mansión en Kingston Hill constituye la prueba palpable de su éxito. En los cinco años que siguieron a Omega su mensaje poseía cierta validez, cuando Roger lanzaba sus anatemas contra la violencia en las ciudades, las ancianas asaltadas y violadas, los niños sometidos a abusos sexuales, el matrimonio convertido en un mero contrato comercial, el divorcio como norma, el fraude generalizado y la perversión del instinto sexual. Textos apocalípticos del Antiguo Testamento brotaban de sus labios uno tras otro mientras blandía en alto su manoseada Biblia. Pero la venta del producto era limitada. Resulta difícil despotricar contra el libertinaje en un mundo dominado por el hastío, condenar el abuso sexual de los niños cuando ya no quedan niños, denunciar la violencia en las ciudades cuando las ciudades se convierten gradualmente en pacífica residencia de dóciles ancianos. Roger nunca ha despotricado contra la violencia y el egoísmo de los omegas; tiene un instinto de conservación muy agudizado.

Ahora, en su decadencia, tenemos a Rosie McClure. La Dulce Rosie ha pasado a ocupar el primer plano. Procede de Alabama, pero dejó Estados Unidos en el 2019, seguramente porque allí su variedad de hedonismo religioso tiene demasiada competencia. El evangelio según Rosie es muy sencillo: Dios es amor y el amor lo justifica todo. Ha resucitado una vieja canción de los Beatles, un grupo de jóvenes músicos de Liverpool de allá por los años sesenta, *All You Need is Love*, y es esta tonadilla repetitiva, no un himno, la que precede a sus sermones. La última Venida no será en el futuro, sino ahora, cuando los fieles son recogidos uno por uno, al término de sus vidas naturales, y conducidos a la gloria.

Rosie es notablemente específica en su descripción de los goces venideros. Como todos los evangelistas religiosos, se da cuenta de que la contemplación del paraíso para uno mismo ofrece escasa satisfacción si no se pueden contemplar al propio tiempo los horrores del infierno para los demás. Pero el infierno que Rosie presenta no es tanto un lugar de tormento como el equivalente de un hotel de cuarta categoría, incómodo y mal atendido, donde huéspedes incompatibles se ven obligados a soportarse durante toda la eternidad y a lavarse ellos mismos la ropa con medios inadecuados, aunque, es un suponer, sin falta de agua caliente. Igualmente específica es su descripción de los goces del cielo. «En la casa de mi Padre hay muchas mansiones», y Rosie garantiza a sus seguidores que habrá mansiones para todos los gustos y para todos los grados de virtud. El pináculo más elevado del éxtasis se reserva para unos pocos elegidos, pero todos los que atiendan el mensaje de amor de Rosie encontrarán un lugar agradable, una eterna Costa del Sol generosamente provista de comida, bebida, sol y placeres sexuales. En la filosofía de Rosie no cabe el mal. La peor acusación es que la gente ha caído en el error porque no comprende la ley del Amor. La respuesta al dolor es un anestésico o una aspirina; a la soledad, la garantía del interés personal de Dios; a la aflicción por la pérdida de los seres queridos, la certidumbre del reencuentro. A nadie se le exige que practique sacrificios desmedidos, puesto que Dios, que es Amor, sólo desea que sus hijos sean felices.

El cuidado y la gratificación de este cuerpo temporal ocupan un lugar importante, y Rosie no tiene a deshonra ofrecer algunos consejos de belleza en sus sermones. Sus apariciones son espectaculares, con un coro de cien componentes vestidos de blanco, luces estroboscópicas, orquesta de viento y cantantes de Gospel. Los fieles participan en los alegres cánticos, ríen, lloran y agitan los brazos como marionetas enloquecidas. La misma Rosie se cambia de vestido al menos tres veces en cada representación. Amor, proclama Rosie, lo único que necesitáis es amor. Y nadie tiene por qué sentirse privado de un objeto amoroso. No hace falta que sea un ser humano; puede ser un animal —un gato o un perro—, puede ser un jardín, puede ser una flor, puede ser un árbol. Todo el mundo natural es uno, unido por el amor, sostenido por el amor, redimido por el amor. Se diría que Rosie no ha visto nunca un gato con un ratón. Al final de la reunión, los felices conversos suelen lanzarse unos en brazos de otros y arrojar billetes a las cajas de la colecta con incontenible entusiasmo.

A mediados de los años noventa, las iglesias establecidas, y en especial la Iglesia de Inglaterra, pasaron de la teología del pecado y la redención a una doctrina menos intransigente, que combinaba la responsabilidad social colectiva con cierto humanismo sentimental. Rosie ha ido más lejos, y en la práctica ha abolido la Segunda Persona de la Trinidad junto con su cruz, sustituyéndola por la esfera dorada de un sol resplandeciente, como el reclamo chillón de un pub victoriano. Aun para los no creyentes como yo mismo, la cruz, estigma del barbarismo oficial y de la ineluctable crueldad del hombre, no ha sido nunca un símbolo reconfortante.

8

El domingo por la mañana, justo después de las nueve, echó a andar con la intención de cruzar Port Meadow rumbo a Binsey. Le había dado su palabra a Julian, y era una cuestión de orgullo mantenerla. Pero reconocía para sí que también tenía otro motivo, menos estimable, para cumplir su promesa: sabían quién era y dónde encontrarlo. Más valía tomarse la molestia, reunirse con el grupo y terminar de una vez que pasarse los próximos meses pendiente de la embarazosa posibilidad de encontrarse con Julian cada vez que acudiera a la capilla o fuera de compras al mercado. El día era claro, y el aire frío pero seco bajo el intenso azul radiante del cielo; la hierba, todavía fresca y firme por la escarcha de primera hora de la mañana, crujía bajo sus pies. El río era una cinta serpenteante que reflejaba el firmamento, y cuando Theo cruzó el puente y se detuvo para mirar hacia abajo, una ruidosa bandada de patos y dos gansos acudieron graznando, con los picos muy abiertos, como si todavía pudieran quedar chiquillos que les echaran mendrugos de pan para luego salir corriendo y gritando, movidos por un temor medio simulado a sus ruidosas importunidades. La aldea estaba desierta. Las escasas granjas que se alzaban a la derecha del amplio prado aún seguían en pie, pero con la mayoría de las ventanas cegadas por tablones. Aquí y allá alguien había roto un tablón, y por entre las astillas y los puñales de cristal quebrado que bordeaban los marcos de las ventanas alcanzó a divisar los restos de papel que colgaban de las paredes, diseños florales otrora elegidos con minucioso cuidado pero ahora hechos jirones, frágiles gallardetes transitorios de una vida ya partida. En uno de los techos las tejas de pizarra empezaban a desprenderse, dejando al descubierto las vigas medio podridas. Los jardines eran selvas de maleza y arbustos hasta la altura de los hombros.

La hostería de Perch, como ya sabía, llevaba mucho tiempo cerrada, desde que empezaron a escasear los clientes. El paseo hasta Binsey a través de Port Meadow había sido una de sus excursiones favoritas en las mañanas de domingo, con la hostería como destino final. Ahora le pareció que pasaba por la aldea como el fantasma de aquel yo anterior, contemplando con ojos no familiarizados la estrecha avenida de castaños de menos de un kilómetro de longitud que unía Binsey con la iglesia de Santa Margarita, al noroeste. Intentó recordar cuándo había hecho aquel camino por última vez. ¿Había sido siete años antes, o diez? No recordaba ni la ocasión ni a su acompañante, si lo había tenido. La avenida había cambiado. Los castaños seguían allí, pero el paseo, oscuro bajo las entrelazadas ramas de los árboles, se había reducido a una senda impregnada por el olor a humedad de las hojas muertas, y estaba cubierta por una asilvestrada profusión de brotes de saúco y fresno. Theo sabía que el Consejo Local había decidido mantener abiertos ciertos caminos, pero el número de los que en efecto se conservaban no cesaba de disminuir gradualmente. Los viejos estaban demasiado débiles para trabajar; los ciudadanos de edad madura, de quienes dependía en gran medida la tarea de mantener la vida del Estado, estaban demasiado ocupados, y a los jóvenes les importaba poco la conservación de la campiña. ¿Por qué conservar lo que iban a tener en abundancia? Demasiado pronto heredarían un mundo de mesetas sin habitar, arroyos sin contaminar, bosques y florestas crecientes y estuarios desiertos. Rara vez se veía a los jóvenes en el campo y, de hecho, hasta parecían tenerle miedo. Los bosques, sobre todo, se habían convertido en lugares amenazadores en los que muchos temían internarse, como si creyeran que una vez perdidos entre los troncos oscuros e inflexibles y los senderos olvidados ya no volverían a ver más la luz. Y no sólo los jóvenes. Cada vez eran más numerosos los que buscaban la compañía de sus semejantes, abandonando las aldeas despobladas antes incluso de que la prudencia o los decretos oficiales los obligaran a ello, y trasladándose a aquellos distritos urbanos en los que el Guardián había prometido mantener el suministro de luz y energía, a ser posible hasta el final.

La casa solitaria que Theo recordaba de antaño aún se alzaba en su jardín, a la derecha de la iglesia. Comprobó con sorpresa que se hallaba al menos parcialmente ocupada. Había cortinas en las ventanas, de su chimenea surgía una fina columna de humo y a la izquierda del camino alguien había intentado limpiar el terreno de maleza y cultivar un pequeño huerto. Algunas judías resecas colgaban del entramado de cañas, y había unas irregulares hileras de coles ordinarias y agostadas coles de Bruselas aún por recoger. Theo recordó que en anteriores visitas, en sus tiempos de estudiante, había lamentado que la paz de la iglesia y la casa —resultaba difícil creer que pudieran hallarse tan cerca de la ciudad— se viera estropeada por el incesante rugido de la autopista M40. Ahora esta molestia era apenas perceptible, y la casa parecía envuelta en una calma atemporal.

Esta calma quedó quebrada cuando la puerta se abrió de pronto y un anciano envuelto en una sotana descolorida se precipitó al exterior y echó a andar hacia él, rezongando, trastabillando y agitando los brazos como si quisiera espantar a una bestia recalcitrante.

—¡No hay servicio! —chilló el anciano, con voz temblona—. Hoy no hay servicio. Tengo un bautizo a las once.

—No he venido al servicio —le respondió Theo—. Sólo quiero visitar la iglesia.

—Es lo que hacen todos. O eso dicen. Pero necesito la pila para las once. A esa hora, todo el mundo fuera. Todos menos el grupo del bautizo.

—No pienso quedarme tanto tiempo. ¿Es usted el sacerdote de la parroquia?

El hombre se detuvo junto a Theo y lo contempló con ojos feroces y paranoicos. Theo pensó que nunca había visto a nadie tan anciano, con un cráneo que tensaba la fina y manchada piel de la cara como si la muerte no pudiera esperar llevárselo:

—El miércoles pasado celebraron una misa negra —dijo el anciano—, cantaron y gritaron toda la noche. No está bien. No puedo impedirlo, pero no lo apruebo. Y luego no se molestan en limpiar; dejaron todo el suelo sucio de sangre, plumas y vino. Y cera de esos cirios negros. No hay forma de quitarla. No se va, ¿sabe? Y tengo que hacerlo todo yo. No piensan en nada. No es justo. No está bien.

—¿Por qué no deja la iglesia cerrada? —sugirió Theo.

El anciano adoptó un aire de conspirador.

—Porque me han quitado la llave, por eso no puedo cerrar. Y sé quién la tiene. ¡Sí, lo sé muy bien! —Se volvió y emprendió el regreso hacia la casa, sin dejar de farfullar. Cuando llegó ante la puerta, giró en redondo para lanzar una última advertencia—: A las once, fuera. A no ser que venga al bautizo. A las once, todo el mundo fuera.

Theo se dirigió hacia la iglesia. Era un pequeño edificio de piedra y, con su corto campanario para dos campanas, se parecía mucho a una modesta casa de piedra con una sola chimenea. El patio estaba tan cubierto de maleza como un campo largo tiempo descuidado. La hierba era alta y clara como el heno, y la hiedra se había extendido sobre las lápidas ocultando sus inscripciones. En algún lugar de aquella maraña silvestre se hallaba el pozo de St. Frideswide, antaño lugar de peregrinación. Un peregrino moderno habría tenido problemas para encontrarlo, pero se advertía que la iglesia todavía era visitada. A ambos lados del pórtico había sendas macetas con un rosal en cada una, de ramas ahora desnudas pero que aún conservaban unos cuantos capullos que el invierno había marchitado.

Julian le esperaba en el pórtico. No le tendió la mano ni le sonrió, pero dijo: «Gracias por venir. Ya estamos todos aquí», y abrió la puerta. Theo la siguió al penumbroso interior, y le asaltó una poderosa oleada de incienso que no lograba apagar otro olor más ferino. La primera vez que había entrado allí, veinticinco años antes, se había sentido transportado por el silencio de su paz intemporal, como si oyera en el aire los ecos de himnos olvidados; de antiguos imperativos y plegarias desesperadas. Ahora, todo eso había desaparecido. En otro tiempo había sido un lugar donde el silencio era más que la ausencia de ruido. Ahora era un edificio de piedra; nada más.

Había supuesto que estarían esperándole, de pie o sentados unos junto a otros en la rústica y vacía penumbra. Pero vio que se habían separado para pasearse por distintas partes de la iglesia como si alguna discusión o una inquieta necesidad de soledad les hubiera obligado a alejarse. Había cuatro personas, tres hombres y una mujer de elevada estatura parada al lado del altar. Cuando Theo entró detrás de Julian, los demás se acercaron silenciosamente y se agruparon en la nave central, de cara a él.

Supo con certeza quién era el marido de Julian y jefe del grupo aun antes de que se adelantara y, al parecer, lo confrontara deliberadamente. Se detuvieron el uno frente al otro como dos adversarios que se toman la medida. Ninguno de los dos sonrió ni extendió la mano.

Era muy moreno, de rostro bien parecido y expresión mohína, los inquietos y suspicaces ojos brillantes y hundidos, las cejas fuertes y rectas, como dos pinceladas que acentuaban la prominencia de los pómulos. En los pesados párpados le crecían unos cuantos pelos negros, de modo que cejas y pestañas parecían unirse. Las orejas eran grandes y separadas, con el pabellón puntiagudo; unas orejas de gnomo que casaban mal con la inflexible configuración de la boca y la poderosa mandíbula apretada. No era el rostro de un hombre en paz consigo mismo o con el mundo, pero ¿por qué tenía que serlo, si se había perdido por sólo unos pocos años la distinción y los privilegios de ser un omega? Su generación, como la de éstos, había sido observada, estudiada, mimada, consentida y preservada para el momento en que llegara a la edad adulta y pudiera producir el tan esperado esperma fértil. Fue una generación programada para el fracaso, la decepción definitiva de los padres que la habían criado y de la raza que tantas esperanzas y tan cuidadosas atenciones había invertido en ella.

Cuando habló, su voz fue más aguda de lo que Theo esperaba; era áspera y con un dejo o acento que no logró identificar. Sin esperar a que Julian hiciera las presentaciones, comenzó:

—No hace falta que conozca nuestros apellidos. Utilizaremos sólo los nombres. Yo me llamo Rolf y soy el jefe del grupo. Julian es mi mujer. Le presento a Miriam, Luke y Gascoigne. Gascoigne es nombre de pila; lo eligió su abuelo en 1990, sabe Dios por qué. Miriam era comadrona y Luke es sacerdote. No necesita saber a qué nos dedicamos ahora.

La mujer fue la única que se adelantó y estrechó la mano de Theo. Era negra, probablemente jamaicana, y la mayor del grupo, mayor incluso que él, calculó Theo. Quizá próxima a los sesenta años. Su espesa mata de cabello, corto y crespo, estaba espolvoreada de blanco. El contraste entre el negro y el blanco era tan vivo que parecía que se hubiera empolvado la cabeza, confiriéndole un aspecto al tiempo hierático y decorativo. Era alta y de complexión esbelta, con un rostro alargado y de agradables facciones, y una tez color café casi libre de arrugas que desmentía la blancura del cabello. Vestía unos estrechos pantalones negros embutidos en la caña de la bota, un jersey marrón de cuello alto y un chaquetón de piel de oveja, en elegante y casi exótico contraste con la tosca y práctica ropa de campo que llevaban los tres hombres del grupo. Saludó a Theo con un firme apretón y una mirada de complicidad especulativa y medio humorística, como si ya fuesen conspiradores.

A primera vista no se advertía nada notable en el muchacho —parecía un muchacho, aunque no podía tener menos de treinta y un años— al que llamaban Gascoigne. Era bajo, casi rechoncho, con el pelo cortado a cepillo y una cara redonda y amistosa, ojos grandes, nariz chata. La cara de un niño que había crecido en edad, pero sin cambiar en lo esencial desde la primera vez que se había asomado de la cuna para mirar un mundo que, a juzgar por su aire de inocencia desconcertada, aún seguía considerando extraño pero no hostil.

El hombre llamado Luke, del que Julian ya había hablado a Theo, era mayor que Gascoigne, y seguramente pasaba de los cuarenta años. Era alto, de cara pálida y sensible y cuerpo descolorido; las manos grandes y nudosas le colgaban de unas muñecas delicadas, como si en la infancia hubiera crecido más deprisa que sus fuerzas y nunca hubiera podido convertirse en un adulto robusto.

El cabello rubio pajizo yacía sobre la alta frente como un fleco de seda; sus ojos grises estaban muy separados y reflejaban dulzura. No tenía el aspecto de un conspirador, y su evidente fragilidad contrastaba vivamente con la oscura masculinidad de Rolf. Saludó a Theo con una breve sonrisa que transformó su rostro ligeramente melancólico, pero no habló.

—Julian ya le explicó por qué hemos consentido en verlo —prosiguió Rolf. Lo dijo como si hubiera sido Theo quien solicitara la entrevista.

—Quieren que utilice mi influencia sobre el Guardián de Inglaterra. Pero debo decirles que no tengo influencia. Renuncié a cualquier derecho semejante cuando abandoné mi cargo como consejero suyo. Estoy dispuesto a escuchar lo que tengan que decirme, pero no creo que esté en mi mano hacer nada para influir en el Consejo o en el Guardián de Inglaterra. Nunca lo estuvo. Si renuncié fue en parte por eso.

—Es usted su primo —insistió Rolf—, su único pariente vivo. Más o menos, se criaron juntos. Se rumorea que es usted la única persona de toda Inglaterra a la que ha escuchado alguna vez.

—En tal caso, se trata de un rumor equivocado. —Tras una pausa, añadió—: ¿Qué clase de grupo son ustedes? ¿Se reúnen siempre en esta iglesia? ¿Son algún tipo de organización religiosa?

Fue Miriam quien respondió.

—No. Como Rolf ya le ha explicado, Luke es sacerdote, aunque no tiene ningún cargo eclesiástico ni parroquia alguna. Julian y él son cristianos, los demás no. Nos reunimos en iglesias porque son accesibles, están abiertas, son gratuitas y suelen estar vacías, o al menos lo están las que nosotros elegimos. Es posible que debamos prescindir de ésta; otra gente está empezando a utilizarla.

Intervino de nuevo Rolf, con voz impaciente y excesivamente enfática.

—La religión y el cristianismo no tienen nada que ver con esto. ¡Nada!

Miriam prosiguió como si no lo hubiera oído.

—En las iglesias se reúnen toda clase de excéntricos. No somos más que un grupo de chiflados entre otros muchos. Nadie nos pregunta nada. Si preguntaran, diríamos que somos el Club Cranmer y nos reunimos para leer y estudiar el antiguo Libro del rezo.

—Es nuestra tapadera —apuntó Gascoigne. Habló con la satisfacción de un chiquillo que ha aprendido algunos secretos de los adultos.

Theo se volvió hacia él.

—¿Ah, sí? Entonces, ¿qué responderá cuando la Policía de Seguridad del Estado le pida que recite la Colecta del primer domingo de Adviento? —Al ver la azorada incomprensión de Gascoigne, concluyó—: No parece una tapadera muy satisfactoria.

—Quizá no simpatice con nosotros, pero no tiene por qué despreciarnos —dijo Julian con voz queda—. Nuestra tapadera no pretende convencer a la PSE. Si empiezan a interesarse por nosotros, no habrá tapadera que nos proteja… Eso ya lo sabemos. La tapadera nos da un motivo, una excusa para reunirnos regularmente en las iglesias. No la vamos divulgando. Está ahí por si alguien pregunta, por si la necesitamos.

—Ya sé que las oraciones se llaman Colectas. ¿Conoce usted la que ha mencionado antes? —inquirió Gascoigne.

No hablaba en tono acusador, sino sencillamente interesado.

—Me crié con el Libro. La iglesia a la que mi madre me llevaba de pequeño debió de ser una de las últimas en utilizarlo. Soy historiador. Me interesan la iglesia victoriana, las antiguas liturgias, las formas de culto ya desaparecidas.

—Todo esto no viene a cuento —saltó Rolf, impaciente—. Como ha dicho Julian, si los de la PSE nos detienen, no van a perder el tiempo examinándonos sobre el antiguo Libro del rezo. Todavía no corremos ningún peligro, a menos que usted nos traicione. ¿Qué hemos hecho hasta ahora? Nada más que hablar. Antes de actuar, dos de nosotros juzgaron que sería razonable presentar una apelación al Guardián de Inglaterra, su primo.

—Tres de nosotros —le corrigió Miriam—. Fue una decisión mayoritaria. Yo voté con Luke y Julian. Me pareció que valía la pena intentarlo.

Rolf no le prestó atención.

—No fue idea mía traerle aquí. Le soy sincero. No tengo motivos para confiar en usted ni deseo especialmente su colaboración.

—Y yo no sentía ningún deseo especial de venir, así que nos encontramos en pie de igualdad. Quieren que hable con el Guardián. ¿Por qué no lo hacen ustedes mismos?

—Porque no nos escucharía. Puede que a usted sí le escuche.

—Y si acepto ir a verlo, y si en efecto me escucha, ¿qué quieren que le diga?

Había planteado la cuestión tan directamente que le pareció que quedaban momentáneamente desconcertados. Se miraron unos a otros como preguntándose quién empezaría.

Fue Rolf quien respondió.

—El Guardián llegó al poder mediante unas elecciones, pero eso sucedió hace quince años. Desde entonces no ha vuelto a convocarlas. Dice que gobierna por voluntad del pueblo, pero en realidad es un déspota y un tirano.

—Sería un mensajero en verdad valeroso —observó Theo con sequedad— el que estuviera dispuesto a decirle eso.

Intervino Gascoigne.

—Los granaderos son su ejército particular. Es a él a quien prestan juramento. Ya no sirven al Estado, le sirven a él. No tiene derecho a utilizar ese nombre. Mi abuelo estuvo en los granaderos, y decía que eran el mejor regimiento del ejército británico.

Rolf prosiguió sin hacerle caso.

—Y aun sin esperar a unas elecciones generales, hay cosas que podría hacer. Podría acabar con el programa de análisis de semen. Es una pérdida de tiempo, es degradante y, a fin de cuentas, es inútil. Y podría permitir que los consejos locales y regionales eligieran a sus propios presidentes. Eso sería al menos un principio de democracia.

—Queremos que suprima el Quietus. Ya sé que se supone que todos esos ancianos son voluntarios, y es posible que al principio fuera así. Es posible que algunos todavía lo sean. Pero ¿acaso querrían morir si les ofrecieran esperanzas?

Theo se sintió tentado de preguntar: «Esperanzas, ¿de qué?»

—Y queremos que haga algo con los temporeros —añadió Julian—. ¿Le parece justo que haya un edicto que prohíba emigrar a nuestros omegas? Pero importamos omegas y jóvenes de los países más pobres para que hagan los trabajos sucios, limpien las alcantarillas, recojan la basura, cuiden a los incontinentes y a los ancianos.

—Están ávidos por venir, supongo que porque encuentran una mayor calidad de vida —replicó Theo.

—Vienen a comer —dijo Julian—. Luego, cuando se hacen viejos, el límite de edad son sesenta años, ¿verdad?, los envían de vuelta tanto si quieren como si no.

—Éste es un mal que sus propios países podrían corregir. Podrían empezar administrando mejor sus asuntos. De todos modos, su número no es muy grande. Hay un cupo, y la inmigración está cuidadosamente controlada.

—No sólo hay un cupo, sino estrictos requisitos. Deben ser fuertes, sanos, sin antecedentes delictivos. Nos quedamos con los mejores, y cuando ya no nos sirven los expulsamos. ¿Y quién se aprovecha de su trabajo? No las personas que más lo necesitan, desde luego. El Consejo y sus amigos. ¿Y quién cuida de los omegas extranjeros durante su estancia aquí? Trabajan por una miseria, y viven en los campos, las mujeres separadas de los hombres. Ni siquiera les concedemos la nacionalidad. Es una forma de esclavitud legalizada.

—No creo que puedan empezar una revolución por el tema de los temporeros, ni por el Quietus, si a eso vamos. A la gente no le importa lo suficiente.

—Queremos hacer que les importe —contestó Julian.

—¿Por qué habría de importarles? Viven sin esperanza en un planeta moribundo. Lo único que quieren es seguridad, comodidad y placer. El Guardián de Inglaterra puede prometerles las dos primeras cosas, que ya es más de lo que la mayoría de los gobiernos extranjeros consigue hacer.

Rolf había estado escuchando su diálogo sin decir nada. De pronto, preguntó:

—¿Cómo es el Guardián de Inglaterra? ¿Qué clase de hombre es? Usted debe saberlo, si se crió con él.

—Eso no significa entrada libre en su mente.

—Todo ese poder, más del que había tenido nadie hasta ahora, en este país por lo menos, y todo en sus manos… ¿Lo disfruta?

—Es de suponer. No parece impaciente por soltarlo. —En seguida añadió—: Si quieren democracia, tienen que encontrar la manera de revitalizar el Consejo Local. Es ahí donde empieza.

—Y también donde termina —replicó Rolf—. Es el medio que utiliza el Guardián para ejercer su control a este nivel. ¿Ha visto alguna vez a nuestro presidente local, Reggie Dimsdale? Tiene setenta años y es un quejicoso cagado de miedo, que sólo ocupa el cargo porque le permite disponer de doble suministro de gasolina y de un par de omegas extranjeros que cuidan su maldita casa y le limpian el culo cuando se pone incontinente. Nada de Quietus para él.

—Fue elegido para el Consejo. Todos han sido elegidos.

—¿Por quién? ¿Votó usted? ¿Quién se preocupa por eso? A la gente le alivia que alguien acepte desempeñar el cargo.

Y ya sabe cómo está organizado. Para nombrar al presidente del Consejo Local hace falta la aprobación del Consejo de Distrito. Y para eso se necesita la aprobación del Consejo Regional. En último término, el candidato debe ser aprobado por el Consejo de Inglaterra. El Guardián controla el sistema de arriba abajo, eso ya debe de saberlo... Y lo controla igualmente en Escocia y en Gales. Allí tienen sus propios Guardianes, pero ¿quién los nombra? Xan Lyppiatt podría llamarse Guardián de Gran Bretaña, sólo que, para él, este título no presenta el mismo atractivo romántico.

La observación, pensó Theo, demostraba perspicacia. Recordó una antigua conversación con Xan: «Primer Ministro, en mi opinión, no es adecuado. No quiero apropiarme el título de otra persona, y menos cuando lleva tal peso de tradición y obligaciones. Podrían esperar de mí que convocara elecciones cada cinco años... Y tampoco Lord Protector. El último no fue precisamente un éxito incondicional. Guardián es mucho mejor. Pero, ¿Guardián de Gran Bretaña e Irlanda del Norte? Eso no tiene las connotaciones románticas que me interesa despertar.»

—Con el Consejo Local no llegaremos a ninguna parte —dijo Julian—. Usted vive en Oxford, es un ciudadano como cualquier otro. Sin duda debe leer los pasquines que pegan por las paredes después de las reuniones, los asuntos que se discuten. El mantenimiento de los campos de golf y las pistas de bolos. ¿Son adecuadas las instalaciones del club local? Decisiones sobre adjudicación de empleos, quejas por las asignaciones de gasolina, solicitudes para dar empleo a un temporero. Audiciones para el coro de aficionados. ¿Hay suficientes personas que deseen lecciones de violín como para justificar la contratación de un profesional? A veces hablan incluso de la seguridad en las calles, aunque tampoco es que sea realmente necesario ahora que la amenaza de deportación a la Colonia Penal de Man pende sobre todos los ladrones en potencia.

—Protección, comodidad, placer. Tiene que haber algo más —señaló Luke con voz suave.

—Es lo que a la gente le interesa, lo que quieren. ¿Qué más debería ofrecerles el Consejo?

—Compasión, justicia, amor.

—Ningún estado se ha preocupado jamás por el amor; ni podrá hacerlo nunca.

—Pero sí que puede preocuparse por la justicia —señaló Julian.

Rolf se mostraba impaciente.

—Justicia, compasión, amor... Todo palabras. De lo que se trata aquí es del poder. El Guardián es un dictador disfrazado de dirigente democrático. Hay que conseguir que responda a la voluntad del pueblo.

—Ah, la voluntad del pueblo —repitió Theo—. Es una bonita expresión. Por el momento, la voluntad del pueblo parece ser protección, comodidad, placer. —Y pensó para sus adentros: «Ya sé qué te molesta: el hecho de que Xan disfrute de ese poder, no la forma en que lo ejerce.»

El grupito carecía de verdadera cohesión y, según Theo sospechaba, de un propósito común. A Gascoigne lo movía la indignación por el mal uso del nombre de los granaderos, a Miriam alguna razón todavía oscura, a Julian y Luke el idealismo religioso, a Rolf los celos y la ambición. Como historiador, habría podido señalar una docena de casos análogos.

—Cuéntale lo de tu hermano, Miriam —sugirió Julian—. Cuéntale lo de Henry. Pero mejor que nos sentemos antes de que empieces.

Se acomodaron en un banco para escuchar la voz queda de Miriam, inclinados hacia delante, con el aspecto, pensó Theo, de un puñado abigarrado de fieles medio renuentes.

Miriam empezó.

—Hace dieciocho meses enviaron a Henry a la isla por robo con violencia. No fue mucha violencia, no auténtica violencia; robó a una omega y la empujó. Sólo fue un empujón, pero la chica cayó al suelo y luego declaró ante el tribunal que Henry le había pegado unas patadas en las costillas mientras yacía en el suelo. No era verdad. No quiero decir que

Henry no la empujara… No es bondadoso. Desde pequeño ha creado problemas y preocupaciones. Pero no le dio de patadas a esa omega cuando estaba en el suelo. Le quitó el bolso, la empujó y salió corriendo. Eso pasó en Londres, justo antes de medianoche. Dobló la esquina de Ladbroke Grove y se dio de bruces con la Policía de Seguridad del Estado. Toda su vida ha tenido mala suerte.

—¿Estuvo usted en el juicio?

—Mi madre y yo, las dos. Mi padre murió hace dos años. Le buscamos un abogado y se lo pagamos, pero el hombruno estaba interesado por el caso. Se quedó el dinero y no hizo nada. Se notaba que estaba de acuerdo con el fiscal en que Henry debía ser enviado a la isla. Después de todo, la chica era una omega. Eso pesó en su contra. Y además es negro.

Rolf reaccionó con impaciencia.

—No empieces otra vez con esa mierda sobre discriminación racial. Lo condenaron por el empujón, no por su color. No pueden enviarte a la colonia penal si no es por un delito de violencia contra las personas, o cuando se trata de la segunda condena por robo con allanamiento de morada. Henry no tenía antecedentes de allanamiento de morada, pero sí dos por robo.

—Robos en tiendas —protestó Miriam—. Nada serio. Robó un pañuelo para el cumpleaños de mamá y una barra de chocolate. Pero eso fue cuando era un niño. ¡Por el amor de Dios, Rolf, entonces tenía doce años! Todo eso sucedió hace más de veinte años.

—Si derribó a la víctima era culpable de un delito con violencia, tanto si le pegó una patada como si no —señaló Theo.

—Pero no lo hizo. La apartó a un lado y ella se cayó. No fue deliberado.

—El jurado debió verlo de otro modo.

—No hubo jurado. Ya sabe lo difícil que resulta conseguir que la gente acepte formar parte de un jurado. No les interesa. No quieren molestarse. Lo juzgaron según las nuevas normas: un juez y dos magistrados. Tienen autoridad para mandar gente a la isla. Y es para toda la vida. No hay libertad condicional, de allí no se sale nunca. Le condenaron a pasar el resto de la vida en aquel infierno por un empujón que había sido sin querer. Eso mató a mi madre. Henry era su único hijo, y sabía que no volvería a verlo más. Mi madre no logró superarlo. Pero me alegro de que muriera. Por lo menos, no llegó a enterarse de lo peor. —Volvió la vista hacia Theo y dijo, sencillamente—: Yo sí que me enteré. Volvió a casa.

—¿Quiere decir que se fugó de la isla? Creía que era imposible.

—Henry lo hizo. Encontró un bote deteriorado que las fuerzas de seguridad no habían descubierto cuando prepararon la isla para los convictos. Todas las embarcaciones que no valía la pena llevarse fueron quemadas, pero una estaba escondida o se les pasó por alto, o quizá les pareció demasiado estropeada para navegar. A mi hermano siempre se le dieron bien los trabajos manuales. La reparó en secreto y fabricó un par de remos. Luego, hace cuatro semanas, el día tres de enero exactamente, esperó a que oscureciera y se hizo a la mar.

—Fue increíblemente temerario.

—No, fue razonable. Sabía que se saldría con la suya o se ahogaría, y ahogarse era mejor que permanecer en la isla. Y llegó a casa, consiguió llegar. Yo vivo… Bueno, no importa dónde vivo. Es una casita en las afueras de un pueblo. Llegó pasada la medianoche. Yo había tenido un día de mucho trabajo, y pensaba acostarme temprano. Estaba cansada pero inquieta, así que cuando llegué me preparé una taza de té y me quedé dormida en el sillón. Sólo dormí unos veinte minutos, pero cuando desperté me di cuenta de que no podía irme a la cama. Ya sabe lo que pasa. A veces el cansancio es excesivo. El mero hecho de desnudarse exige demasiado esfuerzo.

»Era una noche oscura, sin estrellas, y soplaba un viento cada vez más fuerte. Por lo general me gusta escuchar el sonido del viento cuando estoy cómodamente instalada en mi casita, pero aquella noche era distinto; no era un sonido tranquilizador, sino que siseaba en la, chimenea, amenazante. Empecé a pensar en mi madre muerta y en Henry, perdido para siempre, y entré en un estado depresivo. Pensé que debía reaccionar y meterme en la cama. Y justo entonces oí que llamaban a la puerta. Hay un timbre, pero no lo utilizó. Sólo dio dos golpes con el llamador, dos golpes débiles, pero los oí. Me acerqué a la mirilla y no pude ver nada, sólo negrura. Ya era casi medianoche y no se me ocurría quién podía llamar a aquellas horas, pero pasé la cadena y abrí la puerta. Había una figura oscura desplomada contra la pared. Sólo había tenido fuerzas para llamar dos veces antes de caer inconsciente. Conseguí arrastrarlo al interior y revivirlo… Le di un poco de sopa y brandy, y al cabo de una hora estuvo en condiciones de hablar. Él quería hablar, conque lo acuné entre mis brazos y le escuché.

—¿En qué estado se encontraba? —quiso saber Theo.

Fue Rolf quien respondió.

—Mugriento, apestoso, ensangrentado y desesperadamente flaco. Había venido andando desde la costa.

Miriam reanudó su relato.

—Lo lavé y le vendé los pies, y conseguí llevarlo a la cama. Tenía un miedo horrible a dormir solo, así que me eché a su lado completamente vestida. Yo no podía dormir. Fue entonces cuando empezó a hablar. Habló más de una hora: Yo no dije nada, sólo lo abrazaba y escuchaba. Luego, al fin, se quedó callado y me di cuenta de que se había dormido. Permanecí a su lado, acunándolo, escuchando su respiración y sus murmullos. De vez en cuando gruñía o lanzaba un grito súbito, y se incorporaba en la cama; pero yo lo sosegaba como si fuera un bebé y volvía a dormirse. Me quedé echada a su lado y lloré por las cosas que me había contado. Oh, pero también estaba furiosa… La furia ardía en mí como una brasa al rojo en mi pecho.

»La isla es un infierno en vida. Los que llegaron allí siendo humanos están casi todos muertos, y los demás son diablos. Hay hambre. Ya sé que tienen semillas, grano, maquinaria, pero la mayoría de los reclusos son delincuentes de ciudad que no están acostumbrados a cultivar la tierra ni a trabajar con las manos. Se comieron todos los alimentos que había almacenados y arrasaron campos y huertas. Ahora, cuando muere alguien, a algunos también se los comen. Lo juro. Ha ocurrido. La isla está gobernada por un grupo de presos de los más fuertes. Les gusta la crueldad, y en Man pueden pegar, torturar y atormentar sin que nadie se lo impida ni lo vea. Los presos más bondadosos, los que se preocupan, los que no deberían estar allí, duran muy poco. Algunas de las mujeres son las peores. Henry me contó cosas que no puedo repetir y que nunca olvidaré…

»A la mañana siguiente vinieron por él. No asaltaron la casa, no hicieron mucho ruido. Se limitaron a rodear la vivienda sigilosamente y luego llamaron a la puerta.

—¿Quiénes eran? —inquirió Theo.

—Seis granaderos y seis hombres de la Policía de Seguridad del Estado. Había un hombre maltratado y agotado y tuvieron que enviar a doce para capturarlo. Los de la PSE eran los peores. Creo que eran omegas. Al principio no me dijeron nada; subieron arriba directamente y lo bajaron a rastras. Cuando los vio, lanzó un alarido. Nunca olvidaré ese alarido. Nunca, nunca… Luego se volvieron contra mí, pero un oficial, uno de los granaderos, les ordenó que me dejaran en paz. Dijo: «Es su hermana y es natural que haya venido aquí. Ella no tenía más remedio que ayudarle.»

Intervino Julian.

—Luego pensamos que él también debía de tener una hermana, alguien que sabía que nunca lo abandonaría, que siempre estaría a su lado.

Rolf la interrumpió, impaciente:

—O acaso pensó que podía mostrar un poco de humanidad y cobrársela luego a Miriam de un modo u otro.

Miriam meneó la cabeza.

—No, no fue por eso. Pretendía ser amable. Le pregunté qué iba a ser de Henry. No me contestó, pero uno de los PSE dijo: «¿Tú qué crees? Pero ya recibirás las cenizas.» El capitán de la PSE me explicó que hubieran podido detenerlo cuando llegó a la costa, pero que habían preferido seguirlo desde Gales hasta Oxford. Supongo que, en parte, para ver adónde iba, pero en parte porque antes de detenerlo querían esperar a que se creyera a salvo.

—Era este refinamiento de crueldad lo que le daba un interés especial a la cosa —añadió Rolf con intensa amargura.

—El paquete llegó al cabo de una semana. Era pesado, como un kilo de azúcar, y con la misma forma, envuelto en papel marrón con una etiqueta escrita a máquina. Dentro había una bolsa de plástico llena de arenilla blanca. Parecía abono para el jardín, como si no tuviera nada que ver con Henry. Sólo había una nota mecanografiada, sin firma. «Muerto cuando intentaba escapar.» Nada más. Excavé un hoyo en el jardín. Recuerdo que estaba lloviendo, y cuando derramé la arena blanca en el agujero fue como si todo el jardín estuviese llorando. Pero yo no lloré. Los sufrimientos de Henry habían terminado. Cualquier cosa era mejor que ser enviado de nuevo a la isla.

—Naturalmente, no podían devolverlo allí —observó Rolf—. No quieren que nadie sepa que es posible fugarse. Y a partir de ahora ya no lo será. Empezarán a patrullar la costa.

Julian tocó el brazo de Theo y lo miró a la cara.

—No deberían tratar así a las personas. Da igual lo que hayan hecho o lo que sean, no deberían tratarlas así. Hemos de impedirlo.

—Evidentemente, se trata de un mal social —reconoció Theo—, pero en comparación con lo que ocurre en otras partes del mundo no es nada. La cuestión es si el país está dispuesto a tolerarlo como precio de un gobierno solvente.

—¿Qué entiende por un gobierno solvente? —preguntó Julian.

—Buen orden público, ausencia de corrupción entre los altos cargos, ausencia de miedo a la guerra y el crimen, una distribución razonablemente equitativa de la riqueza y los recursos, preocupación por la vida del individuo.

—En tal caso, no tenemos un gobierno solvente —opinó Luke.

—Tal vez tengamos el mejor gobierno posible en las actuales circunstancias. La decisión de instalar la Colonia Penal de Man contó con un amplio respaldo público. Ningún gobierno puede actuar anticipándose a la voluntad moral del pueblo.

—Entonces tendremos que cambiar la voluntad moral. Tendremos que cambiar al pueblo —replicó Julian.

Theo se echó a reír.

—¡Ah! ¿Es ésa la clase de rebelión que se proponen? No el sistema, sino el corazón y la mente de los seres humanos. Son ustedes los revolucionarios más peligrosos de todos, o lo serían si tuvieran la menor idea de por dónde empezar, la menor posibilidad de triunfar.

—¿Y cómo empezaría usted? —preguntó Julian, como si estuviera seriamente interesada en su respuesta.

—Yo no lo haría. La historia me enseña qué le ocurre a la gente que lo intenta. Usted misma lleva un recordatorio en esa cadena que le cuelga del cuello.

La mujer alzó su deforme mano izquierda y tocó brevemente la cruz. Junto a la carne hinchada, parecía un talismán muy frágil y pequeño.

—Siempre se pueden encontrar excusas para no hacer nada —objetó Rolf—. Lo cierto es que el Guardián gobierna Inglaterra como si fuera un feudo privado. Los granaderos son su ejército privado y la Policía de Seguridad del Estado sus propios espías y verdugos.

—No tiene ninguna prueba de eso.

—¿Quién mató al hermano de Miriam? ¿Fue una ejecución tras un juicio legal o un asesinato secreto? Queremos una auténtica democracia.

—¿Con usted al frente?

—Lo haría mejor que él.

—Imagino que es exactamente lo que él se dijo cuando sustituyó al último Primer Ministro.

—Entonces, ¿no va a hablar con el Guardián? —preguntó Julián.

Rolf no le dio tiempo a contestar.

—Claro que no. En ningún momento ha pensado hacerlo. Ha sido una pérdida de tiempo traerlo aquí. Un intento inútil, estúpido y peligroso.

Theo replicó en voz baja:

—No he dicho que no vaya a verlo. Pero tengo que llevarle algo más que rumores, sobre todo si ni siquiera puedo decirle de dónde procede mi información. Ya antes de darles a conocer mi decisión quiero ver un Quietus. ¿Cuándo va a celebrarse el próximo? ¿Alguien lo sabe?

Fue Julian quien contestó.

—Han dejado de anunciarlos, pero, naturalmente, la noticia circula con antelación. El próximo miércoles, dentro de tres días, habrá un Quietus para mujeres en Southwold. Será en el malecón, al norte de la ciudad. ¿Lo conoce? Está a unos catorce kilómetros al sur de Lowestoft.

—No es muy cómodo.

—Para usted no, quizá —replicó Rolf—. Pero para ellos sí. Sin ferrocarril no habrá muchedumbres, y hay un largo trayecto en coche para que la gente se pregunte si vale la pena gastar tanta gasolina sólo para despedir a la abuela, enfundada en un camisón blanco, a los acordes de *Acompáñame, Señor*. ¡Ah! Y sólo hay un acceso por carretera. Pueden controlar a cuanta gente asista, y mantenerlos vigilados a todos. Si hay problemas, pueden detener a los causantes.

—¿Cuándo nos dará su respuesta? —quiso saber Julian.

—Decidiré si hablo o no con el Guardián inmediatamente después del Quietus. Luego será mejor que esperemos una semana y concertemos un encuentro.

—Que sea una quincena —dijo Rolf—. Si va a ver al Guardián, puede que lo sometan a vigilancia.

—¿Cómo nos hará saber si ha decidido ir a verlo?

—Dejaré un mensaje la mañana siguiente del Quietus. ¿Conocen el Museo de Estatuas de Pusey Lane?

—No —contestó Rolf.

—Yo sí —afirmó Luke con vehemencia—. Es parte del Ashmolean, una exposición de copias en escayola y mármol de estatuas griegas y romanas. Cuando estaba en la escuela solían llevarnos a menudo, en las clases de arte. Hace años que no lo visito. Ni siquiera sabía que el Ashmolean lo mantuviera aún abierto.

—No tienen ningún motivo en especial para cerrarlo: No exige mucha supervisión. De vez en cuando, acuden allí algunos eruditos entrados en años. Las horas de visita se indican en el tablón de la entrada.

Rolf se mostró suspicaz.

—¿Por qué allí?

—Porque me gusta visitarlo de vez en cuando, y el encargado está acostumbrado a verme. Porque ofrece un buen número de escondites fácilmente accesibles. Y sobre todo, porque me resulta conveniente. En todo este asunto no hay nada más que lo sea.

—¿Y dónde dejará el mensaje, exactamente? —preguntó Luke.

—En la planta baja, bajo la cabeza del Diadumeno en la pared de la derecha. El número de catálogo es C38, y lo encontrarán marcado en el busto. Supongo que podrán recordar el número, si no pueden recordar el nombre. Si no pueden, anótenlo.

—Es la edad de Luke, será fácil de recordar —le aseguró Julian—. ¿Tendremos que levantar la estatua?

—No es una estatua, sólo una cabeza, y no tendrán que moverla. Hay una abertura muy angosta entre la base y el estante. Dejaré mi respuesta en un papel. No será nada comprometedor, únicamente un sí o un no. Podrían telefonearme para que se lo dijera, pero sin duda les parecerá imprudente.

—Procuramos no hablar nunca por teléfono —asintió Rolf—. Aunque todavía no hemos empezado, preferimos tomar las debidas precauciones. Todo el mundo sabe que tienen intervenidas las líneas.

—Y si su respuesta es sí, y el Guardián está dispuesto a recibirle, ¿cuándo nos hará saber qué le ha dicho, qué ha prometido hacer? —preguntó Julian.

—Será mejor que dejemos pasar al menos dos semanas —dijo Rolf—. Si le recibe, puede que le haga seguir. Infórmenos el miércoles, catorce días después del Quietus. Me reuniré con usted a pie en cualquier lugar de Oxford. Quizá lo mejor sea en algún espacio abierto.

—Los espacios abiertos pueden vigilarse con binoculares —señaló Theo—. Dos personas que se citan en mitad del parque, el prado o los parques de la universidad pueden llamar la atención. Es más seguro un edificio público. Me reuniré con Julian en el museo Pitt Rivers.

—Parece que le gustan los museos —observó Rolf.

—Ofrecen la ventaja de ser lugares donde la gente puede perder el tiempo sin crear sospechas.

—Nos veremos a las doce en el Pitt Rivers, entonces —concluyó Rolf.

—Usted no; Julian. Utilizaron a Julian para establecer el primer contacto conmigo. Ha sido Julian quien me ha traído hoy aquí. Estaré en el Pitt Rivers el segundo miércoles después del Quietus, y espero que venga sola.

Eran casi las once cuando Theo los dejó en la iglesia. Se detuvo unos instantes en el porche, consultó su reloj de pulsera y contempló el descuidado cementerio. Deseó no haber acudido, no haberse involucrado en aquella empresa fútil y embarazosa. La historia de Miriam le había afectado más de lo que estaba dispuesto a reconocer. Deseó no haberla oído. Pero ¿qué esperaban que hiciera, qué podía hacer nadie? Ya era demasiado tarde. No creía que el grupo corriera ningún peligro. Algunas de sus preocupaciones parecían bordear la paranoia. Y había esperado conseguir un aplazamiento temporal de su responsabilidad, que no hubiera ningún Quietus hasta pasados algunos meses. El miércoles era un mal día para él. Le obligaba a reorganizar su agenda en breve plazo. Hacía tres años que no veía a Xan. Si tenían que encontrarse de nuevo, le resultaba desagradable y humillante verse en el papel de suplicante.

Estaba tan enojado consigo mismo como con el grupo. Podía desdeñarlos como una banda de aficionados disconformes, pero habían sido más astutos que él, habían enviado al único miembro al que sin duda sabían que le resultaría difícil rechazar. Por qué tenía que resultarle difícil era una cuestión que por el momento se negaba a investigar… Iría al Quietus cómo lo había prometido, y les dejaría un mensaje en el Museo de Estatuas. Esperaba encontrar justificaciones para que en el mensaje constara la palabra «No».

El grupo del bautizo se acercaba ya por el sendero, y el viejo, ahora vestido con estola, lo pastoreaba con grititos de aliento. Había dos mujeres de mediana edad y dos hombres mayores, ellos ataviados con sobrios trajes azules, ellas con sombreros floreados, incongruentes sobre sus prendas de invierno. Cada una de las mujeres llevaba un bulto blanco envuelto en un chal, del que colgaban los pliegues adornados con encajes de la ropita de bautizo. Theo intentó esquivarlas, apartando discretamente los ojos, pero las mujeres casi le cerraron el paso y, esbozando la sonrisa insensata de los dementes, le pusieron los bultos ante la cara reclamando su admiración. Los dos gatitos, con las orejas aplastadas bajo los gorros encintados, resultaban al mismo tiempo enternecedores y ridículos. Tenían los ojos muy abiertos, estanques de ópalo vacíos de comprensión, y no parecían preocupados por sus atuendos. Por un instante Theo se preguntó si los habrían drogado, pero llegó a la conclusión de que probablemente los manejaban, acariciaban y trataban como bebés desde que habían nacido, y estaban acostumbrados a ello. También le intrigaba el sacerdote. Ya estuviera válidamente ordenado o se tratara de un impostor —y eran cuantiosos—, no se podía decir que estuviera participando en un rito ortodoxo. La Iglesia de Inglaterra, que ya no poseía una doctrina común ni una liturgia común, estaba tan fragmentada que resultaba imposible imaginar qué no habrían llegado a creer algunas de sus sectas; pero le parecía dudoso que fomentaran el bautizo de animales. Incluso sospechaba que la nueva arzobispo, que se definía como una racionalista cristiana, habría llegado a prohibir por supersticioso el bautismo de niños si el bautismo de niños aún fuera posible. Pero difícilmente podía controlar lo que ocurría en todas las iglesias del país. Cabía suponer que a los gatitos les disgustaría recibir una ducha de agua fría en plena cabeza, pero no era probable que protestara nadie más. Aquella charada constituía una digna conclusión de una mañana de locura. Theo echó a andar enérgicamente hacia la cordura y hacia aquella casa vacía e inviolada que él llamaba su hogar.

9

La mañana del Quietus, Theo despertó bajo el peso de una vaga inquietud que, si bien no era tan agobiante como para merecer el nombre de ansiedad, sí podría definirse como leve depresión, indefinida como los últimos jirones de un sueño no recordado pero desagradable. Y enseguida, aun antes de extender la mano hacia el interruptor de la luz, recordó qué le reservaba el día. Durante toda su vida había tenido la costumbre de idear pequeños placeres como paliativo para los deberes ingratos. En condiciones normales, ése era el momento de elegir cuidadosamente la ruta: un buen pub donde tomar un almuerzo temprano, una iglesia interesante que visitar, un rodeo que lo llevara a alguna aldea atractiva. Pero no podía haber compensación para aquel viaje cuyo fin y propósito era la muerte. Lo mejor era llegar allí lo más rápidamente posible, ver lo que había prometido ver, regresar a casa, decirle a Julian que ni él ni el grupo podían hacer nada e intentar borrar de su mente toda aquella experiencia que no había buscado ni le complacía. Eso le obligaba a rechazar la ruta más interesante, vía Bedford, Cambridge y Stowmarket, en favor de la autopista M40 hacia la M25 y luego la A12 en dirección noreste hasta la costa de Suffolk. Sería un trayecto más rápido, aunque menos directo y sin duda más aburrido, pero no se planteaba disfrutar del recorrido.

Tuvo un buen viaje. La A12 estaba en mucho mejor estado de lo que había supuesto, teniendo en cuenta que los puertos de la costa este se hallaban casi abandonados. Pudo conducir a muy buen ritmo, y llegó a Blythburgh, en el estuario, justo antes de las dos. La marea se retiraba, pero más allá de las cañas y los barrizales el agua se extendía como un pañuelo de seda, y un sol espasmódico arrancaba destellos de oro a las vidrieras de la iglesia de Blythburgh.

Habían transcurrido veintiocho años desde su última visita al pueblo. Helena y él habían decidido pasar un fin de semana en el Swan de Southwold, cuando Natalie sólo tenía seis meses. En aquella época tenían que contentarse con un Ford de segunda mano. Llevaban la cuna portátil de Natalie firmemente sujeta al asiento de atrás, y el maletero repleto con toda la parafernalia de la primera infancia: grandes paquetes de pañales desechables, el aparato para esterilizar los biberones, botes de comida para bebé. Cuando llegaron a Blythburgh, Natalie empezó a llorar y Helena dijo que tenía hambre y que habría que alimentarla de inmediato, sin esperar a llegar al hotel. ¿Por qué no hacían un alto en el Ciervo Blanco de Blythburgh? Sin duda el posadero tendría lo necesario para calentar la leche, y podrían almorzar en el pub mientras ella daba de comer a Natalie. Pero Theo vio que el aparcamiento estaba lleno y quiso evitar las molestias y problemas que las exigencias de Helena y la niña sin duda provocarían. Su insistencia en seguir hasta Southwold, a pocos kilómetros de distancia, había sido mal recibida... Helena, que intentaba en vano apaciguar a la criatura, apenas había dedicado una mirada al agua refulgente y a la gran iglesia anclada entre los cañaverales como un majestuoso bajel. La excursión de fin de semana había empezado con el resentimiento habitual y proseguido con un malhumor apenas contenido. Y la culpa era de Theo, por supuesto. Había preferido herir los sentimientos de su esposa y dejar pasar hambre a su hija antes que causar molestias en un pub lleno de desconocidos. Deseó haber podido conservar al menos un recuerdo de su hija muerta que no estuviera teñido de culpa y remordimiento.

Casi repentinamente, decidió almorzar en el pub. Esta vez su coche era el único que ocupaba el aparcamiento. En el interior del local, con su armadura de vigas de madera, la chimenea de troncos llameantes que Theo recordaba había sido sustituida por una estufa eléctrica con dos barras de infrarrojos. Él era el único cliente, y el tabernero, muy anciano, le sirvió una cerveza local. La cerveza era excelente, pero el único almuerzo disponible consistía en empanadas precocinadas que el hombre calentó en un horno de microondas. Era una preparación inadecuada para la prueba que sobrevendría.

Tomó el recordado desvío hacia la carretera de Southwold. La campiña de Suffolk, ondulada y yerma bajo el cielo invernal, no parecía haber cambiado, pero la carretera en sí se había deteriorado tanto que el viaje resultaba lleno de sacudidas y peligros, como una carrera campo a través. Sin embargo, cuando llegó a las afueras de Reydon vio grupitos de temporeros con sus respectivos supervisores haciendo evidentes preparativos para arreglar la calzada. Las caras oscuras lo miraron de soslayo mientras pasaba cuidadosamente a velocidad reducida. Su presencia le sorprendió. Ciertamente, Southwold no había sido elegido como futuro centro de población aprobado por el gobierno. ¿Por qué era tan importante, entonces, asegurar un acceso razonable?

Casi de inmediato se halló circulando ante la barrera de árboles y los terrenos y edificios de la Escuela St. Felix. En la entrada, un gran tablón proclamaba que ahora era el Centro de Artesanía del Este de Suffolk. Theo supuso que sólo estaría abierto en verano o durante los fines de semana, pues no vio a nadie en los extensos y descuidados jardines. Cruzó el puente de Eight y entró en la pequeña población, cuyas casas pintadas parecían dormitar en un sopor de sobremesa. Treinta años atrás, sus habitantes eran casi todos ancianos: antiguos soldados paseando el perro, parejas jubiladas, de ojos brillantes y tez curtida por la intemperie paseándose por el muelle cogidas del brazo, una atmósfera de calma ordenada, consumida ya toda pasión. Ahora estaba casi desierta. En el banco situado ante el Hotel Crown, dos ancianos reposaban con la vista fija en la lejanía, sus atezadas y nudosas manos cruzadas sobre la empuñadura de sus bastones.

Decidió aparcar en el patio del Swan y tomarse un café antes de proseguir hacia la playa del norte, pero la hostería estaba cerrada. Cuando se disponía a subir de nuevo al coche, una mujer de mediana edad que llevaba un delantal de flores salió por una puerta lateral y la cerró a sus espaldas.

—Esperaba poder tomarme un café —le explicó Theo—. ¿Han cerrado definitivamente el hotel?

La expresión de la mujer era agradable, pero nerviosa. Antes de responder, miró a los lados.

—Sólo por hoy, señor. En señal de respeto. Es por el Quietus, ya sabe. ¿O quizá no lo sabía?

—Sí. Lo sabía —dijo Theo. Deseando romper la profunda sensación de aislamiento que se cernía pesadamente sobre calles y edificios, prosiguió—: Estuve aquí hace treinta años. No ha cambiado mucho.

Ella apoyó una mano en la ventanilla del coche y protestó:

—Oh, sí; sí que ha cambiado, señor. Pero el Swan sigue siendo un hotel. Naturalmente, no tenemos tantos clientes, ahora que todo el mundo se va del pueblo. Está prevista la evacuación. El gobierno no podrá garantizarnos energía y servicios, al final… La gente se traslada a Ipswich o a Norwich.

A qué tanta prisa, se preguntó Theo con irritación. Sin duda Xan podía mantener el pueblo en funcionamiento durante veinte años más. Aparcó el coche en el pequeño prado donde terminaba la calle Trinity y echó a andar hacia el malecón por el sendero del acantilado.

El mar, de un gris turbio, se agitaba perezosamente bajo un cielo del color de la leche aguada, levemente luminoso hacia el horizonte como si el tornadizo sol estuviera a punto de mostrarse una vez más. Por encima de aquella pálida transparencia colgaban grandes masas de nubes negras y gris oscuro, como un telón a medio levantar. Unos diez metros más abajo, el punteado vientre de las olas se alzaba y descendía con fatigada inevitabilidad, como lastrado con guijarros y arena. La barandilla del sendero, antaño tan prístina y blanca, estaba oxidada y en algunos lugares rota, y el talud herboso que descendía desde el paseo hasta las cabañas de la playa parecía no haber sido segado desde hacía años. En otro tiempo Theo hubiera visto bajo él la larga hilera resplandeciente de chalets de madera con sus nombres enternecedoramente ridículos, alineados frente al mar como casitas de muñecas pintadas de vivos colores. Ahora había huecos como dientes caídos en una mandíbula en descomposición, y las construcciones que quedaban estaban desvencijadas, con la pintura descascarillada, precariamente sujetas con cuerdas a las estacas clavadas en la ladera, esperando a que la próxima galerna las arrastrara. Las hierbas secas, altas hasta la cintura, se agitaban caprichosamente bajo la brisa que nunca faltaba por completo en aquella costa oriental.

Por lo visto, el embarco no iba a realizarse desde el malecón, sino desde un muelle de madera construido ex profeso al lado de éste. Theo vio a lo lejos dos botes de borda baja, con cubiertas festoneadas de guirnaldas de flores, y, en el extremo del malecón que dominaba el muelle, un grupito de figuras, algunas de las cuales, al parecer, iban de uniforme. A unos ochenta metros por delante de él había tres autocares detenidos en el paseo. Mientras Theo se acercaba empezaron a descender los pasajeros: primero bajó un pequeño grupo de músicos vestidos con chaqueta roja y pantalones negros. Se quedaron charlando en un grupito desordenado, con sus instrumentos de metal que brillaban bajo el sol. Uno de ellos dio un manotazo juguetón a su vecino. Durante unos segundos fingieron boxear, hasta que, ya cansados de payasadas, encendieron sendos cigarrillos y se quedaron mirando el mar. A continuación salieron las ancianas, algunas capaces de descender sin ayuda, otras apoyadas en enfermeras. Alguien abrió el portaequipajes de uno de los autocares y empezaron a sacar unas cuantas sillas de ruedas. Finalmente, ayudaron a bajar a las más débiles y las acomodaron en las sillas.

Theo se mantuvo a distancia, y observó que la hilera de

figuras encorvadas descendía por el empinado sendero que dividía el acantilado dirigiéndose hacia las cabañas del paseo inferior. De pronto comprendió lo que estaba ocurriendo. Iban a utilizar las casitas para que las ancianas se pusieran los camisones blancos, casitas en las que durante tantos decenios había resonado el eco de las risas infantiles. Sus nombres, en los que no había pensado durante treinta años, le vinieron de nuevo a la memoria junto con las tontas y alegres celebraciones propias de las vacaciones familiares: El Rincón de Pete, Bella Vista, La Casa de las Olas, La Cabaña Feliz. Aferrado a la oxidada barandilla, desde lo alto del acantilado vio que ayudaban a las ancianas a subir los peldaños y entrar en las cabañas de dos en dos. Hasta entonces la banda no se había movido, pero en aquel momento los músicos se agruparon, sostuvieron una breve conversación, apagaron los cigarrillos, recogieron sus instrumentos y emprendieron a su vez el descenso por el camino del acantilado. Una vez abajo, formaron en línea y permanecieron a la espera. El silencio era casi espeluznante. A espaldas de Theo, la hilera de casas victorianas cerradas, vacías, se alzaba como una desastrada reliquia de tiempos más felices. Abajo, la playa estaba desierta; sólo el graznar de las gaviotas perturbaba la calma.

Al poco rato las ancianas abandonaron las cabañas y, con ayuda de las enfermeras, se colocaron en fila. Todas vestían largas túnicas blancas, quizá camisones, con lo que parecían chales de lana y capas blancas sobre los hombros, una atención que el viento cortante hacía necesaria. El propio Theo agradecía la calidez de su abrigo de tweed. Cada una de las mujeres llevaba un ramillete de flores, de modo que parecían una grey de novias desaliñadas. Theo empezó a preguntarse quién había preparado las flores, quién había abierto las cabañas y dejado los camisones plegados para ese fin. Todo el acontecimiento, que tan azaroso y espontáneo parecía, debía de haber sido minuciosamente organizado. Por primera vez se dio cuenta de que las cabañas de esta parte del paseo inferior habían sido reparadas y estaban recién pintadas.

La banda empezó a tocar mientras la procesión avanzaba

lentamente por el paseo inferior en dirección al embarcadero. Cuando el primer estallido de los instrumentos de viento rompió el silencio del lugar, Theo experimentó una sensación de injuria, una tremenda piedad. Tocaban canciones alegres, melodías de la época de sus abuelos, marchas de la Segunda Guerra Mundial que le resultaban conocidas pero cuyos nombres al principio no pudo recordar. Al poco, algunos títulos aparecieron en su mente: *Bye Bye, Blackbird, Somebody Stole My Girl, Somewhere over the Rainbow*. Cuando llegaron cerca del malecón, la música cambió, y Theo reconoció los acordes de un himno: *Acompáñame, Señor*. Cuando terminó la primera estrofa y empezó de nuevo la melodía, se alzó desde el paseo un maullido quejumbroso, semejante al sonido de las aves marinas, y Theo comprendió que las ancianas estaban cantando. Entonces, algunas de las mujeres empezaron a mecerse al compás de la música, alzándose las faldas blancas y cabrioleando suavemente. Se le ocurrió que quizás estuvieran drogadas.

Manteniendo distancia con la última pareja de la fila, las siguió hasta el malecón. Toda la escena se reveló ante su vista. Había un grupo de unos veinte individuos, algunos quizá parientes o amigos, pero la mayoría miembros de la Policía de Seguridad del Estado. Los botes podían haber sido en otro tiempo barcazas pequeñas, pensó, pero ahora sólo quedaban los cascos, y les habían instalado hileras de bancos. Había dos soldados en cada uno de los botes y, a medida que iban entrando las ancianas, se agachaban, seguramente para engrilletarles los tobillos o atarles pesas. La lancha de motor, atracada en el malecón, hacía patente el plan: una vez perdida de vista la costa, los soldados abrirían vías de agua en las barcazas, se trasladarían a la lancha y regresarían a tierra. La banda seguía tocando en la orilla, esta vez el *Nimrod* de Elgar. Los cánticos habían cesado y ningún sonido llegaba hasta Theo, salvo el rumor incesante de las olas sobre la playa y alguna voz de mando que la leve brisa transportaba hasta él.

Se dijo que ya había visto lo suficiente. Podía considerar que había cumplido su palabra y regresar al coche; nada deseaba más que conducir furiosamente alejándose de aquella población que sólo le hablaba de desvalidez, de decadencia, de vaciedad y de muerte… Pero le había prometido a Julian que vería un Quietus, y eso quería decir que debía seguir mirando hasta que los botes se perdieran de vista. Como para afianzar su intención, empezó a descender por los escalones de hormigón que conducían del paseo superior a la playa. Nadie se le acercó para ordenarle que se fuera. El grupito de oficiales, las enfermeras, los soldados, incluso los músicos, absortos en su papel en la macabra ceremonia, ni siquiera dieron muestras de advertir su presencia.

De pronto se produjo una conmoción. Una de las mujeres que eran conducidas al bote más próximo lanzó un grito y empezó a debatirse con violencia. La enfermera que la acompañaba fue tomada por sorpresa y, antes de que reaccionara, la anciana ya había saltado del muelle y empezaba a moverse torpemente hacia la orilla. Instintivamente Theo corrió hacia ella, aplastando los guijarros de la playa, notando la gélida mordedura del viento en los tobillos. Ya sólo veinte metros lo separaban de la mujer y podía verla con claridad, la alborotada cabellera blanca, el camisón adherido al cuerpo, los senos bamboleantes y péndulos, los brazos con ronchas de piel reseca y erizada. Una ola le arrancó el camisón del hombro izquierdo, dejando al descubierto un pecho que oscilaba obscenamente como una medusa gigante. La anciana seguía gritando con un chillido agudo y penetrante como el de un animal torturado. Theo la reconoció casi al instante: era Hilda Palmer-Smith. Como si hubiera recibido una bofetada, avanzó penosamente hacia ella con los brazos extendidos.

Y entonces ocurrió. Sus manos extendidas estaban a punto de asirla por las muñecas cuando uno de los soldados saltó del muelle y, con la culata de la pistola, la golpeó con saña en la cabeza. Hilda cayó al agua de bruces, agitando los brazos. Hubo una fugaz mancha roja antes de que la siguiente ola llegara y la cubriera, la elevara y retrocediera para dejarla tendida entre la espuma. La mujer intentó levantarse, pero el soldado golpeó de nuevo. Para entonces, Theo ya había llegado junto a ella y le sujetaba una mano. Pero casi al instante notó que alguien lo cogía por los hombros y lo apartaba. Oyó una voz serena, llena de autoridad, casi amable: «Déjela, señor. Déjela.»

Otra ola, mayor que la anterior, cubrió a la mujer e hizo perder el equilibrio a Theo. Luego la ola se retiró, y Theo, incorporándose a duras penas, volvió a verla tendida, con el camisón arremangado sobre sus flacas piernas y la mitad inferior del cuerpo al descubierto. Soltó un gruñido y volvió a avanzar tambaleante hacia ella, pero esta vez también recibió un golpe en la cabeza y cayó al suelo. Percibió la aspereza de las piedrecitas que se le clavaban en la cara, el olor abrumador del agua salada, un violento latir en los oídos. Sus manos arañaron los guijarros tratando de encontrar un asidero. Pero guijarros y arena se le escurrían de entre los dedos, y entonces rompió otra ola y se sintió arrastrado hacia aguas más profundas. Semiconsciente apenas, intentó alzar la cabeza, intentó respirar sabiendo que estaba a punto de ahogarse. Y entonces llegó la tercera ola, que lo levantó en su cresta y lo arrojó sobre las piedras de la playa.

Pero no pretendían que se ahogara. Semiconsciente, escupiendo agua de mar y basqueando, notó que unas manos fuertes lo asían por las axilas y lo sacaban del agua con tanta facilidad como si fuese un chiquillo. Alguien lo arrastraba boca abajo por la playa.

Las punteras de sus zapatos raspaban las zonas de arena mojada, y las guijas restregaban las perneras empapadas de sus pantalones. Los brazos le colgaban yertos, los nudillos magullados y arañados por las piedras más grandes de la cresta interior de la playa. Y no dejaba de oler el poderoso olor a mar y oír el golpeteo rítmico del oleaje. Finalmente, dejaron de arrastrarlo y lo dejaron caer con brusquedad sobre un montón de arena blanda y seca. Notó el peso de su abrigo de tweed cuando lo arrojaron sobre su cuerpo. Confusamente percibió una forma oscura que pasaba sobre él, y se quedó solo.

Intentó levantar la cabeza, percibiendo por primera vez un dolor pulsátil que se expandía y se contraía como un ser vivo que palpitara dentro de su cráneo. Las veces que lograba erguir la cabeza, ésta bamboleaba débilmente de un lado a otro, y volvía a caer sobre la arena. Pero al tercer intento consiguió alzarla unos centímetros, y abrió los ojos. Tenía los párpados cuajados de arena apelmazada, arena que le cubría la cara y le obturaba la boca, y hebras de algas legamosas se le enredaban en los dedos y colgaban de su cabello. Se sentía como un hombre recién desenterrado de una tumba acuática, envuelto aún por todos los aderezos de la muerte. Pero un momento antes de sumirse en la inconsciencia pudo ver que alguien lo había arrastrado hasta un angosto espacio entre dos cabañas de la playa. Las cabañas se alzaban sobre cortos pilotes de madera, y bajo ellas se acumulaban los detritus de antiguas vacaciones ya olvidadas, medio enterrados en arena sucia; el brillo del papel de plata, una vieja botella de plástico, la lona podrida y el armazón astillado de una hamaca plegable y la palita rota de un niño. Se debatió dolorosamente para acercarse y extendió la mano, como si apoderarse de ella pudiera proporcionarle paz y seguridad. Pero el esfuerzo resultó excesivo y, cerrando los enarenados ojos, se hundió en las tinieblas con un suspiro.

Cuando despertó, creyó al principio que la oscuridad era absoluta. Al volverse contempló un firmamento levemente moteado de estrellas, y vio ante sí la pálida luminosidad del mar. Recordó dónde estaba y qué había sucedido. Todavía le dolía la cabeza, pero ya sólo era una molestia sorda y persistente. Al pasarse la mano por el cráneo encontró un bulto del tamaño de un huevo de gallina, pero juzgó que el daño no era grave. No tenía ni idea de la hora que era, y le resultaba imposible distinguir las manecillas del reloj. Se frotó los entumecidos miembros, sacudió la arena del abrigo y, tras ponérselo, bajó tambaleándose hasta la orilla, donde se arrodilló y se lavó la cara. El agua estaba helada. El mar se había sosegado y una brillante media luna trazaba sobre él un trémulo sendero de luz. La mansa superficie del agua se extendía ante sus ojos completamente vacía, y pensó en las ancianas ahogadas, encadenadas aún a los bancos, rodeadas por el bordaje de las embarcaciones con las blancas cabelleras ondeando grácilmente, en la marea. Regresó a las cabañas de la playa y reposó durante unos minutos sentado en un escalón, para reunir fuerzas. Se registró los bolsillos de la chaqueta: la billetera de piel estaba empapada, pero al menos aún la tenía, y su contenido estaba intacto.

Tomó los escalones que conducían al paseo superior. Sólo había unas pocas farolas, pero le bastaron para ver la esfera del reloj. Sólo eran las siete. Había estado inconsciente, y luego probablemente dormido, durante casi cuatro horas. Al llegar a la calle Trinity comprobó con alivio que el coche seguía allí, pero no se veía ninguna otra señal de vida. Se detuvo, indeciso. Estaba empezando a temblar, y anhelaba comida y bebida calientes. La idea de conducir hasta Oxford en su estado le horrorizaba, pero su necesidad de irse de Southwold era casi tan imperiosa como el hambre y la sed. Mientras permanecía allí indeciso, oyó cerrar una puerta con suavidad y miró en derredor. Una mujer que llevaba un perrito sujeto con una correa acababa de salir de una de las casas adosadas de estilo victoriano que bordeaban la pequeña extensión de césped. Era la única casa en la que se veía luz. Y entonces advirtió que en la ventana de la planta baja había un gran cartel: «Cama y desayuno».

Siguiendo un impulso, abordó a la mujer y le explicó:

—He tenido un accidente. Estoy muy mojado, y no creo estar en condiciones de volver a casa esta noche. ¿Tiene alguna habitación libre? Me llamo Faron, Theo Faron.

La mujer era mayor de lo que había creído. Su rostro era redondo y curtido por el viento, suavemente arrugado, como un balón del que se ha escapado el aire; los ojos eran brillantes y saltones, la boca pequeña y bien dibujada, y en otro tiempo había sido bonita. Pero ahora, mientras Theo la contemplaba, se movía incansablemente como si aún estuviera saboreando el regusto de su última comida.

La mujer no pareció sorprenderse al verlo ni, mejor aún, asustarse al oír su petición, y cuando habló lo hizo con voz agradable.

—Tengo una habitación libre, si no le importa esperar hasta que Chloe haya cumplido con sus obligaciones nocturnas. Hay un sitio especial reservado para los perros. Procuramos no ensuciar la playa. Las madres se quejaban si no encontraban la playa lo bastante limpia para los niños, y las viejas costumbres no se pierden. La cena es opcional. ¿Querrá cenar también?

Alzó la vista hacia él, y por primera vez Theo advirtió una sombra de inquietud en sus ojos brillantes. Respondió que lo deseaba muchísimo.

La mujer regresó en tres minutos, y Theo la siguió por el angosto corredor hasta una sala de estar en la parte posterior del edificio. Era una sala pequeña, casi claustrofóbica, atiborrada de muebles pasados de moda. Captó una impresión de calicó desteñido, de repisa de chimenea repleta de animalitos de porcelana, de almohadones bordados sobre las bajas butacas situadas junto al hogar, de fotografías en marcos de plata y olor a lavanda. Le pareció que la habitación era un santuario, que entre sus paredes empapeladas con dibujos de flores encerraba todo el bienestar y la seguridad que su infancia preñada de ansiedad nunca había conocido.

—Me temo que no hay gran cosa en la nevera esta noche, pero podría ofrecerle un plato de sopa y una tortilla.

—Eso sería magnífico.

—La sopa no es casera, me temo, pero mezclo dos latas para hacerla más sabrosa y le añado un poco de algo, perejil picado o una cebolla. Creo que la encontrará comestible. ¿Quiere cenar en el comedor o aquí en la sala, delante de la estufa? Eso quizá le resultaría más cómodo.

—Preferiría cenar aquí.

Se acomodó en una de las butacas bajas y extendió las piernas ante la estufa eléctrica, contemplando el vapor que desprendían los pantalones al secarse. La cena llegó al poco rato; en primer lugar la sopa, que era, descubrió, de champiñones y pollo salpicada de perejil. Estaba caliente y sorprendentemente apetitosa, y el panecillo y la mantequilla que la acompañaban eran frescos. Cuando hubo terminado, la mujer le sirvió una tortilla de hierbas. Le preguntó si querría té, café o cacao. Lo que en verdad quería era alcohol, pero por lo visto no entraba en la oferta. Se decidió por el té y la mujer lo dejó para que lo bebiera a solas, como lo había dejado durante toda la cena.

Cuando terminó, reapareció de inmediato, como si hubiera estado esperando tras la puerta, y anunció:

—Le he puesto en la habitación de atrás. A veces es agradable no oír el ruido del mar. Y no se preocupe por si la cama está aireada; soy muy escrupulosa en lo de airear las camas. Le he puesto dos bolsas de agua. Si tiene demasiado calor, puede tirarlas al suelo. He enchufado el calentador, así que no le faltará agua caliente si desea bañarse.

Le dolía todo el cuerpo por las horas que había pasado tendido sobre la arena húmeda, y la idea de relajarse en agua caliente le resultaba muy atractiva. Sin embargo, una vez apaciguadas el hambre y la sed, el cansancio se había apoderado de él. El mero hecho de llenar la bañera representaba un esfuerzo excesivo.

—Me bañaré por la mañana, si es posible —respondió.

La habitación estaba en el segundo piso, y daba a la parte de atrás, como ella le había indicado. Haciéndose a un lado para dejarle pasar, la mujer comentó:

—Me temo que no tengo ningún pijama de su talla, pero hay un batín muy viejo que quizá podría utilizar. Pertenecía a mi marido.

No parecía sorprenderle ni preocuparle que no hubiera traído ningún equipaje. Había una estufa eléctrica encendida junto a la chimenea victoriana, y antes de salir se agachó para desconectarla. Theo comprendió que el precio que iba a cobrarle no incluía la calefacción durante toda la noche. Pero no la necesitaba. En cuanto la mujer hubo cerrado la puerta a sus espaldas, se arrancó toda la ropa, apartó el cobertor y se sumergió en la calidez, el bienestar y el olvido.

A la mañana siguiente, el desayuno le fue servido en el comedor de la planta baja, en la parte delantera de la casa. Había dispuestas cinco mesas, todas con impolutos manteles blancos y una jarrita de flores artificiales, pero Theo no vio a ningún otro huésped.

El vacío comedor, con su aire de prometer más de lo que se podía proporcionar, despertó en él un recuerdo de las últimas vacaciones que había pasado con sus padres. Cuando tenía once años habían pasado una semana en Brighton, alojados en una pensión en lo alto del acantilado, hacia Kemp Town. Había llovido casi todos los días, y su recuerdo de aquellas vacaciones era un recuerdo de chubasqueros mojados, de refugios donde los tres se acurrucaban contemplando el henchido mar gris, de paseos por las calles en busca de distracciones accesibles hasta que daban las seis y media y podían volver a la pensión para cenar. Comían en una habitación como aquélla, donde los grupos familiares, no acostumbrados a que los sirvieran, permanecían sentados con muda y azorada paciencia hasta que la propietaria, resueltamente jovial, llegaba con las bandejas cargadas de carne y de verduras. Se había sentido aburrido y malhumorado durante todas las vacaciones. Por vez primera se le ocurrió pensar qué poca alegría habían conocido sus padres en la vida, y qué poco había contribuido él, su único hijo, a esa menguada reserva.

La mujer le atendió con esmero, sirviéndole un desayuno completo a base de tocino, huevos y patatas fritas, evidentemente dividida entre el deseo de contemplar cómo lo disfrutaba y el conocimiento de que él preferiría desayunar a solas. Theo comió deprisa, impaciente por marchar.

Al pagar la cuenta, comentó:

—Ha sido usted muy amable al alojar a un hombre solitario y sin equipaje. Algunas personas quizá habrían puesto inconvenientes.

—Oh, no, no me sorprendió nada verlo. No estaba preocupada. Usted fue la respuesta a una oración.

—¡Creo que nunca me habían dicho eso!

—Pero es verdad. Llevaba cuatro meses sin recibir un huésped, y eso hace que una se sienta inútil. Cuando se es vieja, no hay nada peor que sentirse inútil. Por eso recé a Dios para que me dijera qué debía hacer, si valía la pena seguir adelante. Y Él me lo envió. He comprobado que cuando se tienen verdaderos problemas, problemas que parecen demasiado grandes para hacerles frente, si se le pregunta a Él, siempre hay una respuesta.

—No —le replicó Theo, contando las monedas—. No, no puedo decir que yo tenga esta experiencia.

Ella prosiguió como si no le hubiera oído.

—Ya comprendo, naturalmente, que un día u otro tendré que dejarlo. El pueblo se muere. No nos han elegido como centro de población, así que los que se jubilan ya no vienen aquí, y los jóvenes se marchan. Pero todo irá bien. El Guardián ha prometido que todos estaremos atendidos hasta el final. Supongo que me trasladarán a un pisito en Norwich.

Dios puede proporcionarle algún cliente ocasional, pensó Theo, pero para lo esencial confía en el Guardián. Siguiendo un impulso, le preguntó:

—¿Vio el Quietus que se celebró aquí ayer?

—¿Quietus?

—El que se celebró ayer. Los botes del muelle.

La mujer respondió con voz firme:

—Creo que debe de estar confundido, señor Faron. No hubo ningún Quietus. En Southwold no tenemos cosas de ésas.

Después de eso, Theo se dio cuenta de que la mujer estaba tan impaciente por verlo partir como él por irse. Le dio las gracias de nuevo. La mujer no le había dicho cómo se llamaba, ni él se lo preguntó. Se sintió tentado a decir: «He estado muy a gusto. Tengo que volver algún día a pasar unas cortas vacaciones con usted.» Pero sabía que no iba a volver nunca, y su amabilidad merecía algo mejor que una mentira improvisada.

10

A la mañana siguiente escribió la palabra «Sí» en una postal, y la dobló cuidadosa y precisamente, deslizando el pulgar sobre el pliegue. El acto de escribir estas dos letras se le antojó portentoso en sentidos que aún no podía prever, como si se comprometiera a algo más que una simple visita a Xan.

Poco después de las diez, caminaba sobre los estrechos adoquines de Pusey Lane en dirección al museo. Sólo había un celador de servicio, sentado como de costumbre ante una mesa de madera frente a la puerta. Era muy viejo, y estaba completamente dormido. Su brazo derecho, curvado sobre la mesa, sostenía una cabeza abombada y salpicada de manchas, punteada con erizados mechones de pelo gris. La mano izquierda parecía momificada, una colección de huesos a los que un guante de piel moteada apenas conseguía sostener juntos. Cerca de ella reposaba un libro abierto, una edición en rústica del *Teeteto* de Platón. Seguramente se trataba de un académico, uno de los voluntarios sin sueldo que se turnaban para mantener el museo abierto. Dormido o despierto, su presencia era innecesaria; nadie se hubiera arriesgado a ser deportado a la isla de Man por unos pocos medallones expuestos en una vitrina, ¿y quién podría o querría llevarse la gran *Victoria de Samafaya* o las alas de la *Niké de Samotracia*?

Theo había estudiado historia, pero no obstante fue Xan quien le mostró el Museo de Estatuas, entrando en él con andar ligero, alegremente expectante, como un chiquillo a punto de mostrarle una habitación llena de juguetes nuevos. También Theo había caído bajo su hechizo. Pero incluso en el museo sus gustos diferían. A Xan le gustaba más el rigor y los rostros severos de las estatuas arcaicas masculinas de la planta baja; Theo prefería la sala inferior, con sus ejemplos de las más suaves y fluidas líneas helénicas.

En el museo, observó, nada había cambiado. Las figuras de mármol y escayola se alineaban bajo la luz de las altas ventanas como restos amontona dos de una civilización desechada, y sus torsos desprovistos de brazos tenían rostros graves de labios arrogantes, los rizos se ordenaban elegantemente sobre las frentes ceñidas; eran dioses sin ojos que sonreían en silencio como si estuvieran al corriente de un secreto más profundo que el espúreo mensaje de aquellos miembros helados: que las civilizaciones se elevan y decaen, pero la humanidad perdura.

Que él supiera, Xan no había vuelto a visitar el museo, pero, con el paso de los años, para Theo había llegado a convertirse en un lugar de refugio. Durante los terribles meses que siguieron a la muerte de Natalie y su mudanza a la calle St. John, le había ofrecido la posibilidad de escapar al dolor y al resentimiento de su esposa. En aquel aire silencioso, rara vez perturbado por una voz humana, podía sentarse en alguna de sus sillas duras y utilitarias y pasar el tiempo leyendo o pensando. De vez en cuando acudían al museo pequeños grupos de colegiales o estudiantes solitarios, y entonces él cerraba el libro y se iba. La atmósfera especial que le ofrecía el lugar dependía de que pudiera estar solo.

Antes de hacer lo que se proponía, dio una vuelta por el museo, en parte impulsado por la semisupersticiosa sensación de que, aun en aquel silencio y soledad, debía comportarse como un visitante casual; y en parte por la necesidad de volver a visitar antiguos deleites y comprobar si todavía podían conmoverlo. La losa sepulcral ática de una joven madre del siglo IV a. de C., la criada que sostenía un bebé en pañales, la lápida de una niña con palomas, donde el pesar hablaba a través de casi 3.000 años. Theo miró, y pensó, y recordó.

Cuando regresó a la planta baja vio que el asistente seguía durmiendo. La cabeza del Diadoumenos seguía en su lugar en la galería de la planta baja, pero esta vez la contempló con menos emoción que la primera vez que la viera, treinta y dos años atrás. Ahora el placer era desapegado, intelectual; entonces había deslizado un dedo sobre la frente, había seguido el perfil desde la nariz hasta la garganta, estremecido por esa mezcla de pasmo reverente y excitación que, en aquellos días impetuosos, el arte verdaderamente grande siempre podía suscitar en él.

Sacando del bolsillo la postal doblada, la introdujo entre el estante y la base del mármol, de modo que el borde resultaba apenas visible para un ojo penetrante y avisado. Quienquiera que Rolf enviase a buscarla podría extraerla con la punta de una uña, una moneda, un lápiz. Theo no abrigaba ningún temor de que pudiera encontrarla nadie más, e incluso si alguien la encontraba, el mensaje no le diría nada. Tras comprobar que se viera el borde de la tarjeta, sintió de nuevo aquella combinación de enojo y embarazo que había experimentado por primera vez en la iglesia de Binsey. Pero ahora la convicción de que estaba involucrándose a pesar suyo en una empresa tan ridícula como vana era menos poderosa. La imagen del cuerpo semidesnudo de Hilda agitado por el oleaje, y de aquella quejumbrosa procesión, el chasquido de la culata sobre el hueso..., todo ello infundía seriedad y dignidad aun a los juegos más infantiles. Le bastó cerrar los ojos para oír de nuevo el estrépito de la ola al romper en la playa, su largo suspiro al retirarse.

Había algo de dignidad y mucha seguridad en el papel de espectador que había elegido para sí, pero, en cualquier caso, al enfrentarse con ciertas abominaciones un hombre no tenía más remedio que salir a escena. Vería a Xan. Pero ¿no le movía menos la indignación provocada por el horror del Quietus que el recuerdo de su propia humillación, el golpe precisamente calculado, su cuerpo arrastrado por la playa y abandonado como si fuera una carcasa inútil?

Cuando pasó ante la mesa para dirigirse a la salida, el

anciano celador se agitó y se irguió en el asiento. Tal vez las pisadas habían penetrado en su mente semidormida con la advertencia del deber descuidado. Su primera mirada a Theo estuvo cargada de miedo, casi de terror. Y entonces Theo lo reconoció: era Digby Yule, un catedrático retirado de Merton. Theo se presentó.

—Me alegra verle, señor. ¿Cómo está usted? La pregunta aumentó visiblemente el nerviosismo de Yule. Su mano derecha inició un tamborileo en apariencia incontrolado sobre la superficie de la mesa.

—Oh, muy bien, sí, muy bien, gracias, Faron. Me las arreglo muy bien. Cuido de mí mismo, ¿sabe? Vivo en una residencia de Iffley Road, pero me las arreglo muy bien. Lo hago todo yo mismo. La casera no es muy amable… bueno, ella tiene sus propios problemas, pero no le causo ninguna molestia. No causo molestias a nadie.

Theo trató de imaginar qué le asustaba tanto. ¿Una llamada anónima a la PSE para informar que otro ciudadano se había convertido en una carga para los demás? Sus sentidos parecían haber adquirido una agudeza preternatural. Podía percibir el leve olor a desinfectante, ver las escamas de espuma jabonosa sobre el vello de la cara y la barbilla, advertir que el centímetro de puño de camisa que sobresalía de las astrosas mangas de la chaqueta estaba limpio pero no planchado. Y entonces se le ocurrió que estaba en su mano decir: «Si no está cómodo donde vive, en mi casa de la calle St. John hay sitio de sobra. Vivo solo. Sería agradable tener alguna compañía.» Pero se dijo firmemente que no sería agradable, que la oferta resultaría al mismo tiempo presuntuosa y condescendiente, que el anciano no podría usar las escaleras, esas escaleras tan oportunas que lo excusaban de las obligaciones de la benevolencia. Hilda tampoco habría podido usar las escaleras. Pero Hilda estaba muerta.

Yule estaba diciéndole:

—Sólo vengo dos veces por semana. Los lunes y los jueves, ¿sabe? Hoy estoy sustituyendo a un colega. Es bueno tener algo útil que hacer, y me gusta la calidad de este silencio. Es un silencio distinto al de cualquier otro edificio de Oxford.

Theo pensó: «Quizá morirá aquí calladamente, sentado ante esta mesa. ¿Qué mejor lugar para irse?». Y de pronto tuvo una visión del anciano abandonado allí, todavía ante la mesa, un último custodio cerrando la puerta con llave y candado tras interminables años de silencio ininterrumpido. El frágil cuerpo se momificaría o pudriría al fin bajo la marmórea mirada de aquellos ojos vacíos y sin visión.

11

Martes, 9 de febrero de 2021

Hoy he visto a Xan por primera vez en tres años. No me resultó difícil conseguir una cita, aunque no fue su cara la que apareció en el monitor, sino la de uno de sus edecanes, un granadero con galones de sargento. Xan es protegido, atendido, conducido y servido por una pequeña compañía de su ejército particular. Desde un primer momento, en la corte del Guardián no hubo lugar para secretarias ni cocineras, mujeres que cuidaran la casa o le atendieran personalmente. En otro tiempo solía preguntarme si esto era así para evitar incluso la sospecha de un escándalo sexual, o porque la lealtad que Xan exigía era esencialmente masculina: jerárquica, incondicional, sin mezcla de emociones.

Envió un automóvil a buscarme. Le dije al granadero que prefería ir a Londres en mi propio coche, pero se limitó a repetir de un modo concluyente, aunque sin énfasis: «El Guardián enviará un automóvil y un chófer, señor. Estará ante su puerta a las 9.30.»

En cierto modo había supuesto que seguiría siendo George, mi chófer habitual cuando yo era consejero de Xan. George me gustaba. Tenía un rostro jovial y atractivo, de orejas sobresalientes, boca grande y nariz más bien ancha y arremangada. Rara vez hablaba, y nunca si no iniciaba yo la conversación. Yo sospechaba que todos los chóferes trabajaban bajo esta prohibición. Pero emanaba de él, o así me gustaba creerlo, un aire general de buena voluntad, quizás incluso de aprobación, que convertía nuestros viajes en un interludio reposado y libre de inquietudes entre las frustraciones de las reuniones del Consejo y la infelicidad del hogar. Esta vez acudió un chófer más enjuto, agresivamente elegante en su uniforme nuevo. Sus ojos, que se cruzaban conos míos, no dejaban traslucir nada, ni siquiera desagrado.

—¿George ya no conduce? —le pregunté.

—George está muerto, señor. Un accidente en la A4. Me llamo Hedges, y seré su conductor en los dos viajes.

Me era difícil imaginar a George, chófer experto y meticulosamente cauto, implicado en un accidente mortal, pero no seguí preguntando. Algo me decía que mi curiosidad quedaría insatisfecha y que sería imprudente insistir.

Carecía de sentido tratar de ensayar la entrevista inminente o hacer cábalas acerca de cómo me recibiría Xan tras un silencio de tres años. No nos habíamos separado con ira ni rencor, pero yo sabía que, a sus ojos, mi actitud había sido inexcusable. Me pregunté si sería también imperdonable. Xan estaba acostumbrado a obtener lo que quería; me quería a su lado, y yo había desertado. Pero ahora aceptaba verme. Antes de una hora iba a saber si quería que nuestro alejamiento fuese permanente. Me pregunté también si habría informado a algún otro miembro del Consejo de que yo había solicitado una entrevista. No esperaba ni deseaba verlos; esa parte de mi vida ha terminado, pero pensé en ellos mientras el automóvil corría suavemente, casi silenciosamente, en dirección a Londres.

Los miembros son cuatro. Martin Woolvington, a cargo de Industria y Producción; Harriet Marwood, responsable de Salud, Ciencia y Esparcimiento; Felicia Rankin, cuya cartera de Interior, una especie de cajón de sastre, incluye Vivienda y Transporte; y Carl Inglebach, ministro de Justicia y Seguridad del Estado. En la práctica, esta distribución de responsabilidades es más una forma conveniente de dividir el trabajo que una concesión de autoridad absoluta. Cuando yo asistía a las reuniones del Consejo, por lo menos, nadie se abstenía de inmiscuirse en el campo de intereses de los demás, y las decisiones las tomaba el Consejo en pleno mediante un voto mayoritario en el que yo, como consejero personal de Xan, no participaba. ¿No sería esta humillante exclusión, antes que la conciencia de mi ineficacia, la que había vuelto intolerable mi posición? La influencia no es buen sustitutivo del poder.

La utilidad de Martin Woolvington para Xan y la justificación de su puesto en el Consejo ya no están en duda, y deben de haberse fortalecido desde mi abandono. Es el miembro que goza de mayor intimidad con Xan, y probablemente el que está más cerca de ocupar el lugar de un amigo. Sirvieron como subalternos en el mismo regimiento, y Woolvington fue uno de los primeros que Xan eligió para formar parte del Consejo. Industria y Producción es una de las carteras más importantes, pues abarca la agricultura, la alimentación y la energía, así como la organización de la mano de obra. En un Consejo que destaca por su elevada inteligencia, el nombramiento de Woolvington me sorprendió en un primer momento. Pero no es estúpido; el Ejército Británico había dejado de valorar la estupidez en los mandos mucho antes de los años noventa, y Woolvington justifica su puesto con una inteligencia práctica, no intelectual, y una extraordinaria capacidad de trabajo. En el Consejo habla poco, pero sus observaciones son invariablemente oportunas y sensatas. Su lealtad hacia Xan es absoluta: Durante las reuniones del Consejo, era el único que garabateaba. Garabatear, así lo había creído yo siempre, era una muestra de tensión, una necesidad de mantener las manos atareadas, un recurso útil para evitar sostener la mirada de los demás. Y los garabatos de Martin eran únicos. La impresión que causaba era de repugnancia a perder el tiempo. Podía escuchar con la mitad de la mente mientras trazaba sobre el papel sus líneas de batalla, proyectaba sus maniobras, y aún podía dibujar sus detallados soldaditos, por lo general con el uniforme de las guerras napoleónicas. Al retirarse dejaba los papeles sobre la mesa, y más de una vez me habían asombrado la minuciosidad y la pericia de sus dibujos. Me caía bien porque se mostraba invariablemente cortés y no exhibía el disimulado resentimiento ante mi presencia que, yo enfermizamente sensible a la atmósfera, creía detectar en todos los demás. Pero nunca tuve la sensación de comprenderlo, y dudo de que a él se le ocurriera jamás intentar comprenderme. Si el Guardián quería tenerme allí, para él eso era suficiente. Era de estatura poco más que mediana, con una ondulada cabellera rubia y unas facciones delicadas y bien dibujadas que me recordaban poderosamente una fotografía que había visto de Leslie Howard, una estrella de la pantalla de los años treinta. El parecido, una vez detectado, se reforzaba por sí mismo, dotándolo a mis ojos de una sensibilidad y una intensidad dramática que eran ajenas a su naturaleza esencialmente pragmática.

Nunca me sentí cómodo con Felicia Rankin. Si Xan quería tener en el Consejo a una mujer joven que fuera al mismo tiempo una abogada distinguida, tenía a su alcance elecciones menos acerbas. Nunca llegué a comprender por qué había elegido a Felicia. Su apariencia es extraordinaria. La televisión y las fotografías la presentan invariablemente de perfil, y vista así produce una impresión de hermosura serena y convencional; una estructura ósea clásica, las cejas altas y arqueadas, el cabello rubio recogido en un moño sobre la nuca. Vista de frente, la simetría desaparece. Es como si su cabeza estuviera compuesta por dos mitades distintas, las dos atractivas pero unidas en una discordancia que, bajo cierta luz, se acerca a la deformidad. El ojo derecho es mayor que el izquierdo, y la frente se abomba ligeramente sobre él; la oreja derecha es mayor que su compañera. Pero los ojos son notables, muy grandes, con pupilas de un gris transparente. Al mirarla, cuando su rostro se hallaba en reposo, a menudo me preguntaba qué debía sentir al verse tan espectacularmente privada de la belleza por un margen tan minúsculo. A veces, en el Consejo, me resultaba difícil quitarle la vista de encima, y ella volvía súbitamente la cabeza y sorprendía mis ojos, rápidamente desviados, con su osada mirada de desprecio. Al pensar en ello, me pregunté hasta qué punto esta enfermiza obsesión por su aspecto había contribuido a inflamar nuestra mutua antipatía.

Harriet Marwood, que con sus sesenta y ocho años es el miembro de mayor edad, está a cargo de Salud, Ciencia y Esparcimiento, pero su principal función en el Consejo me resultó evidente tras la primera reunión a la que asistí; y es, por cierto, evidente para todo el país. Harriet es la anciana sabia de la tribu, la abuela universal que tranquiliza, que consuela, que siempre se halla presente, enarbolando sus anticuadas normas de comportamiento y dando por sentado que los nietos las respetarán. Cuando aparece en las pantallas de televisión para explicar las últimas decisiones, resulta imposible no creer que todo se hace con la mejor intención. Sería capaz de conseguir que una ley que exigiera el suicidio universal pareciese eminentemente razonable; la mitad del país, sospecho, la cumpliría de inmediato. Representa la sabiduría de la edad, certera, sin concesiones, amorosa. Antes de Omega fue directora de una escuela femenina, y la enseñanza era su pasión. Aun después de acceder a la dirección, siguió dando clase en el sexto curso. Pero ella quería enseñar a la juventud. Mi avenencia a aceptar un empleo en la educación de adultos, sirviendo el pábulo de una historia popular y una literatura aun más popular a unos alumnos de edad madura impulsados por el aburrimiento, le parecía despreciable. La energía y entusiasmo que de joven había dedicado a la enseñanza los dedicaba ahora al Consejo. Los demás miembros son sus pupilos, sus niños, y, por extensión, también lo es todo el país. Sospecho que Xan la encuentra útil en aspectos que no puedo concebir. También la juzgo sumamente peligrosa.

La gente que se molesta en especular sobre las personalidades del Consejo dice que Carl Inglebach es el cerebro, que la brillante planificación y administración de la compacta organización que mantiene el país en funcionamiento se han gestado dentro de esa voluminosa cabeza, que sin su genio administrativo el Guardián de Inglaterra sería ineficaz. Es lo que suele decirse de los poderosos, y puede que él mismo lo haya fomentado, aunque me parece dudoso. Es insensible a la opinión pública. Su credo es muy sencillo: hay cosas respecto a las cuales no puede hacerse nada, y tratar de cambiarlas es una pérdida de tiempo; hay cosas que se deben cambiar y, una vez tomada la decisión, el cambio ha de aplicarse sin demora ni clemencia.

Es el más siniestro de los miembros del Consejo y, después del Guardián, el más poderoso.

No dirigí la palabra a mi chófer hasta que llegamos al desvío de Shepherd's Bush, cuando me incliné hacia adelante, di unos golpecitos en la ventanilla y dije:

—Me gustaría que cruzara Hyde Park y que tomara después por Constitution Hill y Birdcage Walk, si tiene la amabilidad.

Respondió sin ningún movimiento de hombros ni la menor inflexión en la voz.

—Ésa es precisamente la ruta que el Guardián me ha ordenado seguir, señor.

Pasamos ante el Palacio. Las ventanas estaban cerradas, el mástil sin su bandera, las garitas de los centinelas abandonadas, los grandes portones cerrados con cadena y candado. St. James's Park ofrecía un aspecto más descuidado que la última vez que lo había visto. Era uno de los parques que por decreto del Consejo debían mantenerse adecuadamente, y de hecho pude ver un grupo lejano de figuras vestidas con los monos amarillos y pardos de los temporeros que recogían desperdicios y al parecer recortaban los bordes de los arriates todavía desnudos. Un sol invernal iluminaba la superficie del lago, donde resaltaba el brillante plumaje de dos patos mandarines como si se tratase de juguetes pintados. Bajo los árboles yacía una fina capa de nieve de la semana anterior, y advertí, con interés pero sin regocijo, que la mancha blanca más cercana era un amontonamiento de los primeros copos de nieve.

Había muy poco tráfico en Parliament Square, y las verjas de hierro del Palacio de Westminster estaban cerradas. Aquí se reúne el Parlamento una vez al año, es decir, los miembros elegidos por los consejos locales, de distrito y regionales. No se discuten propuestas de ley ni se promulga ninguna legislación, pues la nación es gobernada por los decretos del Consejo de Inglaterra. La función oficial del Parlamento consiste en debatir, asesorar, recibir información y formular recomendaciones. Cada uno de los cinco miembros del Consejo participa personalmente en lo que los medios públicos denominan el mensaje anual a la nación. La sesión dura solamente un mes, y es el Consejo el que determina la agenda. Los temas a discutir son inocuos. Las resoluciones que cuentan con una mayoría de dos tercios pasan al Consejo de Inglaterra, que puede aceptarlas o rechazarlas a discreción. Así que el sistema ofrece la ventaja de la sencillez y da la ilusión de democracia a un pueblo que ya no tiene la energía necesaria para interesarse por quién y cómo es gobernado, siempre y cuando pueda disfrutar de lo que el Guardián ha prometido: estar a salvo del miedo, estar a salvo de la escasez, estar a salvo del aburrimiento.

Durante los primeros años después de Omega, las sesiones del Parlamento siguieron siendo inauguradas por el Rey que, todavía sin coronar, se desplazaba con el antiguo esplendor por las calles casi vacías. Antaño era un poderoso símbolo de la continuidad y la tradición, pero ahora se ha convertido en un arcaico e inútil recordatorio de lo que hemos perdido. Todavía sigue inaugurando el Parlamento, pero discretamente, vestido con ropa normal de calle, y su rápido recorrido por los barrios de Londres pasa casi inadvertido. Recordé una conversación que había sostenido con Xan una semana antes de dimitir de mi cargo.

—¿Por qué no haces coronar al Rey? Te creía deseoso de mantener la normalidad.

—¿Qué razón hay para hacerlo? A la gente no le interesa. Les molestaría el enorme gasto de una ceremonia que ya no tiene ningún sentido.

—Apenas se oye hablar de él. ¿Dónde está? ¿Arrestado en su casa?

Xan emitió su risa interior.

—Difícilmente se la podría llamar casa. Arrestado en su palacio o su castillo, si lo prefieres. Vive muy cómodamente. Y, de cualquier modo, no creo que la arzobispo de Canterbury consintiera en coronarlo.

—No me sorprende —repliqué—: Cuando elegiste a Margaret Shivenham para el cargo, ya sabías que era una ferviente republicana.

Bordeando por el interior la verja del parque, caminando en fila sobre el césped, pasó una compañía de flagelantes. Llevaban el torso al descubierto, e incluso bajo el frío de febrero vestían únicamente taparrabos amarillos y sandalias para sus pies desnudos. Mientras andaban, iban blandiendo pesadas correas anudadas que laceraban sus ya ensangrentadas espaldas. Aun con la ventanilla cerrada pude oír el silbido del cuero, el chasquido de los látigos sobre la carne desnuda. Contemplé la nuca del chófer, la media luna de oscuro y meticulosamente recortado cabello bajo la gorra, el lunar del cuello que tan a mi pesar había atraído mi mirada durante la mayor parte del silencioso viaje. Decidido a obtener de él alguna reacción, comenté:

—Creía que estas exhibiciones públicas habían sido prohibidas.

—Sólo en las aceras y las vías públicas, señor. Supongo que se sienten con derecho a andar por el parque.

—¿Le parece ofensivo este espectáculo? —pregunté—. Imagino que por eso marginaron a los flagelantes... A la gente le disgusta ver sangre.

—Me parece ridículo, señor. Si Dios existe y ha decidido que ya está harto de nosotros, no va a cambiar de idea porque una banda de desesperados se vista de amarillo y vaya gimoteando por el parque.

—¿Cree usted en Él? ¿Cree que Dios existe?

Nos habíamos detenido ante la puerta del antiguo Foreign Office. Antes de bajar a abrirme la portezuela, el chófer volvió la cabeza y me miró a la cara.

—Quizá su experimento ha sido un espectacular fracaso, señor. Quizá sólo esté desconcertado. Se da cuenta del caos, pero no sabe cómo arreglarlo. Quizá no desee arreglarlo. Quizá sólo le quedaba el poder suficiente para una intervención final. Así que la hizo. Sea Él quien sea, esté dónde esté, espero que arda en su propio infierno.

Habló con extraordinaria amargura, y en seguida su rostro volvió a cubrirse con una máscara fría e inmóvil. Se irguió en posición de firmes y abrió la portezuela del coche.

12

El granadero de servicio tras la puerta era conocido de Theo. Le saludó: «Buenos días, señor», y sonrió como si no hubiera transcurrido un lapso de tres años y Theo entrara por derecho propio para ocupar el lugar que le correspondía. Otro granadero; éste nuevo para él, se adelantó y le saludó. Juntos subieron por la ornamentada escalinata.

Xan había rechazado el número 10 de la calle Downing, tanto para oficina como para residencia, y elegido en cambio el antiguo edificio del Foreign Office y la Commonwealth situado junto a St. James's Park. Allí tenía sus aposentos particulares en el piso superior, donde, como Theo no ignoraba, vivía en esa ordenada y confortable sencillez que sólo puede alcanzarse cuando se está bien provisto de dinero y personal. La sala que daba a la fachada del edificio, utilizada veinticinco años antes por el secretario del Exterior, había servido desde un principio como despacho de Xan y cámara del Consejo. El granadero abrió la puerta sin llamar y anunció su nombre en voz alta.

Theo se encontró, no frente a Xan, sino frente al Consejo en pleno. Estaban sentados ante la pequeña mesa ovalada que ya conocía, pero de un solo lado y más juntos de lo que era habitual. Xan se sentaba en el centro, flanqueado por Felicia y Harriet, con Martin en el extremo izquierdo y Carl a la derecha. Justo enfrente de Xan habían colocado una solitaria silla vacía. Era una argucia calculada por Xan con la evidente intención de desconcertarlo, y momentáneamente lo había conseguido. Sabía que a los cinco pares de vigilantes ojos no se les había escapado su involuntaria vacilación en el umbral, el rubor de disgusto y embarazo. Pero el desconcierto de la sorpresa fue seguido por un acceso de ira, y la ira le sirvió de ayuda. Habían tomado la iniciativa, pero no existía ninguna razón por la que hubieran de conservarla.

Las manos de Xan reposaban levemente sobre la mesa con los dedos encorvados. Theo vio el anillo con un sobresalto de reconocimiento; supo que Xan había pretendido que lo reconociera. Difícilmente habría podido disimularlo. Xan llevaba en el anular de la mano izquierda el Anillo de la Coronación, la sortija matrimonial de Inglaterra: el gran zafiro rodeado de diamantes y coronado por una cruz de rubíes. El Guardián bajó la vista hacia el anillo, sonrió y dijo:

—Una idea de Harriet. De no saber que es real, parecería asombrosamente vulgar. El pueblo necesita sus bagatelas… No te preocupes, no me propongo hacerme ungir por Margaret Shivenham en la abadía de Westminster. No creo que pudiera aparentar la necesaria gravedad durante toda la ceremonia. La mitra le da un aspecto de lo más ridículo. Pero estás pensando que hubo un tiempo en el que no hubiera querido llevarlo.

—Un tiempo en el que no hubieras sentido la necesidad de llevarlo —respondió Theo. Habría podido añadir: «Ni la necesidad de decirme que había sido idea de Harriet.»

Xan señaló a Theo la silla vacía y éste tomó asiento.

—Solicité una entrevista personal con el Guardián de Inglaterra —comenzó— y se me dio a entender que era eso lo que se me concedía. No he venido a pedir trabajo ni soy un candidato en un examen oral.

—Hace tres años que no hablamos ni nos vemos —le explicó Xan—. Nos pareció que quizá te gustaría reunirte de nuevo con tus antiguos… ¿qué dirías tú, Felicia? ¿Amigos, camaradas, colegas?

—Yo diría conocidos —respondió Felicia—. Nunca comprendí con exactitud la función del doctor Faron cuando era consejero del Guardián, y no se ha vuelto más clara con su ausencia y el paso de tres años.

Woolvington alzó la vista de sus dibujos. El Consejo debía de llevar algún tiempo reunido, pues había garabateado ya una compañía de soldados de infantería.

—Nunca estuvo clara —señaló—. El Guardián solicitó su presencia, y para mí no hacía falta otra razón. No contribuía mucho, según recuerdo, pero tampoco estorbaba.

Xan sonrió, pero la sonrisa no alcanzó a sus ojos.

—Eso ya pertenece al pasado. Bienvenido de nuevo. Di lo que has venido a decir. Aquí todos somos amigos.

Hizo que estas banales palabras sonaran como una amenaza.

No tenía sentido andarse con rodeos.

—El pasado miércoles estuve en el Quietus de Southwold. Y lo que vi era asesinato. La mitad de las suicidas parecían drogadas, y de las que se daban cuenta de lo que ocurría, no todas iban de buena gana. Vi a mujeres arrastradas a los botes y encadenadas. A una la mataron a golpes en la playa… ¿Es que ahora nos deshacemos de nuestros ancianos como si fueran alimañas molestas? ¿Es esa macabra exhibición lo que el Consejo entiende por seguridad, comodidad, placer? ¿Es esto morir con dignidad? Estoy aquí porque he creído que debías saber lo que se hace en nombre del Consejo.

Theo se dijo: «Estoy mostrándome demasiado vehemente. Voy a ponérmelos a todos en contra antes incluso de haber empezado. Debo mantener un tono calmado.»

—Ese Quietus en particular estuvo mal llevado. Las cosas se salieron de su cauce. He pedido un informe. Es posible que algunos de los guardias se excedieran.

—Así que alguien se excedió. ¿No es ésta la excusa de siempre? ¿Y por qué se necesitan guardias armados y grilletes si esa gente va voluntariamente a la muerte?

Felicia respondió de nuevo, con impaciencia apenas controlada:

—Ese Quietus en particular estuvo mal llevado. Se adoptarán las medidas adecuadas contra los responsables. El Consejo toma nota de su preocupación, su racional y ciertamente laudable preocupación. ¿Algo más?

Xan no dio muestras de haber oído su pregunta.

—Cuando me llegue el turno, pienso tomar la cápsula letal cómodamente instalado en mi propia cama, y preferiblemente a solas. Nunca he acabado de verle el sentido al Quietus, aunque tú parecías muy partidaria de ellos, Felicia.

—Empezaron espontáneamente —replicó Felicia—. Una veintena de octogenarios de un asilo de Sussex decidieron organizar una excursión en autocar a Eastburne, y una vez allí saltaron desde Beachy Head cogidos de la mano. La cosa se convirtió en una especie de moda. Luego, uno o dos consejos locales consideraron que debían responder a esta obvia necesidad y organizar adecuadamente el asunto. Para los ancianos, saltar de un acantilado puede representar una salida fácil, pero alguien debe ocuparse de la ingrata tarea de retirar los cuerpos. Uno o dos de ellos incluso sobrevivieron durante un breve tiempo, según tengo entendido. Todo el asunto resultaba sucio e insatisfactorio. Remolcarlos mar adentro era una alternativa mucho más racional.

Harriet se inclinó hacia delante y habló con voz persuasiva y razonable:

—La gente necesita sus ritos de transición, y desean llegar al final acompañados. Tú eres lo bastante fuerte para enfrentarte solo a la muerte, Guardián, pero la mayoría de la gente halla consuelo en el contacto de una mano humana.

—La mujer que vi morir —intervino Theo— no recibió el contacto de una mano humana, salvo, fugazmente, la mía. Lo que recibió fue un culatazo en la cabeza.

Woolvington no se molestó en apartar la vista de sus dibujos, pero masculló:

—Todos morimos solos. Y soportaremos la muerte igual que en su momento soportamos el nacimiento. Ninguna de estas dos experiencias se puede compartir.

Harriet Marwood se volvió hacia Theo.

—El Quietus es absolutamente —voluntario, por supuesto. Existen todas las garantías necesarias. Tienen que firmar un impreso…, es por duplicado, ¿verdad, Felicia?

—Por triplicado —le respondió Felicia secamente—. Una copia para el Consejo Local, una para el pariente más cercano, para que pueda reclamar la herencia, y una que queda en poder del anciano y es recogida en el momento de subir al bote. Ésta va a la Oficina del Censo y la Población.

—Como puedes ver —dijo Xan—, Felicia lo tiene todo controlado. ¿Algo más, Theo?

—Sí. La Colonia Penal de Man: ¿Sabes lo que sucede allí? Asesinatos, hambre, quebranto absoluto de la ley y el orden.

—Lo sabemos —replicó Xan—. La cuestión es: ¿y tú cómo lo sabes?

Theo no contestó, pero en su estado de conciencia agudizada la pregunta hizo sonar un claro timbre de alarma.

Felicia dijo:

—Creo recordar que estaba usted presente en el Consejo, en pleno poder de su un tanto ambiguo cargo, cuando se discutió la fundación de la Colonia Penal de Man. No presentó ninguna objeción salvo en favor de la población que entonces residía en la isla, y a la que nos proponíamos trasladar a otros lugares. Los antiguos residentes fueron instalados cómoda y ventajosamente en las localidades que ellos mismos eligieron. No hemos recibido ninguna queja.

—Di por sentado que la Colonia sería correctamente administrada —dijo Theo—, y que se satisfarían las necesidades básicas para llevar una vida razonable.

—Y así es. Abrigo, agua y semillas para cultivar alimentos.

—También di por sentado que la Colonia estaría gobernada y sometida a supervisión policial. Incluso en el siglo XIX, cuando los convictos eran deportados a Australia, las colonias tenían un gobernador; algunos liberales, otros draconianos, pero todos responsables del mantenimiento de la paz y el orden. Las colonias no quedaban en poder de los convictos más fuertes y desalmados.

—¿Ah, no? Eso podría discutirse. Pero no nos enfrentamos con la misma situación. Ya conoce usted la lógica del sistema penal. Si hay quien prefiere asaltar, robar, aterrorizar, maltratar y explotar a los demás, procuraremos que viva con gente de la misma mentalidad. Si ésa es la sociedad que desean, se la concedemos. Si existe alguna virtud en ellos, se organizarán racionalmente y vivirán en paz los unos con los otros. Si no, su sociedad se hundirá en el caos que tan dispuestos se hallan a imponer a los demás. La elección depende exclusivamente de ellos.

Intervino Harriet.

—En cuanto a lo de emplear un gobernador o funcionarios de prisiones que impongan el orden... ¿Dónde piensa encontrarlos? ¿Ha venido aquí a ofrecerse voluntario? Y si usted no quiere, ¿quién lo hará? El pueblo ya está harto de delincuentes y delincuencia. Hoy en día no está dispuesto a vivir en el temor. Usted nació en 1971, ¿no es eso? Debe recordar los años noventa: el miedo de las mujeres a pasear por las calles de sus propias ciudades, el auge de los delitos sexuales y violentos, los ancianos que no se atrevían a salir de sus pisos, las cuadrillas de vándalos alcoholizados que sembraban el terror en los pueblos, niños tan peligrosos como sus mayores, las propiedades en peligro si no se protegían con rejas y carísimos sistemas de alarma. Se ha intentado todo para curar la criminalidad del hombre. Todo tipo de tratamiento, todo tipo de régimen en nuestras prisiones. La crueldad y la severidad no dieron resultado, pero la amabilidad y la lenidad tampoco. Ahora, desde Omega, el pueblo nos ha dicho «basta». Sacerdotes, psiquiatras, psicólogos, criminólogos... Ninguno ha encontrado la respuesta. Lo que nosotros garantizamos es la desaparición del miedo, de la escasez, del aburrimiento. Las restantes libertades carecen de sentido cuando no se está libre del miedo.

—Sin embargo —apuntó Xan—, el antiguo sistema no estaba completamente desprovisto de ventajas, ¿verdad? La policía estaba bien pagada. Y a las clases medias les iba muy bien así: educadores, asistentes sociales, magistrados, jueces, funcionarios de justicia... Toda una provechosa industria montada entorno al delincuente. Tu profesión, Felicia, era de las que más se beneficiaba, ejerciendo sus costosas funciones legales para conseguir que la gente fuese condenada de modo que sus colegas pudieran tener la satisfacción de trastocar el veredicto en los tribunales de apelación. En la actualidad, fomentar la delincuencia es un lujo que no podemos permitirnos, ni siquiera para proporcionar un confortable medio de vida a los liberales de clase media. Pero sospecho que la Colonia Penal de Man no es la última de tus preocupaciones, Theo.

—El tratamiento que reciben los temporeros causa malestar —dijo Theo—. Los importamos como a ilotas y los tratamos como a esclavos. ¿Y por qué un cupo? Si quieren venir, dejémoslos entrar. Si quieren irse, dejémoslos partir.

Las dos primeras líneas de caballería de Woolvington ya estaban completas, cabrioleando con elegancia por la parte superior de la hoja. El hombre alzó la vista y preguntó:

—¿Sugiere acaso que debemos suprimir todas las restricciones a la inmigración? ¿Recuerda lo que sucedió en Europa en los años noventa? La gente se hartó de hordas invasoras procedentes de países dotados de tantas ventajas naturales como el nuestro, pero que por su propia cobardía, indolencia y estupidez se habían dejado gobernar mal durante decenios. Pretendían apropiarse y explotar los beneficios obtenidos a lo largo de los siglos por la inteligencia, la industria y el valor, al tiempo que pervertían y destruían la misma civilización de la que tanto anhelaban formar parte.

Theo pensó: «Han llegado incluso a hablar de la misma forma. Pero hable quien hable, la voz es la voz de Xan.»

—Todo eso es historia —respondió—. Ahora no existe escasez de recursos, escasez de empleos ni escasez de viviendas. Restringir la inmigración en un mundo moribundo y cada vez menos poblado no constituye una política particularmente generosa.

—Nunca lo fue —señaló Xan—. La generosidad es una virtud propia de los individuos, no de los gobiernos. Cuando los gobiernos son generosos, es siempre con el dinero de otros, la seguridad de otros, el futuro de otros.

Fue entonces cuando Carl Inglebach habló por primera vez. Estaba sentado como Theo lo había visto en docenas de ocasiones, un poco adelantado en el asiento, los puños cerrados y apoyados sobre el mesa como si ocultaran algún tesoro y fuera importante que el Consejo supiera que se hallaba en su posesión; o como si se dispusiera a realizar un juego infantil, abriendo una mano y luego la otra para exhibir el penique desaparecido. Parecía —probablemente estaba cansado de oírlo decir— una versión benévola de Lenin, con la cabeza calva abombada y sus brillantes ojos negros. Le disgustaba la constricción de cuellos y corbatas, y la semejanza quedaba acentuada por el traje de lino color avellana que vestía siempre, magníficamente cortado, con el cuello alto y abrochado con botones sobre el hombro izquierdo. Pero esta vez su aspecto era terriblemente distinto. Theo se había dado cuenta al primer vistazo de que estaba mortalmente enfermo, incluso quizá muy próximo a la muerte. Su cabeza era una calavera con una membrana de piel tensada sobre los huesos prominentes, el descarnado cuello surgía de la camisa como el de una tortuga y su piel manchada tenía una tonalidad ictérica. Theo ya había visto ese aspecto antes. Sólo los ojos permanecían inalterados, refulgiendo en sus cuencas con un pequeño destello de luz. Pero cuando habló, su voz fue tan poderosa como siempre. Era como si toda la fuerza que le quedaba se hubiera concentrado en la mente y en la voz, hermosa y resonante, que reflejaba esa mente.

—Usted es historiador. Conoce todos los males que se han perpetrado a lo largo del tiempo para garantizar la supervivencia de naciones, sectas, religiones, familias. Todo lo que el hombre ha hecho, para bien o para mal, lo ha hecho en el conocimiento de que ha sido formado por la historia, de que su lapso de vida es breve, incierto e insustancial, pero que habrá un futuro para la nación, para la raza, para la tribu. Esta esperanza se ha desvanecido definitivamente, salvo en las mentes de necios y fanáticos. El hombre queda disminuido si vive sin el conocimiento de su pasado; sin la esperanza de un futuro, se convierte en una bestia. Ahora constatamos en todos los países del mundo la pérdida de esa esperanza, el fin de la ciencia y la invención salvo en aquellos descubrimientos que acaso puedan prolongar la vida o incrementar sus comodidades y placeres, el fin de nuestra preocupación por el mundo físico y nuestro planeta. ¿Qué puede importar qué excrementos dejemos a nuestro paso por una estrella moribunda? Las migraciones en masa, los grandes tumultos internos, las guerras religiosas y tribales de los años noventa han cedido su lugar a una anomalía universal que deja cosechas sin sembrar ni recolectar, animales abandonados, hambruna, guerra civil, extorsión de los débiles por los fuertes. Vemos reaparecer viejos mitos, viejas supersticiones, incluso sacrificios humanos, a veces en gran escala. Que esta nación se haya librado en gran parte de tales catástrofes universales se debe a las cinco personas sentadas a esta mesa. En particular, se debe al Guardián de Inglaterra. Tenemos un sistema que emana de este Consejo, y se extiende hasta los Consejos Locales, gracias al cual se conserva un vestigio de democracia para aquellos a quienes aún les importa. Tenemos una organización humanitaria del trabajo que presta cierta atención a los deseos y talentos individuales, de manera que la gente sigue trabajando aun cuando no existe posteridad que pueda heredar los frutos de su esfuerzo. Pese al inevitable deseo de gastar, de adquirir, de satisfacer las necesidades inmediatas, tenemos una moneda estable y una baja tasa de inflación. Tenemos proyectos que permitirán que la última generación lo bastante afortunada para vivir en la casa de huéspedes multirracial que llamamos Gran Bretaña pueda disponer de alimentos almacenados, los medicamentos necesarios, luz, agua y energía. Más allá de estos logros, ¿le importa mucho al país que algunos temporeros se hallen descontentos, que algunos ancianos decidan morir en compañía, que la Colonia Penal de Man no esté pacificada?

Tomó la palabra Harriet.

—Usted mismo se distanció de estas decisiones, ¿no es cierto? Resulta muy poco digno eludir las responsabilidades para venir luego con quejas cuando no gusta: el resultado de los esfuerzos de otras personas. Fue usted quien decidió dimitir, ¿recuerda? Los historiadores, a fin de cuentas, viven más felices en el pasado. ¿Por qué no se queda allí?

—Ciertamente, es donde se encuentra más a sus anchas —observó Felicia—. Incluso cuando mató a su hija iba hacia atrás.

En el silencio, breve pero intenso, que saludó este comentario, Theo pudo responder:

—No niego lo que han logrado, pero ¿perjudicaría al buen orden, la comodidad, la protección, los logros que ofrecen al pueblo, el hecho de introducir algunas reformas? Supriman los Quietus. Si la gente quiere matarse, y admito que es una forma racional de morir, proporciónenles las pastillas necesarias para el suicidio, pero sin propaganda ni coacción. Envíen una fuerza a la isla de Man que imponga cierto orden en ella. Abandonen los análisis de semen obligatorios; es una medida degradante y, por lo demás, tampoco ha dado resultados. Traten a los temporeros como seres humanos en lugar de esclavos. Podrían hacer cualquiera de estas cosas con la mayor facilidad… El Guardián puede hacerlo con una firma. Es lo único que pido.

—A este Consejo le parece que es mucho pedir —respondió Xan—. Tus preocupaciones hallarían mayor eco entre nosotros si estuvieras sentado, como podrías estarlo, de este lado de la mesa. Pero tu postura no es distinta a la del resto de Inglaterra. Deseas los fines, pero cierras los ojos a los medios. Quieres que el jardín luzca hermoso, siempre y cuando el olor del estiércol no llegue a tu remilgada nariz.

Xan se puso en pie y, uno a uno, los restantes miembros del Consejo le imitaron. Pero no tendió la mano a Theo. El hombre advirtió que el granadero que lo había conducido hasta la sala se había situado silenciosamente junto a él, como en obediencia a alguna señal secreta. Casi esperó que una mano se posara en su hombro. Se volvió sin decir nada y lo siguió hacia la puerta de la cámara del Consejo.

13

El automóvil estaba esperándolo. Al verle, el chófer salió y abrió la portezuela. Pero de pronto, Xan apareció a su lado.

—Vaya hasta el Mall y espérenos con el coche ante la estatua de la Reina Victoria —ordenó éste a Hedges. Y luego, volviéndose hacia Theo, añadió—: Daremos un paseo por el parque. Espérame mientras recojo el abrigo.

Regresó en menos de un minuto, enfundado en el conocido gabán de tweed ligeramente entallado y con dos capas, estilo Regencia, que siempre lucía en las filmaciones de televisión al aire libre y que a principios de siglo había estado en boga durante un breve tiempo. El gabán, una prenda muy cara, era viejo, pero lo había conservado. Theo recordaba la conversación que tuvieron cuando se lo mandó hacer:

—Estás loco. Tanto dinero por un abrigo.

—Durará eternamente.

—Tú no. Y la moda tampoco.

—No me importan las modas. Me gustará más cuando ya no se lleven.

Y ya nadie los llevaba.

Cruzaron la calzada para internarse en el parque.

—Ha sido una imprudencia que vinieras hoy a verme —comenzó Xan—. Sólo puedo protegerte hasta cierto punto, a ti o a la gente con la que te relacionas.

—No sabía que necesitara protección. Soy un ciudadano libre que consulta al Guardián de Inglaterra democráticamente elegido. ¿Por qué habría de necesitar protección, de ti o de nadie?

Xan no dijo nada. Impulsivamente, Theo preguntó:

—¿Por qué lo haces? ¿Por qué posible razón quieres el cargo?

Era, le pareció, una pregunta que sólo él podía u osaría formular. Xan se detuvo antes de responder, entornando los ojos y dirigiéndolos hacia el lago, como si algo invisible le hubiera llamado de pronto la atención. Pero sin duda, pensó Theo, no vacilaba. Él mismo debía de haber reflexionado sobre ello en más de una ocasión. Al cabo de unos instantes, Xan se volvió, reanudó la marcha y contestó:

—Al principio, porque creí que me gustaría el poder, supongo. Pero no era sólo eso. Nunca he podido soportar ver a alguien hacer mal lo que yo estaba seguro de poder hacer bien. Tras los cinco primeros años descubrí que cada vez me gustaba menos, pero entonces ya era demasiado tarde. Alguien tiene que hacerlo, y las únicas personas que están dispuestas son las cuatro que se sientan a esa mesa. ¿Preferirías a Felicia? ¿Harriet? ¿Martin? ¿Carl? Carl sabría hacerlo, pero está muriéndose. Los otros tres no podrían mantener unido el Consejo, y mucho menos el país.

—Conque ésa es la razón. ¿Espíritu de servicio desinteresado?

—¿Has conocido alguna vez a alguien que renunciara al poder, al auténtico poder?

—Hay quien lo ha hecho.

—¿Y los has visto luego, como cadáveres ambulantes? Pero no se trata del poder, no del todo. Te diré la verdadera razón: no me aburro. Suceda lo que suceda, nunca estoy aburrido.

Siguieron andando en silencio, bordeando el lago. Finalmente, Xan comentó:

—Los cristianos creen que ha llegado la Última Venida, excepto que su Dios los recoge de uno en uno en lugar de descender espectacularmente entre las prometidas nubes de gloria. De esta manera, el Cielo puede controlar la entrada. Resulta más fácil organizar la compañía de los redimidos vestidos de blanco. Me gusta imaginarme a Dios preocupado por la logística… Pero renunciarían todos a su ilusión con tal de oír la risa de un niño.

Theo no contestó. Unos pasos más allá, Xan preguntó con voz tranquila:

—¿Quién es esa gente? Será mejor que me lo digas.

—No hay ninguna gente.

—Todas esas parrafadas en la sala del Consejo… Eso no lo has pensado tú. No quiero decir que seas incapaz de pensarlo; eres capaz de mucho más que eso. Pero han pasado tres años sin que eso te preocupara, y tampoco te preocupaba mucho antes. Alguien te ha abordado.

—Nadie en particular. Vivo en el mundo real, incluso en Oxford. Hago cola ante las cajas, voy de compras, tomo autobuses, escucho. A veces la gente me habla. Nadie que me interese especialmente, sólo gente. Me comunico con desconocidos.

—¿Qué desconocidos? ¿Tus alumnos?

—No. Nadie en particular.

—Es curioso que te hayas vuelto tan accesible. Tú siempre ibas envuelto en una membrana impermeable de retraimiento, en tu amnios invisible y particular. Cuando hables con esos misteriosos desconocidos, pregúntales si son capaces de hacer mi trabajo mejor que yo. Y si es así, diles que vengan a decírmelo a la cara; tú no eres un emisario demasiado persuasivo. Sería una lástima que tuviéramos que clausurar la escuela de Oxford para la educación de adultos. Pero si el lugar se convierte en un foco de sedición no quedará otra alternativa.

—No puedes decirlo en serio.

—Es lo que diría Felicia.

—¿Desde cuándo le haces caso a Felicia?

Xan esbozó su reminiscente sonrisa interior.

—Tienes razón, naturalmente. No le hago ningún caso a Felicia.

Al cruzar el puente sobre el lago se detuvieron instintivamente para mirar hacia Whitehall. Allí, inalterado, se extendía uno de los más espléndidos panoramas que Londres podía ofrecer, inglés pero al mismo tiempo exótico, con los elegantes y vistosos bastiones del imperio por encima de un agua rizada, enmarcados por árboles. Theo rememoró otra ocasión en la que se habían demorado en aquel mismo lugar, contemplando el mismo panorama, Xan vestido con el mismo abrigo. Y recordó lo que se habían dicho.

—Deberías suprimir los análisis de semen obligatorios. Son degradantes, y vienen realizándose desde hace veinte años sin éxito. Además, solamente se analiza a varones sanos seleccionados. ¿Qué hay de los demás?

—Si ellos pueden engendrar, buena suerte para ellos, pero dado que la capacidad de los laboratorios tiene un límite, vale más reservarlos para los individuos física y moralmente sanos.

—Entonces, ¿no sólo estás buscando la salud, sino también la virtud?

—Podrías decirlo así, sí. Si pudiéramos elegir, no debería permitírsele procrear a nadie que tuviera antecedentes criminales ni un historial familiar delictivo.

—Entonces, ¿el código penal se erige a medida de la virtud?

—¿Cómo podríamos medirla si no? El Estado no puede atisbar en los corazones de los hombres. De acuerdo, las circunstancias son duras y pasaremos por alto la pequeña delincuencia. Pero ¿por qué procrear a partir de los estúpidos, los incompetentes o los violentos?

—Entonces, ¿en tu nuevo mundo no habrá lugar para el ladrón arrepentido?

—Se puede aplaudir su arrepentimiento sin desear por ello utilizarlo para procrear. Pero, mira, Theo, eso no va a ocurrir. Se planifica por el mero hecho de planificar, por fingir que el hombre tiene un futuro. A estas alturas, ¿cuánta gente cree verdaderamente que vamos a encontrar esperma fértil?

—Suponiendo que descubrieras que un psicópata agresivo tiene esperma fértil, ¿lo utilizarías?

—Naturalmente. Si fuese la única esperanza, lo utilizaríamos. Aceptaremos lo que podamos obtener. Pero las madres serían cuidadosamente elegidas por su salud, inteligencia, ausencia de antecedentes delictivos… Intentaríamos eliminar la psicopatía.

—Además están los centros de pornografía. ¿Son verdaderamente necesarios?

—No tienes por qué acudir a ellos. Siempre ha existido pornografía.

—Tolerada por el Estado, pero no proporcionada por éste.

—La diferencia no es tanta. ¿Y qué mal hacen a una gente sin esperanzas? Nada como mantener el cuerpo ocupado y la mente en reposo.

—Pero en realidad no es ésta su principal finalidad, ¿verdad? —dijo Theo.

—Evidentemente, no. Si el hombre deja de copular, no le queda ninguna esperanza de reproducirse. Cuando haya pasado totalmente de moda, estaremos perdidos.

Pero esta vez siguieron adelante, lentamente. Rompiendo un silencio que era casi afable, Theo preguntó:

—¿Sueles volver a menudo a Woolcombe?

—¿A ese mausoleo viviente? Me abruma. Antes solía cumplir con el deber de visitar a mi madre, pero hace cinco años que no he vuelto. Ahora ya nadie muere en Woolcombe. Lo que ese lugar necesita es su propio Quietus en forma de bomba. Es curioso, ¿verdad? Casi toda la investigación médica moderna se dedica a mejorar la salud en la vejez y a prolongar la duración de la vida humana, y en cambio lo que obtenemos es más senilidad, no menos. Prolongarla, ¿para qué? Les damos drogas para mejorar la memoria de los hechos recientes, drogas para mejorar el estado de ánimo, drogas para aumentar el apetito. Para dormir no necesitan nada; al parecer es lo único que hacen. Me gustaría saber qué pasa por esas mentes seniles durante sus largos periodos de semiconsciencia. Recuerdos, supongo. Oraciones.

—Una oración —dijo Theo—: «Que pueda ver a los hijos de mis hijos y paz en Israel.» ¿Te reconoció tu madre antes de morir?

—Por desgracia, sí.

—Una vez me dijiste que tu padre la detestaba.

—No sé por qué lo diría. Supongo que pretendía escandalizarte, o impresionarte. Incluso de pequeño, resultaba imposible escandalizarte. Y ninguno de mis logros, la universidad, el ejército, mi trabajo de Guardián, ha llegado a impresionarte verdaderamente, ¿verdad? Mis padres se llevaban muy bien. Mi padre era homosexual, por supuesto. ¿Nunca te diste cuenta? De muchacho me preocupaba muchísimo; ahora me parece algo absolutamente carente de importancia. ¿Por qué no había de vivir su vida como lo deseara? Yo siempre lo he hecho. Eso explica el matrimonio, naturalmente; quería respetabilidad y necesitaba un hijo, así que eligió a una mujer que quedara tan deslumbrada por el hecho de obtener Woolcombe, un baronet y un título que luego no se quejara al descubrir que eso era todo lo que iba a obtener.

—Tu padre nunca me hizo la menor insinuación.

Xan se echó a reír.

—¡Qué egocéntrico eres, Theo! No eras su tipo, y mi padre era morbosamente convencional. Nunca te cagues en tu propia cama. Además, tenía a Scovell. Scovell iba con él en el coche cuando se estrelló. Conseguí ocultarlo bastante bien; por una especie de piedad filial, supongo. A mí no me importaba quién pudiera saberlo, pero a él sí le habría importado. Fui un hijo bastante malo… Se lo debía. —Tras una pausa, Xan observó de pronto—: No seremos los dos últimos hombres de la tierra. Ese privilegio corresponderá a un omega, y que Dios lo ayude. Pero, si lo fuéramos, ¿qué crees que haríamos?

—Beber. Saludar a la oscuridad y recordar la luz. Recitar en voz alta una lista de nombres y, al terminar, pegarnos un tiro.

—¿Qué nombres?

—Miguel Ángel, Leonardo da Vinci, Shakespeare, Bach, Mozart, Beethoven, Jesucristo.

—Tendría que ser una lista de la humanidad. Dejemos de lado los dioses, los profetas, los fanáticos. Me gustaría que la época fuese verano, que el vino fuese clarete y el lugar el puente de Woolcombe.

—Y puesto que, después de todo, somos ingleses, podríamos concluir con el monólogo de Próspero de *La tempestad*.

—Si no estuviéramos demasiado viejos para recordarlo y, una vez terminado el vino, demasiado débiles para sostener las pistolas.

Llegaron al extremo del lago. En el Mall, ante la estatua de la Reina Victoria, les esperaba el automóvil. El chófer estaba de pie junto al vehículo, las piernas separadas, los brazos cruzados, contemplándolos bajo la visera de su gorra. Era la postura de un carcelero, quizá de un verdugo.

Theo se lo imaginó con una capucha negra en lugar de una gorra, y el hacha a un lado. Y en aquel momento oyó la voz de Xan, las palabras de despedida de Xan.

—Diles a tus amigos, quienesquiera que sean, que sean razonables. Si no pueden ser razonables, diles que sean prudentes. No soy un tirano, pero no puedo permitirme ser compasivo. Y siempre haré lo que crea que se debe hacer.

Miró a Theo, quien por un extraordinario instante creyó ver en los ojos de Xan un ruego de comprensión. Enseguida, repitió:

—Díselo, Theo. Haré lo que tenga que hacer.

14

A Theo aún le resultaba difícil acostumbrarse a cruzar un St. Giles vacío. La memoria de sus primeros días en Oxford, las hileras apretadas de automóviles aparcados bajo los olmos, su creciente frustración cuando esperaba para cruzar por entre el tráfico casi incesante, debía de haberse incrustado con mayor firmeza que otros recuerdos más auspiciosos o significativos ya que tan fácilmente se desencadenaba. Aún se sorprendía vacilando instintivamente en el bordillo, aún no podía contemplar sin asombro aquella vaciedad. Tras cruzar la amplia calle con una mirada instintiva y fugaz a izquierda y derecha, tomó el callejón adoquinado que se abría junto al pub de El Cordero y La Bandera y se dirigió hacia el museo. La puerta estaba cerrada; por un momento temió que el museo también lo estuviera y le irritó no haberse molestado en telefonear, pero se abrió al girar la manija y vio que la puerta interior de madera estaba abierta de par en par. Penetró en la gran sala cuadrada de vidrio y hierro.

El aire era muy frío, más frío, le pareció, que el de la calle, y el museo se hallaba vacío a excepción de una mujer de avanzada edad, tan abrigada que únicamente dejaba al descubierto los ojos entre la bufanda de lana a rayas y la gorra, y que atendía el mostrador de la tienda. Theo vio que se exhibían las mismas postales de siempre: imágenes de dinosaurios, de gemas, de mariposas, de los minuciosamente tallados capiteles de las columnas; fotografías de los padres fundadores de aquella catedral secular del optimismo victoriano, John Ruskin y sir Henry Ackland sentados el uno junto al otro en 1874, y de Benjamin Woodward con su cara sensible y melancólica. Se detuvo en silencio a contemplar el imponente techo sostenido por una sucesión de columnas de hierro forjado, o los ornamentados senos de los arcos que con tanta elegancia se ramificaban en hojas, frutos, flores, árboles y arbustos. Pero sabía que su eventual hormigueo de excitación, más inquietante que placentero, tenía menos que ver con el edificio que con su cita con Julian, y trató de reprimirlo concentrándose en el ingenio y la calidad del forjado o la belleza de las tallas. Después de todo, era su época. Ahí estaban el optimismo victoriano, la seriedad victoriana; el respeto al conocimiento, a la artesanía, al arte; la convicción de que la vida íntegra del hombre podía vivirse en armonía con el mundo natural. Hacía más de tres años que no visitaba el museo, pero nada había cambiado; nada había cambiado, a decir verdad, desde la primera vez que había entrado en él como estudiante, excepto el cartel que recordaba haber visto apoyado en una columna y en el que se daba la bienvenida a los niños pero se advertía, en vano, que no corrieran por las salas ni hicieran ruido. El dinosaurio, con su enorme pólice engarfiado, seguía ocupando el lugar de honor. Al contemplarlo se halló de nuevo en su escuela primaria de Kingston: la señora Ladbrook había desplegado un dibujo del dinosaurio sobre la pizarra y les había explicado que aquel grande y pesado animal de cabeza diminuta era todo cuerpo pero apenas tenía cerebro, y por consiguiente no había logrado adaptarse y había perecido. Incluso a la edad de diez años la explicación se le antojó poco convincente. El dinosaurio, con su pequeño cerebro, había sobrevivido durante un par de millones de años; le había ido mejor que al *homo sapiens.*

Pasó bajó el arco del extremo opuesto del edificio y entró en el museo Pitt Rivers, una de las colecciones etnológicas más grandes del mundo. Las piezas en exhibición estaban tan juntas que resultaba difícil saber si ella no estaba esperándole ya, parada quizá junto al poste totémico de doce metros de altura. Pero cuando se detuvo no oyó ninguna pisada que respondiera al eco de las suyas. El silencio era absoluto. Supo que estaba solo. Pero también supo que vendría.

El Pitt Rivers parecía contener más piezas que en su última visita. En las atestadas vitrinas de exhibición, modelos de buques, máscaras, figuras de marfil y abalorios, amuletos y ofrendas votivas se ofrecían calladamente a su atención. Theo buscó un camino entre las cajas, y al fin se detuvo ante una pieza que siempre le había atraído, todavía expuesta pero con la etiqueta tan amarillenta y descolorida que la inscripción resultaba a duras penas descifrable. Se trataba de un collar compuesto por veintitrés dientes de cachalote curvos y pulimentados, regalado por el rey Thakombau al reverendo James Calvert en 1874 y donado al museo por el bisnieto de éste, un oficial de las fuerzas aéreas que había muerto a causa de las heridas recibidas en combate a comienzos de la Segunda Guerra Mundial. Theo volvió a experimentar la fascinación que había sentido cuando era un estudiante ante la extraña serie de acontecimientos que unía las manos de un artesano de las islas Fidji con el joven y malhadado piloto. Se imaginó una vez más la ceremonia de la entrega: el rey en su trono rodeado de guerreros con faldellines de hierba, el rostro grave del misionero en el momento de aceptar el curioso tributo. La guerra de 1939-1945 había sido la de su abuelo; también él había muerto cuando servía en la RAF, derribado en un bombardero Blenheim durante la gran incursión sobre Dresde. De estudiante, obsesionado siempre por el misterio del tiempo, le gustaba pensar que esto le confería a él también un tenue lazo con aquel rey, muerto desde hacía tanto, y cuyos huesos reposaban al otro extremo del mundo.

Y entonces oyó las pisadas. Volvió la cabeza, pero esperó a que Julian llegara a su lado. Llevaba la cabeza descubierta, y vestía con una chaqueta acolchada y pantalones. Cuando habló, su aliento se condensó en pequeñas vaharadas.

—Lamento llegar tarde. Venía en bicicleta y he tenido un pinchazo. ¿Ha hablado con él?

No hubo saludos entre los dos, y Theo se dio cuenta de

que, para ella, sólo era un mensajero. Se apartó de la vitrina y ella lo siguió, mirando alrededor suyo con la esperanza, dedujo; de dar la impresión, incluso en aquel lugar obviamente desierto, de que eran dos visitantes que acababan de encontrarse por casualidad. No resultaba convincente, y Theo se preguntó por qué se tomaba la molestia.

—Hablé con él —asintió Theo—. Vi a todo el Consejo. Luego vi al Guardián a solas. No sirvió de nada, y puede que causara algún perjuicio. Comprendió que alguien me había incitado a visitarlo. Ahora, si siguen adelante con sus planes, él estará al acecho.

—¿Le habló del Quietus, del tratamiento que reciben los temporeros, de lo que sucede en la isla de Man?

—Eso es lo que me pidieron que hiciera, y eso es lo que hice. No esperaba tener éxito y no lo tuve. Sí, puede que haga algunos cambios, aunque no me prometió nada. Seguramente cerrará los establecimientos porno que aún quedan, pero gradualmente, y suavizará las normas para los análisis obligatorios de semen. A fin de cuentas, se trata de una pérdida de tiempo, y dudo de que disponga de los suficientes técnicos de laboratorio para mantener el programa a escala nacional durante mucho más tiempo. La mitad de ellos ya no se lo toman en serio. El año pasado dejé de presentarme en dos ocasiones y nadie se molestó en comprobarlo… No creo que haga nada respecto a los Quietus, salvo, quizá, asegurarse de que en el futuro estén mejor organizados.

—¿Y la Colonia Penal de Man?

—Nada. No piensa desperdiciar hombres y recursos en la pacificación de la isla. ¿Por qué habría de hacerlo? La fundación de la Colonia Penal es probablemente la medida más popular que ha adoptado jamás.

—¿Y el tratamiento de los temporeros? ¿Concederles plenos derechos civiles, una vida decente, la posibilidad de permanecer en el país?

—Eso le parece muy poco importante en comparación con lo principal: el buen orden de Gran Bretaña, que la raza se extinga con cierta dignidad.

—¿Dignidad? —repitió ella—. ¿Cómo puede haber dignidad si nos importa tan poco la dignidad de los demás?

Habían llegado junto al gran poste totémico. Theo deslizó las manos sobre la madera. Sin dirigirle siquiera una mirada, Julian concluyó:

—O sea, que tendremos que hacer lo que podamos.

—No pueden hacer nada, excepto en último término dejarse matar o enviar a la isla, si es que el Guardián y el Consejo son tan crueles como ustedes evidentemente creen. Como dice Miriam, la muerte sería preferible a la isla.

Julian comentó, como si sopesara seriamente la idea:

—Quizá si unas cuantas personas, un grupo de amigos, se hicieran exiliar deliberadamente a la isla, podrían hacer algo para cambiar las cosas. O si nos ofreciéramos para ir allí voluntariamente. ¿Por qué habría de prohibírnoslo el Guardián? ¿Por qué habría de importarle? Incluso un grupo pequeño podría ayudar si aportara amor.

Theo advirtió el desprecio en su propia voz.

—Sosteniendo la cruz de Cristo ante los salvajes como los misioneros en Sudamérica. Y, como ellos, acabar siendo asesinados en las playas. ¿Es que no ha leído nada de historia? Sólo puede haber dos motivos para esta clase de locura. Uno es el anhelo de martirio. No hay nada nuevo en ello, si es el camino por el que su religión la conduce. A mí siempre me ha parecido una mezcla enfermiza de masoquismo y sensualidad, pero puedo ver su atractivo para determinadas mentalidades. Lo nuevo es que su martirio ni siquiera sería conmemorado, ni siquiera sería conocido. Dentro de setenta y tantos años no podrá tener ningún valor, porque no quedará nadie en la Tierra para concederle valor, nadie que erija siquiera una capillita junto al camino en memoria de los nuevos mártires de Oxford. El segundo motivo no es tan noble, y Xan lo comprendería muy bien. Si tuvieran éxito, ¡qué intoxicación de poder! La isla de Man pacificada, los violentos viviendo en paz, cosechas sembradas y recolectadas, los enfermos atendidos, servicios dominicales en las iglesias, los redimidos besando las manos de la santa viviente que lo hizo todo posible. Entonces sabrá qué es lo que siente el Guardián de Inglaterra cada instante de su vida, de qué disfruta, de qué no puede prescindir: poder absoluto en su pequeño reino. Comprendo que resulte atractivo, pero no es factible.

Permanecieron unos instantes en silencio, hasta que Theo dijo con suavidad:

—Déjelo. No malgaste el resto de su vida en una causa tan fútil como imposible. Las cosas se irán arreglando. Dentro de quince años, y eso es muy poco tiempo, el noventa por ciento de los habitantes de Inglaterra tendrán más de ochenta años. No quedará más energía para el mal de la que pueda quedar para el bien. Piense en cómo será Inglaterra entonces. Los grandes edificios vacíos y silenciosos, las carreteras estropeadas entre frondosos setos sin podar, los últimos restos de la humanidad acurrucados en busca de consuelo y protección, la paulatina interrupción de los servicios propios de la civilización, y luego, al final, la falta de luz y energía. Se encenderán las velas atesoradas y pronto hasta la última de ellas chisporroteará y se apagará. En comparación con eso, ¿no le parece poco importante lo que está ocurriendo en la isla de Man?

—Si hemos de morir —replicó ella—, podemos morir como seres humanos y no como diablos. Adiós, y gracias por haber visitado al Guardián.

Theo se sintió impulsado a hacer un último esfuerzo.

—No podría imaginar un grupo menos preparado para enfrentarse al aparato del Estado. No tienen dinero, ni recursos, ni influencia, ni respaldo popular. Ni siquiera tienen una filosofía coherente de rebelión. Miriam lo hace para vengar a su hermano. Gascoigne, por lo visto, porque el Guardián se ha apropiado de la palabra «granadero». Luke por un vago idealismo cristiano y porque le disgusta la pornografía. Rolf ni siquiera tiene la justificación de la indignación moral. Su motivo es la ambición; se siente agraviado por el poder absoluto del Guardián y le gustaría que fuera suyo. Usted lo hace porque está casada con Rolf. Y él la arrastra a un temible peligro para satisfacer sus propias ambiciones. Pero no puede obligarla. Abandónelo. Libérese.

—No podría no estar casada con él —dijo ella con suavidad—. No puedo abandonarlo. Y se equivoca usted, no es éste el motivo. Estoy con él porque es algo que debo hacer.

—Sí, porque Rolf quiere que lo haga.

—No, porque Dios quiere que lo haga.

La frustración le hizo sentir deseos de golpearse la cabeza contra el poste.

—Si cree que Dios existe —insistió—, es de suponer que cree también que Él le concedió la mente, la inteligencia. Utilícela. La juzgaba demasiado orgullosa para ponerse en ridículo de esta manera.

Pero ella parecía inmune a tan superficiales lisonjas.

—El mundo no lo cambian quienes se dejan guiar por su amor propio, sino hombres y mujeres dispuestos a ponerse en ridículo. Adiós, doctor Faron. Y gracias por intentarlo.

Se volvió sin tocarlo y él la vio partir.

No le había pedido que no los traicionara. No necesitaba pedírselo. Pero aun así, le alegró que no se hubieran pronunciado esas palabras. Tampoco habría podido prometerle nada. No creía que Xan le condenara a la tortura, pero en su caso habría bastado con la amenaza de tortura, y por primera vez se le ocurrió que acaso había juzgado equivocadamente a Xan por la más ingenua de las razones: porque no podía creer que un hombre sumamente inteligente, dotado de humor y encanto, un hombre al que había llamado su amigo, pudiera ser malvado. Tal vez era él, y no Julian, quien necesitaba una lección de historia.

15

El grupo no esperó mucho. Dos semanas después de su encuentro con Julian, bajó a desayunar y entre el correo esparcido sobre la alfombrilla encontró una hoja de papel doblada.

El texto impreso venía encabezado por la imagen, minuciosamente dibujada, de un pez semejante a un arenque. Era como un dibujo infantil; se habían tomado trabajo. Theo leyó el mensaje con exasperada compasión:

> *Al pueblo de Gran Bretaña. No podemos seguir cerrando los ojos a los males de nuestra sociedad. Si nuestra raza debe morir, muramos al menos como hombres y mujeres libres, como seres humanos, y no como diablos. Presentamos las siguientes demandas al Guardián de Inglaterra:*
>
> 1. *Que convoque elecciones generales y que exponga su política ante el pueblo.*
> 2. *Que conceda plenos derechos civiles a los temporeros, incluso el derecho a vivir en sus propios hogares, a hacer venir a sus familias y a permanecer en Inglaterra cuando termine su contrato de servicio.*
> 3. *Que suprima los Quietus.*
> 4. *Que suspenda la deportación de delincuentes convictos a la Colonia Penal de la isla de Man y garantice que quienes ya están allí puedan vivir de un modo pacífico y decente.*

5. *Que suspenda los análisis de semen y los exámenes obligatorios de las jóvenes sanas y que cierre las tiendas estatales de pornografía.*

LOS CINCO PECES

Las palabras le impresionaron por su sencillez, su racionalidad, su humanidad esencial. ¿Por qué estaba tan seguro, se preguntó, de que las había escrito Julian? Y sin embargo no podían hacer ningún bien. ¿Qué se proponían los Cinco Peces? ¿Que la gente marchara en masa sobre su Consejo Local o asaltara el antiguo edificio del Foreign Office? El grupo no tenía organización ni base de poder, ni dinero, ni un plan de campaña. Lo más que podían esperar era que la gente reflexionase, provocando descontento, alentando a los hombres para que no acudieran al próximo análisis de semen y a las mujeres para que se negaran al examen médico. ¿Y de qué serviría eso? A medida que se desvanecía la esperanza, los exámenes se volvían cada vez más rutinarios.

El papel era de mala calidad y la impresión parecía obra de aficionados. Seguramente tenían una imprentilla escondida en la cripta de alguna iglesia, o en alguna cabaña en el bosque, remota pero accesible. ¿Cuánto tiempo duraría el secreto si la PSE se tomaba la molestia de darles caza?

Leyó de nuevo las cinco demandas. Era improbable que la primera pudiera inquietar a Xan. El país difícilmente aceptaría de buena gana el gasto y la perturbación de unas elecciones generales, pero si las convocaba su poder quedaría confirmado por una abrumadora mayoría, tanto si alguien tenía la temeridad de competir contra él como si no. Theo trató de calcular cuántas de las restantes demandas habría podido satisfacer si hubiera permanecido como consejero de Xan. Pero conocía la respuesta de antemano. Había sido impotente entonces y los Cinco Peces eran impotentes ahora. De no haber sido por Omega, eran fines por los que una persona podía estar dispuesta a luchar, a sufrir incluso. Pero también de no haber sido por Omega, esos males no existirían. Era razonable esforzarse, sufrir, quizás incluso morir, por una sociedad más justa y más humana, pero no en un mundo que carecía de futuro, donde muy pronto las propias palabras justicia, humanidad, sociedad, esfuerzo, mal, serían ecos que nadie oiría en un aire vacío. Julian diría que valían la pena el esfuerzo y el sufrimiento si con ellos se podía salvar del trato injusto a un solo temporero o impedir que un solo convicto fuese deportado a la Colonia Penal de Man. Pero hicieran lo que hicieran los Cinco Peces, eso no iba a ocurrir. No estaba a su alcance. Al releer las cinco demandas, Theo sintió que se esfumaba su simpatía inicial. Se dijo que la mayoría de los hombres y mujeres, mulas humanas privadas de posteridad, soportaban no obstante su carga de pesadumbre con cierto valor, se procuraban sus placeres compensatorios, se consentían pequeñas vanidades personales, se trataban con corrección unos a otros y lo mismo hacían con aquellos temporeros con los que se cruzaban. ¿Con qué derecho pretendían los Cinco Peces imponer la carga fútil de la virtud heroica a esos estoicos desposeídos? Se llevó el papel al retrete y, tras romperlo cuidadosamente en cuartos, lo arrojó a la taza e hizo correr el agua. Mientras los fragmentos se perdían de vista, aspirados por el remolino, Theo deseó por un instante, no más, ser capaz de compartir la pasión y la locura que unían a la lamentablemente desguarnecida compañía.

16

Sábado, 6 de marzo de 2021

Esta mañana ha telefoneado Helena después del desayuno, y me ha invitado a tomar el té para que viera los gatitos de Mathilda. Me envió una postal hace cinco días para anunciarme que habían llegado bien, pero no fui invitado a la fiesta de nacimiento. Me pregunté si habrían celebrado una o si se habían reservado el acontecimiento para su disfrute particular, una experiencia compartida que celebraría y consolidaría, aunque tardíamente, su nueva vida en común. Sin embargo, parecía improbable que hubieran rehuido lo que en general se acepta como una obligación: la oportunidad de permitir a los amigos que sean testigos del milagro del surgimiento de la vida. Lo más corriente es invitar a un máximo de seis personas para que miren, pero desde una distancia cuidadosamente calculada para no inquietar ni molestar a la madre. Y luego, si todo va bien, se celebra con una comida, a menudo con champán. El nacimiento de una camada no deja de estar teñido de tristeza. Las ordenanzas sobre animales domésticos fecundos son claras, y se aplican rigurosamente. Ahora Mathilda será esterilizada, y Helena y Rupert podrán conservar una hembra de la camada para criar. Como alternativa, Mathilda podrá tener otra camada y todos los gatitos salvo un macho serán exterminados sin dolor.

Tras la llamada de Helena conecté la radio para escuchar las noticias de las ocho. Al oír la fecha del día, caí en la cuenta de que hoy hace exactamente un año que me dejó por Rupert. Es, quizás, un día apropiado para mi primera visita a su hogar. Escribo hogar en lugar de casa porque estoy seguro de que es así como Helena lo llamaría, dignificando un edificio vulgar en el norte de Oxford con la importancia sacramental del amor compartido y la limpieza doméstica compartida, el compromiso de una sinceridad total y una dieta equilibrada, una higiénica cocina nueva y un higiénico acto sexual dos veces por semana. Hago cábalas sobre su vida sexual, medio deplorando mi salacidad, pero diciéndome que mi curiosidad es al mismo tiempo natural y permisible. Después de todo, ahora Rupert disfruta, o acaso no logra disfrutar, del cuerpo que en otro tiempo conocí casi tan íntimamente como conozco el mío propio. Un matrimonio fracasado es la más humillante confirmación de la transitoria seducción de la carne: los amantes pueden explorar todas las líneas, todas las curvas y huecos del cuerpo amado, pueden alcanzar juntos la cima de un éxtasis inefable; sin embargo, cuán poco importa cuando el amor o la pasión mueren al fin y nos dejan con pertenencias disputadas, facturas de abogados, los tristes detritus del trastero. Cuando la casa elegida, amueblada, poseída con entusiasmo y esperanza se convierte en una prisión, cuando los rostros se consolidan en líneas de agrio resentimiento y los cuerpos ya no deseados son observados en todas sus imperfecciones con una mirada desapasionada y llena de desencanto. Me gustaría saber si Helena comenta con Rupert lo que sucedía entre nosotros en la cama. Imagino que lo hace, pues lo contrario exigiría mayor dominio de sí y mayor delicadeza de los que jamás he visto en ella. Hay una vena de vulgaridad en la respetabilidad social cuidadosamente cultivada de Helena, y puedo imaginarme que debe de decirle a Rupert: «Theo se creía un amante excepcional, pero todo era técnica. Se diría que lo había aprendido en un manual. Y nunca me hablaba, no lo que es realmente hablar. Yo hubiera podido ser cualquier mujer.»

Puedo imaginarme estas, palabras porque sé que están justificadas. Le hice más daño que ella a mí, aun si quitamos de la cuenta el hecho de que matara a su hija única. ¿Por qué me casé con ella? Me casé con ella porque era la hija del superior del *college*, y eso confería prestigio; porque ella también se había licenciado en historia y creí que teníamos intereses intelectuales en común, y porque la encontraba físicamente atractiva y eso me permitió convencer a mi frugal corazón de que, si aquello no era amor, era lo más parecido al amor que jamás iba a conocer. Ser yerno del superior me produjo más irritación que placer; en realidad era un hombre insoportablemente pomposo, y no es de extrañar que Helena tuviera prisa por alejarse de su lado. Los intereses intelectuales de mi mujer eran inexistentes; la habían aceptado en Oxford porque era hija del superior de un *college* y porque, a base de esfuerzo y de una enseñanza cara y de calidad, había logrado las calificaciones necesarias para que Oxford pudiera justificar una decisión que de otro modo no habría tomado. Y en cuanto a la atracción sexual, eso duró algo más, aunque sometida a la ley de la renta decreciente, y al fin acabó muriendo cuando maté a Natalie. No existe nada más eficaz que la muerte de un hijo para revelar, sin posibilidad de autoengaño, la vaciedad de un matrimonio en vías de fracaso.

Me pregunto si Helena habrá tenido mejor suerte con Rupert. Si disfrutan de su vida sexual, pertenecen a una afortunada minoría. El sexo ha pasado a ser uno de los placeres sensuales menos importantes del hombre. Se habría podido imaginar que, eliminados para siempre el miedo al embarazo y la antierótica parafernalia de píldoras, goma y aritmética ovulatoria, la sexualidad quedaría liberada para nuevos e imaginativos deleites. Todo lo contrario: por lo visto, incluso aquellos hombres y mujeres que normalmente no desean engendrar, necesitan saber que podrían tener hijos si quisieran. El sexo completamente divorciado de la procreación se ha vuelto una acrobacia casi sin sentido. Cada vez son más las mujeres que se quejan de lo que describen como orgasmos dolorosos; se logra el espasmo, pero no el placer. Las revistas femeninas dedican páginas enteras a este frecuente fenómeno. Las mujeres, que en los años ochenta y noventa empezaron a mostrarse cada vez más críticas e intolerantes con los hombres, tienen por fin una aplastante justificación para el resentimiento acumulado durante siglos: nosotros, que ya no podemos darles un hijo, ni siquiera podemos darles placer. El sexo todavía puede ser un solaz mutuo, pero pocas veces es un éxtasis mutuo. Las tiendas de pornografía patrocinadas por el Gobierno, la literatura cada vez más explícita, los múltiples recursos para estimular el deseo… Nada ha dado resultados. Hombres y mujeres siguen casándose, aunque con menos frecuencia, con menos ceremonia y a menudo con el mismo sexo. La gente sigue enamorándose, o dice que se enamora. Hay una búsqueda casi desesperada de la persona adecuada, a poder ser joven o al menos de la propia edad, con quien afrontar la inevitable decadencia. Necesitamos el consuelo de una carne que responda, de una mano en la mano, de labios en los labios. Pero leemos la poesía amorosa de anteriores épocas con una especie admiración maravillada.

Al pasar por la calle Walton esta tarde no sentía ninguna renuncia especial ante la perspectiva de ver de nuevo a Helena, y pensé en Mathilda con goce anticipado. Naturalmente, como propietario conjunto registrado en la licencia del animal fecundo, hubiera podido apelar al Tribunal para la Custodia de Animales reclamando la custodia conjunta o una orden de acceso, pero no sentía ningún deseo de someterme a esta humillación. Algunos casos sobre custodia de animales han dado lugar a feroces, públicas y costosas batallas legales, y no tengo la menor intención de aumentar su número. Sé que he perdido a Mathilda, y ella, un ser pérfido y amante de la comodidad como todos los gatos, ya se ha olvidado de mí.

Cuando la vi me resultó difícil no engañarme. Yacía en su cesta con dos gatitos palpitantes parecidos a esbeltas ratas blancas que tiraban suavemente de sus pezones. La gata me contempló con sus inexpresivos ojos azules, e inició un intenso ronroneo que casi hizo temblar la cesta. Extendí la mano y toqué su cabeza sedosa.

—¿Fue todo bien? —pregunté.

—Oh, sí, perfectamente. Desde luego, tuvimos aquí al veterinario desde el comienzo del parto, pero luego nos dijo que pocas veces había visto un nacimiento más fácil. Se llevó dos de los recién nacidos. Todavía no hemos decidido con cuál de estos dos vamos a quedarnos.

La vivienda era pequeña y sin ninguna distinción arquitectónica: una casa semiaislada en las afueras de la ciudad, cuya ventaja principal es el largo jardín posterior que desciende hasta el canal. Buena parte de los muebles y todas las alfombras parecían nuevos, elegidos, sospeché, por Helena, que se había deshecho de todos los accesorios de la vida anterior de su amante, las amistades, los clubes, sus consuelos de soltero solitario con el mobiliario y los cuadros de familia que le habían sido legados con la casa. Helena se había complacido en crear un hogar para él —estaba seguro de que era ésta la frase que había utilizado—, y él se deleitaba con el resultado como un chiquillo con un cuarto lleno de juguetes nuevos. Por todas partes se notaba olor a pintura fresca. En la sala de estar, como es habitual en este tipo de casas de Oxford, han eliminado la pared posterior para obtener una sola habitación espaciosa, con una ventana mirador en la parte delantera y puertas ventanas que permiten acceder a la galería acristalada en la parte de atrás. En una pared de esta sala pintada de blanco han colgado una hilera de los dibujos originales de Rupert para cubiertas de libros, todos enmarcados en madera blanca. Eran una docena en total, y me pregunté si la idea de esta exhibición pública se le había ocurrido a Helena o a él. De un modo u otro, justificó en mí un instante de despectiva desaprobación. Sentí deseos de detenerme a examinar los dibujos, pero eso me habría obligado a comentarlos y prefería no tener que decir nada de ellos. Pero una superficial ojeada al pasar me hizo ver que poseían una fuerza considerable; Rupert no es un artista desdeñable. Aquella egocéntrica exhibición de talento confirmó simplemente lo que yo ya sabía.

Tomamos el té en el invernáculo. Un copioso festín de

emparedados de paté, panecillos caseros y pastel de frutas fue servido en una bandeja cubierta con un mantelito de lino recién almidonado y pequeñas servilletas a juego. La palabra que me vino a la mente fue «primoroso». Al contemplar el mantelito reparé en que era el que Helena había estado bordando poco antes de dejarme. De modo que aquella cuidadosa labor de recamado había formado parte del ajuar que se llevó a su adúltero hogar… ¿Acaso aquel primoroso festín —y me demoré en el adjetivo peyorativo— estaba calculado para impresionarme, para demostrarme lo buena esposa que podía ser para un hombre capaz de apreciar sus talentos? Es evidente que Rupert los aprecia. Casi se regodeaba en sus atenciones maternales. Quizá, siendo artista, se toma esta solicitud como un derecho propio. El invernáculo, pensé, debía de resultar acogedor en primavera y en otoño. Incluso ahora, con un solo radiador, la temperatura era gratamente cálida, y pude ver confusamente a través del cristal que habían estado afanándose en el jardín. Sobre lo que parecía una valla nueva se apoyaba una hilera de espinosos rosales con las raíces envueltas en tela de saco. Seguridad, comodidad, placer. Xan y el Consejo habrían dado su aprobación.

Después del té, Rupert desapareció unos instantes en la sala de estar. Al regresar me entregó una octavilla. La reconocí de inmediato: era idéntica a la que los Cinco Peces habían deslizado bajo mi puerta. Fingiendo que era nueva para mí, la leí atentamente. Rupert parecía esperar alguna respuesta. Como no se la di, comentó:

—Se han arriesgado mucho, yendo de puerta en puerta.

Me encontré explicándole lo que seguramente había ocurrido, irritado por saberlo, por no poder tener la boca totalmente cerrada.

—No creo que lo hayan hecho así. Esto difícilmente puede confundirse con una hoja parroquial, ¿verdad? Debe de haberlo repartido una persona sola, en bicicleta o a pie, echando ocasionalmente una hoja bajo alguna puerta cuando no hubiera nadie en las cercanías, y habrá dejado unas cuantas en las paradas de autobús, otras sujetas bajo el limpiaparabrisas de los coches aparcados...

—Aun así, sigue siendo arriesgado, ¿no crees? —expresó Helena—. O lo será si la PSE decide buscarlos.

—No creo que se molesten —opinó Rupert—. Nadie se va a tomar esto en serio.

—¿Y tú? ¿Te lo has tomado en serio? —quise saber.

Después de todo, había conservado el papel. La pregunta, formulada más bruscamente de lo que pretendía, le desconcertó. Miró a Helena de soslayo y vaciló. Me pregunté si aquello habría sido causa de discordia; su primera pelea, tal vez. Pero era demasiado optimista. Si se hubieran peleado, el mensaje ya habría sido destruido en la primera euforia de la reconciliación.

—Pensé que quizá deberíamos mencionárselo al Consejo Local cuando fuimos a registrar los gatitos, pero decidimos no hacerlo. No veo cómo pueden intervenir ellos; el Consejo Local, quiero decir.

—Pueden decírselo a la PSE y hacer que te arresten por posesión de material subversivo.

—Bueno, también pensamos en ello —reconoció—. No queríamos que creyeran que estamos en favor de todo esto.

—¿Sabes si alguien más de esta calle lo ha recibido también?

—No nos lo han dicho, y hemos preferido no preguntarlo.

—A fin de cuentas —intervino Helena— son cosas sobre las que el Consejo no puede hacer nada. Nadie quiere que cierren la Colonia Penal de Man.

Rupert seguía sosteniendo la octavilla como si no supiera muy bien qué hacer con ella.

—Por otra parte, es verdad que se oyen rumores acerca de lo que ocurre en los campos de temporeros —señaló—. Y supongo que, ya que están aquí, tendríamos que darles un trato justo.

—Reciben mejor trato aquí que en su propia casa —replicó Helena bruscamente—. Vienen muy contentos. Nadie los obliga. Y es absurdo sugerir que cierren la Colonia Penal.

Era eso lo que le preocupaba, comprendí. Era el crimen y la violencia que amenazaban la casita, el mantelito bordado, la acogedora sala de estar, el invernáculo con sus vulnerables paredes de cristal y su vista sobre el oscuro jardín donde ahora podía tener la certeza de que nada maligno los acechaba.

—No sugieren que haya que cerrarla —observé—. Pero sí que debería mantenerse una vigilancia policial adecuada y que los presos deberían llevar una vida razonable.

—No es eso lo que proponen estos Cinco Peces. El papel dice que hay que terminar con las deportaciones. Quieren que la cierren. ¿Y quién se encargaría de la vigilancia policial? Yo nunca consentiría que Rupert se ofreciera voluntario para esa tarea. Además, los convictos pueden llevar una vida razonable; eso sólo depende de ellos mismos. La isla es grande y tienen alimentos y vivienda. No creo que el Consejo acepte evacuar la isla. La gente protestaría: todos esos asesinos y violadores sueltos de nuevo… ¿Y no están también allí los internos de Broadmoor? Están locos, y además de locos son malos.

Advertí que había utilizado la palabra internos, no pacientes.

—Los peores de ellos deben ser demasiado viejos para representar un gran peligro —señalé.

—Pero algunos de ellos aún no han cumplido los cincuenta años —gritó—, y todos los años envían a gente nueva. El año pasado fueron más de dos mil, ¿verdad? —Se volvió hacia Rupert—. Creo que debemos romper ese papel, querido. No tiene sentido conservarlo. Nosotros no podemos hacer nada. Quienesquiera que sean, no tienen derecho a imprimir cosas así. Sólo sirve para preocupar a la gente.

—Lo echaré al retrete —asintió él.

Cuando Rupert hubo salido, Helena se volvió hacia mí.

—No creerás en nada de eso, ¿verdad, Theo?

—Puedo creer que la vida resulta peculiarmente desagradable en la isla de Man.

—Bueno, eso depende de los mismos presos, ¿no? —reiteró, obstinada.

No volvimos a hablar del panfleto, y al cabo de diez minutos, tras una última visita a Mathilda, que Helena evidentemente esperaba de mí y Mathilda toleró, me despedí de ellos. No lamento haber hecho esta visita. No era sólo la necesidad de ver a Mathilda; nuestra breve reunión resultó más dolorosa que placentera. Pero ahora puedo relegar al pasado algo que había quedado inconcluso.

Helena es feliz. Incluso se la ve más joven, más atractiva. El aspecto rubio y cimbreño que yo solía elevar a belleza ha madurado en una confiada elegancia. No puedo decir con sinceridad que me alegro por ella: a quienes han sufrido un gran daño les resulta difícil mostrar generosidad. Pero al menos ya no soy responsable de su dicha o su desdicha. No siento ningún deseo especial de volver a verlos de nuevo, pero puedo pensar en ellos sin culpa ni amargura.

Sólo hubo un instante, poco antes de que me fuera, en el que sentí algo más que un interés cínico y desapegado por su autosuficiente domesticidad. Los había dejado para ir al aseo, toalla limpia y bordada, jabón nuevo, la taza de un espumoso azul antiséptico, un pequeño cuenco de flores secas; reparé en todo y todo lo desprecié.

A mi callado regreso vi que, sentados un poco aparte, habían extendido las manos para unirlas sobre el espacio que los separaba, y que al oír mis pasos las retiraban rápidamente, casi de un modo culpable. Aquel momento de delicadeza, de tacto, quizás incluso de compasión, suscitó en mí un instante de emociones conflictivas, tan tenuemente experimentadas que se desvanecieron casi al mismo tiempo que reconocía su naturaleza. Pero supe que lo que había sentido era envidia y pesar, no por algo perdido, sino por algo nunca alcanzado.

17

Lunes, 15 de marzo de 2021

Hoy me han visitado dos miembros de la Policía de Seguridad del Estado. El hecho de que pueda escribir esto demuestra que no me han detenido y que no han encontrado el diario, aunque debo admitir que no lo buscaron; no buscaban nada. Sabe Dios que el diario es lo bastante comprometedor para cualquiera que se interese por las deficiencias morales y la inadaptabilidad personal, pero su preocupación se centraba en desafueros más tangibles. Como he dicho, eran dos: un joven, evidentemente un omega —es extraordinario cómo se les nota siempre—, y un oficial superior, con unos cuantos años menos que yo, que llevaba un impermeable y un maletín de cuero negro. Se presentó a sí mismo como inspector jefe George Rawlings, y a su compañero como el sargento Oliver Cathcart. Cathcart era saturnino, elegante, inexpresivo, un típico omega. Rawlings, de complexión robusta, un poco torpe de movimientos, tenía una disciplinada y espesa mata de cabello blanco grisáceo, que parecía cortada por un peluquero de lujo para poner de relieve las rizadas ondulaciones de las sienes y la nuca. Su cara era de facciones pronunciadas y ojos estrechos, tan hundidos que las pupilas resultaban invisibles, y una boca larga con el labio superior en forma de flecha, agudo como un pico. Los dos iban de paisano, con trajes sumamente bien cortados. En otras circunstancias, habría podido sentirme tentado a inquirir si iban al mismo sastre.

Cuando llegaron eran las once. Los hice pasar a la sala de la planta baja y les pregunté si les apetecía un café. Lo rechazaron. Al invitarlos a tomar asiento, Rawlings se instaló cómodamente en un sillón junto a la chimenea, mientras Cathcart, tras un instante de vacilación, se sentó frente a él rígido y erguido. Yo tomé la silla giratoria del escritorio y le di la vuelta para quedar de cara a ellos.

—Una sobrina mía —comenzó Rawlings—, la hija menor de mi hermana (un año menos y hubiera sido omega), asistió a sus charlas sobre «La vida y la época victoriana». No es una joven muy brillante, probablemente no la recordará. Pero, por otra parte, quizá sí… Marion Hopcroft. Era una clase pequeña, según dijo, y se volvía más pequeña cada semana. La gente no tiene constancia. Se entusiasman por cualquier cosa, pero se cansan en seguida, sobre todo si no se estimula permanentemente su interés.

En unas pocas frases había reducido las conferencias a una serie de charlas aburridas para un menguante número de oyentes de escasa inteligencia. La estratagema no era sutil, pero dudo de que la sutileza fuera su fuerte.

—El nombre me resulta familiar, pero no la recuerdo —respondí.

—«La vida y la época victoriana.» Yo diría que la palabra *época* es superflua. ¿Por qué no la vida victoriana; sencillamente? O también habría podido elegir «La vida en la Inglaterra victoriana».

—No elegí yo el título del curso.

—¿Ah, no? Es curioso. Yo hubiera dicho que eso era cosa suya. Creo que debería insistir en conseguir la elección de los títulos de sus charlas.

No respondí. Me cabían muy pocas dudas de que sabía perfectamente que había dado el curso en sustitución de Colin Seabrook, pero si lo ignoraba, yo no tenía la menor intención de explicárselo.

Tras un lapso de silencio que ni él ni Cathcart parecieron encontrar embarazoso, prosiguió:

—Yo mismo he pensado en seguir uno de esos cursos

para adultos. De historia, no de literatura. Pero no elegiría la Inglaterra victoriana. Me remontaría más atrás, a los Tudor. Siempre me han fascinado los Tudor, especialmente Isabel I.

—¿Qué le atrae de ese periodo? —pregunté—. ¿La violencia y el esplendor, la gloria de sus logros, la combinación de poesía y crueldad, aquellos rostros inteligentes y perspicaces por encima de sus gorgueras, aquella magnífica corte apuntalada por las empulgueras y el potro?

Pareció considerar la pregunta unos instantes, y al fin respondió:

—Yo no diría que la época Tudor fuese excepcionalmente cruel, doctor Faron. En aquellos tiempos morían jóvenes, y me atrevería a decir que la mayoría moría con dolor. Cada época tiene sus crueldades. Y si hablamos del dolor, morir de cáncer sin medicamentos, como ha sido la suerte del hombre durante la mayor parte de su historia, es un tormento más horrible que cualquier cosa que los Tudor pudieran ingeniar. Sobre todo para los niños, ¿no lo cree usted así? Es difícil comprender su propósito, ¿verdad? Me refiero al tormento de los niños.

—Tal vez no deberíamos dar por sentado que la naturaleza tiene un propósito —señalé.

Prosiguió como si yo no hubiese hablado.

—Mi abuelo fue uno de esos predicadores que peroraban sobre el fuego del Infierno. Él creía que todo tiene un propósito, particularmente el dolor. Nació fuera de su tiempo; habría sido más feliz en su siglo XIX. Recuerdo que a los nueve años tuve un dolor de muelas muy malo, un absceso. No dije nada, porque temía al dentista, hasta que una noche desperté con una agonía insoportable. Mi madre dijo que iríamos al dentista en cuanto abriera la consulta, pero tuve que esperar hasta la mañana retorciéndome de dolor. Mi abuelo vino a verme. Dijo: «Podemos hacer algo para aliviar los pequeños dolores de este mundo, pero nada por los dolores eternos del mundo venidero. Recuérdalo bien, muchacho.» Ciertamente, supo elegir bien el momento. Dolor de muelas eterno. Era una idea terrorífica para un niño de nueve años.

—Y para un adulto —asentí.

—Bien, ahora hemos abandonado esa creencia, excepto el Rugiente Roger. En apariencia, todavía le quedan seguidores. —Hizo una pausa de un minuto, como para cavilar sobre las exhortaciones del Rugiente Roger, y a continuación prosiguió sin cambiar de tono—: El Consejo está preocupado, o quizá sería más exacto decir interesado, por las actividades de ciertas personas.

Esperó, acaso a que yo le preguntara: «¿Qué actividades? ¿Qué personas?» Dije:

—Tengo que salir en poco más de media hora. Si su colega desea registrar la casa, quizá podría hacerlo ahora, mientras hablamos. Hay una o dos cosas a las que concedo cierto valor: las cucharillas de té de la vitrina georgiana, las figuras conmemorativas en porcelana de Staffordshire que están en el salón, un par de primeras ediciones. Normalmente insistiría en hallarme presente durante un registro, pero tengo plena confianza en la honradez de la PSE.

Con estas últimas palabras miré directamente a los ojos de Cathcart. Ni siquiera pestañeó.

Rawlings permitió que una leve nota de reproche se insinuara en su voz.

—Nadie ha pensado en registrar su casa, doctor Faron. ¿Por qué supone usted que deseamos registrarla? ¿En busca de qué? Usted no es un subversivo, señor. No, ésta sólo es una charla; una consulta, si lo prefiere. Como ya le he dicho, están ocurriendo algunas cosas que causan cierta preocupación al Consejo. Le estoy hablando confidencialmente, desde luego. Estos asuntos no se han dado a conocer en los periódicos, la radio ni la televisión.

—Una sabia medida. Los alborotadores, suponiendo que los haya, se alimentan de publicidad. ¿Por qué habría que dársela?

—Exactamente. Los gobiernos han tardado mucho tiempo en comprender que no hace falta manipular las noticias inoportunas. Basta con no divulgarlas.

—¿Y qué es lo que no están divulgando?

—Pequeños incidentes, insignificantes de por sí, pero que posiblemente señalan la existencia de una conspiración. Los dos últimos Quietus han sido interrumpidos: hicieron saltar las rampas la mañana misma de la ceremonia, justo media hora antes de la llegada de las víctimas sacrificatorias, o acaso víctimas no sea en absoluto la palabra adecuada, digamos los mártires sacrificatorios. —Hizo una pausa y añadió—: Pero acaso mártires sea superfluo. Digamos antes de que llegaran los suicidas en potencia. Eso causó un considerable trastorno. El terrorista, o la terrorista, hiló muy delgado. Treinta minutos más y los ancianos habrían muerto de un modo bastante más espectacular que el proyectado. Se recibió un aviso por teléfono, la voz de un hombre joven, pero llegó demasiado tarde para hacer otra cosa que alejar a la gente del lugar.

—Un percance enojoso. Hace cosa de un mes fui a ver un Quietus —le expliqué—. La rampa desde la que zarpaban los botes, diría yo, pudo haberse construido con bastante rapidez. No creo que ese particular atentado criminal retrasara el Quietus durante más de un día.

—Tal como usted da a entender, doctor Faron, el incidente en sí reviste escasa importancia, pero acaso no carezca de significación. En los últimos tiempos se han producido demasiados incidentes de escasa importancia. Y luego están las octavillas. Algunas de ellas se refieren al tratamiento de los temporeros. El último lote de temporeros, los que habían cumplido sesenta años y algunos que habían caído enfermos, tuvo que ser repatriado por la fuerza. Se produjeron escenas desagradables en el muelle. No diré que exista una relación entre esa perturbación y las octavillas, pero podría tratarse de algo más que una coincidencia. La distribución de material político entre los temporeros es ilegal, pero sabemos que los folletos subversivos han circulado por los campos. Otros folletos se han repartido casa por casa; folletos con protestas contra el tratamiento que se da a los temporeros, la situación de la isla de Man, los análisis de semen obligatorios y lo que los disidentes por lo visto consideran deficiencias en el proceso democrático. Una octavilla reciente recogía todas estas insatisfacciones en una lista de demandas. ¿La ha visto usted, quizá?

Recogió el maletín de cuero negro, lo depositó sobre su regazo y lo abrió. Representaba el papel de un visitante afable y casual, no muy seguro del propósito de su visita, y casi esperé que fingiera hurgar en vano entre sus papeles antes de encontrar el que buscaba. No obstante, me sorprendió sacándolo de inmediato. Me lo entregó y preguntó:

—¿Lo había visto antes, señor?

Le dirigí una somera mirada y respondí:

—Sí, lo he visto. Echaron uno igual por debajo de mi puerta hace algunas semanas.

No había razón para negarlo. Casi con toda certeza, la PSE debía de saber que se habían distribuido octavillas por la calle St. John, y ¿por qué tenían que haber pasado por alto mi casa? Tras releerlo, se lo devolví.

—¿Conoce usted a alguien que también lo haya recibido?

—No que yo sepa. Pero imagino que debieron repartir bastantes. No me interesó lo suficiente para hacer indagaciones.

Rawlings estudió el papel como si fuese nuevo para él.

—Los Cinco Peces. Ingenioso, pero no muy inteligente. Supongo que debemos buscar un grupito de cinco personas. Cinco amigos, cinco familiares, cinco compañeros de trabajo, cinco compañeros de conspiración. Quizá se inspiraron en el Consejo de Inglaterra. Es un número útil, ¿no le parece, señor? En cualquier discusión, siempre puede haber una mayoría. —No respondí. Prosiguió—: Los Cinco Peces. Imagino que cada uno tiene un nombre en clave, probablemente basado en su nombre de pila; así es más fácil que todos lo recuerden. La *A*, por ejemplo, podría ser el abadejo. La *B* también es sencilla: bacalao, besugo..., y supongo que para la *C* podrían elegir la carpa. La *D*, en cambio, ya es más difícil. Así, de pronto, no se me ocurre ningún nombre de pez que empiece por *D*. Quizá ninguno de ellos tiene la *D* como inicial. Aunque, claro, podría equivocarme. Imagino que no habrían decidido llamarse los Cinco Peces si no pudieran encontrar un pez adecuado para cada miembro de la banda. ¿Qué le parece eso, señor? Como proceso de razonamiento, quiero decir.

—Ingenioso. Es interesante ver los procesos de razonamiento de la PSE en acción. Pocos ciudadanos pueden haber tenido esta oportunidad, o al menos pocos ciudadanos actualmente libres.

Lo mismo habría dado que no hubiera dicho nada. Rawlings siguió estudiando el papel.

—Un pez —dijo al fin—. Y bastante bien dibujado. No por un artista profesional, en mi opinión, pero sí por alguien con talento para el dibujo. El pez es un símbolo cristiano. ¿Podría tratarse quizá de un grupo cristiano? —Alzó la vista hacia mí—. ¿Reconoce usted, señor, que tuvo uno de estos folletos en su poder y no hizo nada al respecto? ¿No se creyó en el deber de informar?

—Lo traté como trato todo el correo sin importancia que me llega sin haberlo solicitado. —Acto seguido, considerando que había llegado el momento de pasar a la ofensiva, añadí—: Perdóneme, inspector jefe, pero no veo qué es exactamente lo que preocupa al Consejo. Todas las sociedades tienen sus descontentos. Este grupo en particular no parece haber causado muchos daños, aparte de volar unas endebles rampas provisionales y distribuir unas mal concebidas críticas al Gobierno.

—Algunos podrían describir estos folletos como literatura sediciosa, señor.

—Puede darles el nombre que le plazca, pero difícilmente puede ver en ellos una gran conspiración. No irán a movilizar los batallones de la Seguridad del Estado porque unos descontentos aburridos prefieran divertirse practicando un juego más peligroso que el golf. ¿Qué es exactamente lo que inquieta al Consejo? Si en verdad existe un grupo de disidentes, deben de ser bastante jóvenes, o como máximo de mediana edad. Pero el tiempo corre para ellos como para todos nosotros. ¿Ha olvidado las estadísticas? El Consejo de Inglaterra nos las recuerda bastante a menudo. Los 58 millones de habitantes de 1996 se han reducido a 36 este año, y un 20 por ciento de la población supera los setenta años. Somos una raza condenada, inspector jefe. Con la madurez, con la vejez, se extingue todo entusiasmo, incluso la seductora emoción de conspirar. No existe una auténtica oposición al Guardián de Inglaterra. No la ha habido nunca desde que tomó el poder.

—Es tarea nuestra, señor, procurar que no la haya.

—Usted hará lo que juzgue necesario, naturalmente, pero yo sólo me tomaría esto en serio si creyera que en efecto es serio; si esa oposición surgiera en el seno del mismo Consejo, contra la autoridad del Guardián.

Estas palabras constituían un riesgo calculado, quizás incluso temerario, y vi que le había conmovido. Era lo que pretendía.

Tras una pausa de unos instantes, que fue involuntaria, no calculada, respondió:

—Si se tratara de eso, señor, el asunto no estaría en mis manos. Se llevaría a un nivel mucho más alto.

Me puse en pie.

—El Guardián de Inglaterra es mi primo y mi amigo. Fue amable conmigo en la infancia, cuando la amabilidad es particularmente importante. Y ya no soy consejero suyo, pero eso no significa que haya dejado de ser su primo y su amigo. Si llega a mis manos evidencia de una conspiración contra él, se lo comunicaré personalmente. No se lo diré a usted, inspector jefe, ni acudiré a la PSE. Se lo diré a la persona más interesada, el Guardián de Inglaterra.

Esto era teatro, desde luego, y los dos lo sabíamos. No nos dimos la mano ni volvimos a hablar mientras los acompañaba a la puerta, pero no porque me hubiera ganado un enemigo. Rawlings no se permitía el lujo de tener antipatías personales más de lo que se hubiera permitido sentir afecto, simpatía o un asomo de compasión hacia las víctimas que visitaba e interrogaba. Creía comprender a los de su clase: los mezquinos burócratas de la tiranía, hombres que paladean con fruición la comedida porción de poder que les es concedida; que necesitan envolverse en el aura de un miedo manufacturado, y saber que el miedo los precede cuando entran en una habitación y permanece flotando como un olor en el aire después de su partida, pero a quienes falta el sadismo y el valor para llegar a la crueldad definitiva. Sin embargo, necesitan participar en la acción: A ellos no les basta, como nos basta a la mayoría, con mantenerse un poco apartados para contemplar las cruces de la colina.

18

Theo cerró el diario y lo depositó en el cajón superior de su escritorio, hizo girar la llave y se la guardó en el bolsillo. El escritorio era de buena manufactura y los cajones sólidos, pero difícilmente podría resistir un ataque violento o especializado. Claro que no era probable que se produjera tal asalto, y, si se producía, ya había cuidado en los últimos meses de que el diario fuera inocuo. Que sintiera esta necesidad de autocensura era, se daba cuenta, prueba de inquietud, y le irritaba que esta precaución fuera necesaria. Había empezado el diario no tanto como una crónica de su vida —¿por qué y para quién?, ¿qué vida?— sino como una exploración regular y caprichosa, un medio de hallar sentido a los años anteriores, en parte ejercicio catártico y en parte afirmación consoladora. El diario, que se había convertido en un aspecto rutinario de su vida, no tenía ningún sentido si tenía que censurar, que omitir, si tenía que engañar en vez de arrojar luz.

Reflexionó sobre la visita de Rawlings y Cathcart. En aquel momento le había sorprendido encontrarlos tan poco intimidantes. Cuando se fueron experimentó cierta satisfacción por su ausencia de miedo y por la competencia con que había llevado el encuentro. Pero ahora se preguntaba si este optimismo estaba justificado. Recordaba casi a la perfección todo lo que se había dicho; la memoria verbal había sido siempre uno de sus talentos. Pero el ejercicio de transcribir al papel su elíptica conversación suscitó preocupaciones que no había experimentado en el momento. Se dijo que no tenía nada que temer. Sólo había mentido directamente en una ocasión, cuando negó conocer a alguien que hubiera recibido un folleto de los Cinco Peces. Era una mentira que en caso de necesidad se podía justificar. ¿Por qué, aduciría, tenía que citar el nombre de su ex esposa y exponerla a las molestias y el nerviosismo de una visita de la PSE? El hecho de que hubiera recibido un folleto, ella o cualquier otra persona, carecía de relevancia; sin duda habían dejado octavillas en prácticamente todas las casas de la calle. Una mentira no era prueba de culpabilidad. Resultaba improbable que lo detuvieran por una mentira insignificante. Después de todo, aún había ley en Inglaterra, al menos para los británicos.

Se dirigió a la parte delantera de la casa y se paseó con inquietud por la espaciosa habitación, misteriosamente consciente de los cuatro pisos vacíos y oscuros que había bajo sus pies, como si cada una de aquellas habitaciones silenciosas encerrara una amenaza. Se detuvo ante la ventana que daba a la calle y miró por encima de la breve barandilla. Estaba cayendo una fina llovizna. A través del cristal podía ver las líneas de plata que caían ante las farolas de la calle y la oscura viscosidad de la calzada. Las cortinas de enfrente estaban corridas, y la lisa fachada de piedra no mostraba ningún signo de vida, ni siquiera por el resquicio donde se juntaban las cortinas. La depresión descendió sobre él como una conocida y gruesa manta. Cargado con el peso de la culpa, el recuerdo y la inquietud, casi podía oler la basura acumulada de todos los años muertos. Su confianza se desvaneció, y el miedo se hizo más intenso. Se dijo que durante el encuentro sólo había pensado en sí mismo, en su seguridad, su astucia, su propia estima. Pero los policías no se interesaban principalmente por él, sino que buscaban a Julian y a los Cinco Peces. No había revelado nada, no tenía que sentirse culpable por eso; pero el hecho de que hubieran venido a su casa significaba que sospechaban que sabía algo. Claro que sospechaban. El Consejo nunca había llegado a creer que su visita se debiera únicamente a su propia voluntad. La PSE volvería de nuevo, y esta vez el barniz de cortesía sería más fino, las preguntas más acuciantes, el resultado posiblemente más doloroso.

¿Qué más debían saber, aparte de lo que Rawlings había revelado? De pronto, le pareció extraordinario que no hubieran detenido ya al grupo para interrogarlo. Pero acaso lo habían hecho. ¿Era ése el motivo de la visita? ¿Tenían ya en su poder a Julian y el grupo, y estaban comprobando hasta qué punto se hallaba él involucrado? Sin duda les resultaría fácil llegar hasta Miriam. Recordó su pregunta al Consejo acerca de las condiciones de vida en la isla de Man, y la respuesta: «Lo sabemos. La cuestión es: ¿y tú cómo lo sabes?» Buscaban a alguien que tuviera conocimiento de las condiciones de la isla, y estando prohibidas las visitas, no permitidas las cartas a ni desde la isla, sin publicidad, ¿cómo se podía haber obtenido ese conocimiento? La fuga del hermano de Miriam constaría en los archivos. Era extraordinario que no la hubieran llamado para interrogarla en cuanto los Cinco Peces empezaron a actuar. Pero quizá lo habían hecho. Quizá en aquel mismo instante ella y Julian estaban en sus manos.

Sus pensamientos habían completado todo el círculo, y por primera vez sintió una extraordinaria soledad. No era una emoción con la que estuviera familiarizado. Le molestaba y desconfiaba de ella. Mientras contemplaba la calle desierta, deseó por primera vez tener a alguien, un amigo en quien confiar, con quien poder hablar sin embozo. Antes de dejarlo, Helena le había dicho: «Vivimos en la misma casa, pero somos como huéspedes de un mismo hotel. Nunca hablamos de veras.» Exasperado por una queja tan banal y predecible, la queja común de las esposas insatisfechas, le había respondido: «¿Hablar de qué? Aquí me tienes. Si quieres hablarme ahora, te estoy escuchando.»

Le pareció que incluso hablar con ella sería un consuelo, incluso oír su inútil y renuente respuesta a su dilema. Y mezclada con el miedo, la culpa, la soledad, había una renovada irritación: con Julian, con el grupo, con él mismo por haberse dejado involucrar.

Al menos él había hecho lo que le pedían. Había visitado al Guardián de Inglaterra y luego había advertido a Julian. Sin duda ellos argumentarían que tenía la obligación de hacerles llegar un mensaje, de hacerles saber que estaban en peligro. Pero, sin duda, ya debían de saber que estaban en peligro. Además, ¿cómo podía avisarlos? Ignoraba sus direcciones, dónde trabajaban y en qué. Lo único que podía hacer si detenían a Julian era interceder ante Xan en favor suyo. Pero ¿llegaría a enterarse siquiera de que la habían detenido? Si hacía indagaciones, seguramente le sería posible localizar a algún miembro de la banda, pero ¿cómo podía indagar sin riesgo, sin que fuera evidente su búsqueda? Cabía incluso la posibilidad de que la PSE lo tuviera sometido a vigilancia. No podía hacer nada salvo esperar.

19

Viernes, 26 de marzo de 2021

Hoy he vuelto a verla por primera vez desde nuestro encuentro en el museo Pitt Rivers. Estaba comprando queso en el mercado cubierto y acababa de volver la espalda al mostrador con mis paquetitos de roquefort, azul danés y camembert cuidadosamente envueltos, cuando la vi a escasos metros de distancia. Estaba escogiendo fruta, no comprando como yo para el cada vez más melindroso gusto de uno, sino señalando sin vacilar sus elecciones, sosteniendo bien abierto un bolso de lona que recibía frágiles bolsas marrones llenas a reventar con los rugosos globos dorados de las naranjas, las relucientes curvas de los plátanos, el bermejo de las manzanas camuesas. La vi envuelta en un halo de refulgente color, la piel y el cabello encendidos por el brillo de la fruta, como si no la iluminaran las crudas luces de la tienda sino un cálido sol meridional. La contemplé mientras entregaba un billete y contaba las monedas para dar al tendero la cantidad exacta, sonriendo al hacerlo, y seguí contemplándola cuando se echó al hombro la ancha correa de la bolsa de lona, encorvándose un poco bajo su peso. Otros compradores se interpusieron entre nosotros pero yo permanecí clavado en mi lugar, sin querer, quizá sin poder moverme, la mente hecha un tumulto de extraordinarias e inoportunas sensaciones. Me vi asaltado por el ridículo impulso de precipitarme a la floristería, llenar de billetes las manos de la florista, arrancar de sus jarros los ramos de narcisos, tulipanes, lirios y rosas de invernadero, amontonarlos entre sus brazos y coger la bolsa que cargaba al hombro. Fue un impulso romántico, ridículo e infantil, que no había experimentado desde que era un muchacho. En aquella época me molestaba y me hacía desconfiar. Esta vez me abrumó por su intensidad, su irracionalidad, su potencial destructivo.

Ella se volvió, aún sin verme, y echó a andar hacia la salida de High Street. La seguí abriéndome paso entre los compradores de sábado por la mañana con sus carritos de la compra, impacientándome cuando mi camino quedaba momentáneamente bloqueado. Me dije que estaba portándome como un tonto, que debía dejar que se perdiera de vista, que era una mujer a la que sólo había visto cuatro veces y que nunca había demostrado el menor interés por mí, al margen de una obstinada determinación por conseguir que hiciera lo que ella quería; que no sabía nada de ella excepto que estaba casada, y que aquella abrumadora necesidad de oír su voz, de tocarla, no era sino el primer síntoma de la enfermiza inestabilidad emocional de la madurez solitaria. Intenté no apresurarme, una degradante confesión de necesidad. Aun así, logré darle alcance cuando salía a High Street.

Le toqué el hombro y dije:

—Buenos días.

Cualquier saludo habría parecido banal. Éste al menos era inocuo. Se volvió hacia mí y por un instante pude creer que su sonrisa era de gozoso reconocimiento. Pero era la misma sonrisa que había dedicado al verdulero.

Puse una mano sobre la bolsa y añadí:

—¿Me permite que le lleve esto?

Me sentía como un colegial inoportuno. Ella meneó la cabeza y respondió:

—Gracias, pero la camioneta está aparcada muy cerca.

¿Qué camioneta?, me dije. ¿Para quién había comprado la fruta? Ciertamente, no era sólo para los dos, Rolf y ella. ¿Acaso trabajaba en alguna clase de institución? Pero no se lo pregunté, pues sabía que no me lo diría.

—¿Está usted bien?

Sonrió de nuevo.

—Sí, ya ve. ¿Y usted?

—Ya ve.

Me volvió la espalda. Fue un gesto comedido —no deseaba herirme—, pero deliberado, y ella pretendía que fuera definitivo.

—Tengo que hablar con usted —le dije en voz baja—. Es importante. No le haré perder mucho tiempo. ¿Hay algún lugar adonde podamos ir?

—El mercado es más seguro que esto.

Volvió sobre sus pasos, y yo marché junto a ella con aire despreocupado, sin mirarla, como dos compradores cualesquiera obligados a acercarse temporalmente por la presión de los cuerpos en movimiento. Una vez en el interior del mercado, se detuvo a contemplar un escaparate donde un hombre entrado en años y su ayudante vendían flanes de diversos sabores y tartas recién sacadas del horno. Me paré a su lado fingiendo interés por el queso burbujeante, por la salsa de la carne jugosa. Me llegó el aroma, sabroso e intenso, un aroma recordado: en aquella tienda preparaban empanadas desde que yo era un estudiante.

Miré atentamente, como si estuviera examinando qué productos se ofrecían, y le dije al oído en voz muy queda:

—La PSE ha venido a verme; puede que estén muy cerca. Andan buscando un grupo de cinco.

Ella apartó la mirada del escaparate y siguió andando. Me mantuve a su lado.

—Por supuesto —respondió—. Saben que somos cinco. Eso no es ningún secreto.

—No sé qué más han averiguado o sospechan. Déjenlo ya. No van a conseguir nada. Puede que no les quede mucho tiempo. Si los demás no quieren dejarlo, renuncie usted.

Fue entonces cuando se volvió y me miró. Nuestros ojos apenas se cruzaron durante un segundo, pero esta vez, lejos de las luces llameantes y de la intensidad brillante de la fruta, vi lo que no había advertido antes: que su cara parecía cansada, más vieja, consumida.

—Váyase, por favor —me rogó—. Es mejor que no volvamos a vernos más.

Extendió la mano y, desafiando el riesgo, se la estreché:

—No conozco su apellido —le dije—. No sé dónde vive ni dónde encontrarla. Pero usted sabe dónde encontrarme. Si alguna ven me necesita, mande a buscarme a la calle St. John.

Acto seguido, giré en redondo y me alejé para no tener que ver, cómo se alejaba ella de mí.

Escribo esto después de cenar, contemplando la ladera lejana de Wytham Wood por la pequeña ventana de atrás. Tengo cincuenta años y nunca he sabido qué es amar. Puedo escribir estas palabras, saber que son ciertas, pero sólo siento el pesar que debe de sentir un hombre sin oído musical porque no puede apreciar la música, un pesar menos intenso porque responde a algo nunca conocido, no a algo perdido. Pero las emociones tienen su propio tiempo y lugar. Cincuenta años no es una edad que invite a la turbulencia del amor, y menos en un planeta moribundo, cuando el hombre se acerca a su fin y todo deseo se desvanece. Así que voy a preparar mi fuga. A los menores de sesenta y cinco años no les resulta fácil obtener un permiso de salida; desde Omega, sólo los ancianos pueden viajar a su gusto. Pero no preveo ninguna dificultad. Ser primo del Guardián todavía ofrece algunas ventajas, aunque yo nunca mencione nuestra relación. En cuanto entro en contacto con el mundo oficial, se sabe. Mi pasaporte ya está sellado con el necesario permiso de viaje. Encontraré a alguien que dé mi curso de verano, y me sentiré aliviado de librarme de ese aburrimiento compartido. No tengo nuevos conocimientos ni entusiasmo que comunicar. Tomaré el ferry y conduciré, visitaré una vez más las grandes ciudades, las catedrales y templos de Europa, mientras todavía queden carreteras transitables, hoteles con el suficiente personal para ofrecer al menos un nivel tolerable de comodidad, donde pueda estar razonablemente seguro de encontrar gasolina, al menos en las ciudades. Dejaré tras de mí el recuerdo de lo que vi en Southwold, Xan y el Consejo, y esta ciudad gris donde hasta las piedras dan testimonio de la fugacidad de la juventud, del saber, del amor. Arrancaré esta página de mi diario. Escribir estas palabras ha sido consentimiento; dejarlas permanecer sería locura. E intentaré olvidar la promesa de esta mañana. La hice en un momento de locura. No creo que ella la reivindique. Si lo hace, encontrará esta casa vacía.

LIBRO II

ALFA

OCTUBRE DE 2021

20

Regresó a Oxford el último día de septiembre, mediada la tarde. Nadie había puesto obstáculos a su partida, y nadie le dio la bienvenida a su vuelta. La casa olía a rancio, el comedor del sótano a humedad y moho, las habitaciones superiores a cerrado. Había dejado instrucciones a la señora Kavanagh para que abriera las ventanas de vez en cuando, pero el aire, con su desagradable acritud, olía como si llevaran años herméticamente cerradas.

El suelo del angosto recibidor estaba cubierto de correo; algunas cartas, con sus sobres de fino papel, parecían adheridas a la alfombra. En la sala, los largos cortinajes, permanecían cerrados frente al sol de la tarde, como en la casa de los muertos; pequeños cascotes y grumos de hollín se habían desprendido de la chimenea, y sus pies incautos los aplastaron e incrustaron en la alfombra.

Respiró hollín y decadencia. Toda la casa parecía estar desintegrándose ante sus ojos.

El cuartito del último piso, con su vista sobre el campanario de la iglesia de St. Barnabas y los árboles de Wytham Wood teñidos con los primeros matices del otoño, se hallaba muy frío pero sin cambios. Ahí se sentó y empezó a pasar con desasosiego las páginas del diario en el que había registrado cada día de su viaje, sin alegría, minuciosamente, señalando mentalmente todas las ciudades y panoramas que había proyectado visitar de nuevo como si fuera un colegial realizando sus deberes de vacaciones. Auvernia, Fontainebleau, Carcasona, Florencia, Venecia, Perugia, la catedral de Orvieto, los mosaicos de San Vitale, Rávena, el Templo de Hera en Paestum. Había partido sin entusiasmo, y no había intentado aventuras ni buscado lugares desconocidos y primitivos donde la novedad y el descubrimiento pudieran compensar holgadamente la monotonía de las comidas o la dureza de las camas. Se había desplazado de capital a capital con organizada y cara comodidad; París, Madrid, Berlín, Roma. Ni siquiera se había despedido conscientemente de la belleza y los esplendores que conociera en su juventud: podía abrigar la esperanza de volver de nuevo. Aquélla no tenía por qué ser la última visita.

El suyo era un viaje de huida, no una peregrinación en busca de sensaciones olvidadas. Pero ahora se daba cuenta de que aquella parte de sí mismo de la que más necesitaba huir había permanecido en Oxford.

En agosto Italia se había vuelto demasiado calurosa. Escapando del calor, del polvo, de la gris compañía de los viejos que parecían vagar por Europa como una niebla movediza, tomó la sinuosa carretera de Ravello, suspendida como un nido de águilas entre el azul intenso del Mediterráneo y el cielo. Allí encontró un pequeño hotel familiar, caro y medio vacío. Se quedó en él durante el resto del mes. No podía darle paz, pero le dio comodidad y soledad.

Su recuerdo más marcado le devolvía a Roma, ante la *Pietà* de Miguel Ángel en la basílica de San Pedro, con las hileras de cirios chisporroteantes y mujeres arrodilladas, ricas y pobres, jóvenes y viejas, que contemplaban el rostro de la Virgen con tal intensidad y anhelo que casi resultaba demasiado doloroso verlas. Recordaba sus brazos extendidos, sus manos presionando el cristal protector, el murmullo grave y constante de sus oraciones, como si aquel incesante gemido de angustia proviniera de una sola garganta y transmitiera a ese mármol indiferente el anhelo desesperado del mundo entero.

Regresó a un Oxford que yacía descolorido y exhausto tras un estío caluroso, a una atmósfera que se le antojó inquieta, descontentadiza, casi intimidante. Paseó por los patios vacíos, entre las piedras doradas bajo el blando sol del otoño, con los últimos oropeles del verano flameando aún sobre sus paredes, y no vio ninguna cara que conociera. A su deprimida y distorsionada imaginación le pareció que los anteriores habitantes habían sido misteriosamente evacuados y que ahora había extraños por las calles grises, y se sentaban bajo los árboles de los jardines como espectros retornados.

La conversación en la sala común era forzada, inconexa. Sus colegas parecían rehuir su mirada. Los pocos que se habían dado cuenta de que había estado fuera le preguntaron por el éxito de su viaje, pero sin curiosidad, como una simple concesión a la cortesía. Theo se sentía como si hubiera traído consigo algún contagio extranjero. Había regresado a su propia ciudad, a los lugares familiares, y no obstante se sentía de nuevo invadido por esa inquietud peculiar y ajena que, suponía, sólo podía llamarse soledad.

Transcurrida la primera semana telefoneó a Helena, sorprendido no sólo porque deseaba oír su voz, sino obtener una invitación. Pero Helena no se la hizo. Al escuchar su voz, no intentó disimular su decepción: Mathilda estaba extraña y rehusaba la comida, y el veterinario había realizado algunas pruebas. Ahora, Helena estaba esperando su llamada.

—He estado todo el verano fuera de Oxford. ¿Ha sucedido algo?

—¿Qué quieres decir? ¿A qué te refieres? No ha pasado nada.

—Supongo que no. Uno regresa al cabo de seis meses con la idea de encontrar las cosas cambiadas.

—En Oxford las cosas no cambian. ¿Por qué habría de cambiar nada?

—No pensaba solamente en Oxford, sino en todo el país. No me enteré de muchas noticias mientras estaba en el extranjero.

—Bien, pues no las hay. ¿Y por qué me lo preguntas a mí? Ha habido problemas con unos disidentes, nada más. Casi todo son rumores. Por lo visto han hecho volar unos cuantos embarcaderos, intentando interrumpir los Quietus. Y hace cosa de un mes dijeron algo por televisión… El presentador dijo que un grupo de ellos tiene proyectado liberar todos los presos de la isla de Man, que incluso podrían organizar una invasión desde la isla para intentar derrocar al Guardián.

—Eso es ridículo —exclamó Theo.

—Es lo que dice Rupert. Pero no deberían dar este tipo de noticias si no son ciertas. Sólo consiguen inquietar a la gente. Con lo bien que estábamos.

—¿Saben quiénes son esos disidentes?

—Me parece que no. No creo que lo sepan. Theo, tengo que dejar libre la línea. Estoy esperando que llame el veterinario.

Colgó el auricular sin esperar a que él se despidiera.

En la madrugada del décimo día después de su regreso, la pesadilla volvió a presentarse. Pero esta vez no era su padre quien se erguía al pie de la cama apuntando con su muñón sanguinolento, sino Luke, y él no estaba en la cama sino sentado en su automóvil, en la nave de la iglesia de Binsey en lugar de ante la casa de Lathbury Road. Las ventanillas del coche estaban cerradas. Oyó gritar a una mujer como había gritado Helena. Rolf estaba allí, el rostro enrojecido, descargando puñetazos sobre la carrocería y gritando: «¡Has matado a Julian, has matado a Julian!» Delante del coche, Luke le apuntaba en silencio con su muñón sangrante. Theo era incapaz de moverse, aprisionado por una rigidez que era como la de la muerte. Oía sus voces coléricas, «¡Sal de ahí! ¡Sal de ahí!», pero no podía moverse. Permanecía inmóvil contemplando con ojos inexpresivos la acusadora figura de Luke al otro lado del parabrisas, esperando que forzaran la puerta, que unas manos lo arrastraran al exterior y le obligaran a afrontar el horror de lo que él, y sólo él, había hecho.

La pesadilla dejó un legado de inquietud que se intensificaba día a día. Intentó sacudírsela, pero en su vida anodina y solitaria, dominada por la rutina, no había nada que fuera lo bastante poderoso para ocupar más que una parte de su mente. Se repetía que debía comportarse normalmente y mostrarse despreocupado, que estaba sometido a alguna clase de vigilancia. Pero no veía indicios de ella. No sabía nada de Xan, nada del Consejo, no recibía comunicaciones, no era consciente de que alguien lo siguiera. Vivía en el temor de que Jasper se pusiera en contacto con él para renovar su sugerencia de unir fuerzas, pero Jasper no había vuelto a decirle nada desde el Quietus y no recibió ninguna llamada. Realizaba sus ejercicios acostumbrados, y dos semanas después de su regreso salió por la mañana temprano para dar un paseo por Port Meadow hacia la iglesia de Binsey. Sabía que sería imprudente visitar e interrogar al anciano sacerdote, y le resultaba difícil explicarse por qué era tan importante volver a Binsey o qué esperaba conseguir. Mientras cruzaba Port Meadow con sus largas y regulares zancadas le preocupó por unos instantes la idea de que acaso estuviera conduciendo a la Policía de Seguridad del Estado hacia uno de los lugares de reunión del grupo. Pero cuando llegó a Binsey vio que la aldea estaba completamente desierta y se dijo que era muy improbable que el grupo siguiera reuniéndose en los mismos lugares de antes. Estuvieran donde estuvieran, sabía que se hallaban en un terrible peligro, y echó a correr, como hacía todos los días, envuelto en un tumulto de emociones familiares y conflictivas; irritación por haberse dejado involucrar, remordimientos por no haber llevado mejor la entrevista con el Consejo, terror porque Julian podía hallarse en aquel mismo instante en poder de la Policía de Seguridad, frustración porque no tenía modo alguno de ponerse en contacto con ella, porque no tenía a nadie con quien hablar en confianza.

El camino que conducía a la iglesia de Santa Margarita estaba aún más descuidado, más cubierto de maleza que la última vez que había pasado por él, y las ramas que se entrelazaban sobre su cabeza lo hacían tan oscuro y siniestro como un túnel. Cuando llegó ante la iglesia, vio la furgoneta de una funeraria detenida frente a la casa y a dos hombres que cargaban un sencillo ataúd de pino por el sendero.

—¿Ha muerto el viejo párroco? —preguntó.

El hombre que contestó apenas le dirigió la mirada.

—Más le conviene. Está dentro de la caja.

Depositó diestramente el ataúd en el interior de la furgoneta, cerró de golpe la portezuela y los dos hombres se alejaron de allí.

La puerta de la iglesia estaba abierta, y Theo penetró en su penumbrosa vaciedad secular. Ya se advertían signos de su inminente decadencia. El viento había arrastrado hojas muertas al interior y el suelo del presbiterio estaba embarrado y con manchas que parecían de sangre. Los bancos estaban cubiertos de polvo; y por el olor, se advertía que algunos animales, probablemente perros, habían andado sueltos por allí. Ante el altar, en el suelo, alguien había pintado curiosos signos, algunos de los cuales le resultaban vagamente familiares. Lamentó haber acudido a aquella ruina profanada.

Al salir cerró la puerta a sus espaldas con una sensación de alivio. Pero no había averiguado nada, no había logrado nada. La inútil peregrinación sólo había servido para agudizar su sensación de impotencia, de desastre inminente.

21

Eran las ocho y media de aquella misma noche cuando oyó la llamada. Estaba en la cocina aderezando una ensalada para cenar, mezclando cuidadosamente el aceite de oliva y el vinagre de vino en las proporciones adecuadas. Iba a comer, como era su costumbre por las noches, en su estudio, en una bandeja, y la bandeja con su mantelito limpio y servilleta de mesa ya estaba preparada y esperando sobre la mesa de la cocina. La costilla de cordero estaba sobre la plancha. Había descorchado el clarete una hora antes, y ya se había servido el primer vaso para ir bebiendo mientras cocinaba. Realizaba los gestos familiares sin entusiasmo, casi sin interés. Suponía que debía comer. Tenía el hábito de esmerarse con el aderezo de la ensalada. Pero mientras sus manos se ocupaban en la tarea maquinal de su preparación, la mente le decía que todo carecía por completo de importancia.

Había corrido las cortinas de los ventanales que conducían al patio y a los escalones para subir al jardín no tanto para defender su intimidad —eso apenas era necesario— como porque era su costumbre dejar afuera la noche. Aparte de los leves ruidos que él mismo hacía, le rodeaba un silencio absoluto, y los pisos vacíos de la casa se amontonaban sobre él como una carga física. Justo en el momento en que se llevaba el vaso a los labios oyó la llamada. Fue una llamada suave pero urgente, un solo golpe sobre el cristal seguido por otros tres, tan definida como una señal. Apartó la cortina y alcanzó a distinguir el contorno de una cara casi apretada contra el cristal. Una cara oscura. Supo instintivamente, más que verlo, que se trataba de Miriam. Descorrió los dos cerrojos y abrió la puerta, y ella entró inmediatamente.

Sin perder tiempo en saludos, preguntó:

—¿Está usted solo?

—Sí. ¿Qué ocurre? ¿Qué ha pasado?

—Han cogido a Gascoigne. Los demás hemos huido. Julian le necesita. No le resultaba fácil venir ella misma, así que me ha enviado a mí.

A Theo le sorprendió ser capaz de responder con tanta calma a la excitación de la mujer, a su terror apenas contenido. Pero aquella visita, aunque imprevista, parecía la culminación natural del creciente desasosiego de toda la semana. Sabía de antemano que iba a suceder algo traumático, que se le formularía una solicitud extraordinaria. Ahora llegaba el llamamiento.

Al ver que no decía nada, Miriam prosiguió:

—Le dijo a Julian que viniera a buscarlo si lo necesitaba. Ahora lo necesita.

—¿Dónde están?

Ella vaciló un segundo, como si aun entonces se preguntara si era prudente decírselo, y finalmente respondió:

—Están en una capilla en Widford, en las afueras de Swinbrook. Tenemos el coche de Rolf, pero la PSE reconocerá la matrícula. Necesitamos su coche, y lo necesitamos a usted. Tenemos que huir antes de que Gascoigne hable y les dé nuestros nombres.

Ninguno de los dos dudaba de que Gascoigne hablaría. No haría falta nada tan crudo como la tortura física: la Policía de Seguridad del Estado tendría las drogas necesarias, y los conocimientos y la crueldad suficientes para utilizarlas.

—¿Cómo ha llegado aquí? —quiso saber Theo.

—En bicicleta —contestó ella con impaciencia—. La he dejado junto a la verja de atrás. Estaba cerrada, pero por suerte el vecino había sacado el cubo de la basura y he podido usarlo para saltar. Escuche, no hay tiempo para cenar. Será mejor que coja la comida que tenga a mano. Nosotros tenemos algo de pan, queso y unas cuantas latas de conservas. ¿Dónde está su coche?

—En un garaje de Pusey Lane. Voy a buscar el abrigo. Detrás de la puerta de ese armario hay una bolsa colgada. La despensa está allí. Vea usted misma qué alimentos puede recoger. Y será mejor que vuelva a tapar el vino y lo meta también en la bolsa.

Fue al piso de arriba en busca de su grueso abrigo de tweed, y luego subió otro tramo de escaleras hasta el cuartito de atrás y se guardó el diario en el gran bolsillo interior. La acción fue instintiva; si se lo hubieran preguntado, le habría resultado difícil explicársela incluso a sí mismo. El diario no era especialmente comprometedor; ya se había cuidado él de eso. No tenía la sensación de estar abandonando la vida que el diario describía y aquella casa llena de ecos más que por unas pocas horas. Y aun si el viaje se convertía en el comienzo de una odisea, había otros talismanes más útiles, más valorados, más pertinentes para meterse en el bolsillo.

La última advertencia de Miriam para que se diera prisa había sido innecesaria. Era consciente de que tenían muy poco tiempo. Si quería reunirse con el grupo para discutir la mejor manera de utilizar su influencia con Xan, y si quería, sobre todo, ver a Julian antes de que la detuvieran, debía ponerse en camino sin la menor demora innecesaria. En cuanto la PSE supiera que el grupo había huido, volvería su atención hacia él. La matrícula de su automóvil estaba registrada. La cena abandonada, aunque pudiera tomarse el tiempo de tirarla a la basura, constituiría prueba suficiente de que se había marchado precipitadamente. En su inquietud por reunirse con Julian no sentía más que una leve preocupación por su propia seguridad. Todavía era ex asesor del Consejo. Había un hombre en Gran Bretaña que tenía poder absoluto, autoridad absoluta, dominio absoluto, y ese hombre era su primo. Ni siquiera la Policía de Seguridad del Estado podía impedir que acabara viendo a Xan. Pero podía impedirle ver a Julian; eso al menos estaba en su poder.

Miriam, cargada con una abultada bolsa de lona, le esperaba ante la puerta principal. Theo la abrió, pero ella le contuvo con un gesto, apoyó la cabeza en una jamba y dirigió una veloz mirada a ambos lados.

—Parece que no hay nadie —observó.

Había llovido. El aire era fresco, pero la noche oscura, y las farolas proyectaban su menguada luz sobre las losas grises y las carrocerías salpicadas de lluvia de los coches aparcados. En ambos lados de la calle las cortinas estaban corridas, salvo en una ventana alta donde resplandecía un cuadrado de luz y Theo vio pasar oscuras siluetas, con un leve sonido de música. En aquel momento, alguien subió el volumen y de pronto la calle gris fue inundada por las voces penetrantemente dulces de tenor, bajo y sopranos cantando al unísono un cuarteto, seguramente de Mozart, aunque no logró identificar la ópera. Durante un vívido instante de nostalgia y pesar, el sonido le devolvió la calle que había conocido cuando era un estudiante, treinta años atrás, los amigos que habían vivido allí y habían partido, el recuerdo de ventanas abiertas de la noche estival, gritos de jóvenes, música y risas.

No se advertía ninguna señal de ojos inquisitivos, ninguna señal de vida excepto aquella oleada de glorioso sonido, pero Miriam y él recorrieron rápida y sigilosamente los treinta metros de calle Pusey que los separaban de la esquina, con las cabezas gachas y en silencio, como si el menor susurro o una pisada ruidosa pudieran despertar la calle a una vida clamorosa. Doblaron por Pusey Lane y Miriam esperó, aún en silencio, mientras él abría el garaje, ponía el Rover en marcha y le abría la portezuela para que subiera apresuradamente. Theo tomó Woodstock Road, conduciendo con rapidez pero cuidadosamente y respetando siempre el límite de velocidad. Cuando por fin habló, se encontraban en las afueras de la ciudad.

—¿Cuándo han detenido a Gascoigne?

—Hace un par de horas. Estaba colocando explosivos para demoler un embarcadero en Shoreham. Iba a haber otro Quietus. La Policía de Seguridad estaba esperándole.

—No me extraña. Se han dedicado a destruir los embarcaderos. Es lógico que la policía los vigile. O sea que hace dos horas que lo tienen. Me sorprende que aún no los hayan detenido a todos.

—Seguramente habrán esperado a llegar a Londres antes de interrogarlo. Y no creo que se den mucha prisa, no somos tan importantes. Pero vendrán.

—Naturalmente. ¿Cómo sabe que han detenido a Gascoigne?

—Me llamó para decirme lo que iba a hacer. Era una iniciativa propia, Rolf no lo había aprobado. Siempre volvemos a telefonear una vez terminado el trabajo, pero esta vez no lo hizo. Luke fue a su casa, en Cowley. La Policía de Seguridad del Estado había ido a registrarla; por lo menos, la casera dijo que alguien había estado registrando. Evidentemente, era la Policía de Seguridad del Estado.

—Ha sido poco razonable por parte de Luke ir a su casa. Hubieran podido estar esperándole.

—Nada de lo que hemos hecho ha sido razonable, sólo necesario.

—No sé qué espera de mí —señaló Theo—, pero si quiere que los ayude tendrá que contarme algo sobre ustedes. Lo único que sé son sus nombres de pila. ¿Dónde viven? ¿A qué se dedican? ¿Cómo se reúnen?

—Se lo diré, pero no veo qué importancia puede tener ni por qué necesita saberlo. Gascoigne es, o era, un camionero, un transportista que recorría largas distancias. Por eso Rolf le reclutó. Creo que se conocieron en un pub. Podía distribuir nuestros folletos por toda Inglaterra.

—Un camionero que viaje mucho y que además es experto en explosivos. Comprendo que resultara útil.

—Su abuelo le enseñó a manejar explosivos. Había estado en el ejército y se llevaban muy bien los dos. Además, no necesitaba ser un experto; volar embarcaderos, o cualquier otra cosa, no presenta grandes dificultades. Rolf es ingeniero. Trabaja en la industria de producción de electricidad.

—¿Y en qué contribuía Rolf a la empresa, aparte de una jefatura no muy eficaz?

Miriam pasó por alto la pulla.

—Ya conoce a Luke —prosiguió—. Había sido sacerdote, y supongo que todavía lo es. Según él, quien ha sido sacerdote sigue siéndolo siempre. No tiene parroquia porque no quedan muchas iglesias que sigan interesadas por su tipo de cristianismo.

—¿Qué cristianismo es el suyo?

—El tipo de cristianismo que la Iglesia abandonó en los años noventa. La antigua Biblia, la antigua liturgia. De vez en cuando aún celebra algún servicio, si la gente se lo pide. Trabaja en el jardín botánico y está aprendiendo a criar animales domésticos.

—¿Por qué lo reclutó Rolf?

Julian insistió.

—¿Y usted?

—Ya me conoce. Era comadrona. Nunca me ha interesado otra cosa. Después de Omega, tomé un empleo en un supermercado de Headington. Ahora dirijo el establecimiento.

—¿Y qué hace por los Cinco Peces? ¿Introduce octavillas en los paquetes de cereales para el desayuno?

—Mire, le he dicho que no somos razonables, no que seamos tontos. Si no hubiéramos sido cautelosos, si fuéramos tan incompetentes como usted da a entender, no habríamos podido durar tanto.

Theo replicó:

—Han durado tanto porque el Guardián quería que duraran. Hubiera podido detenerlos hace meses, y si no lo ha hecho es porque le resultan más útiles sueltos que encerrados. No quiere mártires. Lo que quiere es la apariencia de una amenaza interna al buen orden público. Eso le ayuda a consolidar su autoridad. Todos los tiranos lo necesitan de vez en cuando. Le bastará con anunciar al pueblo que existe una sociedad secreta cuyo manifiesto puede parecer atractivamente liberal, pero que en realidad se propone cerrar la colonia de la isla de Man, soltar a diez mil psicópatas criminales en una sociedad envejecida, enviar a todos los temporeros a casa para que nadie recoja la basura y las calles queden sin barrer y, en último término, derrocar al Consejo y al propio Guardián.

—¿Y la gente por qué habría de creerlo?

—¿Por qué no? A ustedes sin duda les gustaría hacer todas esas cosas. Rolf, ciertamente, querría hacer la última. Bajo un gobierno no democrático no puede existir una disensión aceptable, del mismo modo que no puede haber una sedición moderada. Sé que se llaman ustedes los Cinco Peces; pero a estas alturas, bien podría decirme sus nombres en clave.

—Rolf es Raya, Luke es Lucio, Gascoigne es Gobio, yo soy Mero.

—¿Y Julian?

—Ahí tuvimos un problema. Sólo se nos ocurrió un pez que empezara por *J*: Jurel.

Tuvo que hacer un esfuerzo para no echarse a reír.

—¿Qué sentido le ven a todo esto? ¿No han anunciado a todo el país que se llaman los Cinco Peces? Supongo que cuando Rolf le telefonea le dice que es Raya y pregunta por Mero, con la esperanza de que si la PSE está escuchando se tire de los pelos y muerda la alfombra de tanta frustración.

—Muy bien, ya ha dejado clara su opinión. En realidad no utilizábamos esos nombres, no muy a menudo, al menos. Sólo fue una idea de Rolf.

—Ya me lo parecía.

—Escuche, ¿quiere abandonar de una vez esos aires de superioridad? Sabemos que es usted inteligente, y el sarcasmo es su forma de demostrárnoslo, pero en estos momentos no puedo soportarlo. Y no se enfrente a Rolf. Si Julian le importa algo, reprímase. ¿De acuerdo?

Durante los minutos siguientes circularon en silencio. Al mirarla de soslayo, Theo advirtió que Miriam contemplaba la carretera con una intensidad casi apasionada, como si esperara descubrir que estaba minada. Las manos que aferraban la bolsa estaban tensas, los nudillos blancos, y le pareció que brotaba de ella un aura de excitación casi palpable. Miriam respondía a sus preguntas, pero como si sus pensamientos estuvieran en otro lugar.

De pronto le dirigió la palabra, y la inesperada intimidad del nombre de pila le hizo sentir un ligero sobresalto.

—Theo, tengo que decirle algo. Julian me pidió que no se lo dijera hasta que estuviéramos de camino. No era una prueba de su buena fe. Ella sabía que vendría si le avisaba. Pero si no venía, si algo importante se lo impedía, si no podía venir, entonces no debía decírselo. A fin de cuentas, no serviría de nada.

—¿Decirme qué? —Le dirigió una mirada detenida. Ella seguía con la vista fija al frente, moviendo silenciosamente los labios, como si buscara las palabras—. ¿Decirme qué, Miriam?

Ni siquiera entonces le miró.

—No me creerá —respondió—. No espero que me crea. Su incredulidad carece de importancia, porque en poco más de treinta minutos podrá comprobar la verdad por sí mismo. Pero no debe discutir. No quiero tener que enzarzarme en argumentos y objeciones. No intentaré convencerle; de eso se encargará Julian.

—Dígame lo que sea. Ya decidiré yo si la creo o no.

Y entonces, por fin, volvió la cabeza y lo miró. Con voz clara, le anunció sobre el ruido del motor:

—Julian está embarazada. Por eso le necesita. Va a tener una criatura.

En el silencio que siguió, lo primero que experimentó Theo fue una profunda decepción, seguida de irritación y luego repugnancia. Le repugnaba creer que Julian fuera capaz de engañarse con tales tonterías o que Miriam fuese lo bastante necia como para tomar parte en ellas. En su primer y único encuentro en Binsey, tan breve, Miriam le había gustado; la había juzgado sensata e inteligente. No le gustaba comprobar que había errado tanto en su juicio sobre una persona.

Al cabo de unos instantes declaró:

—No voy a discutir, pero no la creo. No quiero decir que esté mintiendo deliberadamente, estoy seguro de que cree decir la verdad. Pero no es cierto.

Después de todo, se trataba de un delirio bastante frecuente. En los años que siguieron a Omega, hubo miles de mujeres en todo el mundo que se creían embarazadas, mostraban los síntomas de la gestación, paseaban sus vientres con orgullo; él mismo las había visto caminar por High Street, en Oxford. Hacían proyectos para el día del nacimiento, e incluso sufrían un parto espúrio, gimiendo y esforzándose para no dar a luz más que angustia y aire.

Al cabo de cinco minutos preguntó:

—¿Cuánto hace que cree esta historia?

—Le he dicho que no quería hablar de ello. Le he dicho que debía esperar.

—Me ha dicho que no debía discutir, y no discuto. Sólo le he formulado una pregunta.

—Desde que el bebé empezó a moverse. Hasta entonces, ni siquiera Julian lo sabía. ¿Cómo iba a saberlo? Habló conmigo y yo confirmé el embarazo. Soy comadrona, ¿recuerda? En estos últimos cuatro meses, nos ha parecido prudente no vernos más que lo imprescindible. Si la hubiera visto más a menudo, lo habría sabido antes. Aun después de veinticinco años, lo habría sabido.

—Si lo cree, si en verdad cree lo increíble, me parece que se lo toma con mucha calma —observó Theo.

—He tenido tiempo de acostumbrarme a lo que tiene de glorioso. Ahora me interesan más los aspectos prácticos.

Hubo un silencio. Finalmente, Miriam, como si tuviera ante sí rememorando todo el tiempo del mundo, comentó:

—Yo tenía veintisiete años cuando llegó Omega, y trabajaba en el departamento de maternidad del John Radcliffe. Por entonces estaba temporalmente destinada en la clínica prenatal. Recuerdo que iba a anotar la próxima cita de una paciente, y de pronto me di cuenta de que la página correspondiente a siete meses después estaba en blanco. Ni un solo nombre. Normalmente, las mujeres se presentaban en cuanto dejaba de venirles el segundo periodo, algunas incluso el primero. Ni un solo nombre. ¿Qué les pasa a los hombres de esta ciudad?, pensé. Llamé a una amiga que trabajaba en el hospital Queen Charlotte, y me dijo lo mismo. Dijo que telefonearía a alguien que trabajaba en el Hospital de Maternidad Rosie, de Cambridge. Allí estaban igual. Fue entonces cuando lo supe. Debí de ser una de las primeras en saberlo. Estuve presente en el final. Y ahora estaré presente en el principio.

Estaban llegando a Swinbrook, y Theo redujo la velocidad y apagó los faros, como si estas precauciones pudieran volverlos invisibles. Pero la aldea estaba desierta. La cérea luna creciente, se recortaba sobre un firmamento de trémula seda azul grisácea, perforado por unas cuantas estrellas en lo alto. La noche era menos oscura de lo que Theo esperaba, y el aire quieto pero fresco, impregnado de olor a hierba como si hubiera llovido recientemente. A la pálida luz de la luna, las blandas piedras desprendían un leve resplandor que parecía teñir el aire, y podían distinguir con claridad la forma de las casas, los altos y empinados tejados y los muros de los jardines cubiertos de flores. No había luz en ninguna de las ventanas, y la aldea yacía silenciosa y vacía como un decorado cinematográfico abandonado, exteriormente sólido y permanente pero en realidad efímero, con muros pintados que sólo sostenían soportes de madera tras los cuales se ocultaban los desechos en descomposición de un trabajo ya terminado. Por unos instantes Theo tuvo la impresión de que bastaría con que se apoyara en una de las paredes para que ésta se desmoronase en un amasijo de escayola y palos quebrados. Y el escenario le resultaba familiar. Aun bajo aquella luz irreal pudo reconocer las características del lugar: el pequeño prado junto al estanque, con su enorme árbol circundado por un banco; la entrada del angosto camino que conducía a la iglesia.

Había estado allí antes, con Xan, durante su primer año. Había sido un día caluroso de finales de junio, cuando Oxford se convertía en un lugar del que huir a causa de sus abrasadoras aceras abarrotadas de turistas, su aire irrespirable por los gases de los automóviles y el tableteo de las lenguas extrañas, los plácidos *quads* invadidos. Iban conduciendo entonces por Woodstock Road sin tener una idea clara de su destino, cuando Theo recordó su deseo de visitar la capilla de St. Oswald en Widford. Era un destino tan bueno como cualquier otro. Contentos porque su expedición tuviera un propósito, tomaron la carretera de Swinbrook. El día, en su recuerdo, era un icono que podía conjurarse como representación del perfecto verano inglés: un cielo azul casi sin nubes, los setos cubiertos de flores blancas, el olor de la hierba segada, los embates del aire que les agitaba el cabello. También podía conjurar otras cosas, más transitorias, que, a diferencia del verano, se habían perdido para siempre: la juventud, la confianza, la alegría, la esperanza del amor. No tenían prisa. En las afueras de Swinbrook se disputaba un partido de críquet entre equipos locales, y habían aparcado el coche y se habían sentado en un talud herboso tras el muro de piedras sin mortero para mirar, criticar y aplaudir. Luego habían vuelto a aparcar en el mismo sitio que esta vez, junto al estanque, y habían tomado el mismo camino que iba a tomar con Miriam, dejando atrás la antigua oficina de correos para subir por el angosto sendero adoquinado que bordeaba una elevada pared cubierta de hiedra, hasta llegar a la iglesia del pueblo. Cuando llegó con Xan se celebraba un bautizo. Una dispersa procesión de aldeanos se dirigía hacia el pórtico, los padres en cabeza, el bebé con su ropita blanca de volantes en brazos de su madre; las mujeres con sombreros floreados; los hombres, un poco envarados, transpirando en sus ajustados trajes grises y azules. Recordó haber pensado que era una escena intemporal, y por unos instantes se había entretenido imaginando anteriores bautizos, los atuendos distintos pero las caras campesinas, con su mezcla de seriedad de propósito y placer anticipado, siempre idénticas. Luego había pensado, como pensaba ahora, en el paso del tiempo, el inexorable, implacable, ineludible tiempo. Pero entonces sus pensamientos habían constituido un ejercicio intelectual desprovisto de dolor y nostalgia, puesto que el tiempo aún se extendía ante él y, para un joven de diecinueve años, parecía una eternidad.

Mientras se volvía para cerrar con llave la portezuela del coche, señaló:

—Si el punto de cita es la capilla de St. Oswald, el Guardián la conoce.

La respuesta de Miriam fue serena.

—Pero no sabe que nosotros la conocemos.

—Lo sabrá en cuanto Gascoigne hable.

—Gascoigne tampoco la conoce. Es un lugar que Rolf mantenía en secreto por si alguno de nosotros era capturado.

—¿Dónde ha dejado el coche?

—Escondido, fuera de la carretera. Pensaban hacer los últimos kilómetros a pie.

—Entre campos agrestes, en plena oscuridad. No es precisamente un lugar adecuado para una huida rápida.

—No, pero es remoto, muy poco frecuentado, y la capilla siempre está abierta. Si nadie sabe dónde encontrarnos, no debemos preocuparnos por una huida rápida.

Pero ha de haber un lugar más apropiado, pensó Theo, y una vez más volvió a dudar de la capacidad de Rolf para organizar y dirigir. Consolado por el desdén, se dijo que Rolf era apuesto y poseía cierta fuerza bruta, pero no mucha inteligencia. Un bárbaro ambicioso. ¿Cómo diablos había llegado Julian a casarse con él?

El camino llegó a su fin y torcieron a la izquierda por una estrecha senda de piedras y, tierra que descendía entre los muros cubiertos de hiedra hasta campo abierto. Colina abajo, a su izquierda, se alzaba una granja de silueta achaparrada que Theo no recordaba haber visto antes.

—Está vacía —le informó Miriam—. Todo el pueblo ha quedado desierto. No sé por qué sucede en algunos lugares y en otros no. Supongo que una o dos familias clave se marchan y los demás se asustan y deciden imitarlos.

El campo era irregular y estaba salpicado de matojos, de modo que debían andar con cuidado, sin apartar la vista del suelo. De vez en cuando, uno de los dos trastabillaba y el otro extendía rápidamente la mano para sostenerlo; Miriam barría el suelo con el haz de su linterna en busca de un camino inexistente. A Theo se le ocurrió que debían de parecer muy viejos, los últimos habitantes de una aldea desierta que cruzaban la oscuridad definitiva rumbo a la capilla de St. Oswald por una perversa o atávica necesidad de morir en tierra sagrada. A su izquierda, los campos descendían gradualmente hasta un elevado seto tras el cual, Theo recordaba, corría el Windrush. Tras visitar la capilla, Xan y él se habían echado sobre la hierba junto a la perezosa corriente para observar el rápido movimiento de los peces que ascendían a la superficie, y luego se habían vuelto boca arriba y contemplado el azul del cielo por entre las hojas plateadas. Tenían vino y fresas compradas junto a la carretera. Theo descubrió que podía recordar hasta la última palabra de su conversación.

Tras echarse una fresa a la boca y retorcerse para alcanzar la botella de vino, Xan comentó:

—¡Qué exageradamente Brideshead es todo esto, querido amigo! Echo de menos un osito de peluche. —Y a continuación, sin cambiar de tono—: Estoy pensando en ingresar en el ejército.

—Pero, Xan, ¿por qué se te ha ocurrido eso?

—Por nada en particular. Al menos no será aburrido.

—Será terriblemente aburrido, excepto para la gente aficionada a los viajes y el deporte, y a ti nunca te ha interesado mucho ninguna de estas cosas, salvo el críquet, y ése no es un deporte que se practique en el ejército. Juegan duro, esos muchachos. De todos modos, lo más probable es que no te acepten en el ejército. Ahora que lo han reducido tanto, he oído decir que se han vuelto muy selectivos.

—Oh, estoy seguro de que me aceptarán. Y luego puede que me meta en política.

—Más aburrido todavía. Nunca has demostrado el menor interés por la política. No tienes convicciones políticas.

—Puedo adquirirlas. Y no será tan aburrido como lo que te espera a ti. Terminarás con matrícula de honor, naturalmente, y luego Jasper encontrará algún proyecto de investigación para su alumno favorito. Más tarde vendrá el acostumbrado trabajo en provincias, gastando el tiempo en insípidos edificios de ladrillo, escribiendo artículos, publicando de vez en cuando un libro bien documentado que será acogido con respeto. Y luego otra vez a Oxford, a investigar y enseñar; en All Souls, si tienes suerte, con un empleo vitalicio para dar clase a estudiantes que han elegido Historia porque la ven como una materia que no exige grandes esfuerzos. Ah, me olvidaba: una esposa adecuada, lo bastante inteligente para sostener una conversación aceptable durante la cena, pero no tan inteligente como para competir contigo; una casa hipotecada en el norte de Oxford, y dos niños inteligentes y aburridos que a su debido tiempo puedan repetir el ciclo.

Bien, había acertado en casi todo, menos en la esposa inteligente y los dos hijos. Y lo que había anunciado en aquella conversación en apariencia intrascendente, ¿formaba ya entonces parte de un plan preconcebido? Tenía razón: el ejército lo aceptó. Llegó a ser el coronel más joven de los últimos ciento cincuenta años. Y seguía sin lealtades políticas, sin más convicciones que la convicción de que debía alcanzar aquello que quería, y que cuando se aplicaba a alguna tarea debía tener éxito por fuerza. Después de Omega, cuando el país se sumió en la apatía, sin que nadie quisiera trabajar, con los servicios casi interrumpidos, la delincuencia incontrolable, toda esperanza y ambición perdidas para siempre, Inglaterra se convirtió en una fruta madura lista para que él la recogiera. La metáfora era trillada, pero no había otra más precisa: el país colgaba ante él, demasiado maduro, podrido; y Xan sólo tuvo que alargar la mano. Theo intentó expulsar el pasado de su mente, pero las voces de aquel último verano siguieron resonando en su memoria, e incluso en aquella helada noche de otoño sintió de nuevo el sol sobre la espalda.

La capilla apareció por fin ante ellos, con el presbiterio y la nave bajo un mismo techo y un campanario central. Tenía el mismo aspecto que la última vez que la viera, increíblemente pequeña, una capilla edificada por un deísta en exceso complaciente con su juguete infantil. Al acercarse a la puerta asaltó a Theo una renuencia súbita que paralizó momentáneamente sus pasos e hizo que se preguntara por primera vez, en un arranque de curiosidad y desasosiego, qué iba a encontrar en su interior. No podía creer que Julian hubiera concebido; no estaba allí por eso. Tal vez Miriam hubiera sido comadrona, pero llevaba veinticinco años sin practicar, y existían numerosos factores que podían simular los síntomas del embarazo. Algunos de ellos eran peligrosos. ¿Se trataría acaso de un tumor maligno que había quedado sin tratamiento porque Miriam y Julian se habían dejado engañar por la esperanza? Esa tragedia había sido bastante frecuente en los primeros años de Omega, casi tan frecuente como los falsos embarazos. Aborrecía la idea de que Julian fuese una necia engañada, pero aún aborrecía más el miedo a que pudiera hallarse mortalmente enferma. Y casi le irritaba su preocupación, lo que parecía su obsesión por ella. Pero ¿qué otra cosa, si no, lo había llevado a aquel lugar abrupto y solitario?

Miriam paseó el haz de la linterna por la puerta y acto seguido la apagó. La puerta se abrió con facilidad bajo su mano. La capilla estaba oscura, pero el grupo había encendido ocho lamparillas y las había dispuesto en una hilera ante el altar. Theo se preguntó si Rolf las habría escondido allí en previsión de un caso como el presente o si las habrían dejado otros visitantes menos pasajeros. Las mechas parpadearon brevemente ante la corriente de la puerta abierta, proyectando sombras sobre el suelo de losas y la madera clara sin pulir, antes de asentarse en un suave resplandor lechoso. Theo creyó al principio que la capilla estaba vacía, pero pronto distinguió tres oscuras cabezas que sobresalían de uno de los bancos. Los miembros del grupo salieron al angosto pasillo central y se quedaron mirándolo. Iban vestidos como para un viaje: Rolf con una gorra bretona y un mugriento chaquetón de piel de oveja, Luke con un astroso abrigo de tweed y una bufanda, Julian con una capa larga que casi llegaba al suelo. A la tenue luz de los candiles, sus rostros eran manchas borrosas. Nadie habló. Finalmente, Luke cogió uno de los candiles y lo sostuvo en alto. Julian se acercó a Theo y le miró a la cara, sonriente.

—Es verdad, Theo; tóquelo.

Bajo la capa llevaba una blusa ancha y unos pantalones holgados. Julian le cogió la mano derecha y la llevó bajo el algodón de la blusa, estirando la cintura elástica de los pantalones. El vientre hinchado estaba tenso, y la primera reacción de Theo fue de sorpresa porque aquella voluminosa convexidad resultara tan poco visible bajo la ropa. Al principio la piel, distendida pero suave como la seda, estaba fresca al tacto, pero imperceptiblemente el calor pasó de su piel a la de ella hasta que no pudo notar ninguna diferencia y le pareció que sus dos carnes se habían convertido en una. Y de pronto, con un repentino espasmo convulso, un puntapié casi le hizo apartar la mano. Julian se echó a reír, y el alegre sonido resonó en la capilla y la llenó.

—Escuche —le urgió—, escuche cómo le late el corazón.

Le resultaba más fácil arrodillarse, de modo que se arrodilló sin pensarlo dos veces, sin concebirlo como un gesto de homenaje, pero sabiendo que era adecuado que se hincara de rodillas. Le rodeó la cintura con el brazo derecho y apoyó el oído sobre su vientre. No pudo oír el palpitante corazón, pero oyó y percibió los movimientos de la criatura, percibió su vida. Fue arrastrado por una marea de emoción que se alzó, lo asaltó y lo envolvió en una turbulenta oleada de reverencia, entusiasmo y terror, para retroceder luego dejándolo exhausto y debilitado. Durante unos instantes permaneció de rodillas, incapaz de moverse, medio apoyado en el cuerpo de Julian, dejándose impregnar por su olor, por su calidez, por su misma esencia. Luego se enderezó y se puso en pie, consciente de sus ojos atentos. Pero siguieron sin hablar. Deseó que se marcharan todos para poder conducir a Julian hacia el silencio y la oscuridad de la noche y formar parte con ella de esa oscuridad, y estar a su lado en ese silencio más hondo. Su mente necesitaba descansar en paz, sentir y no hablar. Pero sabía que tenía que hablar, y que iba a necesitar toda su capacidad de persuasión. Y quizá no bastaran las palabras. Tendría que oponer voluntad a voluntad, pasión a pasión. Lo único que tenía para ofrecer era razón, argumentación, inteligencia, y durante toda su vida había puesto su fe en ellas. Pero ahora se sentía vulnerable e insuficiente en lo que otrora más seguro y confiado se había sentido.

Se apartó de Julian y se volvió hacia Miriam.

—Déme la linterna.

Se la entregó sin decir palabra, y él la encendió y dirigió la luz hacia sus rostros. Le devolvieron todos la mirada: los ojos de Miriam interrogativos y sonrientes, los de Rolf malhumorados pero triunfantes, los de Luke llenos de una súplica desesperada.

Fue Luke quien rompió el silencio.

—Se da usted cuenta, Theo, de que debemos escapar, de que debemos buscar la seguridad de Julian.

—Huyendo no encontrarán seguridad. Esto lo cambia todo, no sólo para ustedes, sino para todo el mundo. Ahora lo único que importa es la seguridad de Julian y del bebé. Debería estar en un hospital. Telefoneen al Guardián, o déjenme llamar a mí. En cuanto esto se sepa, nadie va a pensar en folletos sediciosos ni subversión. No hay nadie en el Consejo, nadie en el país, nadie importante en todo el mundo que vaya a preocuparse más que de una sola cosa: que la criatura nazca bien.

Julian posó su mano deforme sobre la de Theo.

—No me obligue; por favor. No quiero que él esté presente cuando nazca mi bebé.

—No tiene por qué estar presente. Hará lo que usted diga. Todo el mundo hará lo que usted diga.

—Estará. Sabe que estará presente. Estará cuando nazca y estará allí siempre. Ha matado al hermano de Miriam, y ahora mismo está matando a Gascoigne. Si caigo en sus manos, nunca me veré libre de él. Mi criatura nunca será libre.

¿Cómo, se preguntó Theo, iba a mantenerse fuera del alcance de Xan? ¿Acaso pensaba mantener a su hijo en secreto para siempre?

—Antes que nada, debe pensar en el bebé. ¿Y si hay complicaciones, una hemorragia?

—No las habrá. Miriam me atenderá.

Theo se volvió hacia ella.

—Dígaselo, Miriam. Usted es una profesional. Sabe que debería estar en un hospital. ¿O es que sólo piensa en sí misma? ¿Acaso es en lo único que piensan todos ustedes, en sí mismos? ¿En su propia gloria? Sería algo grande, ¿verdad? La partera de una nueva raza, si es éste el destino del bebé. No quiere compartir la gloria; tiene miedo de que ni siquiera le permitan compartirla. Quiere ser la única que ayude a venir al mundo a esta criatura milagrosa.

Miriam respondió con calma.

—He ayudado a venir al mundo a doscientos ochenta bebés. Todos me parecieron milagrosos, al menos en el momento de nacer. Lo único que quiero es que la madre y la hija estén seguras y bien atendidas. No entregaría ni una perra embarazada al cuidado del Guardián de Inglaterra. Sí, preferiría que el parto se produjera en un hospital, pero Julian tiene derecho a elegir.

Theo se volvió hacia Rolf.

—¿Qué opina el padre?

—Si nos quedamos aquí discutiéndolo mucho más tiempo, no tendremos elección. Julian está en lo cierto. Una vez que se halle en manos del Guardián, él se hará cargo de todo. Estará presente en el parto. Lo anunciará al mundo. Será él quien aparezca por televisión para mostrar mi hijo a la nación. Eso me corresponde hacerlo a mí, no a él.

Theo pensó: «Cree que está apoyando a su esposa, pero lo único que en realidad le importa es que la criatura nazca bien antes de que Xan y el Consejo sepan del embarazo.»

La ira y la frustración dieron aspereza a su voz.

—Es una locura —exclamó Theo—. No son niños con un juguete nuevo que puedan reservarse para ustedes solos, con el que puedan jugar ustedes solos e impedir que los demás niños lo compartan. Este nacimiento afecta a todo el mundo; no sólo a Inglaterra. El niño pertenece a la humanidad.

—El niño pertenece a Dios —le corrigió Luke.

—¡Por favor! ¿Es que no podemos discutirlo al menos partiendo de la razón?

Fue Miriam quien respondió.

—La criatura se pertenece a sí misma, pero su madre es Julian. Hasta que nazca, y durante algún tiempo después del parto, el bebé y la madre son la misma cosa. Julian tiene derecho a decidir dónde va a dar a luz.

—¿Aunque eso implique un riesgo para el bebé?

—Si he de tener a la criatura con el Guardián presente, moriremos las dos —dijo Julian.

—¡Eso es absurdo!

—¿Quiere correr el riesgo? —le preguntó Miriam con voz serena. Theo no dijo nada. Tras una pausa, Miriam insistió—: ¿Está dispuesto a asumir esa responsabilidad?

—Entonces, ¿cuáles son sus planes?

Le contestó Rolf:

—Encontrar un lugar seguro, o tan seguro como sea posible. Una casa vacía, una cabaña, cualquier clase de refugio donde podamos instalarnos durante cuatro semanas. Tiene que estar en el campo, en algún lugar remoto, quizás un bosque. Necesitamos provisiones y agua, y necesitamos un coche. El único que tenemos es el mío, y ellos conocen la matrícula.

—Tampoco podemos utilizar el mío —señaló Theo—, no durante mucho tiempo. En estos momentos, la PSE ya debe de estar en la calle St. John. Toda esta empresa es vana. En cuanto Gascoigne hable (y hablará, no necesitan torturarlo, disponen de drogas), en cuanto el Consejo sepa del embarazo, dedicarán todos sus recursos a buscarlos. ¿Hasta dónde creen que podrán llegar antes de que los encuentren?

Sonó la voz de Luke, calmada y paciente, como si estuviera explicándole la situación a un chiquillo no demasiado inteligente.

—Sabemos que vendrán. Nos están buscando y quieren destruirnos. Pero puede que no vengan muy deprisa, puede que al principio no se preocupen demasiado. Comprenda, no saben nada del bebé. Nunca se lo dijimos a Gascoigne.

—Pero era uno de ustedes, un miembro del grupo. ¿No se dio cuenta? Tenía ojos, ¿acaso no podía ver?

—Tiene treinta y tres años —le explicó Julian—, y dudo de que haya visto nunca a una mujer embarazada. Nadie ha dado a luz desde hace veinticinco años. No era una posibilidad que le cupiera en la cabeza. Y también resultaba inconcebible para los temporeros con quienes trabajaba en el campamento. Sólo lo sabemos nosotros cinco.

Intervino Miriam:

—Julian tiene las caderas anchas, y el bebé está muy arriba. Tampoco usted se habría dado cuenta si no hubiera notado los movimientos del feto.

De modo que no habían confiado en Gascoigne, se dijo Theo, al menos no lo suficiente para confiarle el secreto más valioso de todos. No lo habían juzgado digno de ello; aquel hombre cabal, amable y porfiado que a Theo, en su primer encuentro, le había parecido el áncora firme y segura del grupo… Si hubieran confiado en él, seguramente habría obedecido las órdenes. No se habría producido el intento de sabotaje ni la captura.

Como si le leyera el pensamiento, Rolf dijo:

—Fue por su propia protección, y la nuestra. Cuanta menos gente lo supiera, mejor. Tuve que decírselo a Miriam, naturalmente; necesitábamos sus conocimientos. Luego se lo dije a Luke porque Julian quería que lo supiera. Sus motivos tenían que ver con el hecho de que sea un sacerdote; es una especie de superstición. Se supone que nos trae buena suerte. Así que se lo dije, aun en contra de mi parecer.

—Fui yo quien se lo dijo a Luke —señaló Julian.

Theo pensó que seguramente también habían ido en su busca contra el parecer de Rolf. Julian había querido hablar con él, y los demás procuraban complacerla. Pero el secreto, una vez revelado, ya no podía olvidarse. Tal vez pudiera aún intentar eludir un compromiso, pero ya no podía eludir el conocimiento.

Por primera vez hubo una nota de urgencia en la voz de Luke.

—Vámonos antes de que lleguen. Podemos utilizar su coche. Ya seguiremos hablando mientras viajamos. Tendrá la posibilidad de persuadir a Julian para que cambie de idea.

—Por favor, Theo, venga con nosotros —le rogó Julian—. Ayúdenos, por favor.

—No le queda otra alternativa —saltó Rolf, impaciente—. Sabe demasiado. Ahora no podemos permitir que se vaya.

Theo contempló a Julian. Sentía deseos de preguntarle: «¿Es éste el hombre que tú y tu dios habéis elegido para repoblar el mundo?» Replicó fríamente:

—No me venga ahora con amenazas, por el amor de Dios. Es usted capaz de reducirlo todo, incluso esto, al nivel de una película barata. Si voy con ustedes será porque yo lo haya decidido.

22

Apagaron los candiles uno por uno. La capilla volvió a su calma intemporal. Rolf cerró la puerta, y emprendieron la lenta y cuidadosa marcha a través del campo con Rolf a la cabeza. Había cogido él la linterna, y su pequeña luna de luz se movía como un fuego fatuo sobre los apelmazados montecillos de hierba parda, iluminando fugazmente como un foco en miniatura una sola flor temblorosa y matas de margaritas brillantes como botones. Detrás de Rolf, las dos mujeres caminaban juntas, Julian del brazo de Miriam. Luke y Theo formaban la retaguardia. No hablaban, pero Theo podía notar que Luke se alegraba de tenerlo en su compañía. Encontraba interesante que él mismo pudiera verse poseído por tan intensos sentimientos, oleadas de admiración, entusiasmo y pasmo reverente, y aun así fuera capaz de observar y analizar el efecto de los sentimientos sobre la acción y el pensamiento. También encontraba interesante que entre todo aquel tumulto pudiera quedar lugar para la irritación. Se le antojaba una reacción mezquina e irrelevante ante la abrumadora importancia de su dilema. Pero toda la situación era paradójica. ¿Se había dado algún otro caso en que los fines se correspondieran peor con los medios? ¿Había estado alguna vez una empresa de tan suprema importancia a cargo de tan frágiles y patéticamente inadecuados aventureros? Pero no tenía por qué ser uno de ellos. Desarmados, no podían retenerlo indefinidamente por la fuerza, y él tenía las llaves del coche en su poder. Podía escapar, telefonear a Xan, acabar con todo aquello. Pero si lo hacía, Julian moriría. Por lo menos, eso creía ella, y quizá su convicción fuera lo bastante poderosa para matarla a ella y a su hijo. Ya había causado la muerte de una niña. Eso era suficiente para él.

Cuando por fin llegaron al estanque y al prado donde había aparcado su Rover, casi esperaba verlo rodeado por la PSE, por figuras negras e inmóviles de mirada pétrea, con las armas a punto. Pero la aldea estaba tan desierta como en el momento de su llegada. Mientras se acomodaban en el vehículo, decidió hacer un nuevo intento.

Se volvió hacia Julian.

—Sean cuales sean sus sentimientos acerca del Guardián —comenzó—, sean cuales sean sus temores, permítame telefonearle ahora. Permítame hablar con él. No es el demonio que usted cree.

Le respondió la voz impaciente de Rolf.

—¿Es que nunca se da por vencido? Julian no necesita su protección. No confía en sus promesas. Haremos lo que tenemos pensado, nos alejaremos tanto como podamos y buscaremos un refugio. Robaremos comida hasta que nazca el bebé.

—No tenemos alternativa, Theo —adujo Miriam—. En alguna parte tiene que haber un sitio para nosotros, quizás una casita abandonada en lo profundo del bosque.

Theo se volvió hacia ella.

—Qué idílico, ¿no? Ya me los imagino a todos. Una casita acogedora en un claro del bosque, un fuego de leña en el hogar, un pozo de agua limpia, aves y conejos bien a mano, listos para ser capturados, y el huerto repleto de verduras. Quizás incluso encuentren unas cuantas gallinas y una cabra que les dé leche. Y sin duda los anteriores propietarios habrán tenido la consideración de dejar un cochecito de bebé en el cobertizo del jardín.

—No tenemos alternativa, Theo —repitió Miriam con voz suave pero firme.

Tampoco la tenía él. Aquel momento en que se había arrodillado a los pies de Julian, en que había sentido los movimientos del bebé bajo su mano, lo había unido a ellos irrevocablemente. Y lo necesitaban. A Rolf podía molestarle su presencia, pero aun así lo necesitaban. En el peor de los casos, podía interceder ante Xan. Si caían en manos de la Policía de Seguridad del Estado, cabía la posibilidad de que escucharan su voz.

Se sacó las llaves del bolsillo. Rolf extendió la mano para cogerlas.

—Conduciré yo —dijo Theo—. Usted puede elegir la ruta. Supongo que sabe leer un mapa.

Esta mezquina provocación fue una imprudencia. Rolf replicó con voz peligrosamente tranquila.

—Nos desprecia, ¿verdad?

—No. ¿Por qué habría de despreciarlos?

—No necesita ningún motivo. Desprecia a todo el mundo excepto a la gente como usted, a la gente que ha tenido su educación, sus ventajas, sus privilegios. Gascoigne era dos veces más hombre que usted. ¿Qué ha producido en toda su vida? ¿Qué ha hecho, salvo hablar del pasado? No me extraña que elija los museos como lugares de encuentro. Ahí es donde usted está a sus anchas. Gascoigne era capaz de destruir un embarcadero e interrumpir un Quietus él solo. ¿Podría usted hacer lo mismo?

—¿Utilizar explosivos? No, admito que eso no se cuenta entre mis habilidades.

Rolf imitó su voz.

—«Admito que eso no se cuenta entre mis habilidades.» ¡Tendría usted que oírse! No es uno de los nuestros, ni lo ha sido nunca. No tiene agallas. Y no crea que lo queremos con nosotros. No vaya a creer que nos gusta. Está usted aquí porque es primo del Guardián, y eso quizá pueda sernos útil.

Había utilizado el plural, pero los dos sabían a quién se refería.

—Si tanto admira a Gascoigne —dijo Theo—, ¿por qué no confió en él? Si le hubiera hablado del bebé no habría desobedecido las órdenes. Puede que yo no sea uno de los suyos, pero él sí lo era. Tenía derecho a saber. Es usted responsable de su captura, y si ha muerto, es responsable de su muerte. No me acuse a mí si se siente culpable.

Notó la mano de Miriam en su brazo. La mujer le habló con suavidad, pero con serena firmeza.

—Cálmese, Theo. Si nos peleamos, estamos perdidos. Vámonos de aquí, ¿le parece?

Cuando estuvieron en el coche, Theo y Rolf en los asientos delanteros, Theo preguntó:

—¿Adónde vamos?

—Hacia el noroeste, en dirección a Gales. Estaremos más seguros al otro lado de la frontera. El poder del Guardián también alcanza allí, pero suscita más resentimiento que amor. Viajaremos de noche y dormiremos de día. Y utilizaremos carreteras secundarias. Es más importante pasar inadvertidos que cubrir mucha distancia. Además, estarán buscando este coche. Si tenemos ocasión, lo cambiaremos.

Fue entonces cuando a Theo le vino una inspiración. Jasper. Jasper, tan cercano y tan bien provisto. Jasper, que necesitaba desesperadamente irse a vivir con él a la calle St. John.

—Tengo un amigo que vive en las afueras de Asthall, prácticamente el pueblo de al lado. Tiene una reserva de alimentos y creo que podría convencerlo para que nos prestara su coche —anunció.

—¿Por qué supone que va a aceptar? —quiso saber Rolf.

—Puedo darle algo que desea ardientemente.

—No podemos perder tanto tiempo —objetó Rolf—. ¿Cuánto tardará en convencerlo?

Theo reprimió su enojo.

—Conseguir un coche distinto y cargarlo con lo que necesitamos difícilmente puede considerarse una pérdida de tiempo. Yo diría que es esencial. Pero si tiene otra idea mejor, oigámosla.

—De acuerdo —accedió Rolf—. Vamos allá.

Theo soltó el embrague y condujo cautelosamente entre las tinieblas. Cuando llegaron a las afueras de Asthall, anunció:

—Nos llevaremos prestado su coche y dejaremos el mío en el garaje. Con un poco de suerte, pasará bastante tiempo antes de que lleguen a él. Y creo que puedo prometerles que no hablará.

Julian se inclinó hacia delante y preguntó:

—¿Y no pondremos en peligro a su amigo? No debemos hacerlo.

—Tendrá que correr el riesgo —replicó Rolf con impaciencia.

Theo se volvió hacia Julian.

—Si nos atrapan, lo único que nos relacionará con él será su coche. Siempre podrá decir que lo sorprendimos en plena noche, que se lo robamos o que le obligamos a ayudarnos.

—¿Y si se niega? —preguntó Rolf—. Será mejor que entre con usted y le obligue a colaborar.

—¿Por la fuerza? No sea necio. Después de eso, ¿cuánto tiempo cree que guardaría silencio? Nos ayudará, pero no si empieza a amenazarlo. Necesitaré que alguien me acompañe. Que venga Miriam.

—¿Por qué Miriam?

—Ella sabe qué va a hacer falta para el parto.

Rolf no discutió más. Theo se preguntó si lo había tratado con suficiente tacto, y en seguida se sintió irritado por aquella arrogancia que hacía necesario el tacto. Pero debía evitar a toda costa un enfrentamiento abierto. En comparación con la seguridad de Julian y la abrumadora importancia de su empresa, su creciente enojo con Rolf parecía una debilidad trivial aunque peligrosa. Estaba con ellos por elección propia, pero, de hecho, no había tenido elección. Era a Julián y a su hijo no nacido, y sólo a ellos, a quienes debía lealtad.

Cuando alzó la mano para pulsar el timbre situado junto al enorme portón, descubrió con sorpresa que la casa estaba abierta. Llamó a Miriam por señas y entraron juntos. Cerró la puerta a sus espaldas. La casa estaba a oscuras, excepto la sala de estar. Por entre las cortinas cerradas se filtraba un centímetro de luz. Vio que el garaje también estaba abierto, la puerta levantada y la forma oscura del Renault aparcada en su interior. No le sorprendió descubrir que la puerta lateral no estaba cerrada con llave. Encendió la luz del vestíbulo y llamó con voz baja, pero no hubo respuesta. Con Miriam a su lado, cruzó el pasillo que conducía a la sala.

En cuanto abrió la puerta supo qué iba a encontrar. El olor lo asfixió, poderoso y maligno como un miasma contagioso; sangre, heces, el hedor de la muerte. Jasper se había puesto cómodo para el último acto de su vida. Estaba sentado en un sillón ante la chimenea vacía, los brazos colgando yertos hacia el suelo. El método que había elegido era seguro y catastrófico: se había metido el cañón de un revólver en la boca y se había saltado la tapa de los sesos. Lo que quedaba de su cabeza estaba caído sobre el pecho, donde había un rígido babero de sangre parduzca que parecía una vomitona ya seca. Jasper era zurdo, y el revólver reposaba en el suelo junto al sillón, bajo una mesita redonda que sostenía las llaves de la casa y el coche, un vaso vacío, una botella de clarete vacía y una nota escrita a mano, la primera parte en latín, la última en inglés.

Quid te exempta iuvat spinis de pluribus una?
Vivere si recte nescis, decede peritis.
Lusisti satis, edisti satis adque bibisti:
Tempus abire tibi est.

Miriam se acercó a él y tocó sus dedos fríos en un gesto de compasión instintivo e inútil.

—Pobre hombre —exclamó—. Oh, pobre hombre.

—Rolf diría que nos ha prestado un servicio. Ahora no tendremos que perder tiempo en convencerlo.

—¿Por qué lo hizo? ¿Qué dice la nota?

—Es una cita de Horacio. Dice que no hay placer en librarse de una espina, entre otras muchas. Si no puedes vivir bien, lárgate. Probablemente encontró los versos en el *Libro de citas de Oxford*.

El párrafo en inglés que venía a continuación era más

breve y más sencillo: «Mis disculpas por el desorden. Queda una bala en el tambor.» Theo no sabía si se trataba de una advertencia o de una invitación. ¿Qué había conducido a Jasper a este final? Remordimiento, pesar, soledad, desesperación o la constatación de que la espina había sido extirpada pero el dolor y la herida permanecían y no podían curarse.

—Seguramente encontrará sábanas y mantas en el piso de arriba —indicó Theo—. Yo voy a echar un vistazo a la despensa.

Se alegró de llevar el largo abrigo de tweed. El bolsillo interior daba cabida al revólver holgadamente. Comprobó que hubiera una bala en el tambor, la extrajo, y se guardó el arma y la bala en el bolsillo.

La cocina, con sus superficies de trabajo desnudas y una hilera de jarras de loza colgando con las asas alineadas, estaba polvorienta pero ordenada, sin muestras de haber sido utilizada jamás salvo por una servilleta de té, arrugada y evidentemente recién lavada, que había sido extendida sobre el escurridor para que se secara. La única nota discordante en aquel metódico orden la ponían dos esterillas de paja enrolladas y apoyadas contra la pared. ¿Pensaba Jasper matarse allí, y había querido tomar medidas para que pudiera limpiarse fácilmente la sangre del piso de losas? ¿O acaso se disponía a fregar una vez más el suelo cuando había comprendido la futilidad de esa última preocupación obsesiva por las apariencias?

La puerta de la despensa no estaba cerrada con llave. Después de veinticinco años de administración minuciosa, no teniendo ya necesidad del tesoro acumulado, la había dejado abierta, como había dejado abierta su vida, a merced del primer saqueador. También allí era todo orden y pulcritud. Los estantes de madera contenían grandes cajas de hojalata, los bordes herméticamente cerrados con cinta adhesiva. Cada una de las cajas estaba rotulada con la precisa caligrafía de Jasper: *Carne, Frutas en conserva, Leche en polvo, Azúcar, Café, Arroz, Té, Harina.* La visión de las etiquetas, de las letras tan meticulosamente trazadas, provocó en Theo un pequeño espasmo de compasión, doloroso e indeseado; una sensación de piedad y pesadumbre que la imagen del cerebro destrozado y el pecho ensangrentado de Jasper no había logrado suscitar. Se dejó bañar brevemente por ella, y en seguida se concentró en la tarea. Su primera intención fue la de vaciar las cajas en el suelo y seleccionar los artículos que más probablemente iban a necesitar, al menos durante la primera semana; pero se dijo que no había tiempo. El mero hecho de arrancar la cinta adhesiva le demoraría demasiado. Mejor llevarse una selección de cajas sin abrir: carne, leche en polvo, frutos secos, café, azúcar, verduras enlatadas. Las cajas más pequeñas, que contenían medicamentos y jeringuillas, pastillas para purificar el agua y cerillas, eran una elección evidente, lo mismo que una brújula. Los dos fogones de parafina le plantearon una decisión más difícil. Uno era un fogón anticuado, de un solo fuego, y el otro un aparato más moderno y voluminoso, provisto de tres quemadores, que rechazó porque ocupaba demasiado espacio. Le alivió encontrar una lata de aceite y un contenedor con diez litros de gasolina. Esperó que el depósito del coche no estuviera vacío.

Desde allí oía los movimientos de Miriam en el piso superior, rápidos pero sigilosos, y cuando salió a llevar el segundo lote de cajas al maletero del coche la vio bajar por las escaleras, la barbilla apoyada sobre cuatro almohadas.

—No tenemos por qué estar incómodos —comentó ella.

—Ocuparán bastante sitio. ¿Tiene todo lo que necesita para el parto?

—Un montón de sábanas y toallas. Podemos ir sentados encima de las almohadas. Y en el cuarto de baño hay un botiquín. Lo he vaciado y lo he metido todo en una funda de almohada. El desinfectante nos será útil, pero lo demás son remedios sencillos: aspirina, bicarbonato, jarabe para la tos. En esta casa hay de todo. Lástima que no podamos quedarnos.

No era una sugerencia seria, y Theo lo sabía, pero aun así objetó:

—Cuando descubran que he desaparecido, éste será uno

de los primeros lugares donde me buscarán. Visitarán e interrogarán a todos mis conocidos.

Trabajaron en silencio, metódicamente. Una vez lleno el maletero, Theo lo cerró con suavidad y dijo:

—Meteremos mi coche en el garaje y lo cerraremos con llave. También dejaré cerrado el portón. Eso no impedirá que entre la PSE, pero puede evitar un descubrimiento prematuro.

Mientras cerraba con llave la puerta de la vivienda, Miriam apoyó una mano en su brazo y habló apresuradamente.

—El revólver. Será mejor que Rolf no sepa que lo tiene.

La voz de Miriam tenía una insistencia, casi una autoridad, que reflejaba su propia inquietud instintiva.

—No tengo ninguna intención de hacérselo saber.

—Y mejor que Julian tampoco lo sepa. Rolf intentaría quitárselo, y Julian querría que se deshiciera de él.

—No se lo diré a ninguno de los dos —le aseguró secamente—. Y si Julian quiere protección para ella y para el bebé, tendrá que aceptar los medios. ¿Acaso aspira a ser más virtuosa que su dios?

Maniobró cuidadosamente con el Renault hasta cruzar el portón, y lo aparcó detrás del Rover. Rolf, que se paseaba junto al automóvil, estaba de mal humor.

—Ha tardado muchísimo. ¿Ha tenido problemas?

—Ninguno. Jasper está muerto. Suicidio. Hemos recogido todo lo que cabía en el coche. Meta el Rover en el garaje y lo cerraré con llave. La casa ya está cerrada.

No había nada que valiera la pena trasladar del Rover al Renault, excepto los mapas de carreteras y una edición en rústica de *Emma* que encontró en la guantera. Se guardó el libro en el bolsillo interior del abrigo, al lado del revólver y el diario. Dos minutos después, estaban todos juntos en el Renault. Theo tomó el asiento del conductor. Rolf, tras un instante de vacilación, subió a su lado, y Julian se sentó detrás entre Miriam y Luke. Theo cerró el portón y arrojó la llave. Lo único que podía verse de la casa a oscuras era la elevada pendiente negra del techo.

23

Durante la primera hora tuvieron que detenerse dos veces para que Miriam y Julian pudieran desaparecer en la oscuridad. Rolf las seguía con los ojos, inquieto en cuanto las perdía de vista. En respuesta a su visible impaciencia, Miriam le aclaró:

—Tendrás que irte acostumbrando. Eso sucede siempre cuando el embarazo está adelantado. Es la presión sobre la vejiga.

A la tercera parada bajaron todos para estirar las piernas, y también Luke, murmurando una disculpa, se alejó hacia el seto. Con las luces del coche apagadas y el motor parado, el silencio parecía absoluto. El aire era dulce y tibio como si todavía estuvieran en verano, las estrellas brillantes pero muy altas. A Theo le pareció que podía oler un lejano campo de habichuelas, pero sin duda se trataba de una ilusión; para entonces, las flores ya debían de haberse desprendido y las habichuelas estarían casi en sazón. Rolf se acercó y se detuvo a su lado.

—Usted y yo tenemos que hablar —dijo Rolf.

—Pues hable.

—Esta expedición no puede tener dos jefes.

—¿Así que se trata de una expedición? Cinco fugitivos mal equipados, sin una idea clara de adónde nos dirigimos ni lo que vamos a hacer cuando lleguemos allí… No me parece muy necesaria una jerarquía de mando. Pero si llamarse jefe le proporciona alguna satisfacción, a mí no me importa que lo haga, siempre y cuando no espere una obediencia ciega.

—Usted nunca ha sido uno de los nuestros, nunca ha formado parte del grupo. Tuvo su oportunidad de unirse y la rechazó. Si está aquí es sólo porque yo le hice llamar.

—Estoy aquí porque Julian me hizo llamar. Y no podemos librarnos el uno del otro. Yo puedo soportarle, puesto que no me queda otra alternativa, y le sugiero que practique una tolerancia similar.

—Quiero conducir. —Luego, cómo si no se hubiera expresado con claridad, insistió—: De ahora en adelante, quiero ser yo quien conduzca.

Theo se echó a reír con un regocijo genuino y espontáneo.

—El hijo de Julian será recibido como un milagro. Usted será saludado como el padre de ese milagro. El nuevo Adán, engendrador de la nueva raza, salvador de la humanidad. Eso representa suficiente poder en potencia para cualquier hombre, más poder del que, sospecho, será usted capaz de manejar. ¡Y le preocupa no conducir el rato que le toca!

Rolf hizo una pausa antes de responder.

—Muy bien. Podemos llegar a un acuerdo. Quizás incluso pueda llegar a serme útil. El Guardián creía que usted tenía algo que ofrecer. Yo también necesitaré un consejero.

—Por lo visto, soy el confidente universal. Probablemente me juzgará tan insatisfactorio como él. —Permaneció unos instantes en silencio, y finalmente preguntó—: ¿De modo que está pensando en asumir el poder?

—¿Por qué no? Si quieren mi esperma, tendrán que aceptarme a mí. No pueden obtener lo uno sin lo otro. Podría realizar el trabajo tan bien como él.

—Tenía entendido que ustedes consideraban que lo hace mal, que es un tirano despiadado. O sea que se propone sustituir una dictadura por otra. Pero esta vez, benévola, supongo. La mayoría de los tiranos empiezan así.

Rolf no respondió. Theo pensó: «Estamos solos. Quizá

no se me presente otra oportunidad de hablar con él sin que nos oigan los demás.»

—Escúcheme —comenzó—, todavía sigo creyendo que deberíamos telefonear al Guardián, proporcionar a Julian las atenciones que necesita. Usted sabe que es razonable.

—Y usted sabe que ella no podría soportarlo. Todo irá bien. Dar a luz es un proceso natural, ¿no? Y tiene una comadrona.

—Que no ha asistido a un parto desde hace veinticinco años. Y siempre existe el riesgo de complicaciones.

—No las habrá. Miriam está tranquila. De todos modos, habrá más peligro de complicaciones, físicas y mentales, si la obligan a ingresar en un hospital. El Guardián le produce pánico, cree que es maligno. Mató al hermano de Miriam y probablemente está matando a Gascoigne ahora mismo. Le aterroriza la idea de que pueda hacer daño a la criatura.

—¡Eso es ridículo! Ninguno de ustedes puede creer eso. Es lo último que querría hacer. Una vez que se haga cargo del niño, su poder se verá enormemente incrementado, no sólo en Inglaterra, sino en todo el mundo.

—Su poder no, el mío. No me preocupa la seguridad de Julian. El Consejo no le hará ningún daño, ni a ella ni al bebé. Pero seré yo y no Xan Lyppiatt quien presente mi hijo al mundo, y entonces veremos quién es el Guardián de Inglaterra.

—Entonces, ¿cuáles son sus planes?

—¿A qué se refiere? —La voz de Rolf estaba cargada de suspicacia.

—Bien, debe usted tener una idea de lo que piensa hacer si consigue arrebatarle el poder al Guardián.

—No tendré que arrebatárselo. El pueblo me lo dará. Tendrán que hacerlo, si quieren ver Gran Bretaña repoblada.

—Ah, ya entiendo. El pueblo se lo dará. Bien, probablemente está usted en lo cierto. ¿Y entonces qué?

—Nombraré mi propio Consejo, pero sin Xan Lyppiatt entre sus miembros. Lyppiatt ya ha tenido su ración de poder.

—Es de suponer que hará usted algo para pacificar la isla de Man.

—No creo que eso pueda considerarse prioritario. El país no me quedará muy agradecido si dejo en libertad una panda de psicópatas criminales. Esperaré a que se reduzca su número con el tiempo, de un modo natural. Este problema se resolverá por sí mismo.

—Imagino que ésta es precisamente la idea de Lyppiatt —observó Theo—. Miriam no quedará complacida.

—No tengo por qué complacer a Miriam. Ella tiene un trabajo que hacer, y cuando lo haya hecho será adecuadamente recompensada.

—¿Y con los temporeros? —insistió Theo—. ¿Piensa darles mejor trato o suspenderá la inmigración de jóvenes extranjeros? Después de todo, sus países también los necesitan.

—Controlaré la inmigración y haré que los que puedan entrar reciban un trato justo y firme.

—Imagino que eso es lo que el Guardián creé estar haciendo. ¿Y los Quietus?

—No pienso coartar la libertad de la gente para matarse de la manera que juzgue más conveniente.

—El Guardián de Inglaterra estaría de acuerdo.

—Lo que yo puedo hacer y él no —añadió Rolf— es engendrar la nueva raza. Ya tenemos en el ordenador los datos de todas las mujeres sanas entre treinta y cincuenta años de edad. Habrá una tremenda competencia por hacerse con semen fértil. Naturalmente, el acoplamiento presenta un peligro; tendremos que seleccionar cuidadosamente a mujeres en perfecta forma física y elevada inteligencia.

—El Guardián de Inglaterra lo aprobaría —señaló Theo—. Éste era su plan.

—Pero él no tiene el semen, y yo sí.

—Hay una cosa que al parecer no ha tomado en cuenta. Todo dependerá de lo que nazca, ¿verdad? El bebé tendrá que ser sano y normal. ¿Y si da a luz un monstruo?

—¿Por qué habría de ser un monstruo? ¿Por qué no habría de ser normal nuestro hijo?

El momento de vulnerabilidad, de confidencia compartida, el miedo secreto reconocido al fin y pronunciado en voz alta provocaron en Theo un instante de simpatía. No bastó para hacer que le gustara su compañero, pero bastó para evitar que expresara lo que estaba pensando: «Quizá sea mejor para usted que el bebé nazca anormal, deforme, un idiota, un monstruo. Si es sano, será usted un animal de cría durante el resto de su vida. No crea que el Guardián renunciará a su poder, ni siquiera en favor del padre de la nueva raza. Es posible que necesiten su semen, pero pueden hacerse con una reserva suficiente para repoblar Inglaterra y la mitad de mundo y luego decidir que usted ya no les hace falta. Y eso es probablemente lo que ocurrirá en cuanto el Guardián lo vea como una amenaza en potencia.»

No dijo nada.

Tres figuras surgieron de la oscuridad, Luke delante y luego Miriam y Julian, cogidas de la mano, avanzando cautelosamente por el irregular terreno. Rolf se sentó al volante.

—Muy bien —exclamó—. En marcha. A partir de ahora, conduciré yo.

24

En cuanto el coche arrancó con una sacudida, Theo se dio cuenta de que Rolf conduciría demasiado deprisa. Lo miró de soslayo, preguntándose si se atrevería a aventurar una advertencia, esperando que el firme mejorase y lo hiciera innecesario. A la cruda luz de los faros, la pustulosa carretera parecía tan fantasmagórica y ajena como un paisaje lunar; cercana, pero al mismo tiempo misteriosamente remota y perpetua. Rolf miraba a través del parabrisas con la feroz intensidad de un piloto de rally, haciendo girar el volante con violencia a medida que cada nuevo obstáculo surgía de la oscuridad. El camino, con sus baches, sus rodadas y sus caballones, habría sido arriesgado para un conductor cuidadoso; bajo la brutal conducción de Rolf, el automóvil saltaba y se bamboleaba, lanzando a los tres apiñados pasajeros del asiento de atrás de un lado a otro.

Miriam se debatió para inclinarse hacia delante.

—Tómatelo con calma, Rolf. No corras tanto. Esto no es bueno para Julian. ¿Quieres un parto prematuro?

Habló con voz calmada, pero su autoridad era absoluta, y el efecto fue inmediato. Rolf levantó al instante el pie del acelerador, pero era demasiado tarde. El automóvil tembló y se despegó del suelo, se ladeó violentamente y durante tres segundos derrapó incontrolado. Rolf pisó el freno a fondo y se detuvieron con brusquedad.

—¡Maldita sea! —exclamó Rolf, con voz casi inaudible—, un reventón.

Las recriminaciones eran inútiles. Theo se desabrochó el cinturón de seguridad.

—Hay una rueda de recambio en el maletero. Saquemos el coche de la carretera.

Se apearon todos y esperaron en la oscura sombra del seto mientras Rolf llevaba el automóvil hacia la cuneta de hierba. Theo advirtió que se hallaban en un territorio abierto y ondulado; probablemente, pensó, a quince o veinte kilómetros de Stratford. A ambos lados de la carretera se alzaba un descuidado seto hecho de grandes y enmarañados arbustos y roto aquí y allá por aberturas irregulares a través de las cuales podían verse los surcos de un campo arado. Julian, envuelta en su capa, se mantenía tranquila y callada como una niña dócil en un día de excursión, esperando con paciencia a que los adultos remediaran algún pequeño inconveniente.

—¿Cuánto tardaremos? —Miriam habló con voz serena, pero no logró ocultar por completo una nota de inquietud.

Rolf estaba mirando a su alrededor.

—Unos veinte minutos —respondió—. Con un poco de suerte, menos. Pero estaremos más seguros fuera de la carretera, en algún lugar donde no puedan vernos.

Sin otra explicación, echó a andar con paso vivo. Los demás esperaron, siguiéndolo con la mirada. Regresó en menos de un minuto.

—A unos cien metros a la derecha hay un portón y una pista de tierra. Parece que conduce a un grupo de árboles. Estaremos más seguros allí. Sabe Dios que esta carretera está prácticamente intransitable, pero si nosotros podemos circular por ella también pueden hacerlo otros. No podemos correr el riesgo de que algún idiota se pare a ofrecernos ayuda.

—¿No estará muy lejos? —objetó Miriam—. No debemos alejarnos más de lo necesario, y puede estropearse la llanta.

—Tenemos que ponernos a cubierto —respondió Rolf—. No sé cuánto tardaremos en cambiar la rueda. Hemos de ir a algún sitio donde no podamos ser vistos desde la carretera.

En su interior, Theo le dio la razón. Era más importante no ser descubiertos que cubrir mucha distancia. La PSE no podía saber en qué dirección viajaban y, a no ser que hubieran encontrado ya el cadáver de Jasper, no conocían la marca ni la matrícula del coche. Se instaló ante el volante sin que Rolf se opusiera.

—Con todas las provisiones que llevamos en el maletero, vale más que aligeremos la carga —dijo Rolf—. Julian puede ir en el coche; los demás caminaremos.

El portón y el camino estaban más cerca de lo que Theo había imaginado. La pista ascendía en suave pendiente bordeando un campo sin labrar, evidentemente abandonado años atrás. Los gruesos neumáticos de los tractores habían dejado profundas rodadas, y el caballón central estaba coronado por altos matojos de hierba que se estremecían como frágiles antenas bajo la luz de los faros. Theo conducía lentamente y con gran precaución. Julian estaba sentada junto a él, y las tres figuras silenciosas se movían como oscuras sombras al lado del vehículo. Cuando llegaron cerca de los árboles advirtió que el bosquecillo ofrecía mejor refugio de lo que se esperaba. Pero había un último obstáculo: entre la pista y los árboles había un profundo barranco de unos dos metros de anchura.

Rolf golpeó la ventanilla del coche.

—Espere un momento —dijo, y volvió a adelantarse. Casi en seguida, regresó y les anunció—: A unos treinta metros de aquí hay un paso para cruzar. Parece que la pista conduce a una especie de claro.

La entrada al bosque era a través de un puentecillo hecho de troncos y tierra, ahora cubierto de hierba y matojos. Theo vio con alivio que era lo bastante ancho para dejar pasar el coche, pero esperó mientras Rolf cogía la linterna e inspeccionaba los troncos para asegurarse de que no estaban podridos. Finalmente, le hizo una señal con la mano y Theo cruzó el puente con escasa dificultad. El automóvil avanzó lentamente y fue engullido por un bosquecillo de hayas, cuyas elevadas ramas se entrelazaban en un dosel de hojas bronceadas, intrincado como un techo cincelado. Al salir del coche, Theo advirtió que se habían detenido sobre una blanda masa de hojas secas y crujientes y hayucos partidos.

Rolf y Theo examinaron juntos la rueda delantera mientras Miriam sostenía la linterna. Luke y Julian permanecieron juntos, observando en silencio cómo Rolf descargaba la rueda de recambio, el gato y la llave. Pero desmontar la rueda pinchada resultó más difícil de lo que Theo había supuesto. Las tuercas estaban muy apretadas y ni Rolf ni él podían hacerlas girar.

Miriam se puso en cuclillas, buscando una postura más cómoda, y el haz de la linterna danzó de un lado a otro.

—¡Sujétala bien, por el amor de Dios! —exclamó Rolf con impaciencia—. No veo qué estoy haciendo. Y casi no da luz.

Al cabo de un segundo, la luz se apagó por completo.

Miriam no esperó a que Rolf preguntara.

—No tenemos pilas de recambio. Lo siento. Tendremos que quedarnos aquí hasta que se haga de día.

Theo esperó el estallido de irritación de Rolf. Pero no se produjo. Rolf se incorporó y dijo con voz calmada:

—Será mejor que comamos algo y nos preparemos para pasar cómodamente la noche.

25

Theo y Rolf decidieron dormir en el suelo; los demás prefirieron el coche. Luke se acomodó en el asiento delantero y las dos mujeres se acurrucaron detrás. Theo amontonó unas cuantas brazadas de hojas secas, extendió el impermeable de Jasper y se cubrió con una manta y su propio abrigo. Sus últimas impresiones conscientes fueron unas voces lejanas mientras las mujeres se disponían a dormir, y el crujido de las ramitas mientras se revolvía para acomodarse en el lecho de hojas.

Antes de que se durmiera, se alzó viento, no lo bastante fuerte para agitar las ramas bajas de las hayas pero sí para producir un sonido remoto, lejano, como si el bosque empezara a cobrar vida.

A la mañana siguiente abrió los ojos a un encaje de hojas de color bronce y bermejo, quebrado por delgados haces de clara luz lechosa. Percibió la dureza de la tierra, el olor del mantillo y las hojas, penetrante y oscuramente tranquilizador. Se libró del peso de la manta y el abrigo y se desperezó, notando un dolor en los hombros y la rabadilla. Le sorprendió que hubiera podido dormir tan bien en una cama que, al principio maravillosamente blanda, se había apelmazado bajo su peso y ahora era dura como una tabla.

Al parecer, había sido el último en despertarse. Las portezuelas del coche estaban abiertas, los asientos vacíos. Alguien había preparado ya el té matutino. Sobre la superficie aplanada de un tronco había cinco jarras de loza, todas pertenecientes a la colección de jarras conmemorativas de Jasper, y una tetera metálica. Las jarras de colores parecían curiosamente festivas.

—Sírvase usted mismo —le invitó Rolf.

Miriam tenía una almohada en cada mano y estaba sacudiéndolas vigorosamente. Cuanto terminó, fue a dejarlas en el coche. Rolf ya había empezado a desmontar la rueda. Theo se bebió su té y fue a echarle una mano, y trabajaron juntos con eficacia y en armonía.

Las manos de Rolf, grandes y de dedos cuadrados, eran notablemente diestras. Quizá porque ambos estaban descansados y menos nerviosos, o porque ya no dependían de la escasa luz de una linterna, las tuercas que la noche anterior habían resultado inamovibles cedieron ante su esfuerzo conjunto.

Recogiendo un puñado de hojas para enjugarse las manos, Theo preguntó:

—¿Dónde están Julian y Luke?

Le contestó Rolf.

—Rezando sus oraciones: lo hacen todos los días. Desayunaremos cuando vuelvan. He puesto a Luke a cargo de las raciones. Le hará bien tener una tarea más útil que rezar con mi mujer.

—¿No podrían rezar aquí? Deberíamos mantenernos juntos.

—No están muy lejos. Les gusta hacerlo en privado. Además, no puedo impedírselo. A Julian le gusta así, y Miriam dice que debo hacer lo posible para que se sienta tranquila y feliz. Por lo visto, rezar hace que se sienta tranquila y feliz. Viene a ser una especie de ritual para ellos. No hace ningún daño. ¿Por qué no se une a ellos, si está preocupado?

—No creo que deseen mi compañía —le dijo Theo.

—No sé, puede que sí. A lo mejor intentan convertirle. ¿Es usted cristiano?

—No, no soy cristiano.

—¿En qué cree, pues?

—¿Acerca de qué?

—Acerca de las cosas que la gente religiosa considera importantes. Si existe Dios o no. ¿Cómo se explica la existencia del mal? ¿Qué sucede después de la muerte? ¿Por qué estamos aquí? ¿Cómo debemos vivir nuestras vidas?

—La última pregunta es la más importante, la única que realmente importa. No hace falta ser religioso para creer eso. Y no hace falta ser cristiano para encontrar una respuesta.

Rolf se volvió hacia él e insistió como si en verdad le interesara saberlo.

—Pero usted, ¿en qué cree? No me refiero sólo a la religión. ¿De qué está seguro?

—De que antes no existía y ahora existo. De que un día no existiré.

Rolf soltó una breve risotada, áspera como un grito.

—Eso es muy prudente. Nadie puede discutírselo. ¿En qué cree el Guardián de Inglaterra?

—No lo sé. Nunca hemos hablado de ello.

Miriam se les acercó y, tras sentarse con la espalda apoyada contra un árbol, extendió las piernas, cerró los ojos y alzó la cara hacia el cielo con una suave sonrisa, escuchando sin hablar.

—Yo creía en Dios y en el Diablo —declaró Rolf—, hasta que una mañana, cuando tenía doce años, perdí la fe. Desperté y me di cuenta de que no creía en nada de lo que los Hermanos Cristianos me habían enseñado. Hasta entonces suponía que si algún día me ocurría tal cosa me sentiría demasiado aterrado para seguir viviendo, pero no noté ninguna diferencia. Una noche me acosté creyendo en Dios y a la mañana siguiente ya no creía. Ni siquiera pude decirle a Dios que lo sentía, porque había dejado de existir. Y lo cierto es que no me importó. Desde aquel día, nunca me ha importado.

Sin abrir los ojos, Miriam preguntó:

—¿Qué pusiste en el lugar que dejó vacío?

—No dejó ningún lugar vacío. Eso es lo que estaba diciendo.

—¿Y el Diablo?

—Creo en el Guardián de Inglaterra. Existe, y es lo bastante diabólico para mí.

Theo se alejó de ellos y echó a andar por el angosto sendero que serpenteaba entre los árboles. Aún se sentía inquieto por la ausencia de Julian. Inquieto y enojado. Hubiera debido darse cuenta de que tenían que permanecer juntos, de que podía llegar alguien por el sendero y descubrirlos: un vagabundo, un guarda, un labrador. La Policía de Seguridad del Estado y los granaderos no eran los únicos a los que debían temer. Pero, al mismo tiempo, Theo era consciente de que estaba alimentando su irritación con preocupaciones irracionales. ¿Quién iba a sorprenderlos en aquel lugar desierto, a aquella hora de la mañana? La cólera se acumuló en su interior, perturbadora en su misma vehemencia.

Y entonces los vio. Se hallaban apenas a cincuenta metros del claro y del automóvil, arrodillados sobre una pequeña mancha de musgo. Estaban totalmente absortos. Luke había instalado un altar utilizando una de las cajas de cartón puesta boca abajo y cubierta con una servilleta del té. Sobre ella había una sola vela en el centro de un platillo. Al lado había otro platillo con dos migajas de pan y, más allá, una taza pequeña. Luke se había puesto una estola color crema. Theo se preguntó si la habría llevado todo el tiempo enrollada en el bolsillo. Ajenos a su presencia, le recordaron a dos niños completamente absortos en algún juego primitivo, con sus expresiones graves y sus rostros manchados por la sombra irregular de las hojas. Mientras los contemplaba, Luke alzó con la mano izquierda el platillo que contenía las migajas y colocó la palma derecha sobre él. Julian agachó aún más la cabeza, casi como si quisiera tocar el suelo. Las palabras, medio recordadas de su lejana niñez, fueron pronunciadas en voz muy queda, pero llegaron claramente a Theo.

«Óyenos, oh Padre misericordioso, humildemente te lo rogamos; y concédenos que, al recibir este pan y este vino, según la institución de tu Hijo Jesucristo salvador nuestro, en memoria de su pasión y muerte, podamos compartir su santísima Carne y Sangre; quien en la misma noche que fue traicionado, tomó pan y, tras haber dado las gracias, lo partió y lo ofreció a sus discípulos, diciendo: tomad y comed, éste es mi Cuerpo que se os entrega. Hacedlo así en memoria mía.»

Theo siguió observando desde el refugio de los árboles. En su memoria, había regresado a aquella tediosa iglesia de Surbiton con su traje azul oscuro de los domingos, mientras el señor Greenstreet, controlando cuidadosamente su engreimiento, conducía a los fieles, banco tras banco, a tomar la comunión. Recordó la cabeza gacha de su madre. Se había sentido excluido entonces, y se sentía excluido ahora. Volviendo sobre sus pasos, regresó de nuevo al claro.

—Casi han terminado —anunció—. Ya no tardarán mucho.

—Nunca tardan mucho —respondió Rolf—. Por eso los esperamos para desayunar. Supongo que podemos estar agradecidos porque Luke no sienta la necesidad de soltar un sermón.

Su voz y su sonrisa eran indulgentes. Theo reflexionó sobre sus relaciones con Luke, a quien parecía tolerar como si fuera un chiquillo del que no podía esperarse que contribuyera como un adulto pero que hacía todo lo posible por resultar útil y no estorbaba. ¿Se limitaba Rolf a consentir lo que juzgaba el antojo de una mujer embarazada? Si Julian deseaba los servicios de un capellán particular, ¿estaba dispuesto a concederle un lugar entre los Cinco Peces aunque no pudiera ofrecer ninguna habilidad práctica? ¿O acaso Rolf, en su rechazo total y absoluto de la religión de su infancia, había conservado un vestigio de superstición no reconocido? ¿Acaso una parte de su mente veía a Luke como un hacedor de milagros que podía convertir unos mendrugos en carne, un portador de buena suerte, un poseedor de poderes místicos y encantamientos antiguos, cuya mera presencia entre ellos podía conjurar a las peligrosas deidades del bosque y de la noche?

26

Viernes, 15 de octubre de 2021

Escribo estas líneas en el claro del hayedo, la espalda recostada contra un árbol. Cae la tarde y las sombras empiezan a alargarse, pero dentro del bosquecillo, aún perdura la calidez del día. Tengo la convicción de que ésta es la última anotación que voy a hacer en el diario, pero aunque ni mis palabras ni yo sobrevivamos, necesito dejar constancia de este día. Ha sido un día de extraordinaria dicha, y lo he pasado con cuatro desconocidos. En los años anteriores a Omega, al comienzo de cada curso académico solía redactar una evaluación de los solicitantes que había seleccionado para su admisión en el *college*. Esas notas, con una fotografía del impreso de solicitud, las guardaba en un archivo privado. Al terminar sus tres años de estudio, me interesaba comprobar con qué frecuencia mis retratos preliminares resultaban acertados, cuán poco habían cambiado, qué impotente era yo para alterar sus naturalezas esenciales. Rara vez me engañaba cerca de ellos. Ese ejercicio fortalecía mi confianza natural en mi propio juicio; tal vez fuera éste su propósito. Creía que podía conocerlos y los conocía. No puedo sentir lo mismo acerca de mis compañeros de fuga; todavía sigo sin saber prácticamente nada sobre ellos, sus padres, sus familias, su educación, sus amores, sus esperanzas y deseos. Y no obstante, jamás me había sentido con otros seres humanos tan a gusto como me he sentido hoy con estos cuatro desconocidos, con quienes, aún medio de mala gana, estoy comprometido y a uno de los cuales estoy aprendiendo a amar.

Ha sido un perfecto día de otoño, el cielo de un azul claro y profundo, la luz del sol amable y suave pero tan intensa como en pleno junio, el aire cargado de dulces fragancias que encierran la ilusión, de humo de leña, heno segado, las dulzuras reunidas del estío. Acaso porque el hayedo es tan remoto, tan cerrado, hemos compartido una sensación de absoluta seguridad. Hemos ocupado el tiempo sesteando, charlando, trabajando, jugando a juegos infantiles con guijarros, ramitas y hojas arrancadas de mi diario. Rolf ha revisado y limpiado el coche. Observando su meticulosa atención a cada centímetro de coche, su enérgica forma de frotar y abrillantar, se me hacía imposible creer que este mecánico natural que se entregaba a su inocente tarea con sencillo placer pudiera ser el mismo Rolf que ayer exhibía impunemente tal arrogancia y ambición.

Luke se ha hecho cargo de las provisiones. Rolf dio muestras de cierto sentido natural del mando al conferirle esta responsabilidad. Luke ha decidido que debemos consumir primero los alimentos frescos y luego las latas ordenadas según su fecha de caducidad, descubriendo en esta prioridad obviamente razonable una desacostumbrada confianza en su propia capacidad administrativa. Ha clasificado las latas, hecho listas, elaborado menús. Tras las comidas, se sentaba a solas con su libro de oraciones o venía a sentarse con Julian y Miriam mientras yo les leía *Emma* en voz alta. Acostado de espaldas sobre las hojas de haya y contemplando vislumbres del cielo cada vez más azul, experimentaba la misma alegría inocente que si estuviera de excursión. No hemos hablado de proyectos futuros ni de los peligros por venir. Esto se me antoja ahora extraordinario, pero creo que se debió menos a una decisión consciente de no hacer planes, argumentar o discutir que al deseo de mantener este día inviolado. Y no he dedicado tiempo a leer las anteriores anotaciones de este diario; en mi actual euforia, no siento ningún deseo de encontrarme con ese hombre engreído, sardónico y solitario. El diario ha durado menos de diez meses y, de hoy en adelante, ya no voy a necesitarlo.

Y ahora la luz desaparece y apenas puedo ver la página. Una hora más y reanudaremos el viaje. El coche, resplandeciente gracias a los cuidados de Rolf, está cargado y a punto. Del mismo modo en que estoy seguro de que ésta va a ser la última anotación de mi diario, también sé que nos enfrentaremos con peligros y horrores que ahora me resultan inimaginables. Nunca he sido supersticioso, no puedo eliminar esta creencia con razones ni argumentos. Aun creyéndolo así, estoy en paz. Y me alegra que hayamos podido gozar de este respiro, de estas horas felices e inocentes, robadas, en apariencia, al tiempo inexorable. Por la tarde, mientras revolvía el interior del coche, Miriam ha encontrado una segunda linterna, poco mayor que un lápiz, encajada entre el respaldo y el asiento. Difícilmente habría servido para reemplazar a la que se apagó anoche, pero me alegra que no supiéramos que la teníamos. Necesitábamos este día.

27

El reloj del tablero ya marcaba las tres menos cinco, era más tarde de lo que Theo imaginaba. La carretera, estrecha y desierta, se abría pálida ante ellos, y en seguida empezó a deslizarse bajo las ruedas como una tira de ropa sucia y rasgada. La superficie estaba deteriorada, y de vez en cuando el automóvil daba una violenta sacudida al pasar sobre un bache. Era imposible conducir deprisa por aquella carretera; Theo no se atrevía a correr el riesgo de un segundo pinchazo. La noche era oscura, pero no totalmente negra; la media luna se desplazaba vacilante entre nubes huidizas, las estrellas eran puntitos remotos de constelaciones a medio formar, y la Vía Láctea un borrón de luz. El coche, que se dejaba manejar fácilmente, se le antojaba a Theo un refugio móvil, calentado por su aliento, levemente impregnado de olores familiares y tranquilizadores que, con ánimo un tanto meditabundo, trató de identificar: gasolina, cuerpos humanos, el viejo perro de Jasper muerto mucho antes, incluso un ligero aroma a menta fresca. Rolf estaba a su lado, callado pero tenso, mirando fijamente al frente. En el asiento de atrás, Julian se hallaba encajada entre Miriam y Luke. Era el lugar menos cómodo, pero ella misma lo había elegido; quizás el hecho de sentirse cobijada por los dos cuerpos le daba la ilusión de una mayor seguridad. Tenía los ojos cerrados y la cabeza apoyada sobre el hombro de Miriam. Luego, mientras Theo la contemplaba a través del espejo, la cabeza se bamboleó, se deslizó y quedó inclinada sobre el pecho. Miriam la alzó con suavidad para dejarla en una posición más cómoda. Luke también parecía dormido, la cabeza echada hacia atrás, la boca un poco abierta.

La carretera giraba y serpenteaba, pero el firme era cada vez más regular. Tras una hora de conducir sin problemas, Theo se dejó ganar por una sensación de confianza. Tal vez, después de todo, el viaje no tenía por qué resultar desastroso. Gascoigne habría hablado, pero no sabía nada del bebé. A ojos de Xan, los Cinco Peces debían de ser una pequeña y desdeñable banda de aficionados. Incluso era posible que ni se molestara en darles caza. Por primera vez desde el comienzo del viaje nació en él un rayo de esperanza.

Vio el tronco caído en el último momento, y frenó bruscamente un segundo antes de que el morro del coche chocara con sus ramas salientes. La sacudida despertó a Rolf, que soltó un juramento. Theo paró el motor. Hubo un instante de silencio en el que dos pensamientos, tan seguidos que fueron casi simultáneos, despertaron toda su atención. El primero fue de alivio: el tronco no parecía muy pesado, pese a su profusión de hojas otoñales; sin duda podrían apartarlo entre los tres sin demasiada dificultad. La segunda idea fue de horror. Era imposible que el tronco hubiera caído por sí solo de forma tan inoportuna; últimamente no había habido ningún vendaval. Se trataba de una obstrucción deliberada.

Y en ese instante los omegas cayeron sobre ellos. Para su gran pánico, se acercaron de un modo inaudible, en un silencio absoluto. Sus caras pintadas, iluminadas por llamas de teas, escrutaron el interior del coche desde todas las ventanillas. Miriam profirió un breve grito. Rolf aulló: «¡Atrás! ¡Marcha atrás!», e intentó apoderarse del volante y de la palanca del cambio. Las manos de los dos hombres, se trabaron. Theo lo apartó de un empujón y engranó la marcha atrás. El motor arrancó con un rugido, el coche salió despedido hacia atrás. Se detuvieron estrepitosamente con una violencia que los proyectó a todos hacia atrás. Los omegas debían haber actuado rápida y sigilosamente, aprisionándolos con un segundo obstáculo. Reaparecieron las caras en las ventanillas. Theo se encontró ante dos ojos inexpresivos, brillantes, bordeados de blanco en una máscara de remolinos azules, rojos y amarillos. Sobre la frente pintada, el cabello estaba recogido en un moño alto. El omega sostenía en una mano la antorcha llameante y en la otra un garrote, parecido a una porra de policía, decorado con finas coletas de pelo. Theo recordó con horror haber oído decir que cuando los Caras Pintadas mataban, solían cortar el cabello de la víctima para trenzarlo a guisa de trofeo; un rumor al que apenas había dado crédito, parte del folklore del terror. Contempló con fascinado horror la trenza colgante y se preguntó si procedía de la cabeza de un hombre o de una mujer.

Dentro del coche no hablaba nadie. El silencio, que había parecido prolongarse durante minutos, sólo podía haber durado segundos. Y entonces empezó la danza ritual. Con un gran clamor, las figuras empezaron a cabriolear lentamente en torno al coche, golpeando con sus porras los costados y el techo en acompañamiento rítmico al agudo sonido de sus cantos. Vestían solamente pantalones cortos, pero sus cuerpos no estaban pintados. A la luz de las antorchas los pechos desnudos parecían blancos como la leche, las cajas torácicas delicadamente vulnerables. Los movimientos de las piernas, las cabezas adornadas, las caras pintarrajeadas partidas por amplias bocas aullantes permitían verlos como una pandilla de niños demasiado crecidos que se entregaban a sus molestos pero en esencia inocentes juegos.

¿Sería posible, se preguntó Theo, hablar con ellos, razonar con ellos, establecer por lo menos el reconocimiento de una humanidad común? Sólo perdió unos segundos en este pensamiento. Recordó haber conocido en otro tiempo a una de sus víctimas, y le vino a la mente un retazo de su conversación. «Se dice que matan a una sola víctima, como un sacrificio, pero en esta ocasión, gracias a Dios, se dieron por satisfechos con el automóvil.» Y luego había añadido: «Sobre todo, no hay que meterse con ellos. Es cuestión de abandonar el coche y escapar.» Para él, la huida no había sido fácil; para ellos, con la carga de una mujer embarazada, parecía imposible. Pero existía un hecho que acaso podía disuadirlos del asesinato, si eran capaces de pensar racionalmente y lo creían: el embarazo de Julian. A la sazón, la evidencia era suficiente incluso para un omega. Pero Theo no necesitaba preguntarse cómo reaccionaría Julian a eso; no habían huido de Xan y del Consejo para caer en poder de los Caras Pintadas. Se giró para mirarla. Estaba sentada con la cabeza gacha, rezando, seguramente. Le deseó buena suerte con su dios. Los ojos de Miriam estaban muy abiertos y aterrorizados. Resultaba imposible verle la cara a Luke, pero desde su asiento Rolf lanzó una retahíla de obscenidades.

La danza no cesaba: los cuerpos movedizos giraban cada vez más deprisa, y el canto se volvía más ruidoso. Era difícil ver cuántos había, pero calculó que no debían ser menos de una docena. De momento no habían hecho ningún intento de abrir las portezuelas, pero Theo era consciente de que las cerraduras no ofrecían ninguna seguridad. Eran suficientes para volcar el coche. Y tenían antorchas para prenderle fuego. Tarde o temprano se verían obligados a salir.

Los pensamientos de Theo se sucedían precipitadamente: ¿qué probabilidades tenían de escapar, al menos Julian y Rolf? Estudió el terreno por entre el caleidoscopio de cuerpos culebreantes. A la izquierda había una pared de piedra, baja y medio desmoronada, que en algunos puntos, calculó, no debía de alcanzar un metro de altura. Más allá se divisaba una oscura masa de árboles. Tenía el revólver, una sola bala, pero sabía que el mero hecho de mostrarlo resultaría fatal. Sólo podía matar a uno; los demás caerían sobre ellos con el furor de la venganza. Sería una carnicería. Superados en número como se hallaban, era inútil pensar en la fuerza física. La oscuridad era su única esperanza. Si Julian y Rolf podían llegar hasta los árboles, tendrían al menos la posibilidad de esconderse. Seguir corriendo, abalanzándose ruidosa y peligrosamente por entre la maleza de un bosque desconocido, sólo serviría para provocar una persecución, pero tal vez fuera posible ocultarse. El éxito dependería de si los omegas se molestaban o no en perseguirles. Cabía la posibilidad, aunque fuera pequeña, de que se contentaran con el coche y las tres víctimas restantes.

Pensó: «No deben vernos hablar, no deben saber que estamos proyectando la huida.» No existía el menor peligro de que sus palabras fuesen escuchadas; los gritos y alaridos que volvían espeluznante la noche casi sofocaban su voz. Tuvo que hablar fuerte y claro para que Luke y Julian le oyeran desde el asiento de atrás, pero se cuidó mucho de volver la cabeza.

—Al final nos obligarán a salir —comenzó—. Debemos decidir exactamente qué vamos a hacer. Es cosa suya, Rolf. Cuando nos saquen, ayude a Julian a saltar esa pared y luego corran hacia los árboles y escóndanse. Elija bien el momento. Los demás intentaremos cubrirles.

—¿Cómo? —preguntó Rolf—. ¿Qué significa eso de cubrirnos? ¿Cómo van a cubrirnos?

—Hablando. Distrayendo su atención. —En ese momento le vino la inspiración—: Uniéndonos a la danza.

La voz de Rolf sonó muy aguda, próxima a la histeria.

—¿Bailar con esos cabrones? ¿Qué clase de fiesta se ha creído que es ésta? Esa gente no habla. Esos cabrones no hablan y no bailan con sus víctimas. Ésos sólo queman y matan.

—Nunca más de una víctima. Tenemos que asegurarnos de que no sea Julian ni usted.

—Vendrán por nosotros. Y Julian no puede correr.

—Dudo de que se tomen la molestia, teniendo otras tres posibles víctimas y un coche que quemar. Tenemos que elegir el momento adecuado. Haga que Julian cruce esa pared aunque tenga que arrastrarla. ¿Entendido?

—Es una locura.

—Si se le ocurre otra cosa, oigámosla.

Tras unos instantes de reflexión, Rolf respondió:

—Podríamos enseñarles a Julian, decirles que está embarazada, dejar que lo comprobaran ellos mismos. Decirles que soy el padre. Podríamos hacer un pacto con ellos. Así por lo menos salvaríamos la vida. Hablemos ahora con ellos, antes de que nos hagan salir del coche.

Desde el asiento de atrás, Julian habló por primera vez. Con toda claridad, dijo:

—No.

Tras esta única palabra, pasaron unos instantes sin que nadie dijera nada. Finalmente, intervino de nuevo Theo.

—Al final nos obligarán a salir. O, si no, incendiarán el coche. Por eso tenemos que decidir ahora mismo qué vamos a hacer. Si nos unimos a la danza, y si no nos matan al instante, tal vez consigamos distraer su atención durante el tiempo suficiente para darles una oportunidad a Julian y a usted.

—No pienso moverme. Tendrán que arrastrarme.

—Es lo que harán.

Luke habló por primera vez.

—Si no los provocamos, quizá se cansen y acaben yéndose.

—No se irán —replicó Theo—. Siempre queman el coche. Podemos elegir entre estar dentro o fuera cuando lo hagan.

Sonó un golpe violento. El parabrisas quedó cubierto por un laberinto de grietas, pero no se rompió. Acto seguido, uno de los omegas descargó su garrote contra la ventanilla delantera. El vidrio se hizo añicos y cayó sobre el regazo de Rolf. El aire de la noche entró en el automóvil con el frío de la muerte. Rolf dio un respingo y se apartó bruscamente cuando el omega introdujo la antorcha encendida y la sostuvo llameante ante su rostro.

El omega se echó a reír y, con voz suave, educada, casi halagadora, los llamó.

—Salid, salid, salid, quienesquiera que seáis.

Hubo otros dos golpes y saltaron las ventanillas de atrás. Miriam lanzó un grito cuando una antorcha le chamuscó el rostro. Flotó un olor a pelo quemado. Theo sólo tuvo tiempo de decir: «Recuerden. La danza. Luego corran hacia la pared», antes de que los cinco descendieran a trompicones del coche y fueran apartados del mismo a empujones.

Los rodearon de inmediato. Sosteniendo en alto las antorchas con la mano izquierda y las porras en la derecha, los omegas se detuvieron unos segundos para contemplarlos, y en seguida volvieron a iniciar la danza ritual con los cautivos en el centro. Pero esta vez sus movimientos eran más lentos y ceremoniosos, su canto más grave; ya no era una celebración sino un salmo funeral. Theo los imitó al instante, alzando los brazos, agitando el cuerpo, mezclando su voz con las de ellos. Uno a uno, los otros cuatro fueron ocupando un lugar en el círculo. Quedaron separados. Eso era malo. Quería tener cerca a Rolf y Julian para poder darles la señal a la hora de actuar. Pero la primera parte del plan, la más peligrosa, había resultado. Había temido que lo derribaran de un golpe al primer movimiento, y se había preparado para recibir el garrotazo aniquilador que acabaría con toda su responsabilidad, que acabaría con su vida. No había llegado.

Y entonces, como obedeciendo una orden secreta, los omegas empezaron a patear el suelo al unísono, más y más deprisa, hasta que el círculo se deshizo y reanudaron su danza giratoria. El omega que se hallaba ante él se retorció y empezó a cabriolear hacia atrás con pasos ligeros y delicados, como un gato, blandiendo la porra sobre su cabeza. Sonrió enseñándole los dientes a Theo, casi tocándole con la nariz. Theo podía percibir su olor, un olor rancio que no era desagradable; podía ver los intrincados remolinos y curvas de la pintura, azul, roja y negra, que le subrayaba los pómulos, corría sobre la línea de las cejas, le cubría hasta el último centímetro de cara en un diseño que era al mismo tiempo bárbaro y sofisticado. Durante un segundo recordó a los pintados isleños del Mar del Sur, con sus moños altos, que había visto en el museo Pitt Rivers, y volvió a verse con Julian en aquella sala silenciosa y vacía.

Los ojos del omega, estanques negros entre las llamaradas de color, se clavaron en los suyos. Theo no se atrevió a desviar la vista para buscar a Julian o a Rolf. Danzaban describiendo círculos y más círculos, más deprisa cada vez. ¿Cuándo pasarían a la acción Julian y Rolf? Mientras sostenía la mirada del omega, su mente sólo podía desear que emprendieran la fuga de inmediato, antes de que sus captores se cansaran de aquella camaradería espúrea. De pronto, el omega se hizo a un lado y siguió danzando de espaldas a él, y Theo pudo volver la cabeza. Rolf, con Julian a su lado, se hallaba en el lado opuesto del círculo, Rolf contorsionándose en una torpe parodia de danza, con los brazos rígidamente levantados, y Julian sujetándose la capa con la mano izquierda y la mano derecha libre, el cuerpo oscilando suavemente al compás del canto.

Entonces hubo un momento de horror. El omega que hacía cabriolas detrás de ella extendió la mano izquierda y asió su cabellera replegada. Dio un tirón y los pliegues de cabello se deshicieron. Julian se detuvo un instante y en seguida empezó a bailar de nuevo, con el cabello arremolinándose en torno a su cara. Iban acercándose al margen de hierba y a la parte más baja del muro. Theo veía claramente a la luz de las teas las piedras caídas sobre la hierba, la forma negra de los árboles más allá. Hubiera querido gritar: «¡Ahora! ¡Corred! ¡Corred!» Y en aquel momento Rolf se decidió. Cogió la mano de Julian y echaron a correr los dos hacia el muro. Rolf lo saltó primero, se volvió e hizo cruzar a Julian casi a rastras. Algunos danzarines, absortos, en éxtasis, siguieron lanzando sus agudos gemidos, pero el omega que estaba más cerca de ellos fue rápido. Dejó caer la antorcha y, con un grito salvaje, se abalanzó hacia ellos y aferró el extremo de la capa de Julian cuando aún se deslizaba sobre la pared.

Y entonces Luke saltó hacia delante. Sujetando al omega con ambos brazos, trató en vano de hacerlo retroceder mientras gritaba:

—¡No, no! ¡Cogedme a mí! ¡Cogedme a mí!

El omega soltó la capa y, con un grito de furia, se volvió contra Luke. Durante un segundo Theo vio a Julian vacilar extendiendo una mano, pero Rolf tiró de ella y las dos siluetas fugitivas se perdieron entre las sombras de los árboles. Sucedió en cuestión de segundos, y dejó a Theo una confusa imagen de los brazos extendidos y los ojos suplicantes de Julian, Rolf arrastrándola, la antorcha del omega llameando entre las hierbas.

Ahora los omegas tenían una víctima autoelegida. Se hizo un terrible silencio mientras se agrupaban a su alrededor haciendo caso omiso de Theo y Miriam. Al primer chasquido de madera sobre hueso Theo oyó un grito único, pero no hubiera sabido decir si procedía de Miriam o de Luke. Al instante Luke cayó por tierra, y sus asesinos se lanzaron sobre él como bestias sobre su presa, disputándose un lugar a empujones, descargando una frenética lluvia de golpes. La danza había terminado, la ceremonia de la muerte concluido, y la matanza empezado. Mataban en silencio, un silencio terrible en el que a Theo le pareció que podía oír crujir y astillarse hasta el último hueso, y sintió que sus oídos iban a estallar con la presión de la sangre de Luke. Cogió a Miriam y tiró de ella hacia la pared.

—¡No! —jadeó ella—. ¡No podemos, no podemos! No podemos abandonarlo.

—Debemos hacerlo. No podemos hacer nada por él. Julian la necesita.

Los omegas no intentaron seguirlos. Cuando Theo y Miriam ganaron el lindero del bosque, se detuvieron y miraron atrás. Ahora la matanza parecía menos un frenesí suscitado por la sed de sangre que un asesinato calculado. Cinco o seis omegas sostenían sus antorchas en alto formando un círculo en cuyo interior, silenciosamente, las siluetas oscuras de los cuerpos semidesnudos, blandiendo sus porras, se elevaban y caían en una mortífera danza ritual. Aun desde aquella distancia, a Theo le pareció que el aire se astillaba con el crujir de los huesos de Luke. Pero sabía que no podía oír nada, nada excepto la jadeante respiración de Miriam y el palpitar de su propio corazón. De pronto, se dio cuenta de que Rolf y Julian habían acudido sigilosamente y se hallaban a sus espaldas. Los cuatro miraron en silencio mientras los omegas, terminada su obra, corrían hacia el coche capturado entre alaridos de triunfo. A la luz de las antorchas, Theo distinguió los contornos de un ancho portón que daba entrada al campo que bordeaba la carretera. Dos de los omegas lo abrieron, y el coche, conducido por uno de la banda y empujado por detrás por los otros, cruzó lentamente la cuneta de hierba y el portón. Theo sabía que debían disponer de un vehículo propio, probablemente una camioneta, aunque no recordaba haberla visto. Pero por un instante abrigó la absurda idea de que podían abandonarla momentáneamente en la excitación de incendiar el coche, y que podía existir una posibilidad, por pequeña que fuese, de apoderarse de ella, quizás incluso de descubrir que habían dejado las llaves puestas. Esta esperanza, lo sabía, no tenía nada de racional. En el mismo instante en que cobraba forma en su mente, vio venir por la carretera una pequeña camioneta negra que cruzó el portón tras el coche para entrar en el campo.

No fueron muy lejos; apenas cincuenta metros, calculó Theo. Luego empezaron de nuevo los gritos y la danza salvaje. Hubo una explosión y el Renault quedó envuelto en llamas. Con él se perdieron los suministros médicos de Miriam, los alimentos, el agua, las mantas. Con él, le pareció, se perdían todas sus esperanzas.

Oyó la voz de Julian.

—Podemos ir a buscar a Luke. Ahora, mientras están ocupados.

—Será mejor dejarlo —objetó Rolf—. Si descubren que ha desaparecido, sólo conseguiremos recordarles que aún estamos por aquí. Ya lo recogeremos luego.

Julian tiró suavemente de la manga de Theo.

—Vaya a buscarlo, por favor. Cabe la posibilidad de que aún esté vivo.

Miriam habló desde la oscuridad.

—No estará vivo, pero no pienso dejarlo ahí. Vivo o muerto, estamos juntos.

Ya había empezado a adelantarse cuando Theo la retuvo cogiéndola por la manga.

—Quédese con Julian —le dijo—. Rolf y yo nos encargaremos de eso.

Echó a andar hacia la carretera sin mirar a Rolf. Al principio creyó que iba solo, pero Rolf no tardó en darle alcance.

Cuando llegaron junto a la oscura figura, acurrucada sobre un costado como si estuviera durmiendo, Theo decidió:

—Usted es más fuerte. Cójalo por la cabeza.

Dieron la vuelta al cuerpo entre los dos. La cara de Luke había desaparecido. Incluso bajo la distante claridad rojiza que proyectaba el coche incendiado, pudieron observar que le habían machacado toda la cabeza hasta convertirla en un amasijo de sangre, piel y huesos quebrados. Los brazos yacían retorcidos y, cuando Theo se afianzó para levantar el cuerpo, las piernas se doblaron de un modo extraño. Era como tratar de levantar una marioneta rota.

El cuerpo era más ligero de lo que Theo había imaginado, pero cuando cruzaron la poco profunda zanja que separaba la carretera del muro e izaron el cuerpo para pasarlo al otro lado, los dos hombres respiraban con dificultad. Al llegar junto a las mujeres, Julian y Miriam se volvieron sin decir palabra, y emprendieron la marcha como si se tratara de una procesión funeraria organizada de antemano. Miriam encendió la linterna y los demás siguieron el minúsculo charco de luz. El viaje se les antojó interminable, pero Theo juzgó que no podían llevar más de un minuto andando cuando llegaron ante un tronco caído.

—Lo dejaremos aquí —anunció.

Miriam había evitado dirigir la linterna hacia Luke. Cuando lo hubieron depositado en el suelo, se volvió hacia Julian y le aconsejó:

—No lo mires. No hace falta que lo mires.

La voz de Julian fue serena.

—Tengo que verlo. Si no lo veo será peor. Dame la linterna.

Miriam se la entregó sin protestar. Julian la paseó lentamente por el cuerpo de Luke, arrodillada junto a la cabeza, e intentó enjugar con su falda la sangre que le cubría el rostro.

—Es inútil —le dijo Miriam con suavidad—. Ahí ya no queda nada de él.

—Murió para salvarme —respondió Julian.

—Murió para salvarnos a todos.

Theo notó de pronto un enorme cansancio. Tenemos que enterrarlo, pensó. Tenemos que dejarlo bajo tierra antes de seguir adelante. Pero seguir, ¿adónde? ¿Y cómo? Del modo que fuera, tenían que conseguir otro coche, comida, agua, mantas. En aquellos momentos, lo más necesario era el agua. Ansiaba agua; la sed engañaba al hambre. Julian permanecía de rodillas junto al cuerpo de Luke, acunando su destrozada cabeza en el regazo, y su oscura cabellera caía sobre el rostro del muerto. No emitía ningún sonido.

Entonces Rolf se agachó y tomó la linterna de la mano de Julian. La enfocó de pleno sobre la cara de Miriam. Ella parpadeó bajo el delgado pero intenso haz, y alzó instintivamente una mano. Rolf habló en voz baja y áspera, tan distorsionada como si procediera de una laringe enferma.

—¿De quién es el hijo que lleva?

Miriam bajó la mano y sostuvo su mirada con firmeza, pero no respondió.

—Te he preguntado de quién es el hijo que lleva —volvió a preguntar.

Esta vez su voz fue más clara, pero Theo se dio cuenta de que todo su cuerpo se estremecía. Instintivamente, se acercó más a Julian.

—¡No se meta en esto! No tiene nada que ver con usted. Se lo he preguntado a Miriam. —A continuación, repitió con mayor violencia—: ¡No tiene nada que ver con usted! ¡Nada!

La voz de Julian surgió de las tinieblas:

—¿Por qué no me lo preguntas a mí?

Por primera vez desde la muerte de Luke, Rolf se volvió hacia su mujer. La luz de la linterna se movió en la oscuridad desde el rostro de Miriam hasta el de ella.

—De Luke —dijo Julian—. Es hijo de Luke.

La voz de Rolf sonó muy queda.

—¿Estás segura?

—Sí, estoy segura.

Rolf enfocó la linterna sobre el cuerpo de Luke y lo escrutó con el frío interés profesional de un verdugo comprobando que el condenado ha muerto, que no hace falta el *coup de grâce* final. Luego, con un gesto violento, les volvió la espalda a todos, trastabilló por entre los árboles y se arrojó sobre una de las hayas, rodeándola con sus brazos.

—¡Dios mío! —exclamó Miriam—. ¡Qué momento para preguntarlo! Y qué momento para enterarse...

—Vaya con él, Miriam —le urgió Theo.

—Mis habilidades no le servirán de nada. Tendrá que enfrentarse a esto él solo.

Julian seguía arrodillada junto a la cabeza de Luke. Theo y Miriam, frente a frente, contemplaron fijamente aquella sombra oscura como si temieran que, de no hacerlo, pudiera desaparecer entre las sombras aún más oscuras del bosque. No alcanzaban a oír ningún sonido, pero a Theo le pareció que Rolf estaba frotándose la cara contra la corteza como un animal atormentado que intenta librarse de los tábanos que lo acosan. Luego empezó a golpear el árbol con todo el cuerpo, como si quisiera desahogar su cólera y su angustia sobre la madera inflexible. Al observar los espasmódicos movimientos de sus extremidades en aquella oscura parodia de la pasión, Theo percibió con mayor intensidad la indecencia de ser testigo de tanto dolor.

Desvió la mirada y preguntó en voz baja a Miriam:

—¿Sabía usted que el padre era Luke?

—Lo sabía.

—¿Se lo dijo ella?

—Lo adiviné.

—Pero no dijo nada.

—¿Qué quería que dijera? Nunca tuve la costumbre de indagar quién había engendrado los bebés que ayudaba a venir al mundo. Un bebé es un bebé.

—Éste es distinto.

—No para una comadrona.

—¿Lo amaba?

—Ah, eso es lo que los hombres siempre quieren saber. Pregúnteselo a ella.

Theo insistió.

—Por favor, Miriam, hábleme de ello.

—Creo que le tenía lástima. No creo que amara a ninguno de los dos, ni a Rolf ni a Luke. Está empezando a amarle a usted, signifique eso lo que signifique; pero creo que ya lo sabe. Si no lo hubiera sabido, o si no tuviera esa esperanza, no estaría usted aquí.

—¿No analizaron nunca el semen de Luke? ¿O es que Rolf y él dejaron de acudir a los análisis?

—Rolf dejó de presentarse hace unos meses. Creía que los técnicos habían cometido un error con él o que ni siquiera se molestaban en analizar la mitad de las muestras que obtenían. Luke estaba exento; de pequeño había sufrido una epilepsia leve. Como Julian, Luke era un rechazado.

Se habían apartado un poco de Julian. Volviéndose a contemplar su oscura silueta hincada de hinojos, Theo observó:

—Está muy tranquila. Cualquiera diría que va a tener el hijo en las mejores circunstancias posibles.

—¿Cuáles son las mejores circunstancias? Las mujeres han dado a luz en guerras, en revoluciones, en hambrunas, en campos de concentración… Tiene lo esencial: usted y una comadrona en la que confía.

—Confía en su dios.

—Tal vez debería usted tratar de hacer lo mismo. Acaso le daría tanta serenidad como la de ella. Más adelante, cuando llegue el bebé, necesitaré su ayuda, pero le aseguro que no necesito su inquietud.

—¿Y usted? —preguntó Theo.

—¿Si creo en Dios? No, para mí ya es demasiado tarde. Creo en la fuerza y en el coraje de Julian, y en mi propia habilidad. Pero si Él nos saca con bien de todo esto, es posible que cambie de idea, que intente ver si puedo llegar a un entendimiento con Él.

—No creo que Dios haga tratos.

—Oh, sí que los hace. Puede que no sea religiosa, pero conozco la Biblia. Mi madre se encargó de eso. Siempre está dispuesto a hacer tratos. Pero se supone que es justo. Si quiere que crea en Él, tendrá que darme alguna prueba.

—¿De que existe?

—De que se interesa por nosotros.

Quedaron en silencio contemplando aquella oscura silueta apenas discernible sobre el tronco, más oscuro, del que parecía formar parte, ya callada, inmóvil, recostada contra el árbol como vencida por el más profundo agotamiento.

Theo le preguntó a Miriam, comprendiendo la inutilidad de su pregunta en el mismo momento de formularla:

—¿Lo superará?

—No lo sé. ¿Cómo puedo saberlo?

Miriam se apartó de él y echó a andar hacia Rolf; pero en seguida se detuvo y esperó en silencio, sabiendo que, si Rolf necesitaba el consuelo de un contacto humano, no había nadie más a quien pudiera recurrir.

Julian se incorporó lentamente. Theo notó que su capa le rozaba el brazo, pero no se volvió a mirarla. En su interior hervía una mezcla de emociones y cólera que se sabía sin derecho a sentir, y alivio, un alivio tan intenso que se acercaba a la alegría, porque el niño no era de Rolf. Pero, por el momento, la cólera predominaba. Sintió deseos de zaherirla, de preguntarle: «¿Conque eso era, entonces? ¿La amante de todo el grupo? ¿Y Gascoigne? ¿Cómo sabe que el hijo no es de él?» Pero estas palabras serían imperdonables y, peor aún, inolvidables. Sabía que no tenía derecho a interrogarla, pero no pudo reprimir las severas palabras acusadoras ni ocultar el dolor que las motivaba.

—¿Amaba a alguno de los dos? ¿Ama a su marido? —preguntó a Julian.

Ella respondió con sencillez.

—¿Amaba usted a su esposa?

Theo vio que era una pregunta seria; no una represalia, y le dio una respuesta seria y sincera.

—Cuando nos casamos me convencí de que la amaba. Me esforcé por tener los sentimientos adecuados sin saber cuáles podrían ser los sentimientos adecuados. La revestí con cualidades que ella no poseía y luego la desprecié porque no las poseía. Más tarde habría podido aprender a amarla si hubiera pensado más en sus necesidades y menos en las mías.

Retrato de un matrimonio, pensó. Quizá la mayoría de los matrimonios, buenos o malos, podía resumirse en cuatro frases.

Ella lo miró fijamente durante unos instantes, y al fin dijo:

—Ésta es la respuesta a su pregunta.

—¿Y Luke?

—No, no lo amaba, pero me gustaba que estuviera enamorado de mí. Lo envidiaba por lo mucho que era capaz de amar, lo mucho que era capaz de sentir. Nadie me ha deseado nunca con emoción tan intensa. Así que le di lo que él quería. Si le hubiera amado, habría sido... —hizo una breve pausa y concluyó—: habría sido menos pecaminoso.

—¿No es ésa una palabra muy fuerte para un simple acto de generosidad?

—Es que no fue un simple acto de generosidad. Fue un acto de complacencia conmigo misma.

Theo se daba cuenta de que no era el momento adecuado para semejante conversación, pero, ¿cuándo habría un momento? Tenía que saberlo, tenía que comprender.

—Pero habría sido correcto, menos pecaminoso según la expresión que ha utilizado, si le hubiera amado. ¿Coincide entonces con Rosie McClure en que el amor lo justifica todo, lo disculpa todo?

—No, pero es natural, es humano. Lo que hice fue utilizar a Luke movida por la curiosidad, por el aburrimiento, quizá para vengarme un poco de Rolf porque se preocupaba más por el grupo que por mí, para castigar a Rolf porque había dejado de amarlo. ¿Puede usted entender esto, la necesidad de hacer daño a alguien porque ya no se le puede amar?

—Sí, lo entiendo.

—Fue todo muy vulgar, previsible, innoble —añadió ella.

—Y sórdido —sugirió Theo.

—No, eso no. Nada que tuviera que ver con Luke podía

ser sórdido. Pero le causó más daño que gozo. Aunque supongo que no me tenía usted por una santa.

—No —respondió Theo—, pero creía que era buena.

—Ahora ya sabe que no lo soy —dijo Julian con voz queda.

Escrutando la semioscuridad, Theo vio que Rolf se había apartado del árbol y regresaba hacia ellos. Miriam se adelantó para salirle al encuentro. Los tres pares de ojos se clavaron en el rostro de Rolf observando, esperando oír sus primeras palabras. Cuando llegó más cerca, Theo vio que su mejilla izquierda y su frente eran una llaga abierta, despellejada por el roce con la corteza.

Cuando Rolf habló lo hizo con voz perfectamente serena, pero con una entonación tan extraña que durante unos absurdos instantes Theo creyó que un desconocido se había infiltrado entre ellos aprovechando la oscuridad.

—Antes de seguir adelante, debemos enterrarlo. Y eso quiere decir que tendremos que esperar a que haya algo de luz. Será mejor que le quitemos el abrigo antes de que se ponga demasiado rígido. Vamos a necesitar toda la ropa que tenemos.

—No será nada fácil enterrarlo sin herramientas —señaló Miriam—. El terreno es blando, y tendremos que cavar un hoyo como sea. No podemos limitarnos a cubrirlo con hojas.

—Eso puede esperar hasta mañana. Quitémosle el abrigo en seguida. A él ya no le sirve —replicó Rolf.

Tras formular la sugerencia no hizo nada para ponerla en práctica, y fueron Miriam y Theo quienes hicieron girar el cuerpo y le quitaron el abrigo tirando suavemente de las mangas, que estaban empapadas de sangre. Theo las notó húmedas al tacto. Volvieron a colocar el cadáver como estaba, tendido de espaldas, los brazos a lo largo del cuerpo.

—Mañana conseguiré otro coche —les anunció Rolf—. Mientras tanto, intentaremos descansar lo que podamos.

Se acomodaron juntos en la amplia horquilla de un haya caída. Una rama saliente que aún conservaba en profusión los frágiles pendones de bronce del otoño les proporcionó una ilusión de seguridad, y se acurrucaron bajo ella como chiquillos que, conscientes de haber cometido graves faltas, trataran de ocultarse a la mirada de los adultos. Rolf se situó en un extremo, con Miriam a su lado, y luego Julian entre Miriam y Theo. Sus cuerpos envarados parecían infectar de ansiedad el aire que los rodeaba. El mismo bosque parecía turbado; sus ruiditos incesantes siseaban y susurraban en el aire agitado. Theo no pudo conciliar el sueño, y la respiración irregular, las toses sofocadas, los leves gruñidos y suspiros le dijeron que los demás compartían su vela. Ya habría un tiempo para dormir. Vendría con la mayor tibieza del día, con el entierro de aquella forma oscura, cada vez más rígida, que, fuera de su vista al otro lado del árbol caído, era una presencia viva en las mentes de todos. Notaba el calor del cuerpo de Julian apretado contra el suyo, y sabía que ella debía obtener de él el mismo solaz. Miriam había envuelto a Julian en el abrigo de Luke, y a Theo le pareció que podía oler la sangre aún no del todo seca. Se sentía suspendido en un limbo de tiempo, consciente del frío, de la sed, de los innumerables sonidos del bosque, pero no del paso de las horas. Al igual que sus compañeros, lo sobrellevó y esperó el amanecer.

28

La luz del día, insegura y desabrida, se infiltró en el bosque como un hálito helado, envolviéndose de cortezas y ramas rotas, tocando los troncos de los árboles y las bajas ramas desnudas, confiriendo a la oscuridad y el misterio una forma y una sustancia. Al abrir los ojos Theo no pudo creer que en verdad hubiera llegado a dormirse, aunque debía de haber perdido momentáneamente la consciencia, puesto que no guardaba ningún recuerdo de que Rolf se hubiera levantado y los hubiera dejado. Miró a su alrededor y lo vio regresar a grandes pasos por entre los árboles. Cuando llegó a su lado, anunció:

—He estado explorando. Esto no es un bosque, en realidad, sino más bien una franja. Sólo tiene unos ochenta metros de anchura. No podemos ocultarnos aquí durante mucho tiempo. Entre el extremo del bosque y el campo hay una especie de zanja. Llevaremos el cuerpo allí.

Como la noche anterior, Rolf no hizo ningún intento de tocar el cuerpo de Luke. Fueron Miriam y Theo quienes lo levantaron. Miriam sostuvo las piernas de Luke separadas, apoyándolas sobre sus muslos. Theo alzó el peso de la cabeza y los hombros, advirtiendo ya el inicio del rigor. El cuerpo iba combado entre los dos mientras seguían a Rolf entre los árboles. Julian caminaba a su lado, la capa bien ceñida, la faz serena pero muy pálida, el abrigo manchado de sangre y la estola crema de Luke plegados sobre su brazo. Los llevaba como trofeos de guerra.

Sólo había unos cincuenta metros hasta el lindero del bosquecillo, y al llegar allí se encontraron ante una campiña suavemente ondulada. La cosecha había terminado, y en las lejanas tierras altas yacían balas de paja desperdigadas como pálidos pedestales. El sol, una bola de cruda luz blanca, ya empezaba a dispersar la bruma que cubría los campos y las colinas distantes, absorbiendo los colores del otoño y fundiéndolos en un suave verde oliva en el que los árboles se destacaban uno tras otro como negras siluetas recortadas. Iba a ser otro tibio día de otoño. Con una sensación de alivio cercana a la euforia, Theo descubrió que en la linde del bosque crecía un seto de zarzas cargadas de moras. Tuvo que recurrir a todo su disciplina para no dejar caer el cuerpo de Luke y precipitarse sobre ellas.

La zanja era poco profunda, apenas una estrecha depresión entre el bosquecillo y el campo. Pero habría sido difícil encontrar un lugar más apropiado para la sepultura. Habían arado el campo poco antes, y la tierra alomada parecía relativamente blanda. Agachándose, Theo y Miriam soltaron el cuerpo y lo dejaron rodar al interior de la zanja. Theo deseó que hubieran podido hacerlo con mayor suavidad, menos como si se deshicieran de un animal indeseable. Luke quedó tendido boca abajo. Intuyendo que no era así como Julian lo quería, saltó a la zanja e intentó hacer girar el cuerpo. La tarea era más difícil de lo que había imaginado, y más le hubiera valido no emprenderla. Al final, Miriam tuvo que ayudarle, y se esforzaron los dos entre la tierra y las hojas hasta que lo que quedaba del rostro destrozado y enfangado de Luke quedó vuelto hacia el cielo.

—Podemos cubrirlo primero con hojas —propuso Miriam—, y luego con tierra.

Tampoco ahora Rolf hizo nada por ayudarlos, pero los otros tres se internaron en el bosque y regresaron con brazadas de hojas secas, mohosas, de color pardo iluminado por el bronce brillante de las hojas de haya recién caídas. Antes de que empezaran a cubrir el cuerpo, Julian enrolló la estola de Luke y la dejó caer suavemente en la tumba. Por un instante, Theo se sintió tentado a protestar. Era muy poco lo que tenían: la ropa que llevaban puesta, una linterna pequeña, la pistola con una sola bala. La estola hubiera podido serles útil. Pero ¿para qué? ¿Por qué escatimar a Luke lo que era suyo? Entre los tres cubrieron el cuerpo de hojas, y a continuación empezaron a arrancar la tierra del borde del campo con las manos, de modo que cayera sobre la tumba. Habría resultado más rápido y más fácil para Theo amontonar los terrones con los pies y apisonarlos sobre el cuerpo, pero en presencia de Julian se sintió incapaz de actuar con tan brutal eficiencia.

Durante todo el entierro Julian permaneció en silencio, pero perfectamente calmada. De pronto, dijo:

—Debería yacer en tierra consagrada.

Por primera vez desde que había empezado el entierro su voz sonó turbada, insegura, quejumbrosa como la de una niña preocupada. Theo sintió un ramalazo de irritación. ¿Qué quería que hicieran? ¿Que aguardaran hasta la noche, desenterraran el cuerpo, lo transportaran al cementerio más cercano y reabrieran una de las tumbas?

Fue Miriam quien respondió. Mirando a Julian, dijo con voz apacible:

—Allí donde yace un hombre bueno, es tierra sagrada.

Julian se volvió hacia Theo.

—Luke, hubiera querido que leyéramos el servicio de difuntos. Su devocionario está en el bolsillo. Hágalo por él, por favor.

Desplegó el abrigo manchado de sangre y extrajo del bolsillo interior el librito de oraciones encuadernado en piel negra para entregárselo a Theo.

Éste no necesitó mucho tiempo para encontrar el punto. Sabía que el servicio no era largo, pero aun así decidió resumirlo. No podía negarse, pero tampoco era una tarea que le agradara. Empezó a recitar las palabras. Julian permanecía de pie a su izquierda, y Miriam a la derecha. Rolf estaba al extremo de la sepultura con un pie en cada lado de la zanja, los brazos cruzados, la vista fija al frente. Su rostro maltratado estaba tan blanco, y el cuerpo tan rígido, que al alzar la mirada Theo casi temió que fuera a desplomarse de bruces sobre la blanda tierra. Pero el respeto que sentía por él había aumentado. Era imposible imaginar la enormidad de su desengaño o la amargura por la traición. Pero al menos se tenía aún de pie. Theo se preguntó si él habría sido capaz de dominarse hasta tal punto. Aun sin apartar la vista del libro, era consciente de la mirada fija que Rolf le dirigía desde el otro extremo de la tumba.

Al principio, su propia voz le resultaba extraña, pero cuando llegó al salmo las palabras ya habían adquirido su propia cadencia y las pronunció serenamente, con seguridad, como si las conociera de memoria.

—«Señor, Tú has sido nuestro refugio, de una generación a otra. Antes de que existieran las montañas o fueran creados la tierra y el mundo: Tú eres Dios de lo perdurable y mundo sin fin. Tú vuelves el hombre a la destrucción; de nuevo dices: Venid de nuevo a mí, hijos de hombres. Pues un millar de años a tus ojos son como ayer, pues ves lo pasado como un vigía en la noche.»

Llegó a las palabras del entierro. Cuando pronunció la frase «La tierra a la tierra, las cenizas a las cenizas, el polvo al polvo; con la segura y cierta esperanza de Resurrección a la vida eterna, por Jesucristo Nuestro Señor», Julian se acuclilló y arrojó un puñado de tierra sobre la tumba. Tras un instante de vacilación, Miriam hizo lo mismo. Con su cuerpo hinchado y desgarbado, a Julian le resultaba difícil agacharse, y Miriam la sostuvo con una mano. Sin que lo pretendiera ni le agradara, a Theo le vino a la mente la imagen de un animal defecando. Disgustado consigo mismo, la rechazó al instante. Cuando pronunció las palabras de bendición, la voz de Julian se unió a la suya. Acto seguido cerró el devocionario. Rolf seguía sin moverse ni hablar.

De súbito, en un solo movimiento brusco, giró sobre sus talones y dijo:

—Esta noche tendremos que conseguir otro coche. Ahora me voy a dormir. Os aconsejo que hagáis lo mismo.

Pero antes se acercaron al zarzal y lo fueron bordeando, llenándose la boca de moras, manchándose manos y labios con el jugo morado. Las zarzas, no tocadas por nadie, estaban cargadas de bayas maduras, pequeñas y jugosas cápsulas de dulzor. A Theo le maravilló que Rolf pudiera resistirse a ellas. ¿O acaso ya había comido hasta hartarse a primera hora de la mañana? Las bayas, al deshacerse sobre su lengua, le devolvieron fuerza y esperanza en gotas de un zumo increíblemente delicioso.

Luego, con el hambre y la sed un tanto aplacados, regresaron al bosquecillo, al mismo árbol caído que parecía ofrecerles al menos la seguridad psicológica de un escondite. Las dos mujeres se tendieron muy juntas, envueltas en el cada vez más rígido abrigo de Luke, y Theo se acostó a sus pies.

Rolf ya había encontrado su lecho al otro lado del tronco. La tierra estaba blanda por el estiércol de miles de hojas caídas, pero aun si hubiera estado dura como el hierro, Theo habría dormido igualmente.

29

Caía la tarde cuando despertó. Julian estaba de pie a su lado.

—Rolf se ha ido —le anunció.

Theo se sintió al instante completamente despierto.

—¿Está segura?

—Sí, estoy segura.

La creyó, pero aun así tuvo que pronunciar espúreas palabras de esperanza.

—Puede haber ido a pasear. Quizá necesitaba estar solo, quería pensar.

—Ya ha pensado; ahora se ha ido.

Intentado obstinadamente convencerla, si no convencerse a sí mismo, insistió:

—Está encolerizado y confuso. Ya no quiere estar con usted cuando nazca el niño, pero no puedo creer que vaya a traicionarla deliberadamente.

—¿Por qué no? Yo le traicioné. Será mejor que despertemos a Miriam.

Pero no hizo falta. Sus voces habían llegado a la consciencia semidespierta de Miriam. Se incorporó bruscamente y miró hacia el lugar donde Rolf se había acostado.

—Así que se ha ido. Hubiéramos debido suponerlo. Aunque tampoco podíamos impedírselo.

—Quizá yo sí habría podido. Tengo el arma.

Fue Miriam quien respondió a la pregunta que formularon los ojos de Julian.

—Tenemos un revólver. No te preocupes, es algo que puede resultarnos útil. —Se volvió hacia Theo—. Tal vez habría podido retenerlo, pero ¿por cuánto tiempo? ¿Y cómo? ¿Uno de nosotros apuntándole a la cabeza noche y día, haciendo turnos para dormir, para vigilarlo?

—¿Cree que acudirá al Consejo?

—Al Consejo no, al Guardián. Ha cambiado su lealtad. El poder siempre le ha fascinado. Ahora ha ido a unirse con la fuente del poder. Pero no creo que telefonee a Londres. La noticia es demasiado importante para arriesgarse a que se produzca una filtración. Querrá comunicársela personalmente al Guardián, a solas. Eso nos da algunas horas de margen, quizá más; digamos cinco horas, con suerte. Depende de cuándo haya marchado, de lo lejos que haya llegado.

Theo pensó: «Cinco horas o cincuenta, ¿qué diferencia hay?» El peso de la desesperación entorpeció su mente y su cuerpo, dejándolo físicamente debilitado, de modo que casi llegó a vencerle el instinto de dejarse caer a tierra. Hubo un segundo —apenas más— en que hasta el pensamiento quedó paralizado; pero pasó. La inteligencia se reafirmó, y con el pensamiento vino una renovación de la esperanza. ¿Qué haría él si estuviera en el lugar de Rolf? ¿Dirigirse a la carretera, detener el primer coche, buscar el teléfono más próximo? Pero ¿era así de sencillo? Rolf era un hombre buscado, sin dinero, sin medio de transporte ni comida. Miriam tenía razón. El secreto que poseía era de tal importancia que debía ser protegido hasta que pudiera revelárselo al hombre para quien más significaría y más pagaría por él: Xan.

Rolf tenía que llegar a Xan, y llegar a él con seguridad. No podía arriesgarse a ser detenido, a caer bajo el disparo casual de algún miembro de la PSE demasiado alegre con el gatillo. Incluso si le capturaba la Policía de Seguridad del Estado o los granaderos, el resultado sería casi igualmente desastroso: una celda en la que se hallaría a su merced, mientras que sus demandas de ver al Guardián de Inglaterra serían recibidas de inmediato con risotadas y desdén. No; intentaría llegar a Londres, viajando, lo mismo que ellos, al amparo de la noche, viviendo de lo que encontrase sobre la marcha. Cuando llegara a la capital, se presentaría en el antiguo edificio del Foreign Office y solicitaría ver al Guardián, con la certeza de haber llegado al lugar donde esta petición fuera tomada en serio, donde el poder era absoluto y sería ejercido. Y si la persuasión fracasaba y le era negado el acceso, podía jugar su última carta: «Tengo que hablar con él. Dígale de mi parte que la mujer está embarazada.» Y Xan lo recibiría.

Pero una vez que la noticia fuese comunicada y creída, vendrían a toda prisa. Aunque Xan creyera que Rolf mentía o estaba loco, no dejarían de venir. Aunque creyeran que era el último de los falsos embarazos, y las señales, los síntomas, el útero abultado, estuvieran destinados a acabar en farsa, no dejarían de venir. Esto era demasiado importante para correr el albur de una equivocación. Vendrían en helicóptero con médicos y comadronas y, una vez comprobada la verdad, con cámaras de televisión. Julian sería amorosamente transportada a un lecho de un hospital público, con toda la tecnología médica del parto que hacía veinticinco años no se utilizaba. El propio Xan lo presidiría todo y se encargaría de dar la noticia a un mundo incrédulo. No habría humildes pastores junto a esta cuna.

—Calculo que estamos a unos veinticinco kilómetros al sudoeste de Leominster. El plan original sigue en pie —declaró Theo—. Hemos de encontrar un refugio, una casa o una cabaña, en algún lugar tan boscoso como sea posible. Evidentemente, Gales queda descartado. Podríamos dirigirnos hacia el sudeste, hacia el bosque de Dean. Necesitamos un medio de transporte, agua y comida. En cuanto oscurezca, iré al pueblo más cercano y robaré un coche. Hay un pueblo a unos quince kilómetros de aquí. Vi las luces desde el coche justo antes de que los omegas nos atacaran.

Casi esperaba que Miriam le preguntara cómo pensaba hacerlo. Sin embargo, lo aceptó inmediatamente.

—Vale la pena intentarlo. Pero no se arriesgue más de lo necesario.

—Por favor, Theo —le rogó Julian—, no se lleve el revólver.

Theo se volvió hacia ella reprimiendo la cólera.

—Me llevaré lo que tenga que llevarme y haré lo que tenga que hacer. ¿Cuánto más puede aguantar sin agua? No podemos vivir de moras. Necesitamos comida, bebida, mantas, utensilios para el parto. Necesitamos un coche. Si logramos escondernos antes de que Rolf llegue ante el Consejo, todavía quedan esperanzas. O tal vez ha cambiado de idea. Tal vez prefiere seguir el ejemplo de Rolf y entregarse.

Ella movió la cabeza, pero no dijo nada. Theo vio que había lágrimas en sus ojos. Sintió el impulso de estrecharla entre sus brazos, pero se mantuvo a distancia y, hundiendo la mano en el bolsillo interior, palpó el peso frío del arma.

30

Emprendió la marcha en cuanto oscureció, impaciente por partir, molesto por cada instante perdido. Su seguridad dependía de la prontitud con que pudiera apoderarse de un coche. Julian y Miriam lo acompañaron al lindero del bosque y se quedaron mirándolo hasta que se perdió de vista. Al volverse para dirigirles una última mirada, Theo tuvo que combatir la momentánea convicción de que quizás aquélla fuese la última vez que las veía. Recordó haber visto las luces de una aldea lejana al oeste de la carretera. El camino más directo debía de ser cruzando los campos, pero había dejado la linterna donde las mujeres y emprender una caminata campo a través, sin luz y por terreno desconocido, era un envite al desastre. Apretó el paso y, medio caminando, medio corriendo, siguió la misma ruta que habían recorrido. Al cabo de media hora llegó a una encrucijada y, tras unos instantes de reflexión, tomó el camino de la izquierda.

Tardó una hora más, andando a paso vivo, en llegar a las afueras de la población. La carretera rural, desprovista de iluminación, estaba bordeada por un seto alto y descuidado y, al otro lado, por un bosquecillo no muy espeso. Theo andaba por la cuneta y cuando oía acercarse un coche se ocultaba, entre las sombras de los árboles, debido en parte a un deseo instintivo de no ser visto y en parte al temor, no del todo irracional, de que un hombre solitario caminando a toda prisa en la oscuridad pudiera llamar la atención. Pero finalmente el seto y el bosquecillo cedieron su lugar a casas aisladas, situadas a cierta distancia de la carretera en grandes jardines. Sin duda estas casas tendrían coches en el garaje, y seguramente más de uno. Pero casas y garajes estarían bien protegidos. Aquella ostentosa prosperidad difícilmente podría ser vulnerada por un ladrón improvisado, carente de toda experiencia. Theo buscaba víctimas más fáciles de intimidar.

Poco después llegó al pueblo. Andaba más despacio. Sintió que se le aceleraba el pulso y notó las poderosas palpitaciones rítmicas contra la caja torácica. No quería acercarse demasiado al centro. Era importante encontrar rápidamente lo que buscaba y retirarse lo antes posible. Y entonces vio, algo apartada a su izquierda, una hilera de casas apareadas con las paredes exteriores recubiertas de guijas. Cada par de casas era idéntico, con una ventana mirador junto a la puerta y un garaje construido sobre la pared del fondo. Theo se acercó casi de puntillas para inspeccionar el primer par: la casa de la izquierda estaba vacía, las ventanas cegadas con tablones y un anuncio de venta sujeto con alambre a la verja de la calle. Era evidente que llevaba algún tiempo vacía. La hierba estaba alta y descuidada, y el único arriate de flores en el centro del jardín era una masa de rosales crecidos en exceso, con los espinosos tallos enmarañados y las últimas flores ya ajadas y marchitas.

La casa de la derecha estaba ocupada y presentaba un aspecto muy distinto. Había luz en la sala delantera tras las cortinas cerradas, el césped del jardín estaba pulcramente segado y un lecho de dalias y crisantemos bordeaba el sendero. En el límite con la casa de al lado habían instalado una valla nueva, quizá para ocultar la desolación vecina o para tener las malas hierbas a raya. Parecía el lugar ideal para los propósitos de Theo. Sin vecinos cercanos no habría nadie que pudiera ver u oír, y la proximidad de la carretera le ofrecía la posibilidad de una retirada relativamente rápida. Pero ¿habría un coche en el garaje? Aproximándose a la entrada, examinó detenidamente el camino de grava y logró distinguir huellas de neumáticos y una pequeña mancha de aceite. La mancha de aceite era inquietante, pero la casita estaba tan bien cuidada, y el jardín tan inmaculado, que le resultaba imposible creer que el automóvil, por pequeño y viejo que fuera, no estuviese en buenas condiciones de funcionamiento. ¿Y si, a pesar de todo, no lo estaba? Entonces tendría que empezar de nuevo, y un segundo intento sería el doble de peligroso. Mientras permanecía junto a la cancela, dirigiendo veloces miradas a derecha e izquierda para comprobar que sus acciones no eran observadas por nadie, su mente exploró las distintas posibilidades. Podía impedir que los habitantes de la casa dieran la alarma; le bastaría cortar la línea telefónica y dejarlos atados. Pero ¿y si tampoco conseguía encontrar un coche en la siguiente casa que intentara, ni en la siguiente? La perspectiva de ir atando una sucesión de víctimas era tan risible como peligrosa. En el mejor de los casos, sólo tendría dos oportunidades. Si las dos fracasaban, quizá sería mejor detener un coche en la carretera y obligar a bajar al conductor y los pasajeros. De esta manera, al menos podría estar seguro de que el vehículo funcionaba.

Con una última mirada fugaz a su alrededor, abrió el pestillo de la cancela y avanzó rápidamente, casi de puntillas, hacia la puerta principal. Una vez allí, lanzó un suspiro de alivio. Las cortinas sólo estaban parcialmente corridas sobre el cristal lateral de la ventana del mirador, y entre el borde de la cortina y el marco de la ventana había un hueco de siete u ocho centímetros a través del cual Theo podía observar con toda claridad el interior de la habitación.

No había chimenea. La sala estaba dominada por un televisor muy grande. Delante del aparato había dos butacas, sobre las que Theo pudo ver las cabezas grises de una pareja entrada en años, probablemente marido y mujer. La habitación estaba escasamente amueblada con una mesa y dos sillas situadas ante una ventana lateral y un pequeño escritorio de roble. No vio cuadros, ni libros, ni adornos, ni flores, pero en una de las paredes colgaba una gran fotografía en color de una chica joven y, bajo ella, había una silla alta de niño con un osito de peluche que llevaba una enorme corbata de topos.

Aun a través del cristal podía oír perfectamente el televisor. Los ancianos debían de ser sordos. Theo reconoció el programa: *Vecinos*, una serie de televisión de bajo presupuesto de finales de los años ochenta y principios de los noventa, producida en Australia y precedida por una cancioncilla de incomparable banalidad. Por lo visto, el programa había atraído a un enorme número de espectadores cuando se emitió por primera vez en los televisores antiguos, y ahora, adaptado a los modernos aparatos de alta definición, estaba conociendo un nuevo éxito y, de hecho, había originado una especie de culto. Resultaba fácil comprender por qué. Las historias, ambientadas en una ciudad remota bañada por el sol, evocaban el anhelo nostálgico de un mundo ficticio de inocencia y esperanza. Pero, sobre todo, eran historias de jóvenes. Las insustanciales pero resplandecientes imágenes de los rostros jóvenes, de los cuerpos jóvenes, el sonido de las voces jóvenes, creaban la ilusión de que en algún lugar bajo el cielo de las antípodas este mundo consolador y juvenil aún seguía existiendo, y se podía gozar de él a voluntad. Con el mismo espíritu y en razón de la misma necesidad, la gente compraba vídeos de partos, de canciones infantiles y de antiguos programas de televisión para niños, como *Los hombres maceta* y *Blue Peter*.

Llamó al timbre y esperó. Supuso que, después de oscurecido, responderían juntos la llamada. A través de la endeble madera oyó el arrastrar de pies y luego el chirriar de los cerrojos. La puerta se abrió con el pasador puesto, y por la rendija de tres centímetros pudo ver que la pareja era más anciana de lo que había creído. Un par de ojos reumáticos, más suspicaces que inquietos, se fijó en los suyos. La voz fue más áspera de lo que esperaba.

—¿Qué quiere? —preguntó el hombre.

Theo pensó que su voz comedida y educada resultaría tranquilizadora.

—Soy del Consejo Local —respondió—. Estamos haciendo una encuesta sobre las aficiones e intereses de la gente. Traigo un cuestionario para que lo rellenen. No les llevará ni un minuto. Tiene que hacerse ahora.

El hombre vaciló, y finalmente descorrió el pasador. Con un rápido empujón, Theo se halló en el interior, la espalda contra la puerta, el revólver en la mano. Antes de que pudieran gritar ni decir nada, les advirtió.

—Está bien. No corren ningún peligro. No les haré ningún daño. Estén callados, hagan lo que les diga y no les pasará nada.

La mujer empezó a temblar con violencia y aferró el brazo de su marido. Era muy frágil, de huesos pequeños, con una chaqueta de punto color marrón colgada de unos hombros que parecían demasiado quebradizos para soportar su peso. Theo la miró a los ojos, sosteniendo su mirada de perplejo terror, y dijo, con toda la fuerza de persuasión de que fue capaz:

—No soy un criminal. Necesito ayuda. Necesito utilizar su coche, alimentos y bebida. ¿Tienen coche?

El hombre asintió.

—¿De qué marca? —prosiguió Theo.

—Un Citizen. —El coche más popular, barato y de económico mantenimiento. Todos tenían ya diez años, por lo menos, pero estaban bien construidos y eran de fiar. Hubiera podido ser peor—. ¿Hay gasolina en el depósito?

El hombre asintió otra vez.

—¿Está en condiciones de circular?

—Oh, sí, soy muy escrupuloso con el coche.

—Bien. Ahora quiero que vayan arriba.

Esta orden los aterrorizó. ¿Qué suponían, que pensaba asesinarlos en su propio dormitorio? El hombre le rogó:

—No me mate. Mi mujer no tiene a nadie más. Está enferma del corazón. Si le falto, significará el Quietus para ella.

—Nadie va a hacerles daño. No habrá ningún Quietus. —Repitió con violencia—: ¡Ningún Quietus!

Subieron despacio, escalón por escalón, la mujer aún aferrada a su marido.

Arriba, una rápida mirada le reveló que la disposición de la casa era sencilla. En la parte delantera estaba el dormitorio principal y, enfrente, el cuarto de baño con un aseo independiente al lado. En la parte de atrás había otros dos dormitorios más pequeños. Con un gesto de la mano que sostenía el revólver, Theo los hizo pasar a la mayor de las dos habitaciones de atrás. Había una sola cama y, apartando el cobertor, comprobó que estaba hecha.

Se volvió hacia el hombre.

—Rasgue las sábanas para hacer tiras.

El hombre las cogió en sus manos nudosas e hizo un intento infructuoso de desgarrar el algodón. El dobladillo superior era demasiado resistente para él.

—Necesitamos unas tijeras —dijo Theo con impaciencia—. ¿Dónde las tienen?

Le respondió la mujer.

—En la habitación de enfrente. Encima de mi tocador.

—Vaya a buscarlas, por favor.

La mujer salió con paso rígido y tambaleante, y regresó a los pocos segundos con unas tijeras para las uñas. Eran pequeñas, pero adecuadas. Sin embargo, Theo comprendió que perdería unos minutos preciosos si dejaba la tarea en las manos temblorosas del anciano.

—Pónganse contra la pared, los dos juntos —les ordenó con aspereza.

Le obedecieron, y Theo se situó de cara a ellos al otro lado de la cama, el arma cerca de su mano derecha. A continuación, empezó a rasgar las sábanas. El ruido se le antojó extraordinariamente fuerte. Parecía estar desgarrando el aire, la sustancia misma de la casa. Cuando hubo terminado, se dirigió a la mujer:

—Venga y tiéndase sobre la cama.

Ella miró de soslayo a su esposo, como pidiéndole permiso, y el anciano hizo un breve gesto de asentimiento.

—Haz lo que dice, cariño.

Le resultó algo difícil subir a la cama, y Theo tuvo que izarla. Su cuerpo era asombrosamente ligero, y el impulso de la mano bajo su muslo la elevó tan deprisa que estuvo a punto de arrojarla al suelo al otro lado de la cama. Tras quitarle los zapatos, Theo le ató fuertemente los tobillos y luego le ató las manos por la espalda.

—¿Se encuentra bien? —inquirió.

La mujer respondió con una breve inclinación de cabeza. La cama era estrecha, y Theo se preguntó si habría sitio para el hombre a su lado; pero el marido, comprendiendo lo que estaba pensando, se apresuró a intervenir.

—No nos separe. No me lleve al cuarto de al lado. No me mate.

Theo replicó con impaciencia.

—No pienso matarle. El revólver ni siquiera está cargado. —Ahora podía permitirse esta mentira. El arma ya había servido a su propósito. Le ordenó secamente—: Acuéstese a su lado.

Había sitio, pero sólo el justo. Ató las manos del hombre por la espalda, luego los tobillos y, con una última tira de algodón, unió las piernas de los dos. Ambos yacían sobre el costado derecho, estrechamente encajados. Theo no podía creer que la posición de los brazos les resultara cómoda, atados a la espalda como los tenían, pero no se había atrevido a atarlos por delante del cuerpo por si acaso el hombre utilizaba los dientes para liberarse.

—¿Dónde están las llaves del garaje y del coche? —quiso saber.

—En el escritorio de la sala de estar —respondió el hombre en un susurro—. En el cajón superior de la derecha.

Los dejó. Encontrar las llaves no fue difícil. Acto seguido, regresó al dormitorio.

—Necesitaré una maleta grande. ¿Tienen alguna?

Esta vez le respondió la mujer.

—Debajo de la cama.

La sacó a rastras. Era grande pero ligera, hecha sólo de cartón reforzado en los cantos. Trató de decidir si valía la pena llevarse los restos de la sábana rasgada. Mientras dudaba, sosteniéndolos en la mano, el hombre le rogó:

—No nos amordace, por favor. Le prometo que no gritaremos. No nos amordace, por favor. Mi mujer no podrá respirar.

—Tendré que avisar a alguien de que están atados aquí

—dijo Theo—. No podré hacerlo antes de doce horas, por lo menos, pero lo haré. ¿Esperan la llegada de alguien?

El hombre, sin mirarlo, contestó:

—La señora Collins, nuestra asistenta, vendrá a las siete y media de la mañana. Viene temprano porque después de la nuestra va a otra casa.

—¿Tiene llave?

—Sí, siempre tiene una llave.

—¿No esperan a nadie más? Algún pariente, por ejemplo.

—No tenemos familia. Teníamos una hija, pero murió.

—¿Están seguros de que la señora Collins llegará a las siete y media?

—Sí, es muy de fiar. No faltará.

Separó las cortinas de algodón floreado y escrutó la oscuridad. Lo único que alcanzaba a distinguir era una parte del jardín y, más allá, la negra silueta de una colina. Podían pasarse la noche gritando, pero era muy improbable que sus débiles voces fueran oídas. De todos modos, dejaría el televisor conectado tan alto como fuera posible.

—No voy a amordazarlos —les aseguró—. Dejaré el televisor conectado para que nadie los oiga. No malgasten sus energías gritando. Mañana, cuando llegue la señora Collins, los desatará. Procuren descansar, duerman. Lamento tener que hacerles esto… El coche lo recuperará más adelante.

Incluso antes de terminar de hablar, le pareció una promesa ridícula e insincera. Añadió:

—¿Necesitan algo?

—Agua —respondió débilmente la mujer.

Esta única palabra le recordó su propia sed. Se le antojó extraordinario que, tras tantas horas de anhelar agua, hubiera podido olvidar su necesidad siquiera por un instante. Se dirigió al cuarto de baño y, cogiendo el vaso de los cepillos de dientes, sin molestarse ni tan sólo en enjuagarlo, bebió agua fría hasta que su estómago no pudo contener más. A continuación, llenó de nuevo el vaso y volvió al dormitorio. Ayudó a la mujer a levantar la cabeza y le acercó el vaso a los labios. La anciana bebió con avidez. Parte del agua le resbaló por la cara y cayó sobre la fina chaqueta de punto. Las venas moradas de la sien le palpitaban como si fueran a estallar, y los tendones del descarnado cuello estaban tensos como cables. Cuando hubo saciado su sed, Theo cogió un pedazo de sábana y le secó los labios. Luego llenó de nuevo el vaso y ayudó al marido a beber. Sentía una extraña renuencia a abandonarlos. Huésped indeseado y malévolo, no podía encontrar palabras adecuadas para la despedida.

Ya en la puerta, se volvió y dijo:

—Lamento haber tenido que hacer esto. Procuren dormir un poco. Mañana por la mañana vendrá la señora Collins. —Se preguntó si pretendía tranquilizarlos a ellos o a sí mismo. Por lo menos, pensó, están juntos. Finalmente, añadió—: ¿Se encuentran razonablemente cómodos?

La estupidez de su pregunta era patente. ¿Cómodos? ¿Cómo iban a estar cómodos, amarrados como animales sobre una cama tan estrecha que el menor movimiento podía hacerlos caer? La mujer susurró algo que sus oídos no pudieron captar, pero que su esposo al parecer entendió. Alzó la cabeza con rigidez y miró directamente a Theo, que vio en sus ojos descoloridos una súplica de comprensión, de piedad.

—Quiere ir al retrete —anunció.

Theo casi se echó a reír. Volvió a ser un niño de ocho años escuchando la voz impaciente de su madre: «Habrías tenido que pensarlo antes de que saliéramos.» ¿Qué esperaban que les dijera? «¿Habrían tenido que pensarlo antes de que los atara?» Uno u otro hubiera debido pensarlo. Ahora era demasiado tarde. Ya había perdido demasiado tiempo con ellos. Pensó en Julian y Miriam, esperando angustiadas a la sombra de los árboles, esforzando el oído al paso de cada coche, e imaginó su decepción cuando todos pasaban sin detenerse. Y aún le quedaba mucho por hacer: revisar el coche, recoger las provisiones. Tardaría minutos en deshacer aquellos apretados nudos múltiples, y no tenía tiempo que perder. La mujer tendría que yacer en sus propios excrementos hasta que llegara la señora Collins por la mañana.

Pero sabía que no podía hacerlo. Amarrada y desvalida como ella estaba, apestando a miedo, tendida en rígido embarazo, incapaz de sostenerle la mirada, él no podía infligirle semejante indignidad. Sus dedos intentaron aflojar los apretados nudos… Era aún más difícil de lo que había supuesto, y al final cogió las tijeras para las uñas y cortó las ligaduras, soltándole las manos y los tobillos, tratando de no ver las ronchas de las muñecas. Levantarla de la cama no resultó fácil, pues su cuerpo, que antes le había parecido tan ligero como el de un pajarillo, estaba ahora contraído por la rigidez y el pavor. Pasó casi un minuto antes de que estuviera en condiciones de iniciar su lento desplazamiento hacia el baño, sostenida por el brazo de Theo en torno a su cintura.

Con voz que la vergüenza y la impaciencia volvían ruda, le ordenó:

—No se encierre. Deje la puerta bien abierta.

Esperó fuera, resistiendo la tentación de pasearse por el pasillo. Los latidos de su corazón iban midiendo los segundos, que se convirtieron en minutos antes de oír por fin el chorro de la cisterna y verla salir con paso inseguro.

—Gracias —musitó la mujer.

De nuevo en el dormitorio, la ayudó a subir a la cama, desgarró más tiras del resto de la sábana y volvió a atarla, pero esta vez no tan fuerte. Se dirigió al marido.

—Será mejor que vaya usted también. Si le echo una mano, puede ir saltando. Sólo tengo tiempo de desatarle las manos.

Pero no resultó más fácil. Aun con las manos libres y un brazo apoyado en los hombros de Theo, al anciano le faltaban fuerza y equilibrio para dar siquiera el salto más pequeño, y Theo casi tuvo que arrastrarlo físicamente hasta el retrete.

Al fin dejó al hombre otra vez atado sobre la cama. Y ahora tenía que apresurarse. Ya había perdido demasiado tiempo. Maleta en mano, se encaminó rápidamente a la parte de atrás de la casa. Había una cocina reducida, meticulosamente limpia y ordenada, un frigorífico de dimensiones exageradas y una pequeña despensa adosada. Pero el botín fue decepcionante: el frigorífico, a pesar de su tamaño, sólo contenía un envase de leche de medio litro, un paquete con cuatro huevos, media libra de mantequilla en un plato cubierto con hoja de aluminio, un trozo de queso cheddar y un paquete de galletas ya abierto. En el congelador no descubrió sino una pequeña bolsa de guisantes y un trozo de bacalao congelado. La despensa resultó igual de austera, pues sólo encontró una lata de sopa de tomate y pequeñas cantidades de azúcar, café y té. Era absurdo que una casa pudiera estar tan mal provista. Sintió un arrebato de ira contra los ancianos, como si su desengaño fuera consecuencia de un cálculo deliberado. Era de suponer que sólo compraban una vez por semana, y él había acudido en mal día. Reunió todas las provisiones y las embutió en una bolsa de plástico. Había cuatro tazas colgadas de un soporte. Cogió dos, y tres platos que encontró en una alacena. De uno de los cajones tomó un afilado cuchillo de mondar, un cuchillo de trinchar, tres juegos de cucharas, tenedores y cuchillos de mesa, cerillas y un abrelatas. Las cerillas, se las guardó en el bolsillo. Luego corrió al piso de arriba, esta vez al dormitorio delantero, donde se apoderó de sábanas, mantas y una almohada de la cama. Miriam necesitaría toallas limpias para el parto. Pasó al cuarto de baño y encontró media docena de toallas plegadas en un armario. Calculó que serían suficientes. Metió toda la ropa en la maleta. Antes se había guardado las tijeras en un bolsillo, recordando que Miriam le había pedido unas. En el armario del baño encontró también un frasco de desinfectante, y lo añadió a su botín.

No podía permanecer por más tiempo en la casa, pero aún quedaba un problema: el agua. Tenía el medio litro de leche, pero eso apenas bastaría para aplacar la sed de Julian. Sin embargo, no pudo encontrar ningún recipiente adecuado. No había una botella vacía por ninguna parte. Mientras buscaba febrilmente cualquier clase de recipiente que pudiera contener agua, estuvo a punto de maldecir a la anciana pareja.

Lo único que encontró fue un termo pequeño. Por lo menos, podría llevarles a Julian y Miriam un poco de café caliente. No esperaría a que hirviera el agua: se limitaría a prepararlo con agua caliente, aunque resultara un sabor extraño. Sin duda se apresurarían a beberlo de inmediato. Una vez hecho esto, llenó la tetera y las dos únicas cacerolas que encontró con tapa bien ajustada. Tendría que llevarlas al coche por separado, perdiendo aún más tiempo. Por último, bebió de nuevo hasta saciarse, directamente del grifo, mojándose toda la cara.

En la pared, justo al lado de la puerta, había un perchero horizontal. Sostenía una vieja chaqueta, una larga bufanda de lana y dos impermeables, ambos visiblemente nuevos. Vaciló sólo un segundo antes de descolgarlos y echárselos al hombro. Julian los necesitaría, de lo contrario tendría que yacer sobre la tierra húmeda. Pero eran las únicas cosas nuevas que había en la vivienda, y robarlas le pareció la más ruin de sus mezquinas depredaciones.

Abrió la puerta del garaje. El maletero del Citizen era pequeño, pero encajó cuidadosamente las dos cacerolas entre la maleta y las toallas, la ropa de cama y los impermeables. La tetera llena de agua y la bolsa de plástico que contenía las provisiones, las tazas y los cubiertos los dejó en el asiento de atrás. Cuando puso el motor en marcha comprobó, para su alivio, que funcionaba a la perfección. Era evidente que el coche estaba bien cuidado. Sin embargo, descubrió que el depósito estaba a menos de la mitad, y que no había mapas en la guantera. Probablemente los ancianos sólo utilizaban el coche para viajes cortos y para ir de compras. Retrocedió cuidadosamente hacia el camino y, al salir del coche para cerrar la puerta del garaje, recordó que había olvidado aumentar el volumen del televisor. Se dijo que esta precaución carecía de importancia: con la casa de al lado desocupada y el largo jardín que se extendía detrás, era muy improbable que alguien oyera los débiles gritos de la pareja.

Mientras conducía reflexionó sobre el próximo movimiento. ¿Seguir adelante o volver atrás? Xan sabría ya por Rolf que habían pensado ocultarse en un bosque, y la elección obvia era New Forest. Tardarían algún tiempo en registrarlo a fondo, aunque Xan enviara una partida de búsqueda general de la PSE o los granaderos. Pero no lo haría. Pronto conocería la verdadera importancia de su presa. Si Rolf conseguía llegar a él sin revelar la noticia hasta ese último encuentro vital, también Xan la mantendría en secreto hasta verificar su autenticidad. No estaría dispuesto a correr el riesgo de que Julian cayera en manos de algún oficial ambicioso o sin escrúpulos. Y Xan no sabría cuán poco tiempo le quedaba para poder estar presente en el parto. Rolf no podía decirle lo que no sabía. Por otra parte, ¿hasta dónde llegaba su confianza en los demás miembros del Consejo? No, Xan iría en persona, probablemente con un grupo pequeño y cuidadosamente seleccionado. Acabarían teniendo éxito; eso era inevitable. Pero les llevaría tiempo. La propia importancia y delicadeza de la tarea, la necesidad de mantenerla en secreto, el tamaño de la partida de búsqueda, todo militaba contra la celeridad.

Así que ¿dónde y en qué dirección? Por unos instantes consideró si sería una argucia eficaz regresar hacia Oxford y esconderse en Wytham Wood, al lado de la ciudad, seguramente el último lugar donde a Xan se le ocurriría buscar. ¿Que el viaje era demasiado peligroso? Tal vez, pero todas las carreteras eran peligrosas, y aún lo serían más cuando los ancianos fueran encontrados a las siete y media y relataran su historia. ¿Por qué parecía más arriesgado volver atrás que seguir adelante? Quizá porque Xan estaba en Londres. Y, no obstante, para un fugitivo el mejor escondite era el propio Londres. La capital, pese al descenso de su población, todavía seguía siendo una colección de aldeas, de callejuelas secretas, de enormes edificios medio vacíos. Pero Londres estaba lleno de ojos y no había nadie allí en quien pudiera confiar, ninguna casa en la que tuviera entrada. Su instinto —y suponía que también el de Julian— le aconsejaba poner tantos kilómetros como pudiera entre Londres y ellos, y atenerse al plan original de ocultarse en algún lugar remoto y solitario. Cada kilómetro que los separaba de la capital parecía un kilómetro más de seguridad.

Mientras conducía por la carretera piadosamente desierta, con precaución, habituándose a las reacciones del coche, se entregó a una fantasía e intentó convencerse de que constituía un objetivo racional y alcanzable. Imaginó una casita de leñador llena de olores agradables, con las paredes resinosas todavía impregnadas del calor del verano, enraizada en lo más profundo de un espeso bosque tan naturalmente como un árbol, bajo el dosel protector de vigorosas ramas cargadas de hojas. Abandonada años antes y ahora en decadencia, pero con ropa de cama, cerillas y las suficientes latas de conservas para mantenerlos a los tres. Habría un arroyo de agua dulce y leña para el hogar cuando el otoño diera paso al invierno. Allí podrían vivir meses enteros, si fuera necesario, quizás incluso años. Era la imagen idílica que, de pie junto a su automóvil en Swinbrook, había merecido su burla y su desdén, pero ahora le ofrecía consuelo, aun sabiendo que se trataba de una mera fantasía.

En algún lugar del mundo nacerían otros niños; se obligó a compartir la confianza de Julian. Esta criatura dejaría de ser única, dejaría de hallarse en peligro. Xan y el Consejo no necesitarían arrancársela a su madre, aunque se supiese que era la primera de una nueva era. Pero todo esto pertenecía al futuro, y habría que afrontarlo y resolverlo cuando llegara el momento. Durante las semanas siguientes, los tres podían vivir seguros hasta que naciera el bebé. Theo no alcanzaba a ver más allá, y se dijo que no necesitaba ver más allá.

31

Durante las dos últimas horas, su mente y todas sus energías físicas se habían concentrado tan ferozmente en la tarea inmediata que no se le había ocurrido pensar que podía resultarle difícil reconocer el lindero del bosque. Tras torcer a la izquierda en la encrucijada, trató de recordar cuánta distancia había cubierto antes de tomar la carretera rural que conducía a la población. Pero, en su memoria, la caminata se había convertido en una turbulencia de miedo, ansiedad y decisión, en sed torturadora, respiración jadeante y dolor en el costado, sin un recuerdo claro de la distancia ni el tiempo. A su izquierda divisó un bosquecillo que en seguida le pareció familiar y le levantó el ánimo. Pero los árboles terminaron casi de inmediato, para ceder el paso a un seto bajo y un campo abierto. Luego aparecieron más árboles y el comienzo de un muro de piedra. Theo conducía lentamente, la vista fija en la carretera. Y de pronto descubrió lo que al mismo tiempo temía y deseaba ver: la sangre de Luke esparcida sobre el asfalto, ya no roja, sino como una mancha negra a la luz de los faros, y a su izquierda las piedras de la pared derruida.

Al ver que las mujeres no salían a su encuentro de entre los árboles, le abrumó por un instante el temor de que no estuvieran ya allí, de que hubieran sido capturadas. Acercó el Citizen a la pared, la saltó y se internó en el bosque. Al oír sus pasos, se adelantaron y Theo oyó murmurar a Miriam:

—Gracias a Dios, ya empezábamos a estar preocupadas. ¿Ha conseguido un coche?

—Un Citizen. Y es prácticamente todo lo que traigo. No había mucho que llevarse en la casa. Aquí tienen un termo de café caliente.

Miriam casi se lo arrancó de las manos. Desenroscó el tapón y lo llenó de café cuidadosamente, para no perder ni una preciosa gota; acto seguido, se lo ofreció a Julian.

—Las cosas han cambiado, Theo —le anunció con voz deliberadamente calmada—. No disponemos de mucho tiempo. Ya ha empezado el parto.

—¿Cuánto nos queda? —preguntó Theo.

—Es difícil decirlo, siendo un primer parto. Podrían ser unas horas. Podrían ser veinticuatro. Julian está en las primeras fases, pero debemos encontrar un sitio en seguida.

Y entonces, de repente, toda su indecisión anterior fue arrumbada por un viento purificador de certidumbre y esperanza. Un nombre preciso le vino a la mente, con tanta claridad como si una voz, no la suya, lo hubiera pronunciado ante él. El bosque de Wychwood. Recordó un solitario paseo estival, un sendero umbroso junto a un muro de piedra que penetraba en la profundidad del bosque y luego se ensanchaba en un claro musgoso con un estanque. Siguiendo el sendero un poco más, a la derecha, había un cobertizo para almacenar troncos. Wychwood no hubiera sido su primera elección, ni la más evidente: el bosque era demasiado pequeño y demasiado fácil de registrar, se hallaba a menos de treinta y cinco kilómetros de Oxford. Pero esta proximidad podía ser una ventaja. Xan supondría que seguirían alejándose. Por el contrario, retrocederían hacia un lugar que él recordaba, un lugar conocido, un lugar donde podían tener la certeza de encontrar refugio.

—Suban al coche —les ordenó—. Volvemos atrás. Iremos al bosque de Wychwood. Comeremos por el camino.

No había tiempo para discutir, para sopesar posibles alternativas. Las mujeres tenían su propia preocupación, inmensa. A él le correspondía decidir cuándo partir y cómo llegar allí.

Theo no experimentaba un auténtico temor a que los

Caras Pintadas atacaran de nuevo. Aquel horror se le antojaba el cumplimiento de la convicción semisupersticiosa que había tenido a principio del viaje, de que estaban destinados a una tragedia tan ineludible como impredecible en cuanto a su naturaleza y su momento. La tragedia había llegado, había hecho lo peor y ya había pasado. Como un viajero aéreo al que asustara volar y esperara estrellarse cada vez que su avión despegaba, Theo podía relajarse sabiendo que el desastre temido ya quedaba atrás y que había supervivientes. Pero era consciente de que ni Julian ni Miriam podían exorcizar tan fácilmente su terror a los Caras Pintadas. Su miedo invadía el pequeño automóvil. Durante los quince o veinte primeros kilómetros permanecieron rígidas en el asiento posterior, la vista fija en la carretera, como si en cada curva, en cada pequeño obstáculo esperasen oír otra vez los salvajes alaridos de triunfo y ver las antorchas llameantes y los ojos resplandecientes.

Había otros peligros, también, y un miedo que se imponía a todos los demás. No tenían modo de saber a qué hora los había abandonado Rolf. Si había llegado hasta Xan, quizás en aquel mismo instante estuvieran iniciando ya los preparativos de la búsqueda, descargando las barreras para los controles de carreteras y colocándolas en su lugar, sacando los helicópteros de los hangares y llenándoles el depósito de combustible en espera de la primera luz del día. Las angostas carreteras secundarias que serpenteaban entre setos tupidos y enmarañados y ruinosos muros de piedra seca parecían ofrecerles —una apariencia quizás irracional— su mejor esperanza de salvación. Como todas las criaturas perseguidas, el instinto impulsaba a Theo a buscar recovecos y vericuetos, a permanecer oculto, a refugiarse en la oscuridad. Pero los caminos rurales presentaban sus propios riesgos. En cuatro ocasiones, temiendo un segundo reventón, tuvo que frenar bruscamente ante un fragmento intransitable de firme agrietado y retroceder en marcha atrás. Una vez, poco después de las dos, esta maniobra estuvo a punto de resultar desastrosa. Las ruedas traseras se hundieron en una zanja, y

Miriam y él tuvieron que esforzarse durante media hora para devolver el Citizen a la carretera.

La falta de mapas le hacía maldecir, pero, según fueron pasando las horas, la masa de nubes se aclaró un tanto y reveló con mayor claridad la configuración de las estrellas, de modo que a Theo le resultó posible distinguir el borrón de la Vía Láctea y orientarse por medio de la Osa Mayor y la Estrella Polar. No obstante, esta antigua sabiduría apenas le permitía un cálculo aproximado de la ruta, y constantemente corría el riesgo de extraviarse. De vez en cuando distinguía en las tinieblas un poste indicador, severo como una horca del siglo XVII, y entonces se acercaba pisando cautelosamente el pavimento resquebrajado, medio esperando oír el ruido metálico de unas cadenas y ver un cuerpo girando lentamente con el cuello estirado, mientras el punto de luz de la linterna, como un ojo, inquisitivo, seguía los nombres medio borrados de aldeas desconocidas. La noche era cada vez más fría, con un anticipo del helor invernal; el aire, que había dejado de oler a hierba y a tierra calentada por el sol, aguijoneaba sus fosas nasales con un leve dejo antiséptico, como si estuvieran cerca del mar. Cada vez que paraba el motor, el silencio era absoluto. De pie bajo un poste indicador que lo mismo hubiera podido estar escrito en una lengua extranjera, se sentía desorientado y enajenado, como si los campos oscuros y desolados, la tierra que pisaba, aquel aire extraño y desprovisto de olores no fueran ya su hábitat natural y no hubiera seguridad ni refugio para su especie amenazada en ningún lugar bajo el cielo indiferente.

Poco después de iniciar el viaje, la evolución del parto de Julian se había vuelto más lenta o se había interrumpido. Esto disminuía la ansiedad de Theo: los retrasos ya no eran desastrosos y podía dar primacía a la seguridad sobre la velocidad. Pero se daba cuenta de que este retraso desalentaba a las mujeres. Sospechaba que, para entonces, sus esperanzas de eludir a Xan durante semanas, o incluso días, eran tan menguadas como las de él. Si el parto se retrasaba, o si era una falsa alarma, aún podían caer en manos de Xan antes de que naciera el bebé. De vez en cuando, inclinándose hacia delante, Miriam le pedía con voz sosegada que detuviera el coche al borde del camino para que Julian y ella pudieran hacer un poco de ejercicio. Theo también se apeaba y, apoyado contra el automóvil, contemplaba las dos siluetas oscuras que se paseaban de un lado a otro siguiendo la cuneta, escuchaba sus voces susurradas y sabía que se encontraban separadas de él por algo más que unos cuantos metros de carretera secundaria, que las dos compartían una intensa preocupación de la que él quedaba excluido. Se interesaban poco y manifestaban escasa preocupación por la ruta, por los incidentes del viaje. Todo eso, parecían dar a entender con su mismo silencio, era cosa de Theo.

Pero a primera hora de la mañana Miriam le anunció que las contracciones de Julian habían vuelto a empezar y eran enérgicas. Al decirlo, no pudo ocultar una nota de triunfo en la voz. Y antes de que amaneciera, Theo supo exactamente dónde se hallaban. El último poste señalaba hacia Chipping Norton. Había llegado el momento de abandonar las pistas sinuosas y aventurarse a recorrer los últimos kilómetros por la carretera principal.

Por lo menos, ahora viajaban sobre un firme en mejor estado. Podía conducir sin el constante temor a otro pinchazo. No se cruzaron con ningún otro coche y, tras los primeros kilómetros, sus tensas manos se relajaron sobre el volante. Conducía con precaución pero deprisa, impaciente por llegar al bosque sin más demora. El nivel de gasolina en el depósito empezaba a ser peligrosamente bajo, y no había ningún modo de repostar sin correr un riesgo. Le sorprendió darse cuenta del poco terreno que habían cubierto desde el principio de su viaje, en Swinbrook. Tenía la sensación de llevar semanas en la carretera; viajeros inquietos, desprovistos, desventurados.

Sabía que no podía hacer nada para impedir que los capturasen en este viaje sin duda definitivo. Si se encontraban con un control de la PSE, no tendrían ninguna posibilidad de librarse con excusas o fanfarronadas; los de la PSE no eran omegas. Lo único que podía hacer era conducir y mantener la esperanza.

De vez en cuando le parecía oír los jadeos de Julian y los apagados murmullos de consuelo de Miriam, pero apenas hablaban. Al cabo de un cuarto de hora más o menos, oyó que Miriam se afanaba en el asiento de atrás y, en seguida, el tintineo rítmico de un tenedor sobre loza. Al poco, Miriam le tendió una taza.

—He reservado la comida hasta ahora. Julian necesita fuerzas para el parto. He batido los huevos con la leche y he añadido azúcar. Ésta es su parte. Yo tomaré lo mismo. El resto, para Julian.

La taza sólo contenía una cuarta parte de su capacidad, y normalmente el espumoso dulzor le habría repugnado, pero ahora lo engulló con avidez, deseando más, y notó de inmediato su efecto vigorizante. Devolvió la taza y recibió una galleta untada de mantequilla y acompañada con un trocito de queso duro. Nunca le había sabido tan bien el queso.

—Dos para cada uno de nosotros, cuatro para Julian —dijo Miriam.

Julian protestó.

—Debemos hacer partes iguales. —Pero la última palabra se confundió con un jadeo de dolor.

—¿No guarda nada para luego? —preguntó Theo.

—¿De un paquete de galletas ya empezado y media libra de queso? Necesitamos reponer fuerzas ahora.

El queso y las galletas secas incrementaron su sed, y terminaron la comida bebiéndose el agua de la cacerola más pequeña.

Miriam le pasó las dos tazas y los cubiertos dentro de la bolsa de plástico y él los dejó en el suelo. En seguida, como temiendo que sus palabras pudieran interpretarse como un reproche, Miriam añadió:

—No ha tenido usted suerte, Theo. Pero nos ha conseguido un coche, y no era fácil. Sin él no tendríamos la menor posibilidad.

Theo esperó que eso significara: «Dependemos de usted

y no nos ha fallado», y sonrió con tristeza al pensar que él, que tan poco se había preocupado nunca por el beneplácito de nadie, deseaba ahora su encomio y su aprobación.

Finalmente llegaron a las afueras de Charlbury. Redujo la velocidad tratando de identificar la antigua estación de Finstock, la curva de la carretera. Era justo después de la curva, a mano derecha, donde debía buscar la pista que conducía al bosque. Theo solía tomarla viniendo de Oxford, y aun así era fácil pasar por alto el desvío. Dejó atrás los edificios de la estación, tomó la curva y, con un audible suspiro de alivio, vio a su derecha la hilera de casitas de piedra que señalaba el comienzo de la pista. Las casas, de un solo piso, estaban vacías, y las ventanas cegadas con tablones, casi en ruinas. Por unos instantes se preguntó si alguna de ellas les serviría como refugio, pero eran demasiado visibles, demasiado cercanas a la carretera. Sabía que Julian deseaba dar a luz en el corazón de un bosque.

Siguió cautelosamente la pista entre los campos descuidados hacia la lejana espesura de árboles. Pronto sería de día. Al consultar su reloj calculó que la señora Collins ya habría llegado y liberado a la anciana pareja. Seguramente en aquel mismo instante estarían tomando una taza de té, narrando su aventura, y esperando la llegada de la policía. Mientras cambiaba de marcha para superar una parte difícil de la empinada pista, Theo creyó oír que Julian daba una boqueada y emitía un ruidito extraño, entre un gruñido y un gemido.

Casi en seguida, el bosque los recibió con sus oscuros y poderosos brazos. La pista se volvió más angosta, los árboles se estrecharon a su alrededor. A la derecha había un muro de piedra sin argamasa, medio demolido, con algunas piedras desprendidas esparcidas por el suelo. Theo redujo a primera y trató de evitar las sacudidas del coche. Al cabo de un par de kilómetros, Miriam se inclinó hacia delante y dijo:

—Creo que seguiremos un rato a pie. A Julian le resultará más fácil.

Las dos mujeres se apearon y, Julian apoyada en Miriam, anduvieron con precaución sobre las rodadas y las piedras del camino. Un conejo sorprendido quedó paralizado por unos instantes ante los faros del coche, y de inmediato salió corriendo ante ellas, irguiendo su cola blanca. De repente se oyó un gran estrépito, y una forma blanca, seguida de otra más pequeña, surgió de entre los arbustos casi rozando el morro del coche. Era una cierva con su cervato. Treparon los dos por la ladera abriéndose paso entre los matorrales, y desaparecieron al otro lado del muro con un tableteo de cascos sobre las piedras.

De cuando en cuando las mujeres se detenían y Julian se doblaba por la cintura, sostenida por el brazo de Miriam. A la tercera vez que ocurrió esto, Miriam hizo señas a Theo para que se parara.

—Me parece que ahora estará mejor en el coche —le explicó—. ¿Cuánto falta?

—Todavía estamos bordeando el bosque. Dentro de poco tiene que haber un desvío a la derecha. A partir de ahí, será cosa de un par de kilómetros.

El coche reanudó su bamboleante marcha. El desvío que Theo recordaba resultó ser una encrucijada, y por unos instantes eso le hizo vacilar. Finalmente, tomó el camino de la derecha, más estrecho todavía, que descendía cuesta abajo. Sin duda era éste el que conducía al lago y, un poco más lejos, al cobertizo que recordaba. Miriam le gritó:

—Hay una casa, allí a la derecha.

Theo volvió la cabeza justo a tiempo para verla, una forma oscura y lejana entrevista por una estrecha abertura en la gran masa enmarañada de árboles y matorrales. La casa se alzaba solitaria en una amplia ladera desnuda.

—No sirve —sentenció Miriam—. Es demasiado visible. El campo no ofrece protección. Mejor sigamos adelante.

Se hallaban ya en el corazón del bosque. El camino parecía interminable. A cada penoso metro, la pista se estrechaba más y más, y se oía el raspar y el crujir de las ramas a ambos lados del coche. Sobre ellos, el sol era una blanca luz difusa apenas visible tras la tupida maraña de ramas de saúco y espino. Theo, que intentaba desesperadamente controlar el deslizamiento de las ruedas, tenía la sensación de estar cayendo sin remedio en un túnel de penumbra verde que terminaría en la espesura de un seto impenetrable. Se preguntaba si no le habría engañado la memoria, si no habrían debido tomar el desvío de la izquierda, cuando el camino se ensanchó de pronto y desembocó en un claro herboso. Ante ellos vieron refulgir el lago.

Detuvo el coche a pocos metros de la orilla, y echó pie a tierra. Después ayudó a Miriam a izar a Julian de su asiento. Por un instante Julian se aferró a él, respirando con dificultad, y luego lo soltó, sonrió y se dirigió al borde del agua, la mano apoyada en el hombro de Miriam. La superficie del estanque —difícilmente podía llamárselo lago— estaba cubierta por tal densidad de hojas caídas y hierbas acuáticas que parecía una extensión del claro. Más allá de esta verde y trémula capa, la superficie era viscosa como melaza, salpicada de minúsculas burbujas que se movían suavemente y se fundían, se separaban, reventaban y morían. En los espacios de agua clara entre las hierbas se veía reflejado el cielo, donde la bruma matinal se despejaba gradualmente para revelar la primera luz del día. Bajo el brillo de la superficie, en las pardas profundidades, el amasijo de plantas acuáticas y ramaje roto y enmarañado yacía bajo una espesa costra de fango, como los aparejos de navíos mucho tiempo sumergidos. En la orilla del estanque montones de espadañas empapadas yacían planas sobre el agua y, más lejos, una pequeña negreta se agitaba en afanoso trajín y un cisne solitario nadaba majestuosamente entre las hierbas. El estanque estaba rodeado de árboles que crecían casi hasta el borde del agua: robles, fresnos y sicómoros, un brillante telón de fondo en verde, amarillo, dorado y bermejo que bajo aquella temprana claridad, y pese a sus matices otoñales, parecía conservar aún algo de la frescura y el brillo de la primavera. En la orilla más lejana, un árbol joven estaba salpicado de hojas amarillas, sus finas ramas invisibles a la primera luz del sol, de modo que el aire parecía decorado con delicadas pinceladas de oro.

Julian había ido siguiendo la ribera del lago.

—Aquí el agua parece más limpia, y la orilla es bastante firme. Es un buen sitio para lavarse —les gritó.

Fueron a reunirse con ella y, arrodillándose, hundieron los brazos en el estanque y se remojaron con agua helada la cara y el cabello. Se echaron a reír de puro placer. Theo vio que sus manos habían enturbiado el agua, convirtiéndola en un limo verdusco. Aquello no podía ser potable ni después de hervido.

Mientras regresaban al Citizen, Theo dijo:

—Habría que decidir si nos deshacemos ya del coche. Puede que no encontremos otro refugio mejor, pero es muy visible y casi no queda gasolina. Probablemente no nos lleve más allá de tres o cuatro kilómetros.

Fue Miriam quien respondió.

—Abandonémoslo.

Theo consultó su reloj. Eran cerca de las nueve. Se le ocurrió que podían escuchar las noticias. Banales, previsibles y carentes de interés como probablemente serían, oírlas constituiría una especie de gesto de despedida antes de desconectarse de todas las noticias salvo las propias. Le sorprendió no haber pensado antes en la radio, no haberse molestado en conectarla durante el viaje. Había conducido bajo tal angustia y tensión que el sonido de una voz desconocida, incluso el sonido de la música, le habría resultado intolerable. Introdujo el brazo por la ventanilla abierta y accionó el interruptor de la radio. Escucharon con impaciencia desde el parte meteorológico y la información sobre las carreteras oficialmente cerradas o que ya no serían reparadas hasta las pequeñas preocupaciones domésticas de un mundo que se encogía; estaba a punto de apagar el receptor cuando el locutor cambió de tono y empezó a hablar con voz más lenta y ominosa.

«Y ahora, una advertencia —dijo—. Un reducido grupo de disidentes, un hombre y dos mujeres, está bordeando la frontera con Gales en un automóvil Citizen robado de color azul. Anoche, el hombre, que se supone es Theodore Faron, de Oxford, entró por la fuerza en una casa de las afueras de Kington, maniató a los propietarios y les robó el coche. La esposa, señora Daisy Cox, ha sido encontrada muerta esta mañana, atada sobre la cama. El asaltante, que va armado con un revólver, es buscado por asesinato. Cualquiera que vea el automóvil o a las tres personas no debe acercárseles, sino telefonear inmediatamente a la Policía de Seguridad del Estado. La matrícula del automóvil es MOA 694. Repito el número, MOA 694. Me piden que repita también la advertencia. El hombre va armado y es peligroso. No se le acerquen.»

Theo no se dio cuenta de que había apagado la radio. Sólo era consciente de los latidos de su corazón y de la enfermiza sensación de desdicha que descendió y lo envolvió, tan física como una enfermedad mortal; un horror y un auto aborrecimiento que casi le hicieron caer de rodillas. Pensó: «Si esto es la culpa, no puedo soportarla. No voy a soportarla.» Oyó la voz de Miriam.

—Así que Rolf ha llegado al Guardián. Saben lo de los omegas, y que sólo quedamos tres. Nos queda un consuelo, al menos. Todavía no saben que el parto es inminente. Rolf no puede habérselo dicho; él cree que a Julian aún le falta un mes. El Guardián no pediría a la gente que buscara el coche si creyera que existe la menor posibilidad de encontrar un bebé recién nacido.

—No hay ningún consuelo —objetó él con voz apagada—. La he matado.

La voz de Miriam fue firme, anormalmente fuerte, casi un grito en su oído.

—¡No la ha matado! Si iba a morir del sobresalto, hubiera sido al principio, cuando les enseñó el revólver. No sabe por qué ha muerto. Ha sido por causas naturales, tiene que haber sido así. Hubiera podido suceder de todos modos. Era muy vieja y tenía el corazón débil. Usted mismo nos lo dijo. No ha sido culpa suya, Theo. Usted no pretendía hacerlo.

No, casi rezongó, no lo pretendía. No pretendía ser un hijo egoísta, un padre sin amor, un mal esposo. «¿Cuándo he pretendido algo? ¡Dios mío, qué daño no podría hacer si realmente me lo propusiera!»

—Lo peor es que disfruté haciéndolo. ¡Llegué a disfrutar haciéndolo!

Miriam había empezado a descargar el coche, a echarse las mantas al hombro.

—¿Que disfrutó maniatando a ese anciano y a su esposa? Claro que no. Hizo lo que tenía que hacer.

—No atándolos. No me refería a eso. Pero disfruté con la excitación, el poder, el conocimiento de que era capaz de hacerlo. No fue nada horrible. Es decir, lo fue para ellos, pero no para mí.

Julian no dijo nada. Se le acercó y le cogió la mano. Rechazando el gesto, Theo se revolvió contra ella.

—¿Cuántas vidas más va a costar su hijo antes de que nazca? ¿Y con qué fin? Está usted tan tranquila, tan confiada, tan segura de sí misma… ¿Qué clase de vida llevará esta criatura? Usted cree que sólo es la primera, que habrá otros nacimientos, que en este mismo instante existen mujeres embarazadas que aún no son conscientes de que llevan dentro de sí la nueva vida del mundo. Pero suponga que se equivoca. Suponga que este niño es el único. ¿A qué clase de infierno le está condenando? ¿Puede llegar a imaginar la soledad de sus últimos años, más de veinte desoladores e interminables años sin la esperanza de oír jamás otra voz humana viva? ¡Nunca, nunca, nunca! ¡Dios mío! ¿Es que ninguna de las dos tiene imaginación?

Julian respondió con suavidad.

—¿Acaso cree que no he pensado en eso, en eso y mucho más? Theo, no puedo desear que no hubiera sido concebido. No puedo pensar en él sin alegría.

Miriam, sin perder tiempo, ya había descargado la maleta y los impermeables y sacado la tetera y la cacerola de agua.

Le habló con más irritación que ira.

—Por el amor de Dios, Theo, domínese. Necesitábamos un coche, y usted nos lo proporcionó. Quizás hubiera podido conseguir otro mejor y por un precio inferior. Hizo lo que hizo. Si quiere regodearse en sus sentimientos de culpa, eso es asunto suyo, pero déjelo para más adelante. De acuerdo, la mujer ha muerto y usted se siente culpable, y sentirse culpable no es cosa que le plazca. Mala suerte. Ya se acostumbrará. ¿Por qué diablos debería escapar a la culpa? Va con la condición humana. ¿O no se había dado cuenta?

Theo sintió deseos de responder: «En los últimos cuarenta años ha habido un buen número de cosas de las que no me he dado cuenta.» Pero estas palabras, con su tonillo de remordimiento autocomplaciente, se le antojaron insinceras e innobles. En vez de eso, dijo:

—Será mejor que nos deshagamos del coche en seguida. El comunicado de la radio ha resuelto este problema por nosotros.

Soltó el freno de mano y se dispuso a empujar el Citizen con el hombro, afirmando los pies en la hierba sembrada de guijarros, agradeciendo que el terreno estuviera seco y descendiera en suave pendiente. Miriam se colocó a su derecha y empujaron los dos. Durante algunos segundos, inexplicablemente, sus esfuerzos fueron infructuosos, pero de pronto el coche empezó a moverse lentamente hacia adelante.

—Cuando dé la señal, déle un buen empujón. Así evitaremos que se atasque en el barro.

Las ruedas delanteras estaban casi en la orilla cuando gritó «Ahora», y ambos empujaron con todas sus fuerzas. El coche saltó sobre el borde y golpeó el agua con un chapoteo que pareció despertar a todas las aves del bosque. El aire se llenó de un clamor de chillidos y graznidos, y las ramas más delgadas de los árboles altos parecieron cobrar vida. El agua saltó hacia arriba, salpicándole la cara. La capa de hojas flotantes se estremeció y danzó. Contemplaron jadeantes cómo el automóvil se asentaba y empezaba a hundirse lenta, casi pacíficamente, el agua borboteando por las ventanillas abiertas. Antes de que desapareciera, siguiendo un impulso repentino, Theo se sacó el diario del bolsillo y lo arrojó al lago.

Y entonces llegó para él un momento de horror espeluznante, vívido como una pesadilla, pero sin la esperanza de que el despertar lo desterrase. Estaban los tres atrapados en el coche que se hundía, el agua entraba por todos los resquicios y él buscaba desesperadamente la manija, intentando contener el aliento pese a la agonía que sentía en el pecho, deseando gritar el nombre de Julian pero sabiendo que si hablaba se le llenaría la boca de fango. Miriam y ella estaban detrás, ahogándose, y no podía hacer nada para ayudarlas. Su frente se bañó de sudor. Apretando las palmas húmedas, Theo se forzó a apartar la mirada del horror del lago y alzó la vista hacia el cielo, arrancando su mente del horror imaginado para devolverla al horror de la normalidad. El sol era pálido y redondo como una luna llena, pero llameante de luz en su halo de neblina, y las altas ramas de los árboles se recortaban en negro sobre su fulgor. El horror pasó y pudo contemplar de nuevo la superficie del lago.

Miró de soslayo a Miriam y Julian, casi esperando ver en sus rostros el pánico absoluto que sin duda debía de haberse reflejado momentáneamente en el suyo. Pero estaban mirando el coche que se hundía con un interés sereno, casi desapegado, observando las hojas que cabeceaban y se arracimaban sobre las ondas concéntricas como si estuvieran disputándose el espacio. Le maravilló la serenidad de las mujeres, su aparente capacidad de suprimir cualquier recuerdo, cualquier horror, y concentrarse en las cuestiones del momento.

Con voz áspera, comentó:

—Luke. No han hablado de él en el coche. Ninguna de las dos ha vuelto a mencionar su nombre desde que lo enterramos. ¿Piensan en él?

Su pregunta sonó como una acusación. Miriam apartó los ojos del lago y le dirigió una mirada resuelta.

—Pensamos en él tanto como nos atrevemos. Lo que ahora nos preocupa es que la criatura nazca con seguridad.

Julian se acercó y le tocó el brazo. Como si fuera él quien tuviese mayor necesidad de consuelo, le prometió:

—Ya llegará el momento de llorar a Luke y a Gascoigne, Theo. Ya llegará el momento.

El coche había desaparecido por completo bajo la superficie. Theo había temido que el estanque fuese poco hondo junto a la orilla, que el techo del automóvil resultara visible aun bajo la capa de juncos; pero al escrutar la turbia oscuridad no pudo ver más que remolinos de fango.

—¿Ha cogido los cubiertos y el abrelatas? —preguntó Miriam.

—No. ¿Y usted?

—Maldita sea. Se han quedado en el asiento del coche. Aunque tampoco tiene demasiada importancia. No nos queda nada que comer.

—Será mejor que llevemos lo que tenemos hasta el cobertizo —dijo Theo—. Está a unos cien metros por ese camino de la derecha.

Oh, Dios, rezo que todavía siga ahí; por favor, que todavía siga ahí. Era la primera vez que rezaba en cuarenta años, pero sus palabras eran menos una petición que un anhelo semisupersticioso de que, de algún modo, por la pura fuerza de su necesidad, su voluntad pudiera hacer existir el cobertizo. Se echó al hombro una de las almohadas y los impermeables, y se agachó a recoger la cacerola de agua sólo para que Miriam se la quitara de la mano.

—Lleve la almohada —le dijo—. Yo puedo con lo demás.

Así cargados, iniciaron su lento ascenso por el sendero. Fue entonces cuando oyeron el tableteo metálico del helicóptero. Medio aprisionados por las ramas entrelazadas, apenas tenían necesidad de ocultarse más, pero instintivamente abandonaron el camino para internarse en la verde espesura de brotes de fresno, y permanecieron inmóviles, casi sin respirar, como si cada inspiración pudiera llegar hasta aquel brillante objeto amenazador, hasta aquellos oídos y ojos vigilantes. El ruido fue en aumento hasta convertirse en un estruendo ensordecedor. Sin duda el aparato se hallaba justo encima de ellos. Theo medio esperaba que los arbustos que los protegían cobraran de pronto una vida violenta. Luego el helicóptero empezó a describir un círculo. El estruendo se alejó y regresó de nuevo, trayendo consigo un renovado temor. Pasaron casi cinco minutos antes de que el ruido del motor se desvaneciera por fin en un zumbido distante.

—Quizá no estén buscándonos —dijo Julian con suavidad. Su voz era débil; de pronto, se contrajo de dolor y aferró el brazo de Miriam.

Miriam habló con voz hosca.

—No creo que hayan salido a pasear. Sea como fuere, no nos han descubierto. —Se volvió hacia Theo—. ¿Está muy lejos ese cobertizo?

—A unos cincuenta metros, si no recuerdo mal.

—Esperemos que no.

El camino era allí más ancho, lo que facilitaba su paso, pero Theo, que iba un poco por detrás de las mujeres, se sentía agobiado por algo más que el peso físico de su carga. Sus anteriores especulaciones sobre los movimientos probables de Rolf le parecían ahora ridículamente optimistas. ¿Por qué habría de viajar lenta y furtivamente hasta Londres? ¿Por qué debería presentarse personalmente al Guardián? Lo único que necesitaba era un teléfono público. El número del Consejo estaba impreso en todas las guías telefónicas. Esta aparente accesibilidad formaba parte de la política de apertura de Xan. No siempre se podía hablar con el Guardián, pero siempre se podía intentar. Algunas llamadas incluso llegaban hasta él. Y esta llamada, una vez identificada, una vez comprobada, también llegaría. Le dirían que se ocultara, que no hablara con nadie hasta que lo hubieran recogido, casi con toda certeza con un helicóptero. Seguramente hacía más de doce horas que estaba en sus manos.

Y encontrar a los fugitivos no resultaría difícil. A primera hora de la mañana Xan se habría enterado del robo del automóvil, de la cantidad de gasolina que había en el depósito, y sabría con una precisión casi absoluta cuál era la distancia máxima que podían cubrir. Sólo tenía que apoyar un compás en el mapa y trazar un círculo. Theo no albergaba ninguna duda respecto al significado de aquel helicóptero; ya habían empezado a buscarlos desde el aire, observando las casas aisladas, atentos al brillo del techo de un automóvil. Pero quedaba una esperanza. Quizá dispusieran aún del tiempo suficiente para que el bebé naciera en paz, como su madre quería, en la intimidad, sin que nadie la observara salvo las dos personas a las que amaba. La búsqueda no podía ser muy rápida; en eso sin duda estaba en lo cierto. Xan no querría montar una gran operación que atrajera la atención pública, todavía no, no hasta que hubiera verificado por sí mismo la historia de Rolf. Para esta empresa sólo utilizaría un grupo de hombres cuidadosamente seleccionados. Ni siquiera podía tener la seguridad de que se ocultarían en un bosque. Rolf debía de haberle dicho que ésta era la idea original. Pero Rolf ya no estaba al mando.

Se aferraba a esta esperanza, esforzándose por sentir la confianza que Julian necesitaría de él, cuando oyó la voz de ella.

—Mira, Theo. ¿No es hermoso?

Se volvió hacia ella y se le acercó. Julian se había detenido junto a un alto y frondoso espino cargado de bayas rojas. De las ramas superiores colgaba una masa de clemátides como una cascada de espuma blanca, delicada como un velo, a través de la cual las bayas brillaban como piedras preciosas. Contemplando su arrobada expresión, Theo pensó: «Yo sólo sé que es hermoso; ella puede sentir su belleza.» Desvió un poco la vista para contemplar un arbusto de saúco, y le pareció que veía por primera vez el brillo negro de sus bayas y la delicadeza de los tallos rojos. Durante un instante tuvo la sensación de que el bosque, hasta entonces un lugar de oscuridad y amenaza donde en el fondo de su corazón estaba convencido de que uno de ellos iba a morir, se convertía en un santuario, misterioso y bello, que no se preocupaba por esos tres curiosos intrusos, pero donde nada que viviera podía serle completamente ajeno. Entonces oyó la voz de Miriam, alegre, jubilosa.

—¡El cobertizo aún sigue ahí!

32

El cobertizo era mayor de lo que esperaba. La memoria, contrariamente a su costumbre, lo había disminuido en vez de agrandarlo. Por unos instantes se preguntó si aquel maltrecho edificio de tres flancos, hecho de madera ennegrecida y con sus buenos diez metros de anchura, podía ser la choza que recordaba. Entonces se fijó en el abedul plateado que se erguía a la derecha de la entrada. La última vez que lo había visto era un arbolillo, pero ahora sus ramas colgaban sobre el cobertizo. Theo comprobó con alivio que la mayor parte del techo parecía hallarse en buen estado, aunque en algunos lugares la tablazón se había desprendido. En la pared faltaban numerosos tablones o estaban astillados, y todo el cobertizo, en su combada y solitaria decrepitud, parecía incapaz de capear muchos inviernos más. Un enorme camión para el transporte de troncos, comido por el orín, yacía ladeado en mitad del claro, con los neumáticos rajados y medio podridos, y una inmensa rueda suelta caída a su lado. No se habían llevado todos los troncos cuando se suspendió la explotación forestal, y todavía quedaba un montón de ellos en una pila ordenada junto a dos enormes árboles talados. Su desnuda superficie relucía como si la hubieran pulido, y la tierra estaba cubierta de fragmentos de corteza desperdigados.

Lenta, casi ceremoniosamente, penetraron en el cobertizo, mirando de un lado a otro con ojos inquietos, como inquilinos que tomaran posesión de una residencia deseada pero desconocida.

—Bueno —dijo Miriam—, por lo menos es un refugio, y parece que no va a faltarnos leña para el fuego. No está tan escondido como esperaba.

A pesar de la espesa maraña de arbustos y árboles jóvenes y de la protección del bosque que los rodeaba, no estaba tan escondido como Theo recordaba. Su seguridad no dependería tanto de que el cobertizo pasara inadvertido como de la improbabilidad de que un paseante casual llegara hasta allí durante una caminata por el bosque. Pero no era un paseante casual lo que temía: si Xan decidía emprender una búsqueda por tierra en el bosque de Wychwood, sólo tardaría unas horas en descubrirlos, por secreto que fuera su escondrijo.

—No sé si debemos arriesgarnos a encender fuego —señaló Theo—. ¿Es importante?

—¿El fuego? —respondió Miriam—. De momento, no mucho, pero lo será cuando nazca el bebé y se vaya la luz. Las noches empiezan a ser frías. El bebé y la madre necesitarán calor.

—En tal caso, correremos el riesgo, pero no antes de que sea necesario. Estarán esperando ver humo.

El cobertizo tenía el aspecto de haber sido abandonado con cierto apresuramiento, a no ser, quizá, que los obreros pensaran regresar y sé lo hubieran impedido o les hubieran dicho que la empresa había cerrado. Al fondo de la choza había dos montones de tablas más cortas, una pila de troncos pequeños y un pedazo de tronco en posición vertical que seguramente se utilizaba como mesa, puesto que aún sostenía una abollada tetera de hojalata y dos tazas desportilladas. Allí el techo estaba en buenas condiciones, y la tierra apisonada blanda por el serrín y las virutas.

—Por aquí estaremos bien —dictaminó Miriam.

Amontonó las virutas con ayuda de pies y manos hasta formar una especie de lecho, extendió los dos impermeables y ayudó a Julian a tenderse. Luego le colocó una almohada bajo la cabeza. Julian emitió un gruñido de placer, se volvió de costado y encogió las piernas. Miriam desplegó una de las sábanas y se la echó por encima, cubriéndola con una manta y el abrigo de Luke. A continuación, Theo y ella dispusieron sus posesiones: la tetera y la cacerola de agua que quedaba, las toallas dobladas, las tijeras y el frasco de desinfectante. A Theo, este menguado lote le pareció patético en su insuficiencia.

Miriam se arrodilló al lado de Julian y muy suavemente la hizo acostar sobre la espalda. Luego se volvió hacia Theo.

—Puede ir a dar un paseo, si le apetece. Más adelante necesitaré su ayuda, pero de momento todavía no.

Theo salió, sintiéndose por un instante rechazado sin razón, y se sentó sobre el árbol cortado. Lo envolvió la paz del lugar. Cerró los ojos y escuchó. Al cabo de unos segundos, le pareció que podía oír una miríada de ruiditos normalmente imperceptibles para el oído humano: el roce de una hoja contra su rama, el crujido de una ramita al secarse; el mundo viviente del bosque, secreto, industrioso, ajeno a los tres intrusos o desentendido de ellos. Pero no oyó nada humano, ninguna pisada, ningún ruido lejano de coches que se acercaran ni el tableteo del helicóptero. Se atrevió a acariciar la esperanza de que Xan hubiera descartado Wychwood como posible escondite, de que se hallaban a salvo, siquiera por unas horas, las suficientes para que naciera la criatura. Y por primera vez Theo comprendió y aceptó el deseo de Julian de dar a luz en secreto. Aquel refugio en el bosque, inadecuado como lo era, sin duda resultaba mejor que la otra alternativa. Volvió a imaginarse esa alternativa, la cama estéril, las hileras de aparatos para responder a cualquier emergencia médica concebible, los distinguidos ginecólogos venidos desde sus lugares de retiro, en bata y mascarilla, apiñados junto al lecho porque después de veinticinco años la mejor esperanza de seguridad estaba en la unión de sus recuerdos y experiencias, anhelando todos el honor de traer al mundo este bebé milagroso, pero amedrentados también por la terrible responsabilidad. Podía imaginarse a los acólitos, las enfermeras uniformadas y las comadronas, los anestesistas y, a cierta distancia pero dominándolo todo, las cámaras de la televisión con su personal, y el Guardián tras su biombo esperando el momento de comunicar la trascendental noticia a un mundo expectante.

Pero era más que esta destrucción de la intimidad, este despojamiento de la dignidad personal, lo que daba miedo a Julian. Para ella, Xan era maligno. La palabra poseía un significado muy real para ella. Con ojos claros y no deslumbrados, veía más allá de la fuerza, el encanto, la inteligencia, el humor, y penetraba en el corazón no del vacío, sino de las tinieblas. Fuera cual fuese el futuro que aguardaba a su hijo, no quería que nadie maligno estuviera presente en su nacimiento. Ahora comprendía su obstinada elección y, sentado en aquella paz y tranquilidad, le parecía al mismo tiempo correcta y razonable. Pero su obstinación ya había costado la vida a dos personas, una de ellas el padre de su hijo. Julian aduciría que un mal podía causar un bien; sin duda resultaba más difícil argüir que un bien pudiera dar lugar a un mal. Confiaba en la terrible justicia y la piedad de su dios, pero ¿qué opción le quedaba sino confiar? Ya no podía controlar su vida más de lo que podía controlar o suprimir las fuerzas físicas que en aquel mismo instante estaban estirando y descoyuntando su cuerpo.

Si su dios existía, ¿cómo podía ser el Dios del Amor? La pregunta se había vuelto banal, ubicua, pero a su modo de ver nunca respondida satisfactoriamente.

Theo escuchó de nuevo el bosque, su vida secreta. Ahora los sonidos, que parecían ir en aumento mientras escuchaba, estaban cargados de amenaza y de terror; el predador que saltaba sobre su víctima, la crueldad y la satisfacción de la caza, la lucha instintiva por la comida, por la supervivencia. Todo el mundo físico se sostenía por medio del dolor, el alarido en la garganta y el alarido en el corazón. Si el dios de Julian tenía parte en este tormento, si lo había creado y lo mantenía, entonces era el dios de los fuertes, no de los débiles. Contempló el abismo que la creencia de Julian abría entre los dos, pero sin desaliento. No podía disminuirlo, pero sí extender sus manos sobre él. Qué poco la conocía, o ella a él.

La emoción que sentía por ella era tan misteriosa como irracional. Necesitaba comprenderla, definir su naturaleza, analizar aquello que sin duda escapaba a todo análisis. Pero algunas cosas sí las sabía, y tal vez fuera todo lo que necesitaba saber. Sólo deseaba el bien de Julian. Pondría el bien de ella antes que el suyo propio. Ya no podía separarse de ella. Moriría porque ella viviera.

El silencio fue quebrado por un gemido seguido de un grito agudo. En otro tiempo se hubiera sentido incómodo, embargado por el humillante temor de ser juzgado inadecuado. Ahora, consciente sólo de su necesidad de estar con ella, corrió al cobertizo. Julian volvía a estar tendida sobre un costado, completamente tranquila, y le sonrió y le tendió la mano. Miriam estaba arrodillada a su lado.

—¿Qué puedo hacer? —preguntó—. Dejadme estar aquí. ¿Queréis que me quede?

Julian respondió con voz apacible, como si nunca hubiera existido el grito agudo.

—Pues claro que debes quedarte. Queremos que te quedes. Pero quizá sería mejor que empezaras a preparar la leña para el fuego. Así estará a punto para encenderlo cuando nos haga falta.

Theo vio que tenía la cara hinchada, la frente cubierta de sudor. Pero le asombró su serenidad, su calma. Y tenía algo que hacer, una tarea que le confiaban a él. Si lograba encontrar virutas perfectamente secas, seguramente podría encender un fuego que no humeara demasiado. Era un día prácticamente sin viento, pero aun así debía tener cuidado al preparar la hoguera, para que no se desviara el humo hacia la cara de Julian o la del bebé. El mejor lugar sería el que daba hacia el frente del cobertizo, donde el techo estaba roto pero era lo bastante bajo para que madre e hijo se calentaran. Y tendría que contenerlo, si no quería correr el riesgo de que se extendiera. Con unas cuantas piedras del muro derruido podría construir un buen hogar. Salió a buscarlas, seleccionándolas cuidadosamente según la forma y el tamaño. Se le ocurrió que podía incluso utilizar algunas de las piedras más planas para fabricar una especie de humero. Al regresar, dispuso las piedras en forma de círculo, lo llenó con las virutas más secas que pudo encontrar y añadió unas cuantas ramitas. Finalmente colocó unas piedras planas en la parte superior, de tal manera que dirigieran el humo hacia el exterior del cobertizo. Cuando hubo terminado, experimentó la satisfacción de un chiquillo. Y cuando Julian se incorporó y rió de placer, su voz se unió a la de ella.

—Sería mejor que se arrodillara a su lado y le sostuviera la mano —dijo Miriam.

Durante el siguiente espasmo de dolor, se la apretó con tal fuerza que los nudillos de Theo crujieron.

Viendo su expresión, su desesperada necesidad de ser tranquilizado, Miriam le explicó:

—Julian está bien. Todo va de maravilla. Ahora no puedo hacer un examen interno; no sería higiénico. No tengo guantes estériles y ya ha roto aguas. Pero yo diría que el cuello del útero está casi completamente dilatado. La segunda fase será más fácil.

Él se volvió hacia Julian.

—¿Qué puedo hacer, cariño? Dime qué puedo hacer.

—No dejes de sujetarme la mano.

Arrodillado junto a las dos mujeres, admiró la tranquila seguridad con que Miriam, aun después de veinticinco años, ejercía su antiguo arte, sus manos oscuras y suaves que reposaban sobre el estómago de Julian, su voz que la envolvía en murmullos de aliento.

—Ahora descansa, y con la siguiente oleada déjate ir. No te resistas. Recuerda la respiración. Muy bien, Julian, lo estás haciendo muy bien.

Cuando empezó la segunda fase del parto, indicó a Theo que se arrodillara a espaldas de Julian y le sostuviera el cuerpo; a continuación, tomó dos de los troncos más pequeños y los colocó ante los pies de Julian. Theo se arrodilló y sostuvo el peso del cuerpo de Julian. Ella se recostó sobre su pecho, estrechamente ceñida por los brazos de él bajo sus pechos, los pies presionando con fuerza los dos trozos de madera. Theo bajó la vista hacia su rostro, en un momento casi irreconocible, distorsionado y escarlata, mientras ella gruñía y se contraía entre sus brazos, y en el momento siguiente sosegado, misteriosamente liberado de angustia y esfuerzo, jadeando con suavidad, los ojos fijos en Miriam, esperando la siguiente contracción. En esos momentos, su expresión era tan pacífica que Theo casi hubiera podido creer que estaba dormida. Sus caras estaban tan juntas que era el sudor mezclado de los dos el que de vez en cuando le enjugaba con ternura. El acto primitivo, en el que Theo era al mismo tiempo participante y observador, los aislaba en un limbo de tiempo donde nada importaba, nada era real excepto la madre y el oscuro y doloroso viaje de su hijo desde la vida secreta del útero hasta la luz del día. Theo era consciente del incesante murmullo de Miriam, quedo pero insistente, elogiando, dando aliento, instruyendo, halagando gozosamente al bebé para que saliera al mundo, y tuvo la sensación de que comadrona y paciente eran una sola mujer, y que él también participaba en el dolor y los esfuerzos, no de un modo necesario, en realidad, sino graciosamente aceptado, y sin embargo excluido del corazón del misterio. Y, en un repentino arrebato de angustia y envidia, deseó que fuera hijo suyo el que con tal agonía y esfuerzo estaban trayendo al mundo.

Y entonces vio con maravillado pasmo que estaba emergiendo la cabeza, una bola reluciente a la que se adherían mechones de pelo oscuro. Oyó la voz de Miriam, baja pero triunfal.

—Ya asoma la cabeza. Deja de empujar, Julian. Ahora sólo tienes que jadear.

La voz de Julian era áspera como la de un atleta tras una difícil carrera. Emitió un breve grito y, con un sonido indescriptible, la cabeza fue propulsada hacia las manos de Miriam. Ésta la cogió, le dio la vuelta con suavidad y, casi inmediatamente, con un último empujón, el bebé se deslizó al mundo entre las piernas de su madre en un torrente de sangre, y fue recogido por Miriam y depositado sobre el estómago de Julian. El bebé era un niño. Su miembro, que parecía tan dominante y desproporcionado en comparación con el rollizo cuerpecillo, era como una proclamación.

Miriam se apresuró a cubrirlo con la sábana y la manta que envolvía a Julian, uniendo a ambos.

—Mira, tienes un hijo, Julian —exclamó, y se echó a reír.

A Theo le pareció que el decrépito cobertizo resonaba con su voz alegre y triunfal. Bajó la vista hacia los brazos extendidos de Julian y su rostro transfigurado, y en seguida volvió a apartarla. La alegría era casi demasiado intensa para que él pudiera soportarla. Oyó la voz de Miriam.

—Tendré que cortar el cordón, y luego vendrá la placenta. Será mejor que vayas encendiendo el fuego, Theo, a ver si puedes calentar la tetera. Julian necesitará tomar algo caliente.

Se dirigió hacia su improvisado hogar. Le temblaban tanto las manos que la primera cerilla se le apagó. Pero, con la segunda, las finas virutas empezaron a arder y el fuego saltó como una celebración, llenando el cobertizo con el olor a humo de leña. Theo lo alimentó cuidadosamente con ramitas y fragmentos de corteza, y luego se volvió por la tetera. Entonces ocurrió el desastre. Había dejado la tetera cerca del fuego y, al retroceder, la volcó con el pie. La tapa se desprendió y Theo vio con enfermizo horror cómo la preciosa agua empapaba el serrín y manchaba la tierra. Ya habían gastado el agua de las dos cacerolas. Y ahora no les quedaba más.

El ruido del zapato contra el metal de la tetera había advertido a Miriam. Todavía se hallaba atareada con el niño y, sin volver la cabeza, preguntó:

—¿Qué ha pasado? ¿Ha sido la tetera?

—Lo siento mucho —respondió Theo, en tono de desdicha—. Es una desgracia. He derramado el agua.

Miriam se puso en pie y se acercó a él.

—De todas maneras íbamos a necesitar más agua —declaró con toda calma—, agua y comida. Tendré que quedarme con Julian hasta que vea que puedo dejarla, pero luego iré a la casa que vimos por el camino. Con un poco de suerte, puede que el suministro de agua aún funcione, o tal vez haya un pozo.

—Pero tendrás que cruzar un campo abierto. Te verán.

—Tengo que ir, Theo —dijo ella—. Nos hacen falta cosas. Tengo que arriesgarme.

Pretendía ser amable. Lo que más falta les hacía era el agua, y eso se había perdido por su culpa.

—Déjame ir a mí —le pidió Theo—. Quédate tú con ella.

—Julian te quiere a su lado. Ahora que ya ha nacido el bebé, te necesita más a ti que a mí. Tengo que asegurarme de que el fondo esté bien contraído y comprobar que la placenta esté completa. Cuando lo haya hecho, podré dejarla con tranquilidad. Intenta que el bebé coja el pecho. Cuanto antes empiece a mamar, mejor.

Theo tuvo la sensación de que le gustaba explicar los misterios de su oficio, que le gustaba utilizar las palabras que durante tanto tiempo no había pronunciado, pero tampoco olvidado.

Al cabo de veinte minutos estuvo lista para irse. Había enterrado la placenta e intentado limpiarse la sangre de las manos frotándoselas con hierba.

Luego posó esas manos suaves y experimentadas en el estómago de Julian por última vez.

—Me lavaré en el lago, de camino a la casa —comentó—. Podría afrontar con ecuanimidad la llegada de tu primo si tuviera la certeza de que iba a concederme un baño caliente y un almuerzo de cuatro platos antes de fusilarme. Será mejor que me lleve la tetera. Volveré tan pronto como pueda.

Impulsivamente, Theo la rodeó con los brazos y la estrechó por un instante. Le dijo «Gracias, gracias», y luego la soltó y la vio correr por el claro con zancadas largas y elegantes hasta que se perdió de vista bajo las ramas colgantes del sendero.

33

El bebé no necesitó que lo animaran a mamar. Era un niño vivaracho que abría hacia Theo sus ojos brillantes y desenfocados, agitaba sus manecitas de enano y embestía con la cabeza el seno de su madre, buscando vorazmente el pezón con la boquita abierta. Era extraordinario que algo tan nuevo pudiera ser tan vigoroso.

El bebé se alimentó y se durmió. Theo se tendió al lado de Julian y pasó un brazo sobre los dos. Notaba en la mejilla la suavidad húmeda de sus cabellos. Yacían en la sábana sucia y arrugada, con hedor a sangre, sudor y heces, pero nunca había conocido tal paz, nunca había imaginado que la alegría pudiera venir tan dulcemente combinada con el dolor. Yacían medio adormilados en un sosiego sin palabras, y a Theo le parecía que de la cálida carne del niño se alzaba, transitorio pero más intenso aún que el olor de la sangre, el extraño y agradable aroma de lo recién nacido, seco y penetrante como el heno.

Finalmente, Julian se removió y preguntó:

—¿Cuánto hace que Miriam se ha marchado?

Theo alzó la muñeca izquierda hasta la altura de los ojos.

—Poco más de una hora.

—No debería tardar tanto. Por favor, Theo, ve a buscarla.

—No sólo necesitamos agua. Si la casa está amueblada, habrá querido recoger otras cosas.

—Sólo unas pocas, para empezar. Siempre se puede volver por más. Sabe que estamos preocupados. Ve a buscarla, por favor. Sé que le ha pasado algo. —Al ver que él vacilaba, añadió—: Estaremos bien.

El uso del plural, y lo que Theo vio en los ojos de Julian cuando los volvió hacia su hijo, casi lo acobardó.

—Puede que ya estén muy cerca. No quiero dejarte. Quiero que estemos juntos cuando llegue Xan.

—Y lo estaremos, cariño mío. Pero Miriam puede hallarse en un apuro, estar atrapada, herida, esperando que vayamos a ayudarla. Tengo que saberlo, Theo.

Sin presentar más objeciones, Theo se puso en pie y dijo:

—Iré tan deprisa como pueda.

Durante unos instantes permaneció en silencio ante la choza, y escuchó: cerró los ojos a los matices otoñales del bosque, al haz de sol sobre corteza y hierba, para poder concentrar toda su atención en el oído. Pero no oyó nada, ni siquiera el rumor de un pájaro. Y entonces echó a correr, casi a saltos como un atleta, dejando atrás el lago, subiendo hacia la encrucijada por el angosto túnel de verdor, saltando sobre las rodadas y los baches, sintiendo el choque de la tierra dura bajo sus pies, agazapándose y esquivando las ramas bajas que se proyectaban hacia él. Su mente era una confusión de miedo y esperanza. Había sido una locura dejar a Julian. Si la PSE estaba cerca y había capturado a Miriam, él no podría hacer nada para ayudarla. Y si tan cerca estaban, sólo era cuestión de tiempo que encontraran a Julian y su hijo. Mejor haber permanecido juntos y esperado, esperado hasta que la radiante mañana se prolongara en la tarde y supieran con certeza que no había esperanzas de ver a Miriam de nuevo, esperado hasta que oyeran el ruido sordo de pies en marcha sobre la hierba.

Pero, en la desesperada necesidad de tranquilizarse, se dijo que existían otras posibilidades. Julian tenía razón. Miriam había podido sufrir un accidente, haber caído, estar tendida en el suelo, preguntándose cuánto tardaría en ir a buscarla. Su mente se ocupó con las imágenes del desastre, la puerta de una despensa cerrándose de golpe a sus espaldas, un pozo mal tapado que no había visto, un tablón podrido en el piso. Trató de obligarse a creer, convencerse de que una hora era un lapso muy breve, de que Miriam estaba atareada recogiendo todo lo que podía hacerles falta, calculando qué parte de las preciosas posesiones podía llevar consigo, qué podía dejar para más tarde, olvidando en su afán de búsqueda qué largos parecerían esos sesenta minutos a quienes la estaban esperando.

Al fin llegó a la encrucijada y pudo ver, por entre la estrecha abertura y los arbustos menos densos del amplio seto, la pendiente del campo y el tejado de la casa. Permaneció un minuto recobrando el aliento, doblado por la cintura para aliviar el agudo dolor del costado, y se zambulló en la maraña de ortigas, zarzas y ramitas quebradizas para emerger a la clara luz del campo abierto. No había ninguna señal de Miriam. Más lentamente, consciente de su vulnerabilidad y con una creciente sensación de inquietud, cruzó el campo y llegó a la casa. Era un edificio antiguo, con un tejado irregular de tejas musgosas y chimeneas altas de estilo isabelino, que en otro tiempo probablemente había sido una granja. Un bajo muro de piedras sin argamasa lo separaba del campo. La extensión de maleza que otrora había sido un jardín estaba dividida por una estrecha corriente que fluía desde una acequia situada más arriba, cruzada por un sencillo puente de madera que conducía a la puerta de atrás. Las ventanas eran pequeñas y carecían de cortinas. Todo estaba en silencio. La casa era como un espejismo, un anhelado símbolo de seguridad, normalidad y paz que se desvanecería en cuanto lo tocara. En el silencio, el borboteo del arroyo sonaba tan fuerte como un torrente.

La puerta de atrás era de roble negro, con refuerzos de hierro. Estaba entornada. Theo acabó de abrirla, y el suave sol del otoño salpicó de oro las losas de un pasadizo que conducía a la parte delantera de la casa. Otra vez se detuvo un momento para escuchar. No oyó nada, ni siquiera el tic-tac de un reloj. A su izquierda había otra puerta de roble que, supuso, daba a la cocina. No tenía corrido el pestillo, y al empujarla se abrió con suavidad. Tras la claridad del exterior, la habitación le pareció oscura, y por unos instantes apenas pudo ver, hasta que sus ojos se habituaron a una penumbra que las oscuras vigas de roble y las pequeñas ventanas cubiertas de suciedad volvían aún más opresiva. Percibió con claridad un frío húmedo, la dureza de las losas del suelo y un dejo en el aire, horrible y humano a la vez, como el persistente olor del miedo. Palpó la pared en busca de un interruptor, sin atreverse a esperar, cuando su mano lo encontró, que todavía hubiera electricidad. Pero la luz se encendió, y entonces pudo verla.

La habían estrangulado con un cordón y arrojado su cuerpo sobre un amplio sillón de mimbre, a la derecha de la chimenea. Yacía en una postura desgarbada, las piernas torcidas, los brazos colgando sobre los extremos del sillón, la cabeza volcada hacia atrás, con el cordón tan hundido en la piel que apenas resultaba visible. Su horror fue tal que tras la primera mirada se tambaleó hacia el fregadero situado bajo la ventana y vomitó con violencia pero sin poder devolver nada. Quiso acercarse a ella, cerrarle los ojos, tocarle la mano, hacer algún gesto. Pero sabía que no podría tocarla, ni siquiera mirarla de nuevo. Con la frente apretada contra la fría loza, alzó la mano hacia el grifo y un chorro de agua fría cayó sobre su cabeza. La dejó correr como si pudiera lavar el terror, la compasión y la vergüenza. Sintió deseos de echar la cabeza atrás y lanzar un alarido de cólera. Cerró el grifo, se sacudió el agua de los ojos y volvió a la realidad. Tenía que regresar con Julian tan deprisa como pudiera. Los menguados frutos del registro de Miriam estaban sobre la mesa: había encontrado una gran cesta de mimbre y metido en ella tres latas; un abrelatas y una botella de agua.

Pero no podía dejar a Miriam tal como estaba. Aquélla no debía ser la última imagen que conservara de ella. Por grande que fuera la necesidad de volver con Julian y el niño, le debía un respeto. Combatiendo el terror y la repulsión, se incorporó y se forzó a mirarla. Luego, inclinándose, le aflojó el cordón del cuello, le alisó las arrugas de la cara y le cerró los ojos. Sintió la necesidad de llevársela de aquel lugar horrendo. La levantó en brazos, la sacó de la casa, a la luz del sol, y la depositó suavemente bajo un serbal. Sus hojas, semejantes a lenguas de llama, proyectaban su resplandor sobre el marrón claro de la piel como si sus venas aún siguieran palpitando con vida. Ahora su cara se veía casi pacífica. Theo le cruzó los brazos sobre el pecho y tuvo la impresión de que la carne yerta aún podía comunicarle algo: que la muerte no era lo peor que podía ocurrirle a un ser humano, que ella había sido leal a su hermano, que había hecho lo que se había propuesto hacer. Ella había muerto, pero una nueva vida había nacido. Al reflexionar sobre el horror y la crueldad de su muerte, Theo pensó que sin duda Julian diría que debía haber perdón incluso para aquella barbarie. Pero él no compartía ese credo. Permaneció unos instantes en pie, muy quieto, contemplando el cuerpo que yacía sobre la tierra, y se juró que Miriam sería vengada. Luego recogió la cesta de mimbre y, sin volver la vista atrás, cruzó el puentecillo a la carrera, salió del jardín y se zambulló en el bosque.

Estaban cerca, desde luego. Estaban observándolo. Lo sabía. Pero ahora, como si el horror hubiera galvanizado su cerebro, pensaba con lucidez. ¿A qué estaban esperando? ¿Por qué le habían dejado marchar? Ya no necesitaban seguirle. Debía de resultarles obvio que estaban muy cerca del final de su búsqueda. Y de dos cosas no tenía duda: que el grupo sería pequeño y que Xan formaría parte de él. Los asesinos de Miriam no eran un grupo aislado de avanzadillas con instrucciones de encontrar a los fugitivos, retenerlos sin causarles daño y avisar a la fuerza principal. Xan no se arriesgaría a que una mujer embarazada fuera descubierta por nadie más que él mismo o alguien que gozara de su absoluta confianza. No habría una orden de búsqueda general para esta valiosa presa. Y Xan no habría averiguado nada por Miriam, de eso estaba seguro. Lo que esperaba encontrar no era una madre con su hijo, sino una mujer embarazada todavía a unas cuantas semanas del parto. No querría asustarla, no querría provocar un parto prematuro. ¿Por eso habían estrangulado a Miriam, en vez de pegarle un tiro? Incluso a esa distancia, no quería correr el riesgo de que se oyeran disparos.

Pero este razonamiento era absurdo. Si Xan quería proteger a Julian, tenerla calmada hasta el momento de dar a luz, que él creía próximo, ¿por qué matar a la comadrona en la que confiaba, y matarla de un modo tan horrible? Sin duda debía de saber que uno de los dos iría a buscarla, quizás ambos. Si había sido él, Theo, y no Julian, quien se había enfrentado a aquella lengua hinchada, a aquellos protuberantes ojos muertos, a todo el horror de aquella abominable cocina, era sólo por azar. ¿Acaso Xan se había persuadido de que, con el niño a punto de nacer, nada, por espeluznante que fuera, podía ya hacerle daño? Tal vez había necesitado deshacerse de Miriam con urgencia, sin que importara el riesgo. ¿Por qué hacerla prisionera, con todas las complicaciones consiguientes, cuando un breve apretón de cuerda podía resolver definitivamente el problema? Y quizá, incluso, el horror había sido deliberado. Acaso estaba proclamando: «Esto es lo que puedo hacer, lo que he hecho. De la conspiración de los Cinco Peces, ahora sólo quedáis vosotros dos, sólo vosotros dos conocéis la verdad sobre la ascendencia del niño. Estáis en mi poder, absolutamente y para siempre.»

¿O podía ser que su plan fuese aún más audaz? Una vez nacida la criatura, le bastaría matar a Theo y Julian para poder presentarse como si fuera él el padre. ¿Habría llegado a convencerse, en su arrogante egoísmo, de que tal cosa era posible? Y entonces Theo recordó las palabras de Xan: «Haré lo que tenga que hacer.»

En el cobertizo, Julian yacía tan quieta que al principio él creyó que estaba dormida. Pero sus ojos estaban abiertos, y aún los tenía fijos en el niño. El aire estaba cargado con el dulzor acre del humo de leña, pero el fuego se había apagado. Theo dejó la cesta y, tomando la botella de agua, desenroscó el tapón. Se arrodilló al lado de Julian.

Ella lo miró a los ojos y dijo:

—Miriam ha muerto, ¿verdad? —Al ver que Theo no respondía, añadió—: Ha muerto por ir a buscarme esto.

Theo le acercó la botella a los labios.

—Entonces, bebe y agradécelo.

Pero ella apartó la cabeza y dejó de sostener al niño, de modo que, si él no lo hubiera cogido, el bebé habría caído rodando de su cuerpo. Julian permaneció tendida como si se hallara demasiado exhausta para entregarse a los paroxismos del dolor, pero un río de lágrimas le cubrió el rostro y Theo pudo oír un gemido suave, casi musical, como el lamento de una pena universal. Estaba llorando a Miriam como nunca había llorado todavía al padre de su hijo. Theo se agachó y la tomó entre sus brazos, con torpeza a causa del bebé, tratando de abarcarlos a los dos.

—Recuerda al niño —le urgió—. El niño te necesita. Recuerda qué habría querido Miriam.

Julian no dijo nada, pero asintió con la cabeza y volvió a coger el bebé. Theo le acercó un vaso de agua a los labios.

La cesta contenía tres latas. Una de ellas había perdido la etiqueta; la lata era pesada, pero no había forma de saber qué había en su interior. La etiqueta de la segunda rezaba «Melocotones en almíbar». La tercera era una lata de alubias en salsa de tomate. Por eso y una botella de agua había muerto Miriam. Pero Theo sabía que decir aquello era simplificar demasiado. Miriam había muerto porque era una de las pocas personas que sabían la verdad acerca del niño.

El abrelatas era de un modelo anticuado, parcialmente oxidado, con el filo embotado. Pero servía. Theo abrió la lata, dobló la tapa hacia atrás y, acunando la cabeza de Julian sobre su brazo derecho, empezó a darle las alubias con el dedo medio de la mano izquierda. Ella las engullía con avidez. El proceso de alimentarla fue un acto de amor. Ninguno de los dos habló.

Al cabo de cinco minutos, cuando la lata estaba medio vacía, Julian dijo:

—Ahora te toca a ti.

—No tengo hambre.

—Claro que tienes hambre.

Los nudillos de Theo eran muy anchos para que sus dedos llegaran al fondo de la lata, de manera que le tocó a Julian el turno de alimentarlo.

Sentada con el niño acunado sobre su regazo, introdujo su pequeña mano derecha en la lata y le dio de comer.

—Qué bien saben —observó él.

Una vez vacía la lata, Julian emitió un breve suspiro y volvió a recostarse, sosteniendo el niño sobre su pecho. Theo se tendió a su lado.

—¿Cómo murió Miriam? —quiso saber Julian.

Theo sabía que le haría esta pregunta. No podía mentirle.

—La estrangularon. Debió de ser muy rápido. Quizá ni siquiera los vio. No creo que tuviera tiempo de sentir dolor o miedo.

—Pudo durar un segundo, dos segundos, tal vez más. No podemos vivir esos segundos por ella. No sabemos qué sintió, qué dolor, qué miedo. En dos segundos se puede experimentar toda una vida de miedo y dolor —objetó ella.

—Querida mía, para ella todo ha terminado ya. Ha escapado a ellos para siempre. Miriam, Gascoigne, Luke, todos están fuera del alcance del Consejo. Cada vez que muere una víctima, es una pequeña derrota para la tiranía.

—Ése es un consuelo demasiado fácil —dijo Julian. Y luego, tras un silencio—: No intentarán separarnos, ¿o sí?

—Nada ni nadie nos separará, ni la vida ni la muerte, ni principados ni poderes, ni nada que sea de los cielos ni nada que sea de la tierra.

Ella le apoyó una mano en la mejilla.

—Oh, querido, eso no puedes prometerlo. Pero me gusta oírtelo decir. —Al cabo de unos instantes, preguntó—: ¿Por qué no vienen?

Pero no había angustia en la pregunta, sólo una suave perplejidad. Theo extendió la mano y cogió la de ella, cubriendo con sus dedos la carne deformada y caliente que tan repulsiva le había parecido en otro tiempo. La acarició con ternura, pero no respondió. Acostados el uno junto al otro, permanecieron inmóviles. Theo percibía el poderoso olor de la madera aserrada y el fuego apagado, el rectángulo de luz como un velo verde, el silencio sin viento y sin pájaros, los latidos del corazón de Julian y los del suyo propio. Estaban inmersos en una intensidad de audición que se hallaba milagrosamente desprovista de ansiedad. ¿Era esto lo que experimentaban las víctimas de la tortura cuando pasaban de la extremidad del dolor a la paz? Pensó: «He hecho lo que me había propuesto hacer. El niño ha nacido como ella quería. Éste es nuestro lugar, nuestro momento en el tiempo, y hagan lo que hagan con nosotros nunca podrán quitárnoslo.»

Fue Julian quien dijo:

—Theo, creo que están aquí. Han llegado.

Él no había oído nada, pero se levantó y repuso:

—Espera aquí muy callada. No te muevas.

—Volviéndose de espaldas para que ella no pudiera verlo, se sacó el revólver del bolsillo e introdujo la bala en el tambor. Acto seguido, salió a su encuentro.

Xan estaba solo. Con sus viejos pantalones de pana, una camisa de cuello abierto y un jersey grueso, parecía un leñador. Pero los leñadores no van armados; y bajo el jersey se advertía el bulto de una pistolera. Ningún leñador hubiera contemplado a Theo con tan altiva confianza, con tal arrogancia de poder. En su mano izquierda refulgía el anillo matrimonial de Inglaterra.

—Así que es cierto —comenzó.

—Sí, es cierto.

—¿Dónde está la mujer?

Theo no respondió.

—No necesito preguntártelo —prosiguió Xan—. Ya sé dónde está. Pero ¿está bien?

—Está bien. Ahora duerme. Tenemos unos minutos antes de que despierte.

Xan echó los hombros hacia atrás y soltó una boqueada de alivio, como un nadador exhausto al emerger para sacudirse el agua de los ojos.

Respiró hondo durante unos instantes, y luego dijo con calma:

—Puedo esperar para verla. No quiero asustarla. He

venido con una ambulancia, un helicóptero, médicos, comadronas. He traído todo lo que necesita. Ese niño nacerá con bienestar y seguridad. La madre será tratada como el milagro que en verdad es, y quiero que ella lo sepa. Si confía en ti, puedes ser tú quien se lo diga. Tranquilízala, cálmala, hazle saber que no tiene nada que temer de mí.

—Tiene todo que temer. ¿Dónde está Rolf?

—Muerto.

—¿Y Gascoigne?

—Muerto.

—Y ya he visto el cuerpo de Miriam. De modo que no queda nadie vivo que conozca la verdad sobre este niño. Te has deshecho de todos.

—Excepto de ti —observó Xan con calma. Luego, al ver que Theo no decía nada, prosiguió—: No pienso matarte. No quiero matarte. Te necesito. Pero tenemos que hablar ahora mismo, antes de que la vea. Debo saber hasta qué punto puedo confiar en ti. Puedes ayudarme con ella, con lo que tengo que hacer.

—Dime qué tienes que hacer —le invitó Theo.

—¿No es evidente? Si es un niño y es fértil, será el padre de la nueva raza. Si produce semen, semen fértil, a la edad de trece años, o quizá doce, nuestras omegas sólo tendrán treinta y ocho. Podemos hacerlas criar, como a otras mujeres seleccionadas. Quizá podamos volver a criar con la misma mujer.

—El padre de la criatura ha muerto.

—Ya lo sé. Le sacamos la verdad a Rolf. Pero si ha habido un hombre fértil, puede haber otros. Redoblaremos el programa de análisis; últimamente nos hemos descuidado. Analizaremos a todo el mundo: epilépticos, deformes, todos los hombres del país. Y puede que nazca un varón, un varón fértil. Será nuestra mejor esperanza. La esperanza del mundo.

—¿Y Julian?

Xan se echó a reír.

—Lo más probable es que me case con ella. Sea como fuere, estará bien atendida. Vuelve con ella. Dile que estoy aquí, y que he venido solo. Tranquilízala. Dile que me ayudarás a cuidar de ella. Santo Dios, Theo, ¿te das cuenta del poder que tenemos en nuestras manos? Vuelve al Consejo, sé mi lugarteniente. Puedes tener todo lo que quieras.

—No.

Hubo una pausa.

—¿Recuerdas el puente de Woolcombe? —preguntó Xan.

La pregunta no era una apelación sentimental a una antigua lealtad o a los lazos de sangre, ni un recordatorio de la cordialidad dada y recibida. Xan lo había recordado en aquel momento, y sonreía con el placer del recuerdo.

—Recuerdo todo lo que ocurrió en Woolcombe.

—No quiero matarte.

—Tendrás que hacerlo, Xan. Puede que tengas que matarla también a ella.

Theo sacó su revólver. Al verlo, Xan se echó a reír.

—Sé que no está cargado. Se lo dijiste a aquellos viejos, ¿te acuerdas? Si hubieras tenido un arma cargada, no habrías dejado escapar a Rolf.

—¿Cómo se lo hubiera impedido? ¿Crees que le habría pegado un tiro a su esposo ante sus propios ojos?

—¿Su esposo? No sabía que le importara su esposo. No es ésa la imagen que él tan amablemente nos dio antes de morir. No te creerás enamorado de ella, ¿verdad? No la idealices. Puede que sea la mujer más importante del mundo, pero no es la Virgen María. El niño que lleva en su vientre no deja de ser el hijo de una puta.

Sus miradas se encontraron. Theo pensó: «¿A qué está esperando? ¿Se ha dado cuenta de que no puede disparar contra mí a sangre fría, como yo no puedo hacerlo contra él?» El tiempo se prolongó, un interminable segundo tras otro. Finalmente, Xan extendió el brazo y apuntó. Y en esa fracción infinitesimal de tiempo el niño gritó con un vagido agudo y plañidero, como un grito de protesta. Theo oyó la bala de Xan silbando inofensiva a través de la manga de su chaqueta. Sabía que en ese medio segundo no pudo haber visto lo que con tanta claridad recordaría luego, el rostro de Xan transfigurado por la alegría y el triunfo; que no pudo haber oído su grito de afirmación, como el grito que lanzó en el puente de Woolcombe. Pero con este grito en los oídos mató a Xan de un tiro en el corazón.

Tras los dos disparos sólo fue consciente de un gran silencio. Cuando Miriam y él arrojaron el coche al lago, el pacífico bosque se había convertido en una selva bulliciosa, una cacofonía de chillidos estridentes, crujidos de ramas y graznidos agitados que sólo se había apaciguado con la última ondulación temblorosa. Pero ahora no se oía nada. Le pareció que andaba hacia el cadáver de Xan como un actor en una película a cámara lenta, las manos azotando el aire, los pies pisando firme, pero casi como si no tocaran el suelo; le pareció que el espacio se extendía hasta el infinito y que el cadáver de Xan era una meta lejana hacia la que avanzaba con esfuerzo, retenido en un tiempo suspendido. Y entonces, como una patada en el cerebro, la realidad se impuso de nuevo y Theo percibió simultáneamente los veloces movimientos de su cuerpo, los ruidos de todos los pequeños seres que se movían entre los árboles, todas las hojas de hierba que notaba a través de las suelas de sus zapatos, el aire que le rozaba el rostro, y percibió con más claridad aún el cuerpo de Xan caído a sus pies. Estaba tendido de espaldas, con los brazos extendidos, como si reposara en la orilla del Windrush. Su cara mostraba una expresión pacífica, desprovista de todo asombro, como si fingiera la muerte; pero, al arrodillarse, Theo vio que sus ojos eran dos guijarros sin brillo, otrora lavados por el mar pero ahora privados de vida para siempre por el retroceso de la última marea. Sacó el anillo del dedo de Xan, se incorporó y esperó.

Fueron llegando muy sigilosamente, surgiendo del bosque, primero Carl, luego Martin Woolvington, después las dos mujeres. Atrás, manteniendo una cuidadosa distancia, había seis granaderos. Avanzaron hasta llegar a unos palmos del cadáver y allí se detuvieron. Theo exhibió el anillo, lo encajó con deliberación en su propio dedo y alzó hacia ellos el dorso de la mano.

—El Guardián de Inglaterra ha muerto y el niño ha nacido —les anunció—. Escuchad.

Se oyó de nuevo el lastimero pero imperioso plañido del recién nacido. Empezaron a moverse hacia el cobertizo, y Theo les cerró el paso.

—Esperad. Antes debo preguntárselo a la madre.

En el interior del cobertizo, Julian estaba sentada muy erguida, con el niño apretado contra el pecho; su boca abierta ora mamando ora deslizándose sobre la piel. Cuando Theo se le acercó vio en sus ojos un miedo desesperado, que se disolvió en gozoso alivio. Julian dejó que el niño descansara sobre su regazo y extendió los brazos hacia Theo.

—He oído dos tiros —dijo, con un sollozo—. No sabía si te vería a ti o a él.

Durante unos instantes Theo estrechó contra sí el cuerpo tembloroso de la mujer.

—El Guardián de Inglaterra ha muerto. El Consejo está aquí. ¿Quieres recibirlos, enseñarles tu hijo?

—Sólo un instante. ¿Qué pasará ahora, Theo?

El miedo que había sufrido por él la había privado momentáneamente de valor y energía, y por primera vez desde el nacimiento Theo la vio temerosa y vulnerable. Respondió en un susurro, rozándole el cabello con los labios.

—Te llevaremos a un hospital, a algún lugar tranquilo. Te cuidarán. No consentiré que te molesten. No tendrás que quedarte allí mucho tiempo, y estaremos juntos. Nunca me separaré de ti. Pase lo que pase, estaremos juntos.

La soltó y salió afuera. Los recién llegados estaban formando un semicírculo, esperándole con la vista fija en su rostro.

—Podéis entrar. Los granaderos no, sólo el Consejo. Está agotada, necesita descansar.

—Tenemos una ambulancia no muy lejos —dijo Woolvington—. Podemos llamar a los médicos, llevarla allí. El helicóptero está a un par de kilómetros, en las afueras del pueblo.

—El helicóptero es demasiado peligroso. Llamad a los

camilleros. Y apartad el cuerpo del Guardián. No quiero que ella lo vea.

Dos granaderos se adelantaron de inmediato y empezaron a arrastrar el cadáver. Theo se volvió hacia ellos.

—Mostrad un poco de reverencia. Recordad lo que era hasta hace pocos minutos. Entonces no os habríais atrevido a ponerle la mano encima.

Les dio la espalda y condujo al Consejo hacia el cobertizo. Le pareció que entraban con inseguridad, como de mala gana, primero las dos mujeres, luego Woolvington y Carl. Woolvington no se dirigió a Julian, pero se detuvo junto a su cabeza como si fuera un centinela de guardia. Las dos mujeres se arrodillaron, no tanto, pensó Theo, como un gesto de homenaje sino por la necesidad de acercarse al niño. Miraron a la madre como si esperasen su consentimiento. Julian sonrió y alzó el bebé. Murmurando, sollozando, estremecidas por la risa y las lágrimas, extendieron las manos y le tocaron la cabeza, las mejillas, los brazos inquietos. Harriet le acercó un dedo y el bebé lo aferró con una fuerza sorprendente. Se echó a reír, y Julian, levantando la vista, le dijo a Theo:

—Miriam me explicó que los recién nacidos pueden agarrar así. No dura mucho.

Las mujeres no contestaron. Lloraban y sonreían, emitiendo ruiditos bobos de bienvenida y descubrimiento. A Theo le pareció una gozosa camaradería femenina. Se volvió hacia Carl, asombrándose de que hubiera podido realizar el viaje, que aún lograra tenerse en pie. Carl contempló el chiquillo con sus ojos de moribundo y pronunció su *nunc dimittis.*

—Conque empieza de nuevo.

Theo pensó: «Empieza de nuevo, con celos, con traición, con violencia, con muerte, con este anillo en mi dedo.» Bajó la vista hacia el gran zafiro en su destellante cerco de diamantes, con la cruz de rubíes, e hizo girar el anillo en su dedo, consciente de su peso. La acción de ponérselo en la mano había sido instintiva, pero al mismo tiempo deliberada; un gesto que afirmara su autoridad y le garantizara protección.

Había sabido desde un principio que los granaderos vendrían armados. La visión de aquel símbolo refulgente en su dedo haría por lo menos que vacilaran, le daría tiempo a hablar. ¿Necesitaba seguir llevándolo? Tenía a su alcance todo el poder de Xan, y más aún. Con la muerte de Carl, el Consejo quedaría sin cabeza. Por un tiempo al menos, debería ocupar el lugar de Xan; había males que remediar, pero tendrían que esperar su turno. No podría hacerlo todo a la vez, tendría que establecer prioridades. ¿Era esto lo que había descubierto Xan? ¿Era esta súbita embriaguez de poder lo que Xan había conocido todos los días de su vida? La sensación de que todo le era posible, de que lo que él quisiera se haría y lo que a él no le gustara se aboliría, de que podía moldear el mundo según su voluntad. Se sacó el anillo del dedo, hizo una pausa y lo volvió a encajar. Ya habría tiempo luego para decidir si lo necesitaba, y por cuánto tiempo.

—Ahora, dejadnos —ordenó e, inclinándose, ayudó a las mujeres a ponerse en pie. Salieron tan en silencio como habían entrado.

Julian alzó la vista hacia él, y por primera vez reparó en el anillo.

—Eso no se hizo para tu dedo.

Por un segundo, no más, Theo sintió algo semejante a la irritación. Debía ser él quien decidiera cuándo se lo quitaría.

—Por ahora resulta útil —respondió—. Me lo quitaré a su debido tiempo.

Julian pareció quedar satisfecha, y tal vez la sombra que Theo creyó ver en sus ojos hubiera sido sólo imaginación. Entonces ella sonrió, y le pidió:

—Bautiza al niño por mí. Hazlo ahora que estamos solos, por favor. Es lo que Luke habría querido. Es lo que quiero.

—¿Cómo quieres que se llame?

—Ponle el nombre de su padre y el tuyo.

—Pero antes me ocuparé de ti.

La toalla que Julian tenía entre las piernas estaba completamente manchada. Theo la retiró sin repugnancia, casi sin pensar, y, tras doblar otra, la colocó en su lugar. Quedaba muy poca agua en la botella, pero apenas la necesitaba. Sus lágrimas se vertían sobre la frente del niño. Rescató el rito de algún remoto recuerdo infantil. El agua tenía que fluir, había palabras que pronunciar. Y fue con un pulgar humedecido por sus propias lágrimas y manchado con la sangre de ella como trazó sobre la frente del niño la señal de la cruz.

ÍNDICE

OTROS TÍTULOS DE LA AUTORA

Cubridle el rostro

P. D. JAMES

La respetable casa de los Maxie, ubicada en un rincón campestre de Martingale, era el lugar ideal para que la joven Sally Jupp encontrase un empleo adecuado y pudiera criar a su hijo. La señora Maxie necesitaba ayuda para atender a su marido inválido, pero, aparte de eso, trabajar en aquella casa tenía que ser tranquilo y agradable. Sin embargo, un horrible crimen acaba pronto con la paz hogareña y las ilusiones de Sally...

Un nuevo caso de Adam Dalgliesh, detective y poeta, la magistral creación de P. D. James.

Mortaja para un ruiseñor

P. D. JAMES

En casi todas las cosas, el hospital John Carpendar era un hospital modélico. Nada parecía enturbiar esta impresión... hasta que una enfermera apareció muerta en extrañas circunstancias, y una segunda aumentó la macabra lista al poco tiempo. El superintendente Adam Dalgliesh va a ser el encargado de encontrar las respuestas a las preguntas que se plantean. Su estancia en la residencia de estudiantes para intentar resolver el caso no será precisamente apacible. Durante la investigación, nos encontraremos con personajes que se resisten a contarlo todo tenga que ver o no con el caso, médicos con aires de superioridad y enfermeras que creen saber más que los médicos, entre otros.

Muerte en la clínica privada

P. D. JAMES

Cuando la prestigiosa periodista de investigación Rhoda Gradwyn ingresa en Cheverell Manor, la clínica privada del doctor Chandler-Powell en Dorset, para quitarse una antiestética cicatriz que le atraviesa el rostro, sus planes son que la opere un cirujano célebre, pasar una semana de convalecencia en una de las mansiones más bonitas de Dorset y comenzar una nueva vida. Nada le hace presagiar que no saldrá con vida de Cheverell Manor.

El inspector Adam Dalgliesh y su equipo se encargarán del caso. Pronto toparán con un segundo asesinato, y tendrán que afrontar problemas mucho más complejos que la cuestión de la inocencia o la culpabilidad.

31901064765615